O elefante desaparece

HARUKI MURAKAMI

O elefante desaparece

TRADUÇÃO DO JAPONÊS
Lica Hashimoto

3ª reimpressão

ALFAGUARA

Copyright © 1993 by Haruki Murakami

Grafia atualizada segundo o Acordo Ortográfico da Língua Portuguesa de 1990, que entrou em vigor no Brasil em 2009.

Título original
Zō no shōmetsu

Capa e ilustração de capa
Alceu Chiesorin Nunes

Preparação
Fábio Fujita
Gustavo de Azambuja Feix
Juliana Souza

Revisão
Valquíria Della Pozza
Adriana Moreira Pedro

Dados Internacionais de Catalogação na Publicação (CIP)
(Câmara Brasileira do Livro, SP, Brasil)

Murakami, Haruki
 O elefante desaparece / Haruki Murakami ; tradução do japonês Lica Hashimoto. — 1ª ed. — Rio de Janeiro : Alfaguara, 2018.

 Título original: Zō no shōmetsu.
 ISBN: 978-85-5652-062-3

 1. Ficção japonesa I. Título.

18-12679   CDD-895.63

Índice para catálogo sistemático:
1. Ficção : Literatura japonesa   895.63

Todos os direitos desta edição reservados à
EDITORA SCHWARCZ S.A.
Praça Floriano, 19, sala 3001 — Cinelândia
20031-050 — Rio de Janeiro — RJ
Telefone: (21) 3993-7510
www.companhiadasletras.com.br
www.blogdacompanhia.com.br
facebook.com/editora.alfaguara
instagram.com/editora_alfaguara
twitter.com/alfaguara_br

Sumário

O pássaro de corda e as mulheres de terça-feira — 7
O segundo assalto à padaria — 35
Mensagem do canguru — 49
Sobre a garota cem por cento perfeita que encontrei em uma manhã ensolarada de abril — 64
Sono — 69
A queda do Império Romano, Rebelião indígena de 1881, Hitler invade a Polônia, E o mundo dos vendavais — 106
Lederhosen — 112
Queimar celeiros — 121
O pequeno monstro verde — 138
Caso de família — 143
Janela — 170
Os homens da TV — 177
Lento barco para a China — 198
O anão dançarino — 221
O último gramado do entardecer — 244
Silêncio — 266
O elefante desaparece — 283

O pássaro de corda e as mulheres de terça-feira

Eu estava preparando macarrão na cozinha quando ela me ligou. Enquanto esperava a massa ficar pronta, assobiava o prelúdio de *La gazza ladra*, de Rossini, que tocava na rádio. A música ideal para preparar espaguete.

Pensei em ignorar o telefone e focar na massa. Estava quase no ponto, e a Orquestra Sinfônica de Londres, regida por Claudio Abbado, estava perto do auge. Mas, por fim, acabei cedendo, abaixei o fogo e, com o hashi na mão direita, fui atender na sala. Poderia ser um amigo com alguma oferta de trabalho.

— Preciso de dez minutos da sua atenção — disse ela, de súbito.

— Como? — perguntei, surpreso. — O que disse?

— Que preciso de dez minutos da sua atenção — ela tornou a dizer.

A voz não era familiar. Disso eu tinha certeza, pois sempre fui muito bom em reconhecer a voz das pessoas. A dela era suave, baixa e misteriosa.

— Desculpe, mas com quem gostaria de falar? — perguntei educadamente.

— Isso não vem ao caso. Preciso de apenas dez minutos da sua atenção. Acho que isso é suficiente para a gente se entender — ela respondeu rapidamente para não ser interrompida.

— "Para a gente se entender"?

— É sobre os nossos sentimentos — afirmou, categórica.

Estiquei o pescoço e espiei a cozinha pela porta entreaberta. O vapor branco subia da panela e Abbado continuava regendo *La gazza ladra*.

— Sinto muito, mas estou terminando de cozinhar macarrão. Se eu ficar dez minutos no telefone, vai passar do ponto. Vou desligar, o.k.?

— Macarrão? — ela questionou, surpresa. — Ainda são dez e meia da manhã. É um pouco cedo para preparar macarrão, não acha?

— Não é da sua conta — respondi. — Não tomei café da manhã direito e estou com fome. Já que sou eu que preparo minhas refeições, acho que sou livre para fazer e comer o que quiser, na hora que eu bem entender, não acha?

— Sim. Tem razão. Então, vou desligar — aceitou a mulher, agora com um tom apático. Uma voz estranha. É curioso como uma simples alteração de humor é capaz de mudar o tom de voz, como se entrasse em uma outra frequência. — Volto a ligar mais tarde.

— Espere um pouco — disse. — Se pretende me vender alguma coisa, não adianta nem tentar porque vai perder seu tempo. Estou desempregado e não posso comprar nada.

— Sei disso, não se preocupe — disse a mulher.

— Sabe? O que você sabe?

— Que está desempregado. Agora pode voltar para o seu macarrão.

— Afinal de contas, quem é... — Antes que eu pudesse concluir a frase, ela desligou de modo rude e abrupto. Muito abrupto para ter posto o fone no gancho, deve ter pressionado o botão com o dedo.

Por um tempo, confuso, continuei olhando o telefone na minha mão, até que me lembrei do macarrão e voltei à cozinha. Desliguei o fogo, despejei a massa no escorredor, coloquei o molho de tomate preparado à parte e comecei a comer. Por causa daquela ligação sem pé nem cabeça, o macarrão cozinhara demais e passara do ponto, mas nada muito grave, até porque eu estava faminto demais para me ater às sutilezas do tempo de cozimento. Com a música da rádio ao fundo, comi tranquilamente os cento e cinquenta gramas de espaguete sem deixar sobrar um fio de massa sequer.

Lavei o prato e a panela na pia e esquentei água para fazer chá preto de saquinho. Enquanto tomava o chá, pensava na ligação que acabara de receber.

Para a gente se entender?

Mas, afinal, por que aquela mulher tinha me ligado? Quem era ela?

Que mistério. Até então, nunca havia recebido uma ligação anônima dessas e nem sequer conseguia imaginar o que aquela mulher poderia querer conversar comigo.

Seja como for, não estava nem um pouco a fim de compartilhar sentimentos *com uma mulher desconhecida*, pensei. Isso não me serviria para nada. O que de fato importava nesse momento era conseguir logo um emprego. E, se possível, começar um novo ciclo.

Sentei no sofá da sala para ler o livro de suspense que pegara emprestado na biblioteca e, vez ou outra, quando olhava para o telefone, sentia a curiosidade aumentar gradativamente a ponto de ficar intrigado em saber o que a mulher quis dizer com aquilo de nos entendermos "em dez minutos". *Como é possível se entender com alguém em dez minutos?*

Pensando bem, desde o início ela fora taxativa dizendo que a conversa duraria *dez minutos*. Parecia ter muita certeza desse limite. Talvez nove minutos fosse de menos, e onze, de mais. É como o ponto do espaguete al dente.

Conforme meus pensamentos divagavam, perdi o fio da meada e não consegui me concentrar no romance. Resolvi fazer uns exercícios e, depois, fui passar roupa. Toda vez que ficava confuso, passava camisas. Um hábito antigo.

Dividia o processo em doze etapas. Começava pelo lado da frente do (1) colarinho e terminava com (12) o punho da manga esquerda. Nunca deixava de respeitar essa sequência, sempre atento a cada etapa. Se não fizesse isso, não dava certo.

Passei três camisas desfrutando o vapor do ferro de passar e o aroma típico do algodão quente e, depois de verificar que não tinha deixado nenhum amassado, as pendurei no cabide. Desliguei o ferro e, ao guardá-lo junto com a tábua no armário embutido, senti que a minha mente tinha clareado um pouco.

Fiquei com sede e fui à cozinha para beber água, quando o telefone voltou a tocar. *Não é possível!*, pensei e, por instantes, hesitei em atender, mas acabei optando por voltar à sala. Se fosse aquela mulher de novo, era só dizer que estava passando roupa e desligaria.

Mas era minha esposa. Olhei para o relógio de mesa sobre a TV e os ponteiros indicavam onze e meia.

— Tudo bem? — perguntou.
— Tudo — respondi, aliviado.
— O que você estava fazendo?
— Passando roupa.
— Aconteceu alguma coisa? — perguntou. Deu para sentir certa tensão no tom de sua voz. Ela sabia muito bem que eu costumava passar roupa quando estava incomodado.
— Não, nada. Só quis passar umas camisas. Nada de mais — respondi. Sentei na cadeira e passei o fone para a mão direita. — O que foi, precisa de alguma coisa?
— É sobre um trabalho. Você escreve poesia?
— Poesia? — respondi, surpreso. Poesia? Como assim, poesia?
— A editora de um amigo meu vai lançar uma revista literária voltada para o público feminino, e estão procurando alguém para selecionar e corrigir os poemas. Também querem alguém que escreva mensalmente um poema para a contracapa da revista. Como o trabalho é simples, o salário até que é muito bom. Claro que é só um bico, mas, se você se sair bem, podem passar trabalhos de editor.
— Simples? Calma aí! Estou procurando emprego num escritório de advocacia. De onde surgiu essa história de corrigir poemas?
— Você mesmo disse que escrevia na época do colégio.
— Era em um jornal. Jornal de escola. Mas eram artigos sem nenhuma importância, sobre quem venceu o campeonato de futebol ou sobre o professor de física que caiu da escada e ficou internado, coisas assim. Não era poesia. Não sei escrever poemas.
— Mas estamos falando de poemas para garotas do segundo grau. Ninguém espera que você crie uma obra-prima. Você faria do seu jeito.
— De um jeito ou de outro, não consigo fazer poesia — respondi, categórico. Era óbvio que eu não era capaz.
— Tudo bem... — suspirou minha esposa, contrariada. — Mas você sabe que está difícil encontrar trabalho na área de direito, não é?
— Tenho algumas propostas e acho que vou ter definições ainda nesta semana. Se nada der certo, volto a pensar nesse assunto.
— Ah, é? Sendo assim, tudo bem. Aliás, que dia da semana é hoje?
— Terça-feira — respondi, depois de pensar um pouco.

— Será que você pode passar no banco e pagar as contas de gás e de telefone?

— Posso, sim. Eu ia mesmo sair daqui a pouco para fazer compras para o jantar, então aproveito e passo no banco.

— O que vamos ter para o jantar?

— Ainda não sei. Vou pensar nisso quando estiver fazendo compras.

— Então... — começou minha esposa, com um tom de quem parecia querer mudar de assunto. — Estive pensando que talvez você não precise ter muita pressa para procurar um emprego.

— Como assim? — perguntei, outra vez surpreso. Parecia que todas as mulheres do mundo tinham resolvido me ligar para me dar um susto. — Você acha que eu não tenho que procurar? Daqui a três meses acaba o meu seguro-desemprego, não posso ficar à toa para sempre.

— Eu recebi um aumento, meu trabalho extra vai bem, temos uma reserva e, se não gastarmos com besteiras, acho que é suficiente para vivermos, não acha?

— E eu continuaria fazendo os serviços domésticos, é isso?

— Essa ideia não agrada a você?

— Não sei — respondi, com sinceridade. Eu realmente não sabia. — Vou pensar no assunto.

— Isso, pense nisso com calma — incentivou minha esposa. — E o gato, voltou?

— Gato? — só então me dei conta de que tinha me esquecido completamente dele esta manhã. — Não, ainda não.

— Você pode dar uma olhada na vizinhança? Faz quatro dias que ele sumiu.

Respondi "sim" de maneira vaga e passei o fone para a mão esquerda.

— Acho que ele pode estar no quintal daquela casa abandonada no fim do beco. Aquela que tem um pássaro de pedra no jardim. Já esbarrei com ele algumas vezes lá. Sabe onde fica?

— Não — respondi. — Mas quando você foi sozinha até o beco? Você nunca me disse...

— Olha, preciso desligar agora. Desculpe, tenho que voltar ao trabalho. Sobre o gato, conto com você, hein?

E desligou o telefone.

Fiquei olhando um tempo o aparelho antes de colocar de volta no gancho.

Achei estranho minha esposa ter dito que conhecia o beco. Para chegar lá, ela precisaria ter pulado o muro alto do jardim, e eu não via motivo para ela fazer isso.

Voltei à cozinha para tomar um copo de água, liguei o rádio e cortei as unhas. Estava tocando um especial do novo disco de Robert Plant, mas depois de duas músicas meus ouvidos já não aguentavam mais, e desliguei. Fui para o terraço dos fundos olhar a tigela de comida do gato; a pilha de sardinhas secas que eu havia colocado na noite anterior estava intacta. O gato definitivamente não tinha voltado.

Permaneci em pé contemplando a luz do sol do início do verão incidir sobre o pequeno quintal da nossa casa. Estava longe de ser uma claridade relaxante. Durante o dia, o sol batia no jardim por pouco tempo e, por isso, a terra ficava sempre úmida e escura, e a vegetação se limitava a duas ou três hortênsias pouco vistosas num canto. E eu nem gostava de hortênsias.

Da árvore de um vizinho, um pássaro emitia um canto compassado que lembrava o som de dar corda: *Gui-i-i-i*. Nós o apelidamos de "pássaro de corda". Aliás, foi a minha esposa quem o chamou assim primeiro. Não sabíamos que espécie de pássaro era nem a aparência que tinha. Mas, independentemente disso, todos os dias o pássaro de corda pousava naquela árvore e dava corda no mundo silencioso que nos rodeava.

Enquanto escutava o pássaro de corda, me perguntava por que eu devia sair à procura do gato. Aliás, se desse a sorte de encontrá-lo, o que eu deveria fazer? Tentar convencê-lo a voltar para casa? Dizer que todos estavam preocupados e pedir que voltasse?

Era só o que me faltava, pensei. Realmente, *era só o que me faltava*. Qual o problema de deixar os gatos irem para onde quiser e viver do jeito que bem entendem? Ali estava eu, aos trinta anos, fazendo o quê? Lavando roupa, pensando no que fazer para o jantar e procurando um gato desaparecido.

Lembrei que, havia pouco tempo, eu era um homem *distinto* e ambicioso. No segundo grau, decidira ser advogado ao ler a biografia de Clarence Darrow. Minhas notas não eram ruins. No terceiro ano, fiquei em segundo lugar em uma votação dos alunos da turma para escolher quem se tornaria uma pessoa bem-sucedida. Fiz direito em uma boa faculdade. O que aconteceu de lá pra cá?

Coloquei os cotovelos sobre a mesa da cozinha e, com as mãos apoiando o queixo, parei para refletir sobre quando e onde minha vida havia tomado outro rumo. Mas eu não tinha respostas. Não conseguia me lembrar. Não fui um ativista político frustrado, não me decepcionei com a vida acadêmica, tampouco perdi a cabeça por alguma mulher. À minha maneira, sempre levei uma vida completamente normal. Mas certo dia, quando estava para me formar na faculdade, me dei conta, de repente, de que eu já não era mais o mesmo.

Acho que, no início, esse desvio era tão insignificante que eu não conseguia nem percebê-lo. Mas, com o tempo, foi se tornando cada vez maior, até me sentir transportado a um lugar onde minha imagem original se desvirtuava. Em um paralelo com o sistema solar, eu estaria em algum ponto entre Saturno e Urano. Um pouco mais e eu veria Plutão, e então eu poderia pensar o que tem depois dele.

No início de fevereiro, pedi demissão do escritório de advocacia onde trabalhei durante muitos anos. Não foi por um motivo específico. Eu não desgostava do trabalho, o salário não era ruim e o ambiente era amistoso.

A função que eu exercia na empresa, em poucas palavras, era a de um faz-tudo especializado. Apesar disso, acho que fazia o meu trabalho muito bem. Não quero parecer metido, mas sou muito competente quando se trata de trabalhos práticos. Tenho raciocínio rápido, sou dinâmico, não reclamo e penso de maneira pragmática. Por isso, quando pedi demissão, o advogado mais velho (isto é, o pai, e não o filho: o escritório pertencia aos dois) chegou a me oferecer um aumento para que eu desistisse de sair.

Mas acabei saindo mesmo assim. Não sei dizer ao certo por que eu fiz isso. Não tinha um objetivo definido nem perspectiva de futuro. A ideia de ficar enfurnado em casa estudando para o Exame da Ordem não me animava nem um pouco e, para ser sincero, eu não tinha muita vontade de ser advogado.

Durante o jantar, quando comentei com a minha esposa que estava pensando em sair do emprego, ela se limitou a dizer: "É melhor".

Não entendi direito o que ela quis dizer com aquilo, e ela permaneceu calada por um bom tempo.

Também permaneci em silêncio, até que ela disse:

— Se você quer sair, tudo bem. A vida é sua e você deve fazer o que achar melhor. — Depois de dizer isso, ela começou a tirar as espinhas do peixe com os hashis e separá-las no canto do prato.

Minha esposa trabalhava na parte administrativa de uma escola de design e ganhava bem. Além disso, às vezes um editor amigo dela ainda lhe encomendava ilustrações, que também proporcionavam um bom dinheiro. Já eu receberia o seguro-desemprego por alguns meses. O fato de ficar todos os dias em casa e fazer as tarefas domésticas nos faria economizar em restaurante e lavanderia, e continuaríamos levando praticamente a mesma vida de quando eu trabalhava.

Foi assim que eu resolvi deixar o emprego.

Ao meio-dia e meia, como sempre, pus a sacola de tecido no ombro e fui fazer compras. Antes, passei no banco para pagar o gás e o telefone, fui ao mercado comprar as coisas para o jantar e depois entrei num McDonald's para comer um sanduíche e tomar um café.

Quando eu guardava os alimentos na geladeira, depois de voltar das compras, o telefone tocou. O toque soou especialmente irritante. Coloquei sobre a mesa a embalagem de tofu aberta até a metade e fui para a sala atender a ligação.

— Já comeu o macarrão? — perguntou a mesma mulher da manhã.

— Já — respondi. — Mas agora tenho que procurar o gato.

— Você não pode esperar dez minutos antes de ir procurar o gato?

— Só dez minutos...

Onde é que estou com a cabeça?, pensei. Por que vou gastar dez minutos do meu dia com uma mulher que nem conheço?

— Então, a gente pode se entender bem, não é? — perguntou ela, com tranquilidade.

Tive a impressão de que a mulher, fosse ela quem fosse, se ajeitou na poltrona e cruzou as pernas para ficar mais confortável.

— Será? — respondi. — Às vezes as pessoas convivem por dez anos e nem por isso se entendem, não é?

— Quer tentar? — propôs ela.
Tirei o relógio do pulso e liguei o cronômetro. O marcador digital ia indicando os números de um a dez. Dez segundos já haviam se passado.
— Por que eu? — perguntei. — Por que você resolveu me ligar em vez de ligar para outra pessoa?
— Tenho meus motivos — disse a mulher, pronunciando as palavras com cuidado, como se estivesse mastigando alguma coisa. — Eu conheço você.
— Desde quando? De onde?
— De algum dia, de algum lugar — ela respondeu. — Mas isso não vem ao caso. O que importa é o *agora*. Não é? Se eu ficar falando sobre isso, nosso tempo não vai ser suficiente. *Saiba que eu também tenho pressa.*
— Quero uma prova, então. Uma prova de que me conhece.
— Por exemplo?
— Quantos anos eu tenho?
— Trinta — ela respondeu sem hesitar. — Trinta anos e dois meses. Acertei?
Fiquei mudo. Essa mulher me conhecia mesmo. Mas, por mais que eu tentasse, não conseguia me lembrar daquela voz. Eu nunca tinha esquecido ou confundido a voz de uma pessoa. Posso esquecer o rosto ou o nome, mas não a voz.
— Agora é a sua vez de tentar adivinhar como eu sou — ela propôs de forma sugestiva. — Quero que tente imaginar, pela minha voz, o tipo de mulher que eu sou. Você consegue? Você sempre foi bom nisso, não?
— Não consigo.
— Vamos, tente!
Olhei o relógio. Só tinha passado um minuto e cinco segundos. Suspirei, resignado, e resolvi ceder. Já que estava no jogo, era melhor ir até o fim. Como ela disse, eu era muito bom em jogos de adivinhação. Concentrei-me em sua voz.
— Tem mais ou menos vinte e cinco anos, é formada, nasceu em Tóquio e teve uma infância de classe média alta — respondi.

— Nossa! Você me surpreendeu — disse ela.

Pelo som que escutei do outro lado, imaginei que ela tivesse acendido um cigarro.

— Pode continuar.

— Bonita. Pelo menos é o que você acha. Mas não significa que não tenha algum complexo, como ser muito baixa ou ter os seios pequenos, algo assim.

— Chegou perto.

— É casada, mas vocês não se dão bem. Tem problemas. Se não tivesse problemas, não ligaria para um homem sem se identificar, não é? Mas eu não conheço você. Pelo menos nunca conversamos. Por mais que eu possa imaginar essas coisas sobre você, não consigo visualizar a sua aparência.

— É mesmo? — disse ela, com a serenidade de quem cravava uma cunha suave em minha cabeça. — Como pode ter tanta certeza? Nunca chegou a pensar que, em algum lugar do seu cérebro, possa existir um ponto cego fatal? Se não fosse por isso, talvez sua vida estivesse mais estabilizada, não acha? Ainda mais sendo inteligente e talentoso.

— É exagero seu — respondi. — Não sei quem você é, mas não sou essa pessoa que você acha. Eu não tenho capacidade de realizar as coisas. Sempre acabo me perdendo pelos caminhos.

— Mas eu gostava de você, sabia? Se bem que isso é coisa do passado.

— Então estamos falando de uma história do passado — comentei.

Dois minutos e cinquenta e três segundos.

— Nem tanto. Até porque não se trata propriamente de história, não é?

— *É claro* que se trata de história — insisti.

Ponto cego, pensei. *Acho que ela tem mesmo razão. Em algum lugar do meu cérebro, do meu corpo, do meu ser deve existir um recôndito perdido e profundo, que faz com que a minha vida seja delicadamente ensandecida.* Não. Não é isso. Não é de modo *delicado*. *É em grande escala.* Impossível de ser controlado.

— Nesse exato momento estou na cama, sabia? — disse ela. — Acabei de tomar banho e estou completamente nua.

E essa agora?, pensei. *Ela está sem nada.* Parecia até que estava vendo uma fita pornô.

— Quer que eu vista uma calcinha ou prefere que fique só de meia-calça? É mais excitante?

— Tanto faz, você que sabe. Fique do jeito que você quiser — respondi. — Seja como for, não me interesso por esse tipo de conversa no telefone.

— Só dez minutos. Não vai ser o fim do mundo gastar esse tempo comigo, não é? Não vou pedir nada além disso. Só um pouco de boa vontade, pode ser? Apenas responda: prefere que eu fique nua ou que coloque alguma coisa? Tenho de tudo, cinta-liga...

Cinta-liga?, pensei. Achei que estava ficando maluco. Hoje em dia, só as modelos é que ainda devem usar cinta-liga.

— Pode ficar assim, nem precisa se mexer — sugeri.

Tinham se passado quatro minutos.

— Meus pelos pubianos ainda estão úmidos — contou. — Não enxuguei direito com a toalha, por isso estão assim, quentes e úmidos. E bem macios. Bem pretos e macios. Pode passar a mão.

— Desculpe, mas...

— Embaixo ainda está mais quente e molhado, como manteiga derretida. Bem quente mesmo. Acredite. Consegue imaginar em que posição estou? Com o joelho direito levantado e a perna esquerda estendida para o lado, igual os ponteiros de um relógio marcando dez e cinco.

Pelo tom de sua voz, sabia que não era mentira. Ela estava com as pernas abertas, formando aquele ângulo exato, e seu sexo estava quente e úmido.

— Passe a mão nos meus lábios. Bem devagar. Agora abra a minha boca. Isso, bem devagar. Acaricie com os dedos. Isso, assim mesmo, continue. Acaricie meu seio esquerdo com a outra mão. Passe com delicadeza a mão embaixo e suba levemente até o mamilo. Agora repita esse movimento várias vezes, até eu *gozar*.

Desliguei o telefone sem dizer nada. Depois, deitei no sofá e fumei um cigarro olhando o teto. O cronômetro marcava cinco minutos e vinte e três segundos.

Fechei os olhos e uma escuridão tingida de inúmeras cores caiu sobre mim.

Por quê?, pensei. *Por que as pessoas não me deixam em paz?*

Depois de mais ou menos dez minutos, o telefone voltou a tocar, mas, dessa vez, resolvi não atender. Tocou quinze vezes e parou. Em seguida, um profundo silêncio preencheu o espaço, como o de um rochedo soterrado no fundo de uma geleira há cinquenta mil anos. Os quinze toques do telefone mudaram por completo o ar à minha volta.

Um pouco antes das duas da tarde, pulei o muro de cimento do quintal de casa e desci no beco.

Apesar de dizer "beco", não é um beco no sentido literal da palavra. Na verdade, não existia um nome que, *de fato*, pudesse descrever aquele lugar. Para ser preciso, aquilo nem sequer poderia ser considerado um caminho. Um caminho é uma passagem com uma entrada e uma saída e que leva a algum lugar.

No entanto, nesse beco não havia nem entrada nem saída, e o máximo que você encontrava nele era um muro de cimento ou uma cerca de arame farpado. Também não era uma rua sem saída, porque deveria haver pelo menos uma entrada. Os vizinhos chamavam esse lugar de *beco* apenas por conveniência.

O beco tinha uns duzentos metros de extensão e passava como que costurando os quintais dos fundos das casas. Tinha um metro e pouco de largura, mas em alguns trechos só era possível passar de lado, por causa das plantas que avançavam sobre as cercas e do entulho espalhado pelo chão.

Reza a lenda — quem me contou isso foi um tio querido que me alugara a casa por um preço bem baixo — que antigamente esse beco tinha uma entrada e uma saída e servia de atalho para ligar duas ruas. Mas, com o rápido crescimento econômico do Japão, inúmeras casas foram sendo construídas nesses terrenos baldios e, com isso, a largura das ruas diminuiu drasticamente; como os moradores não gostavam de ver estranhos passando pelo quintal ou pelas proximidades de suas casas, resolveram fechar a rua. No começo, a rua era protegida apenas por uma cerca de plantas que servia como um discreto tapume, até um dos moradores ampliar o jardim e fechar uma das saídas com um muro de concreto. Depois, como em resposta, o outro lado também foi fechado com cerca de arame farpado que não permitia nem a passagem de um cachorro. Como os moradores não costumavam mesmo usar essa passagem, ninguém reclamou. Muitos ficaram até satisfeitos, pensando pelo lado da segurança. Com isso, essa rua virou um canal abandonado, sem utilidade, não passava de uma zona morta entre as casas. Ervas daninhas se espalhavam pelo chão e, por todos os cantos, aranhas aguardavam pacientemente os insetos em suas teias pegajosas.

O que minha esposa tinha ido fazer em um lugar daqueles tantas vezes? Eu não tinha ideia. Eu mesmo só havia passado pelo beco uma única vez; e eu sabia que ela detestava aranhas.

Quando tentava pensar em alguma coisa, minha cabeça latejava, como se tivesse sido tomada por uma substância gasosa. Tudo isso porque ontem não consegui dormir direito, estava quente demais para um início de maio e também por causa daquela ligação bizarra.

Deixa pra lá, pensei. *Seja como for, vou procurar o gato. Depois penso o que devo fazer. Aliás, é melhor sair do que ficar enfurnado dentro de casa, esperando o telefone tocar. Pelo menos vou poder dizer que fiz alguma coisa útil.*

Os raios de sol dos primórdios do verão desenhavam contra o chão sombras irregulares dos galhos das árvores espalhados pelo beco. Como não batia vento ali, as sombras pareciam manchas permanentes marcadas no chão.

Quando passei por debaixo do galho, uma sombra serpenteou sobre a minha camiseta cinza e retornou ao chão.

Não havia um único barulho e parecia possível ouvir até o som da respiração das folhas que recebiam os raios de sol. Pequenas nuvens flutuavam no céu, com contornos tão vívidos e límpidos como o fundo de uma gravura da Idade Média. Tudo o que eu enxergava era tão assustadoramente nítido que era como se eu levitasse e o meu corpo se desconectasse do mundo real. Além de tudo, o calor era insuportável.

Embora eu estivesse de camiseta, uma calça de algodão leve e tênis, comecei a suar embaixo do braço e no meio do peito depois de andar um tempo debaixo daquele sol. Naquela manhã, eu havia tirado a camiseta e a calça de uma caixa onde guardava as roupas de verão e, quando respirava fundo, podia sentir o cheiro forte de naftalina invadindo meu nariz.

Caminhei lentamente, com passos regulares, observando atento os dois lados do beco. De vez em quando, parava e chamava o gato pelo nome.

As casas que ladeavam o beco eram de duas categorias bem distintas. Algumas eram antigas, com amplos quintais no fundo, enquanto as outras eram menores e modestas, relativamente mais novas. Nessas casas pequenas, às vezes havia espaço para um quintal. O quintal era tão pequeno que mal cabiam dois varais entre o beiral e o beco. O varal invadia o beco e, de vez em quando, eu precisava passar por uma fileira de toalhas, camisas e lençóis molhados, que ainda respingavam. Próximo ao beiral, eu chegava a ouvir com clareza sons de TV, barulhos de descarga de banheiro e, às vezes, também sentia um cheiro de curry no ar.

Por outro lado, nas casas mais antigas não havia nenhum sinal de gente morando. Os beirais eram estrategicamente cobertos por várias espécies de arbustos e ciprestes kaizuka, mas entre eles dava para ver amplos jardins bem cuidados. As casas tinham estilos bem diferentes. Algumas eram tradicionais, com longos corredores bem ao estilo japonês, outras eram ocidentais, com telhado de cobre envelhecido, e ainda tinha as de estilo moderno, que pareciam ter sido recentemente reformadas. Mas em nenhuma delas se viam os moradores. Não se ouvia nenhum barulho. Quase não se viam roupas nos varais.

Era a primeira vez que eu caminhava pelo beco observando com atenção tudo ao redor, então, para mim, tudo era novidade. No canto de um jardim havia um pinheiro de Natal, seco e marrom. Em outro, diversos tipos de brinquedo de criança estavam espalhados — um triciclo, argolas, espadas de plástico, bolas, tartarugas, tacos e caminhões de madeira —, como se resquícios de infância de várias pessoas tivessem sido reunidos. Em um dos quintais havia uma cesta de basquete e, em outro, lindas cadeiras rodeando uma mesa de cerâmica. As cadeiras, brancas, pareciam não ser usadas fazia vários meses (ou anos) e estavam cobertas de pó e de terra. Pétalas de magnólia haviam se esparramado pela mesa, levadas pelo vento e pela chuva.

Dava para ver parte da sala de uma das casas pela janela de vidro com armação de alumínio. Nela, havia um sofá de couro, uma TV bem grande, um armário (sobre o qual havia um aquário com peixes tropicais e dois troféus de algum campeonato) e uma luminária de piso decorativa. A sala parecia de novela.

Próximo dali, havia um quintal com uma casinha de cachorro bem grande, cercada por uma tela de arame, com a porta aberta, mas sem nenhum cachorro. A tela tinha cedido e parecia abandonada fazia meses.

A casa vazia sobre a qual minha esposa mencionou ficava ao lado da casa com o canil. De cara dava para notar que estava desocupada. Devia fazer dois ou três meses que ninguém entrava ali. Era um sobrado relativamente novo, mas as portas corrediças de madeira estavam fechadas e muito envelhecidas, e as grades da janela do andar de cima, impregnadas de ferrugem avermelhada, davam a impressão de que poderiam despencar a qualquer momento. No pequeno jardim, havia uma estátua de pedra com formato de pássaro de asas abertas, cujo pedestal atingia a altura do peito de um adulto. À sua volta, ervas daninhas cresciam imponentes e as pontas mais altas dos arbustos chegavam até os pés do pássaro. Com as asas abertas daquele jeito, o pássaro — cuja espécie eu desconhecia — parecia estar prestes a alçar voo.

Além da estátua, não havia mais nada de decorativo no jardim. Duas velhas cadeiras de plástico estavam empilhadas sob o beiral e, ao lado, floresciam estranhas azaleias de um vermelho gritante que não pareciam ser de verdade. Fora isso, o que de fato chamava atenção era o mato.

Permaneci um bom tempo observando o jardim encostado na tela de arame que chegava até o meu peito. De fato, aquele jardim agradaria a um gato, mas, apesar de ter olhado com atenção, não encontrei nenhum. O arrulhar monótono de uma pomba, empoleirada na ponta da antena de TV do telhado, ecoava ao redor. A sombra do pássaro de pedra que incidia sobre as folhas do matagal se dispersava em diferentes formas.

Tirei um cigarro do bolso, o acendi e fumei encostado na cerca de arame. Enquanto isso, a pomba continuou a arrulhar pousada sobre a antena.

Depois de fumar o cigarro, joguei-o no chão e pisei. Devo ter ficado ali apoiado na cerca por um bom tempo, em silêncio. Estava com muito sono e, com o pensamento vago, voltei a contemplar a sombra da estátua de pedra com formato de pássaro.

Se algum pensamento passou pela minha cabeça, foi fora da minha zona de consciência. Fenomenologicamente falando, contudo, me detive às sombras do pássaro refletidas nas folhas do matagal.

Tive a impressão de que uma voz ecoou das sombras do pássaro. Uma voz feminina. Em algum lugar, alguém me chamava.

Quando me virei, vi uma garota de quinze ou dezesseis anos em pé no quintal dos fundos da casa da frente. Era baixinha e o corte de cabelo, curto e reto. Usava óculos verde-escuros com aros de cor âmbar e vestia uma camiseta azul-clara da Adidas, com as mangas cortadas com tesoura na altura dos ombros. Os braços finos expostos estavam bem bronzeados, apesar de ainda ser temporada de chuvas. Ela estava com uma das mãos no bolso do short e a outra sobre uma portinha de bambu que alcançava a sua cintura, apoiando-se de maneira instável.

— Que calor, não? — disse para mim.

— Pois é — concordei.

Mas que coisa!, pensei. *Hoje as mulheres tiraram o dia para puxar conversa comigo.*

— Tem um cigarro? — perguntou a garota.

Peguei o maço de Hope do bolso e estendi em sua direção. Ela tirou a mão do bolso do short, pegou um cigarro e o examinou por um tempo, como se aquilo fosse novidade, até levá-lo à boca. Sua boca era pequena, e o lábio superior estava levemente arqueado para cima. Risquei um fósforo e o acendi. Quando ela inclinou a cabeça, pude ver o formato de sua orelha que, de tão sedutora, parecia ter sido esculpida naquela mesma hora. Pelos finos e curtos brilhavam no contorno delicado da orelha.

Com gestos de quem já era familiarizada com o movimento, ela soltou a fumaça com ar satisfeito e, como se acabasse de se lembrar de alguma coisa, olhou para mim. Vi meu rosto duplamente refletido em seus óculos escuros. As lentes eram escuras e próprias para desviar os reflexos de luz, então não conseguia ver os olhos dela.

— Você mora aqui perto? — perguntou.

— Moro — respondi.

Tentei apontar para a direção da minha casa, mas já não sabia ao certo de que lado ficava. Havia dobrado inúmeras esquinas de ângulos estranhos até chegar ali. Então apontei uma direção aleatória. Não devia fazer tanta diferença.

— O que estava fazendo todo esse tempo aí?

— Procurando um gato. Faz três ou quatro dias que ele sumiu — respondi, esfregando as palmas das mãos suadas na calça. — Alguém comentou que o viu por aqui.

— Como ele é?

— É grande, com listras marrons e com a ponta do rabo um pouco curvada.

— Qual o nome?

— Nome?

— O nome do gato. Ele tem nome, não tem? — perguntou, olhando com atenção para os meus olhos por detrás dos óculos escuros. Ou pelo menos imaginei que ela estivesse olhando para mim.

— Noboru — respondi. — Noboru Watanabe.

— Nome pomposo para um gato, não?

— É o nome do irmão da minha esposa. Como o gato era parecido com ele, colocamos o nome de brincadeira.

— Parecido como?

— O comportamento é parecido. O jeito de andar e de olhar quando estão com sono...

Pela primeira vez, a garota abriu um sorriso. Quando sorriu, ela me pareceu bem mais nova do que eu imaginara à primeira vista. Aquele lábio superior levemente arqueado para cima assumiu um ângulo curioso.

Acaricie, foi o que pensei ter escutado. Mas era a voz da mulher do telefone. Não da garota. Eu limpei o suor da testa com as costas da mão.

— É um gato com listras marrons e com a ponta do rabo um pouco curvada, é isso? — repetiu ela parecendo querer confirmar. — Usava coleira ou algum outro acessório?

— Estava com uma coleira preta antipulga.

A garota permaneceu com a mão sobre a pequena porta de bambu e ficou pensando por uns dez ou quinze segundos. Depois, jogou a ponta do cigarro no chão, bem próximo aos meus pés.

— Você pode apagar? Estou descalça.

Cuidadosamente, pisei no cigarro com a sola do tênis.

— Talvez eu tenha visto esse gato — disse a garota, pausadamente. — Não reparei se a cauda era curvada, mas era um gato grande, marrom e, se não me engano, tinha uma coleira.

— Quando foi isso?

— Hum, deixa eu pensar... Eu me lembro de ter visto ele algumas vezes. Tenho pegado sol todos os dias, por isso as datas se misturam na minha cabeça, mas, seja como for, eu o vi nos últimos três ou quatro dias. O quintal de casa é passagem para os gatos da vizinhança. Eles saem do beiral da casa do senhor Suzuki, passam pelo meu quintal e vão para o do senhor Miyawaki.

A garota apontou o jardim da casa abandonada que ficava em frente à dela. No jardim dessa casa, o pássaro de pedra continuava com as asas abertas, como esperado, as ervas daninhas recebiam os raios de sol dos primórdios do verão e, sobre a antena de TV, a pomba prosseguia com seu arrulho tedioso.

— Agradeço a informação — disse para a garota.

— Você não quer esperar aqui no quintal de casa? Os gatos sempre passam por aqui antes de seguir adiante. Além do mais, se você ficar perambulando por aí, os vizinhos vão pensar que você é um ladrão e podem chamar a polícia. Isso já aconteceu.

— Mas não pega bem eu ficar esperando o gato no quintal de alguém que eu mal conheço, não é?

— Não se preocupe, não precisa fazer cerimônia. Estou sozinha aqui em casa e estava entediada, sem ninguém para conversar. Que tal tomarmos sol no quintal enquanto você espera o seu gato aparecer? Tenho olhos de lince e posso ser útil.

Olhei para o relógio. Duas e trinta e seis. Tudo o que eu ainda precisava fazer até o fim do dia era recolher a roupa do varal e preparar o jantar.

— Ah, então vou aceitar e ficar até as três — concordei.

Ela abriu a porta de bambu, e eu entrei e a segui pelo gramado. Notei que ela arrastava um pouco a perna direita. Os ombros pequenos se moviam regularmente, como se fossem a manivela de uma máquina inclinada para a direita. Depois de dar alguns passos, ela parou e pediu que eu seguisse ao lado dela.

— No mês passado sofri um acidente — contou. — Estava na garupa de uma moto e fui arremessada. Muita falta de sorte.

No meio do quintal havia duas espreguiçadeiras de lona. No encosto de uma tinha uma grande toalha azul pendurada e, no assento de outra, um maço de Marlboro vermelho, um cinzeiro, um isqueiro, um toca-fitas portátil grande e algumas revistas jogadas. Do rádio ecoava baixinho um rock pesado que eu não conhecia.

Ela colocou as coisas que estavam espalhadas na cadeira sobre o gramado, fez sinal para que eu sentasse e desligou a música. Da espreguiçadeira dava para ver, entre as árvores, o beco e a casa abandonada. Dava para ver também a estátua de pássaro, os arbustos e a cerca de tela. A garota devia estar me observando todo esse tempo.

Era um jardim amplo e simples. O gramado se estendia pelo terreno irregular e árvores se espalhavam aqui e ali. Do lado esquerdo da espreguiçadeira havia um tanque relativamente grande de concreto que parecia não ser usado fazia muito tempo e que tinha o fundo esverdeado, como se fosse o desenho de um animal aquático deitado de costas pegando sol. Atrás das árvores havia uma antiga, elegante e bem conservada casa em estilo ocidental, que não parecia ser muito grande nem muito luxuosa. O jardim, por outro lado, era enorme e bem cuidado.

— Uma vez fiz um bico em uma empresa de cortar grama.

— Ah, é? — perguntou ela, sem muito entusiasmo.

— Deve dar trabalho cuidar de um jardim tão grande assim.

— Na sua casa não tem jardim?

— Tem, mas é bem pequeno. Com duas ou três azaleias plantadas — respondi. — Você costuma ficar sozinha em casa?

— Sim. De tarde sempre fico aqui sozinha. De manhã e no final da tarde vem uma senhora fazer limpeza, mas o restante do tempo fico sozinha. Que tal uma bebida gelada? Tem cerveja, se quiser.

— Não, obrigado.

— Tem certeza? Não precisa fazer cerimônia.

— Não estou com sede — respondi. — Você não vai pra escola?

— E você não vai pro trabalho?

— Bem que eu queria, mas não tenho trabalho — respondi.

— Desempregado?

— Tecnicamente, sim. Eu pedi demissão.

— O que fazia?

— Era uma espécie de faz-tudo de um escritório de advocacia — respondi, e, depois de respirar fundo, tentei explicar calmamente. — Eu reunia documentos em repartições públicas e agências governamentais, organizava processos, verificava a jurisprudência, tratava dos trâmites burocráticos do tribunal, essas coisas.

— Mas você pediu demissão.

— Pedi.

— Sua esposa trabalha?

— Trabalha.

Peguei um cigarro, levei à boca e risquei um fósforo para acendê-lo. Em uma árvore bem próxima dali, o pássaro de corda cantava. Depois de doze ou treze pios, voou para outra árvore.

— Os gatos sempre passam por ali — comentou a garota, apontando para depois do gramado. — Está vendo aquele incinerador atrás da cerca do sr. Suzuki? Eles passam ali do lado, atravessam o gramado, passam por baixo da porta de bambu e seguem até o jardim do outro lado. É sempre assim... Ah! Você sabia que o sr. Suzuki é professor universitário e vira e mexe aparece na TV?

— Sr. Suzuki?

Ela começou a falar sobre o homem, mas eu não o conhecia.

— Raramente assisto à TV — respondi.

— É uma família nojenta — disse a garota. Os caras que aparecem na TV são todos falsos.

— É?

Ela pegou um cigarro e ficou um bom tempo rolando-o na palma da mão, sem acender.

— Deve ter alguém que se salva nesse meio, mas eu não gosto. Já os Miyawaki são dignos. A senhora é uma pessoa de caráter, e o marido administrava dois ou três restaurantes bem familiares.

— Por que eles deixaram a casa?

— Não sei — respondeu a garota, batendo com o dedo no cigarro para tirar um pouco da cinza. — Acho que por causa de dívidas. Eles foram embora às pressas e, se não me engano, isso já faz uns dois anos. Minha mãe vive reclamando de que, com a casa abandonada, junta cada vez mais gatos e fica mais perigoso.

— Tem tanto gato assim por aqui?

A garota enfim pôs o cigarro na boca, acendeu e assentiu com a cabeça.

— Junta todo tipo de gato. Tem um que perdeu o pelo, outro com um único olho... que virou uma massa de carne. Não é assustador?

— Sem dúvida.

— Tenho uma pessoa na família que nasceu com seis dedos. Ela é um pouco mais velha do que eu e, ao lado do mindinho, tem um dedinho que parece de bebê. Mas, como ela sempre deixa ele dobrado, não chama atenção. Ela é bonita, sabia?

— É mesmo? — respondi.

— Você acha que isso pode ser de família? Pode ser genético?

— Não sei.

Ela permaneceu em silêncio durante um tempo enquanto eu olhava com atenção a trilha dos gatos. Até aquele momento, nenhum havia dado as caras.

— Tem certeza que não quer tomar nada? Vou pegar uma coca — disse a garota.

Respondi que não queria nada.

Ela se levantou da cadeira e, assim que desapareceu entre as sombras das árvores arrastando uma das pernas, peguei uma das revistas espalhadas no chão e dei uma folheada. Para o meu espanto, era uma revista masculina. Em uma das páginas havia a foto de uma garota com as pernas bem abertas, em uma posição pouco natural, sentada em um banco e com uma calcinha transparente, que deixava à mostra os pelos pubianos e o formato da vagina. *Meu Deus!*, pensei, e coloquei a revista no chão, cruzei os braços e voltei os olhos novamente para o caminho dos gatos.

Depois de um longo tempo, a garota voltou com um copo de coca. Tinha tirado a camiseta Adidas e vestido a parte de cima de um biquíni e um short. O biquíni, que deixava à mostra o contorno dos seios, era pequeno e de lacinho.

Era uma tarde quente. Ali sentado debaixo do sol, percebi que manchas escuras de suor se espalhavam na camiseta cinza.

— Se você descobrisse que a garota que você gosta tem seis dedos, o que você faria? — ela insistiu no assunto.

— Venderia ela pro circo — disse.
— Sério?
— Não, brincadeira — respondi, rindo. — Acho que não ligaria.
— Mesmo que isso pudesse passar para os seus filhos?
Refleti um pouco.
— Acho que eu não ligaria. Não vejo tanto problema em se ter um dedo a mais.
— E se ela tivesse quatro seios?
De novo, tive de parar para pensar por uns instantes.
— Aí já não sei — admiti.
Quatro seios? Como aquela conversa parecia não ter fim, resolvi mudar de assunto.
— Quantos anos você tem?
— Dezesseis — respondeu. — Acabei de fazer dezesseis e estou no primeiro ano do segundo grau.
— Está matando aula?
— É que quando ando muito, a perna dói. E tenho uma cicatriz no canto do olho. A minha escola é muito rígida, e, se eu contar que caí de moto, não sei o que eles podem fazer... então, teoricamente estou doente. Não me importo nem um pouco em perder o ano. Não tenho nenhuma pressa para me formar.
— Hum.
— Mas, voltando ao assunto, você disse que se casaria com uma menina de seis dedos, mas não com uma de quatro seios, é isso?
— Não. Só disse que *não sabia*.
— Por que não?
— Porque não consigo imaginar a cena direito.
— Mas uma menina de seis dedos você consegue imaginar?
— Acho que sim.
— Qual é a diferença entre imaginar seis dedos e quatro seios?
Parei mais uma vez para pensar a respeito, mas não consegui achar uma explicação plausível.
— Você acha que eu faço muitas perguntas? — perguntou olhando para mim por detrás de seus óculos escuros.
— Alguém já disse isso pra você?
— Algumas vezes.

— Não acho que fazer perguntas seja ruim. Faz a outra pessoa pensar.

— Mas a maioria não pensa em nada — respondeu, olhando para a ponta dos pés. — Todos respondem só por responder.

Balancei a cabeça de modo ambíguo e voltei a olhar para o caminho dos gatos. *Afinal, o que é que estou fazendo aqui?*, pensei. *Até agora nenhum gato apareceu.*

Fechei os olhos por vinte ou trinta segundos, com os braços cruzados sobre o peito. Ainda de olhos fechados, senti o suor brotar em várias partes do corpo: na testa, embaixo do nariz, no pescoço. Era uma sensação estranha, como se plumas molhadas me tocassem; a camiseta grudando no peito fazia lembrar uma bandeira tremulando em um dia sem vento. A luz do sol, estranhamente pesada, me pressionava. Toda vez que a garota balançava o copo de coca, os cubos de gelo produziam um som parecido com um sino de vaca.

— Se estiver com sono, pode dormir. Acordo você quando o gato passar — propôs a menina, em voz baixa.

Ainda com os olhos fechados, assenti com a cabeça.

Durante um bom tempo, não escutei nenhum barulho. A pomba e o pássaro de corda tinham desaparecido. Não ventava nem se ouvia nenhum barulho de ignição. Durante todo esse tempo pensava na desconhecida do telefone. *Será que eu realmente conhecia aquela mulher?*

Mas não me lembrava dela. Como em um quadro de Chirico, só conseguia ver a longa sombra dessa mulher estendida na minha direção, a imagem de seu corpo bem distante de minha consciência. No meu ouvido, o telefone tocava sem parar.

— Ei, você dormiu? — perguntou a garota, em um tom de voz quase inaudível.

— Não.

— Posso ficar perto de você? Prefiro conversar baixinho.

— Pode — respondi, de olhos fechados.

Aparentemente, ela pegou a espreguiçadeira e a encostou bem ao lado da minha. Ouvi um *barulho seco* de armações se tocando.

Que estranho. Quando ouvia a voz dela com os olhos abertos era diferente de quando estava com os olhos fechados. Era a primeira vez que isso acontecia.

— Podemos conversar um pouco? — perguntou. — Falo bem baixinho e você nem precisa responder. Se quiser, pode até dormir.

— Tudo bem.

— A morte é fascinante, não é?

Como ela falava ao pé do meu ouvido, suas palavras me atingiam junto com sua respiração quente e úmida.

— Por que diz isso?

Ela pôs um dedo nos meus lábios, como se os selasse.

— Não faça perguntas — disse ela. — Agora não quero ser questionada. E não abra os olhos. Entendeu?

Concordei de forma tão sutil quanto o tom de sua voz.

Ela tirou o dedo dos meus lábios e, em seguida, o pousou sobre o meu pulso.

— Adoraria ter um bisturi e fazer uma dissecação. Não de um cadáver. Mas da massa informe da morte. Acho que em algum lugar deve existir algo assim. Talvez seja como uma bola de softbol, fosca, macia, um emaranhado de nervos paralisados. Adoraria remover isso de dentro de uma pessoa morta e abrir para ver como é. Sempre penso nisso. Tenho curiosidade de saber como é por dentro. Será que é como pasta de dente que endurece e resseca dentro da embalagem? Não acha? Bem, não precisa responder. Em volta é macio, mas, quanto mais perto do centro, mais duro fica. Por isso, a primeira coisa que pretendo fazer é descascar, tirar essa coisa mole de dentro e, com um bisturi e uma espátula, isolar essa coisa. E, à medida que mexo nela, ela vai endurecendo até se tornar um pequeno e rígido caroço, como uma bola de metal. Não acha?

A garota deu duas, três leves tossidas.

— Não paro de pensar nisso ultimamente. Deve ser porque estou com muito tempo. Acho que é isso. Quando a gente não tem nada para fazer, os pensamentos vão longe, longe. Tão longe que fica difícil acompanhar.

Depois de eu dizer isso, ela tirou o dedo do meu pulso, apanhou o copo e bebeu o resto de coca. Pelo barulho dos cubos de gelo, dava para saber que o copo estava vazio.

— Não se preocupe. Estou de olho no gato. Fique tranquilo. Assim que Noboru Watanabe passar por aqui, eu aviso. Pode ficar de olhos fechados. Ele deve estar andando por essas bandas, pois os gatos costumam caminhar por locais onde estão habituados. Com certeza ele vai aparecer. Imagine que ele *está bem perto e vindo para cá*. Ele está andando pela grama, passando debaixo da cerca, parou um pouco para cheirar uma flor e, lentamente, se aproxima. Tente imaginar essa cena.

Tentei, mas só consegui imaginar vagamente o gato, como se estivesse vendo uma foto tirada na contraluz. A intensa luz do sol atravessou minhas pálpebras, iluminando as áreas escuras da imagem, mas, por mais que eu me esforçasse, não era capaz de me lembrar em detalhes da aparência do gato. A única imagem dele que me vinha à mente era deformada e artificial, como uma foto tremida. Algumas características eram parecidas, mas faltava o essencial. Não me lembrava sequer de como era o jeito de andar do gato.

A garota colocou o dedo mais uma vez no meu pulso e, dessa vez, traçou uma estranha figura sem forma definida. Enquanto ela fazia isso, como em resposta, senti que uma escuridão diferente invadia minha mente. *Acho que estou quase dormindo*, pensei. Não estava com sono, mas não conseguia ficar acordado. Senti o meu corpo pesar na curva suave da espreguiçadeira de lona.

Em plena escuridão, me lembrei de como eram as patinhas de Noboru Watanabe. As quatro patas eram marrons, e as almofadas das solas pareciam de borracha macia. Em silêncio, caminhavam sobre algum terreno.

Onde?

Isso eu não tinha como saber.

Nunca chegou a pensar que, em algum lugar do seu cérebro, existe um ponto cego fatal? — a mulher voltou a indagar suavemente.

Quando acordei, estava sozinho. A garota não estava mais na espreguiçadeira ao lado da minha. A toalha, o cigarro e a revista continuavam ali, mas o copo de coca e o toca-fitas já tinham sido recolhidos.

O sol se voltava para o oeste e a sombra dos galhos do pinheiro chegava até o meu tornozelo. O relógio indicava três e quarenta da tarde. Balancei várias vezes a cabeça como se chacoalhasse uma lata vazia e, em seguida, me levantei da espreguiçadeira e observei ao redor. A paisagem permanecia exatamente igual quando a vira de início. O amplo gramado, o lago seco, a cerca de planta, o pássaro de pedra, as flores de tango, a antena de TV. Sem sinal do gato ou da menina.

Sentei na sombra e, enquanto passava a mão pela grama, olhei a trilha dos gatos e fiquei esperando a garota voltar. Passados dez minutos, nem sinal do gato nem dela. Não havia nenhum movimento ao meu redor. Não sabia o que fazer. Senti ter envelhecido enquanto dormia.

Levantei-me de novo e espiei a casa principal. Não havia sinal de gente. Somente o vidro da janela reluzia com o reflexo da luz do sol da tarde. Sem alternativa, atravessei o gramado, saí no beco e voltei para casa. No final das contas, não encontrei o gato, mas pelo menos fiz o que devia ter feito.

Quando cheguei em casa, recolhi as roupas do varal e preparei um jantar simples. Depois, sentei no chão da sala e, com as costas na parede, li o jornal da tarde. Às cinco e meia, o telefone tocou doze vezes, mas não atendi. Mesmo depois de parar de tocar, o resquício daquele som pairava na tênue escuridão da sala como uma nuvem de poeira. Os ponteiros do relógio de mesa batiam compassadamente na placa de sustentação transparente e pareciam flutuar. *O mundo é um brinquedo de cordas*, pensei. Uma vez por dia, o pássaro de corda aparecia e dava corda no mundo. Eu era o único que envelhecia nesse mundo e sentia a morte, como uma bola branca de softbol crescer dentro de mim. Mesmo quando estive sob sono profundo em algum lugar entre Saturno e Urano, os pássaros de corda espalhados por aí cumpriam sem falta o seu dever.

Pensei em escrever um poema em homenagem ao pássaro de corda. Mas, por mais que tentasse, não conseguia fazer nem o primeiro verso. Também não acreditava que as garotas do colegial pudessem se interessar por um poema desses.

Minha esposa voltou para casa às sete e meia.

— Desculpe, tive que fazer hora extra — explicou. — Ficamos procurando o recibo de pagamento da aula de uma pessoa e não encontramos. Culpa da garota que trabalha meio período, mas, de qualquer maneira, é minha responsabilidade.

— Não tem problema — respondi, e fui para a cozinha preparar peixe grelhado na manteiga, salada e missoshiru. Enquanto isso, minha esposa lia o jornal.

— Por acaso você saiu lá pelas cinco e meia? — perguntou. — Liguei para avisar que chegaria um pouco mais tarde.

— Não tinha manteiga, saí para comprar — menti.

— Passou no banco?

— Claro — respondi.

— E o gato?

— Não encontrei.

— Ah.

Depois de comer e tomar banho, encontrei minha esposa sozinha, sentada na sala com a luz apagada. Estava com uma camisa cinza e, encolhida na escuridão, parecia solitária como uma carga abandonada por engano. Tive pena dela. Em outro lugar, talvez ela fosse mais feliz.

Enxuguei o cabelo com a toalha e sentei no sofá de frente para ela.

— Aconteceu alguma coisa? — perguntei.

— O gato já deve ter morrido.

— Claro que não. Deve estar brincando e se divertindo por aí. Quando ficar com fome, ele volta. Isso já aconteceu uma vez, lembra? Quando a gente morava em Kôenji...

— Agora é diferente. Sinto isso. O gato morreu e deve estar apodrecendo no mato. Você procurou no quintal da casa abandonada?

— Como assim? Por mais que a casa esteja abandonada, tem dono. Não posso simplesmente invadir assim.

— Você matou ele — acusou.

Dei um suspiro e voltei a enxugar o cabelo com a toalha.

— Você o abandonou à própria sorte — completou, ainda no escuro.

— Não estou entendendo — respondi. — O gato é que sumiu. Não é minha culpa. Você sabe disso.

— Você nunca gostou dele!

— Bem, talvez — admiti. — Eu não gostava dele *tanto quanto você*. Mas nunca maltratei ele e, todos os dias, eu dava comida para ele. *Eu* é quem dava comida para ele. O fato de não gostar dele não significa que o tenha matado. Se você começar a falar esse tipo coisa, vou ser responsável pela morte de grande parte das pessoas do mundo.

— Você é assim — disse ela. — Sempre foi assim. Mata muitas coisas sem sujar as mãos.

Pensei em dizer alguma coisa, mas vi que ela estava chorando e desisti. Fui ao banheiro jogar a toalha no cesto de roupa suja, depois fui para a cozinha e peguei uma cerveja da geladeira. Fora um dia absurdo. Um dia absurdo de um mês absurdo de um ano absurdo.

Noboru Watanabe, cadê você?, pensei. *O pássaro não deu corda em você?*

Parecia a estrofe de um poema.

Noboru Watanabe
Cadê você?
O pássaro não deu
corda em você?

Tinha tomado metade da cerveja quando o telefone tocou.

— Atende aí! — gritei na escuridão da sala.

— Atende você — rebateu ela.

— Não quero.

O telefone continuou tocando e ninguém foi atender. O toque do telefone revolvia a poeira que pairava na escuridão. Permanecemos em silêncio. Eu bebia a cerveja, enquanto ela abafava o choro. Contei vinte toques, depois desisti e o deixei tocar à vontade. Não podia ficar contando para sempre.

O segundo assalto à padaria

Ainda hoje não sei dizer se fiz bem em contar para a minha esposa sobre o assalto à padaria. A questão talvez não deva ser analisada na base do certo e errado. Há escolhas erradas que produzem resultados satisfatórios, e escolhas corretas que levam a resultados catastróficos. A fim de evitar esse tipo de arbitrariedade — acho que se pode dizer assim —, acredito ser necessário pensar que *nós, na verdade, não escolhemos nada*. As coisas simplesmente acontecem, ou não.

De certa forma, foi pensando assim que, *sem querer*, acabei contando para a minha esposa a história do assalto à padaria. E, então, não dava mais para voltar atrás. Se as coisas tomaram o rumo que tomaram depois, foi porque assim era para ser. Se as pessoas estranham o que aconteceu, é porque lhes falta o contexto maior. Não importa como eu tente explicar: nada mudará os fatos. Essa é uma forma, a minha, de encarar a situação.

Digamos que o fato de ter contado a ela sobre o assalto foi inusitado. Não planejei trazer o assunto à tona, e ele também não surgiu em uma deixa da conversa, do tipo "Ah, e por falar nisso…". Eu já havia me esquecido por completo do episódio.

O que me fez lembrar dele foi um ataque de fome que nos abateu pouco antes das duas da madrugada. Eu e minha esposa havíamos feito uma refeição leve no jantar em torno das seis e, às nove e meia, já havíamos nos recolhido, mas aconteceu de acordarmos ao mesmo tempo na madrugada. Então, fomos atacados por uma fome tão avassaladora quanto aquele tornado que surge em *O mágico de Oz*. A fome era tanta que nos oprimia.

Na geladeira, porém, não havia nada que pudesse ser efetivamente categorizado como comida: um molho francês, seis latas de cerveja, duas cebolas murchas, manteiga e um redutor de odores. Estávamos casados havia duas semanas e ainda não tínhamos desenvolvido bons hábitos alimentares. Tínhamos outras prioridades no momento.

Naquela época, eu trabalhava num escritório de advocacia e minha esposa, na parte administrativa de uma escola de design. Se não me engano, eu tinha vinte e oito ou vinte e nove anos (não tenho certeza porque não consigo me lembrar da idade com que casei), enquanto ela era dois anos e oito meses mais jovem que eu. Nossa vida era corrida e planejar a despensa definitivamente não era prioridade.

Levantamos da cama, fomos até a cozinha e sentamos à mesa um de frente pro outro. Estávamos famintos demais para voltar a dormir — aceitar isso já era penoso — ou fazer qualquer outra coisa. Não tínhamos ideia de onde vinha essa fome tão violenta.

Insistíamos em ficar abrindo e fechando a geladeira, na esperança de encontrar alguma coisa para comer. Mas, não importava quantas vezes fizéssemos isso, o cenário não se alterava: cerveja, cebola, manteiga, molho e redutor de odores. Seria possível fritar duas cebolas murchas na manteiga, mas isso não seria suficiente para nos saciar. A cebola é um tipo de alimento que se prepara como acompanhamento; sozinha, não serve para matar a fome de ninguém.

— Que tal um cozido de molho francês e redutor de odores? — sugeri em tom de brincadeira, mas, como era de esperar, fui ignorado.

— Vamos pegar o carro e dar uma volta para procurar algum restaurante vinte e quatro horas — tentei. — Deve ter algum lugar aberto na estrada.

Mas a minha esposa recusou.

— Não acho certo sairmos para comer fora depois da meia-noite — respondeu. Nesse sentido, ela era bem antiquada.

— Entendo — respondi, depois de uma breve pausa para suspirar.

Na época de recém-casados, sempre que ela exprimia uma opinião (ou melhor, uma tese), aquilo me atingia com o peso de uma revelação. Quando ela me deu essa resposta, senti que a nossa fome era especial e que jamais seria saciada de forma adequada num restaurante noturno de beira de estrada.

O que seria uma *fome especial*?

Poderia descrevê-la em uma sequência de imagens:

1. Estou num pequeno bote flutuando num mar tranquilo.

2. Ao olhar para dentro da água, vejo o cume de um vulcão submarino.

3. A distância entre a superfície da água do mar e a ponta desse vulcão é bem grande, mas não dá para mensurá-la com precisão.

4. A água é extremamente cristalina, a ponto de impossibilitar a real percepção de distância.

Essa foi a sequência que surgiu em minha mente nos dois ou três segundos entre o momento de a minha esposa dizer que não queria sair de noite para procurar um restaurante e eu concordar. É óbvio que não sou Sigmund Freud, de modo que não saberia analisar a fundo o significado desse pensamento, mas, intuitivamente, percebi se tratar de uma revelação. Por isso, concordei com a tese (ou declaração) dela de que não deveríamos sair para comer fora, apesar da nossa fome ser extrema e insana.

Sem alternativa, resolvemos beber as cervejas. Era melhor do que comer cebolas. Minha esposa não gostava muito de cerveja, então bebi quatro das seis latas, e ela, duas. Enquanto eu bebia, ela parecia um esquilo vasculhando as prateleiras dos armários da cozinha. De tanto procurar, conseguiu achar quatro bolachas amanteigadas. Eram sobras da base de um cheesecake que havíamos preparado outro dia, já úmidas e murchas, mas, mesmo assim, repartimos e cada um comeu duas bolachas com muito gosto.

Mas, infelizmente, as cervejas e as bolachas amanteigadas eram tão insignificantes diante de nossa fome quanto observar a península do Sinai do céu. As cervejas e as bolachas eram como uma paisagem que passa ligeira pela janela do carro.

Começamos a ler o que estava na lata da cerveja, a olhar para o relógio e para a porta da geladeira, a folhear as páginas do jornal do dia anterior e, com a borda de um cartão-postal, recolhemos as migalhas de bolacha espalhadas pela mesa. As horas custavam a passar, parecendo lentas e pesadas como chumbo no estômago de um peixe.

— É a primeira vez que sinto tanta fome — disse minha esposa. — Será que isso tem alguma relação com o casamento?

Respondi que não sabia. Talvez tivesse.

Enquanto ela voltava a vasculhar a cozinha em busca de qualquer vestígio de comida, eu projetava o corpo para fora do bote para observar outra vez o pico do vulcão submarino. A água salgada e translúcida ao redor do bote me deixou muito inseguro. Era como se uma caverna surgisse no fundo do estômago. Uma caverna hermeticamente fechada, sem entrada nem saída. Senti o meu corpo estranhamente vazio — uma estranha sensação de ausência —, e esse sentimento lembrava o medo que sentimos ao chegar ao topo de um alto campanário. A semelhança entre a fome e o medo provocado pela altura era uma descoberta nova. Foi então que me lembrei da vez em que sentira uma fome tão acachapante como a que sentia naquele momento.

— No dia do assalto à padaria — deixei escapar.

— Você assaltou uma padaria? Como assim? — perguntou a minha esposa.

As lembranças daquele episódio começaram a voltar.

— Há muito tempo assaltei uma padaria — contei para a minha esposa. — Não era uma padaria grande e famosa. Os pães não eram especialmente gostosos nem ruins. Era uma padaria comum, que a gente encontra em qualquer cidadezinha. Ficava no centro de uma rua comercial e era o próprio dono quem assava e vendia os pães. Uma loja pequena, que fechava as portas assim que todos os pães assados no dia eram vendidos.

— Por que escolheu essa padaria? — perguntou a minha esposa.

— Porque não havia necessidade de assaltar uma maior. Só queríamos saciar a fome, não roubar. Nós éramos delinquentes, não ladrões.

— Nós? "Nós" quem?

— Um amigo da época. Já se passaram dez anos. Éramos muito pobres e não podíamos sequer comprar uma pasta de dente. Sempre faltava comida. Por isso, fizemos muitas coisas reprováveis para conseguir comer. O assalto à padaria foi apenas uma delas.

— Não estou entendendo — disse a minha esposa, observando com atenção o meu rosto. O seu olhar era como o de alguém que procura uma estrela pálida no céu do amanhecer. — Por que você não trabalhava? Se fizesse um bico que fosse, teria condições de comprar pelo menos um pão, certo? Por qualquer ângulo que se olhe, essa alternativa me parece mais fácil do que ter de assaltar uma padaria.

— Não queríamos trabalhar. Isso era ponto pacífico.

— Mas agora você trabalha direitinho, não é?

Concordei balançando a cabeça e bebi um gole de cerveja antes de coçar as pálpebras com a parte interna do pulso. As cervejas me deixavam sonolento. Senti um leve torpor invadir a minha mente e competir com a intensa sensação de fome.

— Os tempos mudam, as pessoas também — respondi. — Não acha melhor irmos dormir? Amanhã precisamos acordar cedo.

— Não estou com sono e quero que você me conte essa história do assalto à padaria.

— Não vale a pena. Não é uma história tão interessante assim. Nenhuma cena grandiosa de ação, nada disso.

— Mas, no final das contas, o assalto deu certo?

Abri outra lata de cerveja. Minha esposa é do tipo que, quando começa a ouvir uma história, precisa chegar até o fim.

— Pode-se dizer que fomos bem-sucedidos, mas que também fracassamos — respondi. — Ou seja, pegamos a quantidade de pães que queríamos, mas, como assalto, foi uma furada. O que estou tentando dizer é que, antes de roubarmos os pães, o próprio dono os ofereceu a nós.

— De graça?

— Não foi de graça. Esse é o ponto difícil de explicar — respondi, enquanto meneava a cabeça. — O dono era fanático por música clássica, e, bem na hora que entramos, ele ouvia uma gravação com os prelúdios de Wagner. Ele propôs o seguinte: se conseguíssemos ouvir em silêncio os prelúdios até o final, poderíamos pegar os pães da loja à vontade. Eu e o meu comparsa deliberamos a respeito. Concluímos que, "se bastava ouvirmos a música, o.k.". Não nos daria trabalho nem machucaria ninguém. Sendo assim, guardamos as facas e os canivetes na mochila, sentamos nas cadeiras e ouvimos, ao lado do dono, os prelúdios de *Tannhäuser* e *O holandês voador*.

— E conseguiram os pães?

— Sim. Pegamos quase todos os pães da loja, enchemos a mochila e ficamos quatro, cinco dias nos saciando com eles — ao dizer isso, bebi mais um gole de cerveja. O estado de sonolência balançou lentamente o bote como uma onda silenciosa que surge depois de um maremoto. — Conseguimos, afinal, cumprir o objetivo inicial de conseguir os pães, mas o que aconteceu ali não foi em hipótese alguma um assalto. Foi uma espécie de troca. Tivemos que ouvir as músicas de Wagner para podermos ficar com os pães. Legalmente falando, foi uma transação.

— Está dizendo que ouvir Wagner não é um trabalho.

— Isso mesmo — respondi. — Se o dono pedisse para lavarmos pratos ou limparmos janelas, não teríamos aceitado e acabaríamos assaltando o local. Mas ele não exigiu nada disso. Só pediu que ouvíssemos o LP de Wagner. Por isso, eu e o meu amigo ficamos desconcertados. Jamais poderíamos imaginar Wagner entrando nessa história. Foi como se o padeiro tivesse nos lançado um feitiço. Pensando agora, acho que devíamos ter seguido o plano inicial, de ameaçá-lo com uma faca e pegar os pães. Se tivéssemos feito isso, creio que não teríamos tido nenhum problema.

— E tiveram?

Cocei outra vez a pálpebra com o pulso.

— De certa forma, sim — respondi —, mas nada que se possa apontar de modo objetivo. Muitas coisas estranhas começaram a acontecer depois disso. Quase como um ponto de virada: quando as coisas mudam e nunca mais voltam a ser como antes. No final das contas, continuei a cursar a faculdade, me formei sem dificuldades e comecei a trabalhar num escritório de advocacia enquanto estudava para o exame de habilitação para o magistrado estatal. Depois, você apareceu e nos casamos. E nunca mais voltei a assaltar padarias.

— Isso é tudo?

— Sim, eis a história — respondi e terminei de beber a cerveja. Havíamos esvaziado as seis latas. No cinzeiro, os seis anéis do lacre das latas pareciam escamas de sereia.

Mas não era verdade que não tivesse acontecido mais nada como consequência do assalto à padaria. Houve coisas bem concretas e visíveis. Mas eu não queria contar isso a ela.

— E que fim teve o seu amigo?

— Não sei — respondi. — Depois daquele dia, aconteceu uma coisa, nada muito importante, mas acabamos nos distanciando. Desde então, nunca mais o vi e não sei o que ele faz hoje.

Minha esposa permaneceu em silêncio durante um tempo. Deve ter percebido alguma coisa no tom da minha voz. Mas não comentou nada.

— Mas o fato de vocês desfazerem a parceria possui relação direta com o assalto à padaria, não é?

— Creio que sim. Acho que o choque que tivemos foi muito maior e mais intenso do que podíamos imaginar. Depois do ocorrido, ficamos vários dias conversando sobre a relação entre os pães e Wagner. Queríamos saber se a nossa escolha havia sido correta, mas não conseguíamos chegar a nenhuma conclusão. Do meu ponto de vista, acho que fizemos a escolha certa. Ninguém se feriu e, de um jeito ou de outro, todos saímos satisfeitos. Até hoje não entendo as razões do dono da padaria ter pedido aquilo, mas já não importa, ele nos mostrou seu apreço por Wagner, e nós saciamos a nossa fome. Mesmo assim, sentimos que havia alguma coisa errada. Essa sensação de equívoco persistiu e lançou uma sombra em nossa vida. É por isso que usei a palavra *feitiço*. Não há dúvida de que se tratou de um feitiço.

— Será que esse feitiço foi quebrado?

Fiz uma pulseira com os aros da lata de cerveja que estavam no cinzeiro.

— Não sei. Posso supor que há muitos feitiços lançados pelo mundo. Tanto que, se acontecer alguma desgraça, é difícil discernir qual dos feitiços terá sido o responsável por ela.

— Não acredito nisso — disse a minha esposa, olhando nos meus olhos. — Pense bem, é fácil entender. Enquanto você não quebrar esse feitiço com as próprias mãos, isso vai corroê-lo e fazê-lo sofrer até a morte. E se estenderá a mim também.

— A você?

— É que agora eu é que sou sua parceira. Essa fome que estamos sentindo é um exemplo disso. Até nos casarmos, eu nunca havia sentido uma fome dessa proporção. Não acha isso anormal? Acho que o feitiço que se abateu sobre você agora também já me pegou.

Concordei balançando a cabeça e desmanchei a pulseira de aros de alumínio, devolvendo-os ao cinzeiro. Não sabia direito se o que ela dissera podia ou não ser verdade. Mas me fez pensar que ela pudesse ter razão.

A fome, que até então se isolara em algum lugar profundo da nossa mente, voltou com tudo. Ainda mais intensa do que antes, rendendo até uma terrível dor de cabeça. O estômago se contorcia e a dor se expandia até a cabeça, como se levada pela correia de uma máquina sofisticada.

Mais uma vez, olhei para o vulcão submarino. A água do mar estava muito mais translúcida do que antes e, se a pessoa não observasse com atenção, não perceberia a existência da água. Era como se o bote flutuasse no céu, sem suporte. Dava para enxergar com nitidez cada pedrinha que havia no fundo, a ponto de parecer que bastava estender a mão para pegá-las.

— Faz apenas uns quinze dias que estamos morando juntos, mas sempre senti que havia algum tipo de feitiço — ela disse. Fitando meu rosto, entrelaçou os dedos das mãos sobre a mesa. — É claro que só percebi que era um feitiço depois de ouvir essa história, mas agora tenho total convicção de que você está enfeitiçado.

— Como é possível saber se uma pessoa está enfeitiçada?

— É como uma cortina que não é lavada há muitos anos, coberta de poeira.

— Isso talvez não seja feitiço, mas, quem sabe, um probleminha particular que tenho em casa — eu disse, rindo.

Ela não riu.

— Não é nada disso.

— Considerando que você tenha razão e eu esteja mesmo enfeitiçado — retomei —, o que devo fazer?

— Assaltar novamente uma padaria. E agora — decretou ela, categoricamente. — Não há outro jeito de quebrar esse feitiço.

— Agora?

— Sim. Agora. Enquanto estamos com fome. Deve realizar agora o que deixou de fazer antes.

— Mas será que existe uma padaria aberta a esta hora da madrugada?

— Vamos procurar. Tóquio é uma cidade grande e com certeza encontraremos uma que funcione de madrugada.

Saímos com o nosso velho Toyota Corolla circulando pelas ruas de Tóquio às duas e meia da madrugada, em busca de uma padaria. Eu ao volante, ela no banco de passageiros, olhando em todas as direções, atentos como aves de rapina. No banco de trás, a espingarda de caça, uma Remington automática, ia deitada como um peixe fino, comprido e rígido; os cartuchos de reserva no bolso do agasalho da minha esposa faziam um barulho seco. No porta-luvas havia duas máscaras de esqui. Não tinha ideia do motivo de ela possuir uma espingarda e máscaras. Nunca esquiamos juntos. Mas, quanto a isso, ela não dava detalhes, e eu também não perguntei. Vida de casado guarda suas peculiaridades.

No entanto, apesar da parafernália que carregávamos, não encontramos nenhuma padaria aberta. Percorremos as ruas vazias desde o bairro de Yoyogi até Shinjuku e seguimos em direção a Yotsuya, Akasaka, Aoyama, Hiroo, Roppongi, Daikan-yama e Shibuya. Na madrugada de Tóquio, vimos muitos tipos de pessoas, mas nem uma padaria. Não havia pãozinho na madrugada.

Durante o trajeto, encontramos duas viaturas de polícia. A primeira estava discretamente estacionada em um canto da estrada; a outra trafegava com baixa velocidade ao nos ultrapassar. Nas duas vezes, senti o suor brotar nas axilas, mas a minha esposa parecia nem ter reparado nelas, ansiosa em encontrar uma padaria. Toda vez que ela ajeitava a posição do corpo, os cartuchos no bolso tilintavam como um travesseiro com enchimento de cascas de trigo.

— Vamos desistir — sugeri. — Não vamos achar uma padaria aberta a esta hora da noite.

— Pare o carro! — ela ordenou, de súbito.

Apertei o freio na mesma hora.

— É aqui — anunciou, com serenidade.

Com as mãos ao volante, observei ao redor, mas não vi nada que lembrasse uma padaria. Os estabelecimentos comerciais tinham as portas abaixadas e formavam uma espécie de barreira escura e silenciosa. Os letreiros de uma barbearia piscavam indiferentes na escuridão, como um olho artificial torto. Uns duzentos metros à frente se via a fachada luminosa de um McDonald's.

— Não tem nenhuma padaria aqui — constatei.

Em silêncio, minha esposa abriu o porta-luvas, pegou uma fita adesiva e desceu do carro. Eu a acompanhei. Ela se agachou na frente do veículo e começou a cortar pedaços de fita para cobrir o número da placa. Depois, fez o mesmo com a placa traseira. Tinha a atitude determinada, como se estivesse acostumada a fazer aquilo. Fiquei parado feito bobo sem tirar os olhos dela.

— Vamos assaltar aquele McDonald's — ela decidiu, com a naturalidade de quem anunciava o menu do jantar.

— O McDonald's não é uma padaria.

— É como se fosse — retrucou ela, e voltou para o carro. — Às vezes é necessário fazer concessões. Vamos.

Desisti de fazê-la mudar de ideia e avancei o carro duzentos metros, parando no estacionamento. Havia apenas um reluzente Bluebird vermelho. Ela me passou a espingarda de caça enrolada num cobertor.

— Nunca atirei e não pretendo fazer isso — protestei.

— Não vai precisar. Apenas segure a arma. Ninguém vai reagir. Faça exatamente o que eu disser, o.k.? A primeira coisa que vamos fazer é entrar na loja com uma atitude determinada. Assim que a atendente disser "Bem-vindos ao McDonald's", vestimos rapidamente as máscaras de esqui. Entendeu?

— Sim, mas...

— Você vai em direção ao gerente, aponta a arma para ele e faz com que todos os funcionários e clientes fiquem agrupados num só local. Isso tudo tem que ser rápido. O resto, deixe comigo.

— Mas...

— Quantos hambúrgueres você acha que serão suficientes? — questionou. — Uns trinta?

— Acho que sim.

Com um suspiro, peguei a espingarda e desenrolei um pouco o cobertor para observá-la: era pesada como um saco de areia e negra como a noite.

— Será que realmente precisamos fazer isso? — questionei. A pergunta era em parte dirigida a ela, em parte, a mim mesmo.

— É claro que sim — respondeu ela.

— Bem-vindos ao McDonald's — saudou a atendente, com o boné da empresa e um sorriso institucional. Não me ocorrera que garotas pudessem trabalhar de madrugada, por isso fiquei um pouco confuso quando a vi, mas tratei de botar logo a máscara. A atendente não pôde reprimir uma expressão atônita diante dos mascarados.

A forma de reagir nesse tipo de situação não devia constar nos manuais de atendimento da empresa. A garota tentou dizer alguma coisa depois das boas-vindas, mas seus lábios ficaram trêmulos e as palavras não saíram. Mesmo assim, ela continuou a esboçar um forçado sorriso em formato de meia-lua.

Tirei o mais rápido que pude o cobertor da espingarda e apontei em direção aos clientes, mas só havia um casal de estudantes debruçados na mesa, dormindo profundamente. As duas cabeças e os dois copos vazios de milk-shake de morango ali alinhados pareciam um objeto de arte vanguardista. Estavam entregues a um sono tão pesado que pareciam mortos; deixá-los ali não iria atrapalhar a nossa missão. Por isso, em vez de mirar neles, resolvi apontar para o balcão de atendimento.

Ao todo eram três funcionários: a atendente; o gerente de rosto pálido e ovalado, que devia ter entre vinte e cinco e trinta anos; e uma figura apática que parecia um estudante que trabalhava na cozinha em regime temporário. Os três ficaram em frente à caixa registradora e olhavam atentos o cano da espingarda, como turistas que observam uma escavação inca. Ninguém gritou nem reagiu. A arma era tão pesada que, com o dedo no gatilho, tive de apoiar o cano na caixa registradora.

— Eu entrego o dinheiro — antecipou-se o gerente, com a voz rouca. — Não temos muito porque quase tudo foi recolhido às onze, mas podem levar o que sobrou. Sem problemas, temos seguro.

— Feche a entrada e apague o letreiro — ordenou a minha esposa.

— Espere um pouco — disse o gerente. — Isso vai dar problema. Se eu fechar a loja sem motivo, eu é que serei responsabilizado.

Minha esposa repetiu a ordem bem devagar.

— Acho melhor obedecer — reforcei.

O gerente parecia confuso. Durante um tempo, ele alternava o olhar entre o cano da arma e o rosto da minha esposa, até que, resignado, apagou o letreiro e fechou a entrada. Observei atento os passos deles, tinha medo que apertasse algum alarme, mas, no final das contas, não havia nenhum dispositivo do tipo naquela loja. Acho que ninguém previra que uma lanchonete pudesse ser assaltada.

Mesmo depois de a porta de correr baixar produzindo um estrondo, como se alguém estivesse acertando um balde com um taco de beisebol, o casal que dormia debruçado na mesa não acordou. Fazia tempo que eu não via um sono tão profundo.

— Trinta Big Macs para viagem — ordenou a minha esposa.

— Se eu entregar o dinheiro, você faz o pedido em outra loja? — propôs o gerente. — É que fica muito complicado registrar isso no livro de contas. E ainda que...

— Acho melhor obedecer — repeti.

Os três funcionários se apressaram à cozinha para preparar os trinta Big Macs. O estudante fritava os hambúrgueres, o gerente os enfiava nos pães e a garota embrulhava. Ninguém abriu a boca.

Fiquei encostado em uma geladeira grande, o cano da arma apontado em direção à chapa. As carnes estavam enfileiradas, como uma estampa de bolinhas marrons, e emitiam o ruído próprio de fritura. O cheiro doce da carne fritando penetrava todos os poros do meu corpo, parecia uma colônia de insetos microscópicos se mesclando à corrente sanguínea e circulando por todos os recônditos internos, até se agruparem na cavidade hermeticamente fechada da fome no centro do corpo e se incorporarem às suas paredes rosadas.

Tive vontade de pegar um ou dois dos hambúrgueres já devidamente embrulhados e devorá-los ali mesmo, mas, como não tinha certeza se isso condizia com os nossos objetivos, achei melhor esperar. A cozinha estava quente e comecei a suar por baixo da máscara.

De vez em quando eu coçava as orelhas com o dedo mindinho da mão esquerda. É que toda vez que fico tenso, minhas orelhas coçam. Quando coçava por cima da máscara, a arma oscilava para cima e para baixo, deixando os três um tanto abalados. A arma estava travada e não havia perigo de disparar por acidente, mas os três não sabiam disso e não cabia a mim avisá-los.

Enquanto eles preparavam os Big Macs e eu apontava a arma para eles, minha esposa olhava o salão e contava os sanduíches que ficavam prontos. Ela os ajeitou em duas sacolas de papel, quinze Big Macs em cada uma.

— Por que vocês precisam fazer isso? — perguntou a atendente, se voltando para mim. — Por que simplesmente não pegam o dinheiro e compram o que bem entenderem? Por que querem comer trinta Big Macs?

Fiquei em silêncio e mexi de leve a cabeça.

— Sabemos que é errado, mas não encontramos nenhuma padaria aberta — a minha esposa explicou. — Se houvesse alguma, era ela que assaltaríamos.

Eu não acreditava que essa explicação fosse suficiente para que entendessem, mas ninguém perguntou mais nada. Com os trinta Big Macs nas sacolas, minha esposa pediu duas cocas tamanho grande e pagou em dinheiro.

— Não temos a intenção de roubar nada além dos sanduíches — ela explicou para a atendente. A garota balançou a cabeça em um gesto confuso. Era como se discordasse e concordasse ao mesmo tempo. Acho que ela tentou simultaneamente indicar as duas coisas. Acho que entendi o que ela estava sentindo.

Depois, minha esposa tirou do bolso uma corda de amarrar caixas — ela viera mesmo preparada — e amarrou os três funcionários num dos pilares da lanchonete, ela tinha a destreza de quem prega um botão. Os três sabiam que não adiantaria resistir e permaneceram em silêncio. Mesmo quando ela perguntava se a corda machucava ou se alguém queria ir ao banheiro, ninguém respondia. Embrulhei a arma no cobertor e minha esposa pegou as sacolas com o emblema do McDonald's, uma em cada mão, e saímos por uma fresta da porta de correr. Aqueles dois clientes continuavam dormindo pesado como peixes de águas profundas. Fiquei curioso para saber o que os despertaria daquele sono.

Depois de dirigir por cerca de trinta minutos, parei o carro no estacionamento de um prédio qualquer e começamos a comer os Big Macs e beber os refrigerantes até nos fartarmos. Consegui enfiar seis Big Macs na caverna vazia do estômago, enquanto ela comeu quatro. Mesmo assim, ainda havia vinte Big Macs no banco de trás. Conforme o dia amanhecia, aquela fome, que pensávamos que duraria para sempre, desapareceu. Os primeiros raios de sol iluminaram a parede suja do prédio e a tingiram de lilás, fazendo uma enorme propaganda da Sony Beta ofuscar a vista. De vez em quando, o barulho dos pneus dos caminhões de carga pesada se misturava ao canto dos pássaros. No rádio, a estação americana FEN tocava música country. Compartilhamos um cigarro. Depois de fumarmos, ela encostou a cabeça no meu ombro.

— Será que precisávamos mesmo ter feito isso? — voltei a perguntar.

— É claro que sim — ela disse e, depois de um profundo suspiro, adormeceu. O corpo dela era macio e leve como o de um gato.

Ao ficar só, me debrucei na borda do bote e olhei o fundo do mar, mas não encontrei o vulcão submarino. A superfície da água estava calma e refletia o azul do céu. Pequenas ondas, como pijamas de seda, se movimentavam ao sabor dos ventos, resvalando levemente nas laterais do bote.

Deitei nele e fechei os olhos, esperando que a maré alta me levasse para algum lugar adequado.

Mensagem do canguru

Oi, tudo bem?
Como tinha o dia livre, pela manhã fui ao zoológico perto de casa para ver os cangurus. O zoológico não é muito grande, mas tem um pouco de tudo, de gorila a elefante. Agora, se você é fã de lhamas e tamanduás, acho melhor nem fazer a visita. Ali não tem nada de lhama nem de tamanduá. Nada de impala nem de hiena. E leopardo nem pensar.
Em compensação, tem quatro cangurus.
Um é filhote e nasceu há mais ou menos dois meses, outro é macho e há duas fêmeas. Não faço ideia de como está organizada a família.
Toda vez que vejo um canguru, tenho curiosidade de saber o que ele sente. Por que afinal ficam saltitando daquele jeito desengonçado em um fim de mundo como a Austrália? Só para serem mortos com um pedaço de pau que chamam de bumerangue?
Bom, mas pouco importa. Nem é um problema tão grande assim. Nem tem relação com o que quero contar nesta história.
Pois então, enquanto eu estava observando os cangurus, fiquei com vontade de lhe escrever uma carta.
Você deve estar estranhando e se perguntando o que me levou a querer lhe escrever uma carta enquanto observava os cangurus, não é? Talvez esteja querendo saber que tipo de relação pode existir entre o canguru e você. Por favor, não ligue para isso. Cangurus são cangurus e você é você. Entre cangurus e você não existe relação direta, nada que possa chamar a atenção de alguém.
Vou me explicar.
Entre cangurus e a vontade de escrever uma carta para você havia trinta e seis delicados passos. Ao dar o último desses passos, senti vontade de lhe escrever. Apenas isso. Eu poderia explicar o processo

tim-tim por tim-tim, mas creio que você não entenderia muito bem e, para ser sincero, admito que já não me lembro mais de todos. Afinal, eram trinta e seis passos!

Se um fosse dado fora da hora, eu não estaria escrevendo esta carta para você. Talvez estivesse no Oceano Antártico, sobre o dorso de um cachalote, talvez ateando fogo a uma tabacaria das redondezas... Enfim, o que importa é que esses trinta e seis passos casualmente me levaram a escrever uma carta para você.

Não é interessante?

Então, vamos começar pelas apresentações.

Tenho vinte e seis anos e trabalho na seção de controle de qualidade de produtos de uma loja de departamentos. Um trabalho que — como você deve imaginar — é bastante enfadonho. Para começar, testamos as mercadorias assim que são adquiridas, procedimento que evita troca de farpas entre o setor de compras e os fornecedores, ainda que minha verdadeira responsabilidade não seja tão crucial quanto você possa imaginar por essas linhas. Antigamente, talvez, mas hoje as lojas de departamentos vendem de tudo, de cortadores de unha até barcos a motor e, como o catálogo de mercadorias é alterado todos os dias, é impossível verificar minuciosamente cada item, e seria impossível darmos conta de tudo mesmo que o dia tivesse quarenta e oito horas e cada funcionário oito braços. Aliás, nem a própria empresa exige isso da gente. Por isso, o que chamamos de checagem não passa de uma puxadinha na fivela de um sapato ou de apalpar alguns doces para conferir a consistência. Todo o trabalho da seção de controle de qualidade de produtos se resume a isso.

Então, nossa tarefa principal acaba sendo receber e tentar resolver as reclamações dos clientes, estudando caso a caso. Depois de fazer uma triagem das queixas, podemos encaminhar a reclamação para o fabricante ou não voltar a adquirir o produto em questão. Vou mostrar alguns exemplos de reclamação que costumamos receber. "Acabei de comprar dois pares de meias-calças e elas desfiaram no primeiro uso." "O ursinho de corda parou de funcionar ao cair da mesa." "Lavei o roupão de banho na máquina e ele encolheu."

Talvez você não saiba, mas é espantosa a quantidade de reclamações dessa natureza. Cuido apenas de queixas de determinados produtos, mas alguns departamentos recebem tantas reclamações que não conseguem dar conta da avalanche. Na minha seção somos quatro, e não exagero ao dizer que as reclamações nos perseguem o dia inteiro — desde que entramos pela manhã até o fim do expediente, à tarde —, como animais famintos. Entre elas, algumas são pertinentes, e outras, não. Há também os casos mais complexos, de difícil solução.

Por conveniência, classificamos as queixas em três níveis: A, B e C. No meio da sala temos três caixas enormes, cada uma etiquetada com uma letra que serve para separarmos as cartas. Batizamos essa tarefa de "avaliação racional em três níveis", uma brincadeira do nosso setor. Não leve a mal, certo?

Bom, os três níveis são os seguintes:

(A) Reclamações pertinentes. São casos em que assumimos nossa culpa. Vamos até a casa do cliente com uma caixa de doces e providenciamos a substituição do produto.

(B) Situações-limite. São casos em que não temos culpa na esfera jurídica, mas para não arranhar a imagem institucional tomamos algumas medidas cabíveis, para evitar problemas desnecessários.

(C) Total responsabilidade do cliente. Nesses casos, nos limitamos a dar uma explicação e pedimos que retirem a queixa.

Pois bem, depois de examinarmos com toda a atenção, classificamos no nível C a reclamação enviada por você. Preste atenção, os motivos dessa classificação foram os seguintes: (1) Um disco já adquirido (2) há mais de uma semana (3) não pode ser trocado sem a nota. *Não importa em que lugar do mundo você esteja, isso é inadmissível.*

Entende o que estou querendo dizer?

Com isso encerro a explicação sobre o assunto. Sua reclamação foi aberta e rejeitada.

Agora, para além do ponto de vista profissional — para ser sincero, muitas vezes acabo adotando essa perspectiva —, no fundo compreendo o seu problema: ter se equivocado ao comprar a sinfonia de Mahler em vez de uma de Brahms. De verdade. Por isso resolvi escrever esta mensagem até certo ponto íntima e não uma carta formal e protocolar.

Confesso que nesta última semana tentei diversas vezes escrever uma carta para você. Algo como "Lamentamos informá-la que, infelizmente, não será possível trocar o disco. Porém, como sua carta nos tocou profundamente, resolvemos escrever algumas linhas. Pessoalmente etc. etc. etc.". Cheguei a começar, mas não consegui, o que não se deve ao fato de eu não ser capaz de escrever bem uma carta. Pelo contrário. Por mais estranho que seja admitir, sou até bom nisso. Até hoje, não me lembro de ter tido dificuldades para escrever cartas. Mas, quando tentei escrever para você, por algum motivo não consegui encontrar as palavras certas. Tudo o que me passava pela mente me parecia um desatino. A correção das frases não deixava fluir a emoção. Foram muitas e muitas tentativas, que chegaram a ir para o envelope e ganhar selos, mas que na última hora acabaram no lixo.

Por isso, decidi desistir. Acho que, se for para escrever uma carta imperfeita, melhor não escrever nada. Não concorda? É o que penso. Uma mensagem imperfeita é como um calendário desatualizado. Melhor não ter.

Até que esta manhã, quando estava diante da cerca dos cangurus, passando pelos trinta e seis passos aleatórios, tive uma epifania, ou seja, atingi um estado que poderíamos chamar de máxima imperfeição.

Talvez você queira saber o que significa atingir um estado de máxima imperfeição — acho que realmente seria uma pergunta possível. O estado de máxima imperfeição, para resumir, é quando uma pessoa perdoa a outra. Por exemplo: eu perdoo os cangurus, os cangurus perdoam você e você me perdoa.

Naturalmente esse ciclo não é infinito e, em algum momento, os cangurus podem não querer mais perdoar, o que não deve ser motivo para você se chatear com eles. A culpa não é dos cangurus nem sua. Muito menos minha. Os cangurus também têm seus problemas. Quem tem o direito de criticá-los?

Tudo o que nos resta é aproveitar o momento. Sem esquecer de tirar uma foto para guardar de recordação. No centro, da esquerda para a direita, você, os cangurus e eu. Que tal?

Desisti de escrever uma carta ou até uma simples mensagem protocolar para você. Não confio mais nas palavras. Por exemplo, a palavra "espontâneo". O que você sente ao ler a palavra "espontâneo" pode ser diferente — ou até o contrário — do que sinto ao ler essa mesma palavra. É uma grande injustiça, não acha? É como se eu tirasse as cuecas e você só desabotoasse três botões da blusa. Não parece injusto? Bem, eu não gosto de injustiças. Claro, sei que o mundo é injusto. Mas, se depender de mim, não serei conivente com essa injustiça. Adoto essa postura.

Por isso, vou gravar em fita cassete a mensagem que pretendo enviar.

[Assobio — *Colonel Bogey March*, oito compassos]

Está escutando?

Não sei qual será a sua reação quando receber esta car... ou melhor, esta fita cassete. Não consigo imaginar. Mesmo. Talvez você fique muito contrariada. Afinal, não é todo dia que um funcionário da seção de controle de qualidade de produtos de uma loja de departamentos envia uma resposta por meio de uma gravação — ainda por cima uma resposta de cunho pessoal. Isso pode ser interpretado como um acontecimento muitíssimo excepcional, ou, dependendo do ponto de vista, como um enorme disparate. Se você se sentir desrespeitada ou ficar ofendida e decidir encaminhar esta fita para o meu supervisor, saiba que ficarei em uma situação bastante delicada no trabalho.

Agora, se quiser fazer isso, tudo bem. Prometo que não vou ficar irritado ou com raiva de você.

Enfim, estamos em pé de igualdade. O que estou querendo dizer é que tenho o direito de escrever uma carta para você, que tem o direito de me prejudicar. É uma posição justa, não acha? Isso mesmo. Assumo a responsabilidade pelos meus atos. Não estou aqui para brincar ou fazer graça.

Ah! Me esqueci de dizer. Vou chamar esta espécie de carta de "mensagem do canguru".

Afinal, tudo precisa ter um nome.

Vamos imaginar que você tenha um diário. Em vez de precisar fazer uma longa descrição, como "hoje recebi a resposta (gravada em fita cassete) do funcionário da seção de controle de qualidade de produtos de uma loja de departamentos sobre uma reclamação que abri etc.", você pode simplesmente escrever: "Hoje recebi uma mensagem do canguru" e pronto. O que acha? Não é bem mais simples? Sem falar que "mensagem do canguru" é fácil de memorizar, não acha? Dá até para imaginar um canguru carregando cartas em sua bolsa, todo saltitante pelas vastas pradarias.

Tom-tom-tom [som de batidas na mesa]

É uma chamada.

[Toc-toc-toc]

Reparou no som? Significa que estou batendo à porta de sua casa. Toc-toc-toc.

Se você não quiser, não precisa abrir. De verdade. Realmente não me importo. Se você não quiser mais ouvir esta fita, basta apertar o STOP e jogá-la no lixo. Só gostaria de me sentar um pouco à frente de sua casa e falar sozinho. Só isso. Já que não tenho como saber se você continua escutando a fita ou não, tanto faz. Ha, ha, ha. Mais uma evidência de que estamos em pé de igualdade. Tenho o direito de falar, e você tem o direito de não ouvir.

Enfim, vamos continuar. Bati à sua porta e você sabe que não precisa abri-la.

De qualquer modo, convenhamos que a imperfeição é difícil de suportar. Não imaginava que seria tão difícil falar para um microfone sem uma cola ou um roteiro. É como regar o deserto com um copo de água. Não dá para observar nada, nenhum tipo de reação nem de resposta.

Por isso, estou falando sem tirar os olhos dos ponteiros do medidor de vu. Você deve saber o que é um medidor de vu, não? São *aqueles* ponteiros que oscilam de acordo com o nível de volume. Não sei o que significam as letras V e U. Bom, seja o que for, esses ponteiros são os únicos objetos que reagem à minha voz.

Confesso que a dupla formada por V e U é muito rigorosa. Para sintetizar, o V está para o U assim como o U está para o V. É um mundo maravilhoso. Para eles tanto faz o que penso, o que falo ou a quem me dirijo. A única coisa que lhes interessa é medir a intensidade com que minha voz reverbera no ar. Para eles existo porque o ar vibra.

Não é uma maravilha?

Ao olhar para eles, tenho vontade de falar qualquer coisa. Qualquer coisa mesmo. Para eles, tanto faz se o que falo é imperfeito ou não. Só o que importa é a vibração do ar. Não o significado. Apenas a vibração do ar. Esse é o alimento deles.

Tsc.

A propósito, outro dia vi um filme muito triste. A história de um comediante que, mesmo contando piadas hilárias, não conseguia fazer ninguém rir. Não estou exagerando, ninguém ria das piadas dele.

Enfim, ao falar assim no microfone, acabei me lembrando desse filme.

Não é estranho?

Uma mesma piada pode provocar uma explosão de gargalhadas quando contada por um comediante mas não ser nem um pouco engraçada quando contada por outro. Curioso, não acha? Sabe, depois de refletir a respeito, concluí que essa diferença se deve à natureza da pessoa, a algo inato. Como alguém que nasce com os canais semicirculares da orelha um pouco mais deslocados do que os dos outros.

Não sei... Às vezes acho que eu seria muito feliz se tivesse nascido com esse dom. Sempre que me lembro de alguma coisa engraçada morro de rir sozinho, mas, quando tento contar para alguém, tudo perde a graça. Sabe, me sinto como aquele homem de areia do Egito. Para começar...

Aliás, você conhece o homem de areia do Egito?

Bem, digamos que o homem de areia nasceu como príncipe do Egito em um passado bem remoto, na época das pirâmides, das esfinges e tudo o mais. Mas, como era muito feio — realmente pavoroso —, o rei o desprezou e ordenou que fosse abandonado na selva. Só que, no final das contas, ele acabou adotado por lobos, ou macacos, e sobreviveu. É uma história bem conhecida. E por alguma razão ele se tornou um homem de areia, que transformava em areia tudo o que tocava. A brisa virava nuvem de areia, o riacho se transformava em areia movediça, os campos se tornavam desertos. Essa é a história do homem de areia. Você já tinha escutado? Imagino que não. Até porque acabei de inventá-la. Ha, ha, ha.

Enfim, o importante é que, falando assim, eu me sinto como o homem de areia do Egito. Tudo o que toco vira areia, areia, areia...

Tenho a impressão de que estou falando muito de mim. Mas, pensando bem, não há outro jeito, certo? Não conheço você. As únicas coisas que sei a seu respeito são o seu nome e o seu endereço. Nada mais. Não sei sua idade, nem seu salário, nem o formato do seu nariz, nem se é gorda ou magra, solteira ou casada. Mas pouco importa. É até conveniente. Prefiro resolver as coisas de um modo simples, bem simples, em um nível metafísico, por assim dizer.

Tenho sua carta.

Para mim, isso basta.

Sei que é uma comparação infeliz, mas, assim como um biólogo recolhe excrementos de elefantes na selva para estudar alimentação, comportamento, peso e vida sexual da espécie, o conteúdo de sua carta também é bastante revelador para mim. Claro que não em relação a insignificâncias como aparência, o perfume que você usa ou coisas dessa natureza. Estou me referindo à sua essência.

Sua carta é realmente fascinante. O estilo, a caligrafia, a pontuação, os parágrafos, a retórica, enfim, tudo é perfeito. Não digo sublime, mas impecável. Não há nada a alterar.

Todo mês leio mais de quinhentas cartas de reclamação e relatórios e, para ser franco, nunca tinha lido uma carta tão comovente quanto a sua. Levei sua carta às escondidas para casa e reli cada linha muitas e muitas vezes, analisando o conteúdo em detalhes. Nada muito complicado, porque sua carta é curta.

Ao fazer isso, me dei conta de muitas coisas. Para começar, há um uso considerável de vírgulas: 6,36 vírgulas para cada ponto-final. Não acha chamativo? Além disso, o emprego das vírgulas realmente foge do padrão.

Por favor, não pense que ao citar essas miudezas estou debochando de seu estilo, o.k.? Na verdade, como disse antes, sua carta me deixou comovido.

A palavra é esta. *Comovido.*

Não se trata apenas das vírgulas. Cada parte de sua carta — mesmo uma reles mancha de tinta — mexeu comigo e me deixou comovido.

O motivo?

Para resumir, acho que é porque você não está no texto. Claro que existe uma história. Uma garota — ou uma mulher — se engana na hora de comprar um disco e estranha que as músicas são diferentes. Só que até perceber que tinha comprado o disco errado se passa uma semana. Quando a vendedora explica que não pode trocar o disco, você decide escrever uma reclamação. Essa é a história.

Para que eu pudesse entender tudo, precisei reler sua carta três vezes, porque era completamente diferente das reclamações que costumamos receber. De modo geral, podemos notar um tom arrogante, ou subserviente, ou implicante no padrão das queixas, mas apesar disso somos capazes de reconhecer o âmago de quem reclama. O âmago é o que embasa a natureza de cada reclamação. Não estou mentindo. Leio uma infinidade de reclamações. Posso dizer que sou autoridade no assunto. Mas a sua reclamação, do meu ponto de vista, não se enquadra como reclamação, porque não existe uma ligação emocional entre a reclamante — você — e a queixa em si. Em outras palavras, é como um coração sem vasos sanguíneos. Uma bicicleta sem pedal.

Na verdade, confesso que fiquei até um pouco preocupado, sem saber se o objetivo de sua carta era fazer uma reclamação, um depoimento, uma propaganda ou uma tese. Associei sua carta a uma dessas fotos da cena de crime de uma grande chacina. Nada de legenda, nem de contexto. Somente a foto, tirada em algum país desconhecido, com uma pilha de cadáveres à beira de uma estrada qualquer.

Não conseguia entender o que você desejava. Sua carta parecia um formigueiro construído a todo o vapor, sem nenhuma pista indicando a entrada. Admirável.
Bang-bang-bang... Uma grande chacina.
Vou tentar simplificar um pouco as coisas. Simplificar ao máximo.
Bem, sua carta me excitou.
Sim, me excitou sexualmente.

Quero falar de sexo.

[Toc-toc-toc]

Batendo outra vez à porta.
Se esse assunto não desperta seu interesse, pare a fita. Ficarei dez segundos em silêncio. Depois, vou ficar falando sozinho, olhando para os ponteiros do medidor de vu. Por isso, se não quiser escutar o que tenho a dizer, aperte o STOP durante esses dez segundos e jogue a fita no lixo ou vá entregá-la para o meu supervisor. Tudo bem? A partir de agora, vou fazer silêncio.

[Silêncio de dez segundos]

Vou começar.
As patas dianteiras são curtas e com cinco dedos. As traseiras são bem mais compridas e só com quatro dedos. O quarto dedo é hipertrofiado, e o segundo e o terceiro são menores e grudados... Essa é a descrição das patas de um canguru. Ha, ha, ha.

Agora sim vou falar de sexo.
Depois de trazer sua carta para casa, só penso em dormir com você. Ao me deitar na cama, sinto que você está ao meu lado e que continua na casa quando acordo, de manhã. Quando abro os olhos, você já está de pé e posso ouvi-la fechando o zíper do vestido. Mas eu... a propósito, como trabalho na seção de controle de qualidade de produtos, devo avisá-la que não existe nada tão frágil quanto um

zíper... mas eu mantenho os olhos fechados, fingindo dormir. Não me atrevo a olhá-la.

Você passa pelo quarto e desaparece no banheiro. Só então abro os olhos, tomo o café da manhã e vou para a loja.

À noite, no escuro — mandei instalar uma persiana na janela que deixa o quarto totalmente imerso na escuridão — não consigo enxergar seu rosto. Não sei nada a seu respeito, não faço ideia de quantos anos você tem nem de quanto pesa. Por isso, não posso tocá-la.

Mas tudo bem.

Para dizer a verdade, para mim tanto faz transar com você ou não.

Não. Não é bem isso.

Deixa eu pensar um pouco.

Bom, é o seguinte, quero transar com você. Mas, se não acontecer, tudo bem. Quer dizer, como mencionei antes, quero me manter na posição mais justa possível. Não quero forçar nem ser forçado a fazer nada. Para mim, basta sentir que você está ao meu lado e que seus sinais de pontuação dão voltas em minha cabeça.

Será que você me entende?

Para resumir, o que quero dizer é o seguinte.

Às vezes, refletir sobre questões individuais — me refiro ao *ser humano* — é penoso para mim. Quando começo a pensar nisso, sinto meu corpo se esfacelar.

Por exemplo... Entro em um trem. No vagão, existem dezenas de pessoas, meros "passageiros". "Passageiros" que estão sendo transportados da estação Aoyama-itchôme até Akasaka-mitsuke. Mas, às vezes, a individualidade desses passageiros me chama atenção. "Quem é esta pessoa? E aquela? Por que pegou o metrô na linha Ginza?" Quando começo a fazer essas reflexões, não consigo parar. Uma vez que algo me chama atenção, não consigo mais parar de pensar naquilo. "Aquele trabalhador está com entradas e vai ficar careca." "Aquela garota tem muitos pelos nas pernas, será que ela se depila só uma vez por semana?" "Por que o rapaz que se sentou na minha frente está com uma gravata que não combina com o terno?"

Fico pensando coisas dessa natureza. Então meu corpo começa a tremer tanto que preciso saltar do trem. Outro dia — acho que você vai morrer de rir — quase apertei o botão de emergência ao lado da porta.

Estou contando tudo isso, mas não quero que você pense que sou sensível ou neurótico. Não sou tão suscetível assim e, comparado a outros, estou longe de me considerar neurótico. Sou um trabalhador comum, como tantos outros, e faço parte da seção de controle de qualidade de produtos de uma loja de departamentos, resolvendo as reclamações dos consumidores. E não tenho nada contra andar de trem.

Também não tenho problemas sexuais. Não posso afirmar isso categoricamente, porque nunca transei comigo. De qualquer maneira, nesse quesito, acho que sou um homem até bastante normal. Namoro há um ano e durmo com minha namorada duas vezes por semana. Tanto ela quanto eu estamos satisfeitos com o relacionamento. Tenho me esforçado para não pensar nela com seriedade, pois não pretendo me casar. Se cogitasse casamento, eu passaria a observá-la com mais cuidado e pensaria que as coisas já não andam bem. Não dá para morar e viver feliz com uma pessoa quando você começa a reparar no alinhamento dos dentes ou no formato das unhas, não acha?

Deixa eu falar um pouco mais de mim.
Desta vez, não vou bater à porta.
Se você me ouviu até aqui, trate de ir até o fim.
Só um minuto. Vou fumar.

[Crap-crap-crap]

Até hoje nunca abri tanto meu coração. É a primeira vez. Até porque não teria muito que falar e, mesmo que tivesse, sempre achei que as pessoas não teriam interesse em me ouvir.

Então, por que estou me abrindo com você?
Como disse antes, hoje quero atingir a máxima imperfeição.

Sabe o que provocou essa máxima imperfeição?
Sua carta e os quatro cangurus.
Cangurus.
Os cangurus são criaturas encantadoras. Passo horas a fio olhando para eles e nunca me canso. Nesse ponto, parecem com sua carta. O que será que os cangurus pensam? São animais que ficam o dia todo dentro da cerca, pulando de um lado para outro. De vez em quando, cavam um buraco na terra. Quer saber o que fazem com esse buraco? Nada. Apenas o cavam. Ha, ha, ha.
Os cangurus têm somente um filhote por vez. Por isso, tão logo dão à luz, tentam engravidar de novo. De outra maneira, não conseguiriam garantir a continuidade da espécie. Então, as fêmeas passam quase a vida toda emprenhando e criando os filhotes. Se não estão prenhas, estão cuidando dos filhotes. Se não estão cuidando dos filhotes, estão prenhas. Podemos dizer que os cangurus vivem apenas para perpetuar a espécie. Se não fosse assim não existiriam, por isso se empenham tanto em seu objetivo.
Curioso, não?

Peço desculpas por mudar o rumo da prosa tão repentinamente.

Vou falar mais um pouco de mim.
A bem da verdade, estou muito descontente por ser quem eu sou. Não falo de aparência, talento ou posição social. Falo apenas de ser quem eu sou. Sinto que isso é muito injusto.
Mas não vá pensar que sou uma pessoa que está sempre insatisfeita. Nunca reclamei do meu trabalho nem do meu salário. O que faço é sem graça, mas acho que é quase sempre assim. Dinheiro nunca foi o ponto mais importante.
Vou ser sincero.
Gostaria de estar em dois lugares ao mesmo tempo. Esse é o único desejo que tenho. Nada além disso.
O problema é que minha personalidade atrapalha a realização desse desejo. Você não acha que isso é bem desagradável? Não acha que é motivo para infelicidade? Considero meu desejo bem modesto. Não quero dominar o mundo nem me tornar um artista genial. Não

quero voar. Quero apenas estar em dois lugares ao mesmo tempo. Veja, não estou falando de três ou quatro lugares, mas *apenas de dois*. Gostaria de ouvir um concerto e andar de patins, de cuidar da seção de controle de qualidade de produtos e comer um Quarteirão do McDonald's. Gostaria de dormir com minha namorada e com você. Quero levar uma existência normal e, ao mesmo tempo, ter uma individualidade separada.

Deixa eu fumar mais um cigarro.
Fffffff.
Confesso que estou um pouco cansado. Não tenho costume de falar — pelo menos não assim, com tanta franqueza. Quero deixar claro que não sinto desejo sexual pela mulher que é você. Como disse antes, estou muito descontente por ser quem eu sou. É terrivelmente desagradável ter apenas uma individualidade. Não suporto os números ímpares, de modo que não gostaria de dormir com você, que também é uma entidade única, individual.

Seria maravilhoso se você pudesse se dividir em duas e eu também me dividisse em dois, e nós quatro pudéssemos dividir a mesma cama, não acha? Se isso acontecesse, poderíamos conversar abertamente sobre muitas coisas.

Por favor, não responda a esta mensagem. Se quiser me escrever, envie uma reclamação para a loja. Se não tiver reclamação a fazer, pense em outra coisa.
Até mais.

[Barulho da tecla do gravador]

Ouvi a gravação que fiz até aqui. Para falar a verdade, fiquei bem insatisfeito, como alguém que cuidasse de um aquário e deixasse o leão-marinho morrer por pura negligência. Por isso, hesitei muito se devia ou não enviar esta fita.
Mesmo agora que decidi enviar, continuo hesitante.

Me esforcei para satisfazer a imperfeição. Ou melhor, renunciei à necessidade de perfeição, e assim só me resta viver feliz com a minha escolha. Gostaria de dividir essa imperfeição com você e os quatro cangurus. Isso é tudo.

[Barulho da tecla do gravador]

Sobre a garota cem por cento perfeita que encontrei em uma manhã ensolarada de abril

Em uma manhã ensolarada de abril, passei pela garota cem por cento perfeita em uma dessas ruas menos conhecidas do bairro de Harajuku.

Para ser sincero, ela não era tão bonita assim. Nada nela chamava muita atenção. Nem estava tão bem-vestida. O cabelo dela estava bagunçado, com as marcas de quem acabara de acordar e, quanto à idade, também não era jovem. Devia estar na casa dos trinta. Ou seja, nem era propriamente uma "garota".

No entanto, mesmo separados por cinquenta metros, tive a mais absoluta certeza: ela era a garota cem por cento perfeita para mim. Desde o instante em que a vi, meu coração disparou, agitado feito terremoto, e minha boca ficou seca como o deserto.

É possível que você tenha seu tipo ideal de garota. De tornozelos finos, ou de olhos grandes, ou de dedos graciosos, ou que, sem nenhum motivo aparente, lhe chame atenção apenas por ela fazer a refeição sem pressa. Também tenho o meu tipo. Às vezes, comendo num restaurante, me pego observando fixamente o formato do nariz da garota sentada na mesa ao lado.

Mas ninguém é capaz de definir sua garota cem por cento perfeita. Apesar de apreciar um nariz feminino, não consigo descrever o formato do nariz dela. Aliás, não lembro sequer se ela tinha um nariz. A única coisa de que me lembro é que ela não era especialmente bonita. É estranho.

— Ontem, andando na rua, passei pela garota cem por cento perfeita — comentei com alguém.

— É mesmo? — a pessoa respondeu. — Bonita?

— Não exatamente.

— Mas pelo menos fazia o seu tipo?

— Aí é que está. Não consigo me lembrar de nada; nem do formato dos olhos, nem se os seios eram grandes ou pequenos.

— Que estranho!

— Sem dúvida.

— E então? — ele indagou, com ar entediado. — O que fez? Falou com ela? Você a seguiu?

— Nada disso — respondi. — Apenas passei por ela.

Ela caminhava do sentido leste para o oeste, e eu, do oeste para o leste. Era uma agradável manhã de abril.

Eu queria muito ter conversado com ela nem que fosse só por meia hora. Saber sobre a sua vida, e também lhe contar da minha. Queria, sobretudo, ter desvendado os caprichos do destino que nos levaram a passar um pelo outro em uma rua pouco conhecida de Harajuku naquela manhã ensolarada de abril de 1981. Tudo isso deveria guardar doces segredos, como a máquina de um relógio antigo construído em tempos de paz.

Depois de conversarmos sobre isso, almoçaríamos em algum lugar e, quem sabe, assistiríamos a um filme do Woody Allen e beberíamos alguns drinques num bar de hotel. E, se tudo desse certo, terminaríamos na cama.

As possibilidades batiam na porta do meu coração.

A distância entre nós se reduziu para quinze metros.

Como deveria abordá-la?

— Bom dia. Você teria meia hora para conversar comigo?

Ridículo! Eu ficaria parecendo um vendedor de seguros.

— Com licença, você conhece alguma lavanderia vinte e quatro horas por aqui?

Não menos ridículo. Dizer isso sem ter sequer uma muda de roupas na mão? Quem cairia nessa conversinha?

Talvez fosse o caso de falar a verdade:

— Bom dia. Você é a garota cem por cento perfeita para mim.

Não. Também não. Ela não iria acreditar e, mesmo que acreditasse, poderia se recusar a falar comigo. Poderia ter me dito:

— Mesmo que eu seja cem por cento perfeita para você, você não é perfeito para mim. Sinto muito.

Era bastante provável. E, se isso acontecesse, eu ficaria arrasado. Talvez nunca me recuperasse do choque. Tenho trinta e dois anos e ser adulto traz esse tipo de coisas.

Passei por ela em frente à floricultura. Senti na pele o toque de uma brisa quente. O asfalto da calçada estava úmido e o ar cheirava a rosas. Não consegui falar com a garota. Ela usava um suéter claro e carregava um envelope branco ainda sem selo na mão direita. Uma carta para alguém. É possível que tenha ficado a noite toda acordada, escrevendo a carta, e isso explicaria seu olhar sonolento. Todos os seus segredos deviam estar dentro daquele envelope.

Quando olhei para trás, depois de caminhar alguns passos, ela já havia desaparecido no meio da multidão.

Claro que hoje sei exatamente o que devia ter dito naquele dia. Ainda assim, teria sido um longo discurso e creio que eu acabaria me enrolando no final. Minhas ideias são sempre desprovidas de senso prático.

De todo modo, meu discurso teria começado com "Era uma vez" e terminado com "Você não acha essa história triste?".

Era uma vez, em algum lugar, num longínquo passado, um rapaz e uma garota. Ele tinha dezoito anos, e ela, dezesseis. O rapaz não era muito bonito, tampouco a garota era uma beldade. Eram comuns, solitários, como muitos jovens que encontramos por aí. Mas acreditavam de verdade que em algum lugar deste mundo existia a pessoa que formaria o par cem por cento perfeito com cada um deles. Acreditavam em milagres. E o milagre tomou forma.

Certo dia, casualmente, se esbarraram em uma esquina.

— Que surpresa! Procurei por você durante toda a minha vida. Pode não acreditar, mas você é a garota cem por cento perfeita para mim — ele disse para ela.

A garota respondeu:

— Pois saiba que você é o rapaz cem por cento perfeito para mim. Exatamente do jeito que eu sempre imaginei. Devo estar sonhando!

Sentaram então em um banco no parque, se deram as mãos e a conversa fluiu espontânea, sem indícios de se tornar enfadonha. Não eram mais solitários. Cada qual encontrou o seu parceiro cem por cento ideal. Nada poderia ser tão maravilhoso quanto aquilo. E ainda era um sentimento recíproco.

Mas uma pequena dúvida invadiu o coração deles: será que era possível um sonho se materializar daquela maneira, com tanta facilidade?

Em uma breve pausa da conversa, o rapaz propôs:

— Que tal fazermos um teste? Se formamos de fato um casal cem por cento perfeito, com certeza voltaremos a nos encontrar em algum lugar. Quando isso acontecer e nos certificarmos de ser cem por cento perfeitos um para o outro, então poderemos nos casar. O que acha?

— Acho que é isso mesmo que devemos fazer — ela respondeu.

Então, seguiram seus rumos. Ela para o leste, ele para o oeste.

Mas, para falar a verdade, o teste era totalmente desnecessário. Eles não deviam ter feito isso, porque eram um casal cem por cento perfeito, e o encontro deles já era um milagre. No entanto, os dois eram jovens demais para saber disso. Então, acabaram à mercê das ondas insensíveis e cruéis do destino.

No inverno de certo ano, ambos foram acometidos por um terrível surto de *influenza* e, depois de ficarem várias semanas entre a vida e a morte, as lembranças que tinham do passado se apagaram. Quando enfim se recuperaram, estavam com o cérebro tão vazio quanto o cofrinho de D. H. Lawrence.

Mas, por serem jovens inteligentes e perseverantes, com esforço e determinação reaprenderam o necessário e revitalizaram seus sentimentos até conseguirem voltar à vida em sociedade. Com todas as bênçãos, se tornaram cidadãos equilibrados, capazes de fazer as baldeações de metrô e de postar uma carta registrada no correio. Retomaram ainda a capacidade que tinham para amar, na ordem de setenta e cinco por cento, ou, quem sabe, de até oitenta e cinco por cento.

O tempo passou rápido e, num piscar de olhos, o rapaz completava trinta e dois anos, e a garota, trinta.

Em uma manhã ensolarada de abril, ele caminhava pelo bairro de Harajuku, do sentido oeste para o leste, procurando um lugar para tomar o primeiro café do dia, enquanto a garota, na mesma rua, vinha na direção oposta, procurando um correio onde pudesse comprar selos. Os dois se encontraram no meio do caminho. Uma tênue faísca iluminou por alguns segundos o coração deles, trazendo de volta as lembranças até então esquecidas. Com um aperto no peito, cada um soube de imediato:

É a garota cem por cento perfeita para mim.

É o rapaz cem por cento perfeito para mim.

Mas a luz das memórias logo começou a ceder e seus pensamentos já não tinham a mesma clareza de catorze anos atrás. Passaram um pelo outro sem trocar palavras e desapareceram na multidão. Para sempre.

Você não acha esta história triste?

É, é isso mesmo. Era isso que eu devia ter dito a ela.

Sono

I

É o décimo sétimo dia em que não consigo dormir.

Não se trata de insônia. Pois dela eu entendo um pouco. Na época da faculdade tive uma coisa parecida. Digo "parecida", pois não posso afirmar categoricamente que aqueles sintomas estavam relacionados ao que as pessoas costumam chamar de insônia. Se eu tivesse procurado um médico, talvez ele teria me dito se aquilo era insônia ou não. Mas não procurei. Achei que seria perda de tempo. Uma decisão puramente intuitiva — desprovida de qualquer fundamento — pautada pelo simples fato de eu achar que não valia a pena. Portanto, não procurei ajuda médica e, tampouco, quis comentar o fato com familiares e amigos. No fundo, eu sabia que, caso comentasse isso com alguém, certamente seria aconselhada a procurar um hospital.

Essa "coisa parecida com insônia" durou cerca de um mês. Nesse período, não consegui ter uma única noite decente de sono. Todas as noites, ao me deitar na cama, eu me dizia mentalmente *agora é hora de dormir*. Mas, no mesmo instante como um reflexo condicionado, isso me deixava em estado de vigília. Todos os esforços foram em vão. Quanto mais eu me forçava a pegar no sono, mais desperta ficava a minha consciência. Cheguei a apelar para bebidas alcoólicas e até pílulas para dormir, mas nada resolveu.

Quando começava a amanhecer, finalmente eu sentia uma ligeira vontade de cochilar. Mas essa sonolência estava longe de ser chamada de sono. Eu sentia nas pontas dos dedos uma vaga sensação de tocar no umbral das fronteiras do sono, mas o meu estado de vigília insistia em permanecer alerta. As poucas e breves cochiladas eram acompanhadas de uma nítida impressão de que minha consciência, sempre vigilante, observava-me atentamente do quarto ao lado, separada por uma fina parede. O meu corpo pairava relutante na penumbra, sentindo na pele sua respiração e seu olhar. Da mesma forma que o meu corpo desejava dormir, minha consciência queria igualmente me manter alerta.

Esse estado de indefinida sonolência persistia o dia todo. Minha mente estava sempre enevoada. Era incapaz de discernir corretamente a distância, o peso e a textura dos objetos. Uma sonolência que se propagava como ondas em intervalos regulares, de modo que, sem querer, eu acabava cochilando sentada na poltrona do trem, na mesa da escola ou durante o jantar. A sensação era de que, sem avisar, a minha consciência se dissociava do corpo. O mundo ondulava, isento de sons. Eu derrubava coisas — ora o lápis, a bolsa ou o garfo — que caíam no chão fazendo barulho. Naqueles momentos o que eu mais desejava era ficar ali, prostrada no chão, dormindo profundamente. Mas não. Minha consciência estava sempre ao meu lado. Eu sentia a presença dessa gélida e indiferente sombra. Minha própria sombra. *Que sensação estranha*, pensava, sonolenta. E constatava que eu estava dentro da minha própria sombra. Eu caminhava, me alimentava e conversava em permanente estado de sonolência. Mas o estranho é que as pessoas ao meu redor não pareciam notar meu estado crítico. Em um mês emagreci seis quilos. E, apesar disso, ninguém — da família ou entre os amigos — notou a diferença. Ninguém percebeu que eu estava vivendo em estado de sonolência.

Isso mesmo: eu estava literalmente vivendo em estado de sonolência. Eu não sentia mais nada, como um corpo afogado. Todas as coisas ao meu redor estavam turvas e embotadas. Minha própria existência era algo questionável, uma espécie de alucinação. Cheguei a pensar que, se porventura uma rajada de vento me atingisse, meu corpo seria arrastado até os confins do mundo. Um local que, de tão distante, nunca se viu ou se ouviu falar. Meu corpo e minha consciência ficariam dissociados para todo o sempre. Por isso, eu sentia a necessidade de me agarrar em algo. Mas, ao observar ao redor, não encontrei nada a que pudesse me agarrar.

Ao anoitecer, o estado de vigília se intensificava. Eu me sentia completamente impotente. Uma força intensa me prendia com firmeza em seu cerne. Era uma força tão poderosa que só me restava ficar acordada e, em resignado silêncio, aguardar o dia raiar. Eu ficava acordada na escuridão da noite, sem conseguir pensar em praticamente nada. Enquanto escutava o tique-taque do relógio, eu observava a escuridão da noite gradativamente se adensar para, aos poucos, de novo perder sua densidade.

Mas, certo dia, isso teve fim. E aconteceu de repente, sem nenhum prenúncio nem motivo aparente. Eu estava sentada tomando café da manhã quando, do nada, senti um sono que me deixou em estado de torpor. Levantei-me sem dizer nada. Ao me levantar, devo ter derrubado alguma coisa da mesa. E, se não me engano, alguém me perguntou algo. Mas não consigo lembrar o quê. A única coisa de que me lembro vagamente é que fui cambaleando até o quarto e, com a roupa do corpo, entrei debaixo das cobertas e dormi. Dormi profundamente durante vinte e sete horas seguidas. Minha mãe, preocupada, não só me sacudiu várias vezes como também deu alguns tapinhas nas minhas bochechas. E mesmo assim não acordei. Permaneci vinte e sete horas dormindo sem acordar uma única vez. Quando finalmente acordei, eu era a mesma de sempre. *A mesma de sempre*. Acho.

Não sei dizer o porquê de eu ter ficado com insônia nem como fiquei curada de uma hora para outra. Aquilo foi como uma nuvem negra e densa trazida pelo vento de algum lugar distante. Uma nuvem que carregava consigo alguma coisa agourenta, que eu desconhecia. Ninguém saberia dizer de onde ela veio nem para onde foi. Mas, seja como for, ela veio, pairou sobre minha cabeça e se foi.

Desta vez, porém, o fato de eu não conseguir dormir não tem nada a ver com aquilo. Em todos os sentidos, é totalmente diferente. Desta vez, eu *apenas* e *simplesmente* não consigo dormir. Nem um cochilo sequer. Desconsiderando o fato de eu não conseguir dormir, minha saúde está perfeitamente normal. Eu não tenho sono e minha consciência está lúcida e em pleno estado de vigília. Arrisco dizer que ela está muito mais lúcida do que o normal. Meu corpo também não apresenta nenhuma anomalia. Eu tenho apetite e não me sinto cansada. Do ponto de vista prático, não há nada de errado comigo, a não ser o fato de não dormir.

    Meu marido e meu filho nem sequer desconfiam que estou há dezessete dias sem dormir. Eu também não lhes disse nada. Caso eu resolvesse contar, sei que eles me mandariam procurar um médico. Eu já sei. Sei que seria uma enorme perda de tempo. O que eu tenho não é algo que se resolve tomando remédios para dormir. Por isso, achei melhor não contar para ninguém. Como daquela vez em que tive insônia. E eu sabia. Sabia que era algo que eu mesma precisava resolver.

    Eles não sabem de nada. Meu dia a dia continua o mesmo de sempre: muito tranquilo e bem organizado. De manhã, após meu marido e meu filho saírem de casa, eu pego o carro para fazer compras. Meu marido é dentista e seu consultório fica a dez minutos de carro do prédio em que moramos. Ele e um amigo da época da faculdade são sócios e administram o consultório desde sua inauguração. Eles dividem tanto as despesas com os protéticos quanto o salário da recepcionista. Se a agenda de um deles estiver cheia, sempre há a possibilidade de encaminhar o paciente para o outro. Tanto meu marido quanto seu amigo são excelentes profissionais e, por isso, o consultório deles está prosperando, apesar de fazer apenas cinco anos que estão naquele local, e de terem começado praticamente do zero. Não seria exagero dizer que estão assoberbados de serviço.

    — Eu bem que queria trabalhar menos para ter uma vida mais tranquila, mas não posso reclamar — costuma dizer o meu marido.

    — É mesmo — sempre respondo. Realmente, não temos do que reclamar. Para abrir o consultório, fizemos um empréstimo no banco bem maior do que havíamos calculado no início. O investimento em equipamentos odontológicos é muito alto. A concorrência é acirrada. Abrir um consultório não é garantia de que, a partir do dia seguinte, ele estará repleto de clientes. Há vários casos que não deram certo por conta disso.

    Na época em que o consultório foi inaugurado, éramos jovens, pobres e o nosso filho havia acabado de nascer. Não tínhamos certeza se conseguiríamos sobreviver nesse mundo cão. Mas, bem ou mal, sobrevivemos durante cinco anos. Não há do que reclamar. Ainda faltam quase dois terços do empréstimo para quitar.

— Será que o fato de você ser bonito é o que está atraindo tantos clientes? — eu comentava em tom de brincadeira. Na verdade, ele não é bonito. Digamos que ele tenha um rosto esquisito. Ainda hoje, às vezes eu me pergunto, *Por que será que me casei com um homem de rosto tão esquisito se, naquela época, tive namorados tão mais bonitos do que ele?*.

Não consigo descrever em palavras o que há de estranho em seu rosto. Ele não é bonito, mas também não é feio. Tampouco há em suas feições algo que possa ser classificado como "marcante". Para ser sincera, não há outra maneira de descrevê-lo a não ser como sendo "esquisito". Em outras palavras, o jeito mais próximo de qualificá-lo é dizer que ele é "inqualificável". E não apenas isso. A questão fundamental é que há alguma coisa naquele rosto que o torna indescritível. Se eu conseguisse identificar essa coisa, acho que entenderia o porquê de ele ser "esquisito". Mas eu não consigo identificá-la. Certa vez, por algum motivo, tentei desenhar seu rosto. Não consegui. Ao pegar o lápis e ficar diante do papel em branco, não conseguia me lembrar de como ele era. Isso me deixou um pouco abalada. Apesar de vivermos juntos há tanto tempo, eu não conseguia me lembrar de seu rosto. É claro que eu o reconheceria assim que o visse. A imagem dele também me vinha à mente. Mas, ao tentar desenhá-la, ela me fugia da memória. Senti-me confusa, como se tivesse batido a cabeça em uma parede invisível. A única coisa que conseguia me lembrar era de que seu rosto era esquisito.

Vez por outra, isso me deixava apreensiva.

Mas as pessoas em geral têm uma boa impressão dele, e não preciso dizer que essa empatia é um atributo muito importante para meu marido exercer uma profissão como a dele. Mesmo que ele não fosse dentista, teria êxito em qualquer outro ofício. Quando as pessoas conversam com ele, elas passam a confiar nele espontaneamente. Até conhecer meu marido, jamais encontrei alguém capaz de transmitir tamanha confiança. Todas as minhas amigas gostam muito dele. Obviamente, eu também gosto dele. Acho que posso dizer que o amo. Mas, para ser sincera, não posso dizer que realmente "gosto" dele.

Mas, seja como for, o sorriso dele é tão espontâneo como o de uma criança. Os homens, quando adultos, dificilmente conseguem sorrir de modo bem natural. E não preciso dizer que os dentes dele são muito bonitos.

— Não tenho culpa de ser bonito — ele respondia sorrindo. Esse diálogo é uma brincadeira recorrente. O tipo de brincadeira sem graça que só faz sentido entre nós. Uma brincadeira que nos conecta a nossa realidade. Um modo de nos certificarmos de que conseguimos de alguma forma sobreviver. Um ritual que, para nós, é de extrema importância.

Às oito e quinze da manhã, meu marido deixa o estacionamento do prédio dirigindo o seu Bluebird, com o nosso filho sentado no assento ao lado do motorista. A escola primária que nosso filho frequenta ficava no caminho para o consultório. "Tome cuidado", eu digo. "Não se preocupe", ele responde. Repetimos sempre o mesmo diálogo, mas eu não consigo deixar de dizer "tome cuidado", nem ele de responder "não se preocupe". Ele insere uma fita cassete de Haydn ou de Mozart no som do carro e, assobiando a melodia, dá a partida. E os dois vão embora, acenando. O modo como acenam é tão parecido que chega a ser bizarro. Eles inclinam a cabeça num mesmo ângulo e para o mesmo lado, e, com as palmas voltadas para mim, acenam rapidamente em breves movimentos da direita para a esquerda. É como se alguém lhes tivesse ensinado essa coreografia, que eles reproduzem com perfeição.

Eu tenho um Honda City usado. Há dois anos, eu o comprei de uma amiga que me cobrou praticamente nada. O modelo é antigo e o para-choque está amassado. Há alguns pontos de ferrugem espalhados pela lataria. Bem ou mal, o carro já rodou cento e cinquenta mil quilômetros. De vez em quando, isto é, uma ou duas vezes por mês, o motor custa a pegar. Mesmo virando a chave várias vezes ele não liga de jeito nenhum. Mas isso ainda não é motivo para levá-lo a uma concessionária. É só uma questão de deixá-lo descansar por cerca de dez minutos para o motor dar a partida com aquele som agradável: *vrum-vrum*. *É preciso ter paciência*, eu pensava. Pelo menos uma ou duas vezes por mês, as pessoas podem se sentir indispostas e as coisas podem nem sempre dar certo. O mundo é assim. Meu marido costuma dizer que o meu carro é o "meu burro de carga"; mas, independentemente do que ele diga, o carro é meu.

Eu costumo ir com o City fazer compras no supermercado. Ao voltar, limpo a casa e lavo as roupas. Preparo o almoço. Procuro, na medida do possível, movimentar o corpo durante o período da manhã. Inclusive, quando dá tempo, deixo o jantar pronto. Isso me permite ter a tarde toda para mim.

Meu marido volta para almoçar em casa um pouco depois do meio-dia. Ele não gosta de comer fora. "Os restaurantes são cheios, a comida é ruim e a roupa fica cheirando a cigarro", ele diz. Apesar do tempo gasto para ir e vir, ele prefere almoçar em casa. De qualquer modo, eu não preparo pratos muito elaborados para o almoço. Esquento as sobras do jantar no micro-ondas e, quando não há sobras, preparo um macarrão *soba*, de trigo-sarraceno. Assim, não perco muito tempo preparando as refeições. E, para mim, é melhor e mais divertido almoçar com ele do que ter de comer quieta e sozinha.

No começo, quando ele acabara de abrir o consultório, nem sempre havia um cliente agendado no primeiro horário da tarde e, quando isso acontecia, nós aproveitávamos para ir para a cama após o almoço. O sexo era muito bom. O ambiente era silencioso e a serena luz da tarde preenchia o nosso quarto. Éramos muito mais jovens e muito mais felizes do que hoje.

Mas, mesmo agora, é claro que acho que somos felizes. Não temos nenhum problema de família e eu amo o meu marido e confio nele. E acho que ele sente o mesmo por mim. Mas, com o passar dos meses e dos anos, é natural que ocorram mudanças na qualidade de vida. Hoje em dia, os horários da tarde estão sempre agendados. Assim que termina o almoço, ele corre para o banheiro para escovar os dentes e, sem perda de tempo, pega o carro e volta para o consultório. Centenas, milhares de dentes cariados o aguardam. Mas, como sempre costumávamos dizer, não podemos nos dar ao luxo de reclamar.

Assim que o meu marido retorna para o consultório, eu pego o meu maiô e a minha toalha e vou de carro até um clube esportivo nas redondezas. Costumo nadar durante trinta minutos. Uma atividade extremamente vigorosa. Não é que eu goste de nadar. Eu nado apenas porque não quero engordar. Eu sempre gostei das curvas do meu corpo. Mas, para ser sincera, nunca gostei do meu rosto. Ele não é de todo ruim, mas, mesmo assim, não consigo gostar dele. Em compensação, eu gosto do meu corpo. Gosto de ficar nua em frente ao espelho; de contemplar seu delicado contorno e sentir nele a presença de uma harmoniosa vitalidade. Eu sinto que ele possui algo que é muito importante para mim. Não sei exatamente o que é, mas, seja o que for, eu não quero perdê-lo. Não posso perder isso.

Estou com trinta anos. Aos trinta descobre-se que isso não é o fim do mundo. Não digo que é agradável envelhecer, mas há de se convir que certas coisas tornam-se mais fáceis com a idade. Tudo é uma questão de ponto de vista. Uma coisa é certa: se uma mulher de trinta anos realmente ama o seu corpo e deseja mantê-lo em forma, precisa se empenhar muito. Isso eu aprendi com a minha mãe. Antigamente, ela era uma mulher bonita e esbelta, mas, infelizmente, hoje ela deixou de sê-lo. Eu não quero ficar como ela.

Dependendo do dia, eu faço algo diferente depois de nadar. Às vezes, vou até o shopping da estação e fico à toa olhando as vitrines, ou então volto para casa, sento no sofá, leio um livro escutando uma rádio FM e, por fim, acabo cochilando. Pouco depois, meu filho volta da escola. Troco sua roupa e lhe dou um lanchinho. Após comer, ele sai para brincar. Ele costuma brincar com os amigos. Como está no segundo ano, ainda não frequenta cursinhos nem aulas particulares de reforço. Meu marido acha que é melhor deixá-lo brincar, e que é brincando que a criança cresce naturalmente. Quando meu filho vai brincar eu digo "tome cuidado", e ele responde "não se preocupe". É como meu marido costuma dizer.

No final da tarde, começo a preparar o jantar. Meu filho volta lá pelas seis da tarde e liga a TV para assistir a desenhos animados. Meu marido costuma chegar em casa antes das sete, isso quando não precisa ficar mais tempo para atender algum paciente de última hora. Ele não bebe nada alcoólico e tem aversão ao convívio social. Ao terminar o trabalho ele normalmente volta direto para casa.

Durante a refeição, nós três costumamos conversar. Contamos o que aconteceu durante o dia. E, dentre nós, o que mais tem o que contar é o nosso filho. Obviamente, cada coisa que acontece com ele tem um sabor de novidade e possui uma certa aura de mistério.

Nosso filho fala e meu marido e eu comentamos a respeito. Após o jantar, meu filho vai brincar sozinho: assiste à TV, lê um livro e, às vezes, joga algo com o pai. Quando tem lição de casa, ele se enfurna no quarto para estudar. Às oito e meia vai para a cama dormir. Eu coloco um cobertor sobre ele, acaricio seus cabelos, desejo "boa-noite" e apago a luz.

Depois, é o tempo do casal. Meu marido senta no sofá, lê o jornal vespertino e, nos intervalos da leitura, conversa comigo. Ele fala dos seus clientes, comenta sobre algum artigo do jornal enquanto escuta Haydn e Mozart. Não é que eu não goste desse tipo de música, mas até hoje não consigo discernir a diferença entre Haydn e Mozart. Para mim, é tudo a mesma coisa. Quando faço esse tipo de comentário, meu marido responde: "Não importa a diferença; basta saber que é belo, nada mais".

— Como você, não é? — eu respondo.

— Isso mesmo. Como eu, que sou bonito — diz ele sorrindo, bem-humorado.

Essa é minha vida. Ou melhor, era minha vida antes de eu não conseguir dormir. De modo geral, todos os dias eram praticamente iguais, uma mera repetição. Eu escrevia um diário, mas se eu me esquecesse de escrevê-lo dois ou três dias já não sabia mais diferenciar um dia do outro. Se eu trocasse o ontem pelo anteontem, não faria diferença alguma. Às vezes eu pensava, *que vida é essa*, mas nem por isso sentia um vazio. Eu me sentia simplesmente assustada. Assustada por não conseguir discernir o ontem do anteontem. Assustada pelo fato de eu pertencer a essa vida e ter sido tragada por ela. Assustada por constatar que minhas pegadas foram levadas pelo vento sem que eu tivesse tempo de me virar e constatar a existência delas. Quando eu me sentia assim, eu ficava em frente ao espelho do banheiro contemplando meu rosto. Permanecia em silêncio durante cerca de quinze minutos mantendo a mente vazia, sem pensar em nada. Observava detidamente o meu rosto como se ele fosse apenas um objeto. Ao fazer isso, meu rosto gradativamente se dissociava de mim e passava a ser uma *coisa* com vida própria. Essa dissociação me ajudava a tomar consciência do meu presente. Conscientizar-me de um fato bem importante: a minha existência estava no aqui e no agora, sem nenhuma relação com as pegadas que deixei.

Mas agora eu não consigo dormir. E, desde então, desisti de escrever o diário.

2

Eu tinha uma nítida lembrança do que aconteceu naquela primeira noite em que não consegui dormir. Naquele dia eu tive um sonho ruim. Um pesadelo sombrio e viscoso. Não me lembro do sonho em si, mas de uma coisa eu me lembro muito bem: a terrível sensação de mau agouro que ele transmitia. Eu acordei no clímax desse sonho. Acordei num sobressalto, como se alguém tivesse me resgatado daquele pesadelo no momento crucial, quando eu estava prestes a dar um passo irreparável. Após despertar, fiquei um bom tempo ofegante. Meus braços e pernas formigavam e eu não conseguia movê-los com facilidade. Permaneci imóvel e, como se eu estivesse deitada em uma caverna vazia, só conseguia ouvir minha respiração ecoando nos meus ouvidos de modo extremamente desagradável.

Foi apenas um sonho, pensei. E, deitada, aguardei a respiração se estabilizar. Meu coração palpitava de modo intenso e, para bombear rapidamente o sangue, meus pulmões inflavam e se contraíam como um fole. Mas, com o passar do tempo, minha respiração foi gradativamente voltando ao normal. *Que horas serão?*, pensei. Tentei olhar o relógio da cabeceira, mas não consegui virar o pescoço. Nesse exato momento, tive a impressão de ter visto alguma coisa no pé da cama. Parecia uma sombra negra e indistinta. Contive a respiração. Por instantes, meu coração, meus pulmões, enfim, todos os órgãos do meu corpo pareciam congelados. Forcei os olhos para tentar enxergar aquela sombra.

Ao fitá-la atentamente, ela começou a tomar forma, como se aguardasse aquele meu olhar. Os contornos se tornaram nítidos, na forma de um corpo, e revelaram seus detalhes: era um velho magro de agasalho preto. Seus cabelos eram grisalhos, curtos, e as bochechas, fundas. O velho estava em pé, parado, na beira da cama. Fitava-me em silêncio com um olhar penetrante. Seus olhos eram grandes e com os vasos sanguíneos vermelhos e dilatados. Seu rosto, porém, era desprovido de expressão. Ele não se dignava a falar comigo. Era vazio como um buraco.

Isso não é um sonho, pensei. Eu já estava acordada. E o despertar não fora tranquilo, pois fui praticamente forçada a isso, num sobressalto. Mas eu não estava sonhando. *Aquilo era a realidade.* Tentei me mexer. Pensei em acordar o meu marido ou acender a luz. Mas, por mais que eu tentasse me mover, não conseguia. Não conseguia mexer sequer um dedo. Ao constatar que eu não conseguia me mover, entrei em pânico. Um pavor gélido fluía silenciosamente de uma fonte primária no poço sem fundo da memória; uma assustadora sensação de medo se apoderava do meu ser. Tentei gritar, mas minha voz não conseguia sair da boca. A língua não me obedecia. A única coisa que eu conseguia fazer era fitar o velho.

Ele segurava alguma coisa na mão. Algo comprido e arredondado. O brilho era esbranquiçado. Olhei aquilo em silêncio. Enquanto eu observava aquela *coisa*, seus contornos foram se tornando mais nítidos. Era um regador. O velho ao pé da cama segurava um regador. Um regador antigo de cerâmica. Um tempo depois, ele o ergueu e começou a jogar água nos meus pés. Mas eles não sentiam a água. Eu a via caindo sobre os meus pés. Escutava seu barulho. Mas os pés não sentiam nada.

O velho não parava de jogar água sobre os meus pés. E o estranho era que a água do regador nunca acabava. Comecei a pensar que, se ele não parasse, os meus pés se dissolveriam, apodrecidos. Afinal, não seria nada estranho que apodrecessem, tamanha a quantidade de água que ele jogava sem parar. Ao pensar nessa possibilidade, eu já não podia mais aguentar aquilo.

Fechei os olhos e gritei o mais alto que pude. O grito ecoou no vácuo sem emitir som e, sem ter por onde escapar, circundou meu corpo, interrompendo por instantes as batidas do meu coração. Um vácuo se formou em minha mente. O grito percorreu todas as minhas células, de ponta a ponta. Alguma coisa dentro de mim havia morrido. Como a onda que se segue à explosão, esse grito silencioso queimou muitas coisas relacionadas à minha existência, arrancando-as abruptamente pela raiz.

Quando abri os olhos, o velho havia desaparecido. O regador também. Olhei os meus pés. Não havia vestígio de água na cama. O cobertor continuava seco. Em compensação, meu corpo estava encharcado de suor. A quantidade de suor era imensa. Era difícil de acreditar que uma pessoa seria capaz de suar tanto. Mas aquilo era o meu suor.

Movimentei um dedo, depois outro, e dobrei o braço. Em seguida, movimentei as pernas, girei os tornozelos e dobrei os joelhos. Os movimentos ainda não estavam normais, mas consegui fazê-los, ainda que com certa dificuldade. Com muito cuidado, certifiquei-me de que o meu corpo se movia, antes de tentar me levantar. Olhei todos os cantos do quarto, iluminado pela vaga luz da rua. O velho não estava ali.

O relógio da cabeceira marcava meia-noite e meia. Como fui me deitar um pouco antes das onze, significava que eu havia dormido cerca de uma hora e meia. Na cama ao lado, meu marido dormia profundamente. Ele parecia estar desmaiado e, sem emitir sequer um leve ronco, continuava num sono profundo. Uma vez que pegava no sono, só mesmo com muito custo ele conseguia acordar.

Levantei-me da cama, fui ao banheiro, tirei a roupa ensopada de suor, joguei-a para lavar e tomei um banho. Enxuguei o corpo, tirei um pijama limpo da gaveta e me vesti. Em seguida, fui para a sala, acendi a luz da sanca, sentei-me no sofá e tomei uma dose de conhaque. Era raro eu tomar bebidas alcoólicas. Não que eu fosse como o meu marido, que não tem predisposição física para a bebida. Antigamente até que eu bebia, e muito, mas, depois que me casei, de uma hora para outra parei de beber. Mas, naquela noite, não podia deixar de beber algo para relaxar os meus nervos abalados.

No armário havia uma garrafa de Rémy Martin. Era a única bebida que tínhamos em casa. Ganhamos de alguém. Isso foi há tanto tempo que não lembrava mais quem tinha nos dado. Uma leve camada de pó cobria a garrafa. Como não tinha uma taça apropriada para o conhaque, coloquei uns dois centímetros da bebida num copo comum e comecei a tomá-la aos golinhos.

Meu corpo ainda tremia um pouco, mas o medo não era mais tão intenso.

Deve ter sido uma espécie de transe, pensei. Fora a primeira vez que me ocorrera aquilo, mas já havia escutado a história de uma amiga da faculdade que tinha passado por um. Ela contou que parecia tão real que não dava para acreditar que fosse um sonho. "Naquela hora e, ainda hoje, não consigo acreditar que aquilo foi um sonho", disse ela. Eu também achava que não tinha sido um sonho. Mas, de certo modo, fora um. Um tipo de sonho que não era exatamente um sonho.

Apesar de o medo ter se apaziguado, meu corpo continuava a tremer. Minha pele tremulava como a superfície da água após um terremoto. Eram tremores que podiam ser vistos a olho nu. Possivelmente, consequência daquele grito mudo. Aquele grito não emitido continuava dentro de mim, provocando tremores no meu corpo.

Fechei os olhos e tomei mais um gole de conhaque. Senti a bebida passar pela garganta e descer devagar em direção ao estômago. A bebida parecia ter vida própria.

De repente, fiquei preocupada com meu filho. Ao pensar nele, meu coração novamente começou a palpitar. Levantei-me do sofá e rapidamente fui até o quarto dele. Ele também dormia profundamente. Uma das mãos estava sobre a boca e a outra estendida para o lado. Ele parecia dormir tranquilo, tal qual o pai. Arrumei o cobertor e cobri-lhe o corpo. Não sei o que foi aquela coisa que perturbou brutalmente o meu sono, mas, o que quer que tenha sido, sua intenção foi apenas me atacar. Tanto meu filho quanto meu marido não sentiram nada.

Voltei para a sala e fiquei à toa, andando de um lado para outro. Não tinha sono.

Pensei em tomar mais um gole de conhaque. Eu realmente estava com vontade de beber mais. Queria aquecer um pouco mais o corpo e relaxar os nervos. Queria sentir na boca o aroma intenso da bebida. Após um período de indecisão, resolvi que não deveria beber. Não queria uma ressaca na manhã seguinte. Guardei o conhaque no armário e lavei o copo na pia da cozinha. Depois, peguei alguns morangos na geladeira e os comi.

Quando me dei conta, o tremor já não estava mais tão intenso.

O que era aquele velho vestido de preto?, pensei. Nunca o tinha visto antes. Sua roupa preta também era muito estranha. O agasalho era justo, mas o modelo parecia bem antigo. Era a primeira vez que eu via aquele tipo de roupa. E aqueles olhos. Olhos vermelhos que nem sequer piscavam. Quem era aquele homem? Por que ele jogava água nos meus pés? Por que ele tinha de fazer aquilo?

Não estava entendendo nada. Não encontrava nada que fizesse sentido.

Quando minha amiga teve um transe, ela disse que estava hospedada na casa do noivo. Enquanto ela dormia, um homem de expressão zangada apareceu e lhe disse para sair daquela casa. Naquele momento, ela ficou petrificada, impossibilitada de se mover. E igualmente ensopada de suor. Aquele homem só podia ser o fantasma do falecido pai do noivo. Ela achou que o pai dele a estava expulsando da casa. Mas, no dia seguinte, quando o noivo lhe mostrou a foto do pai, ela constatou que o rosto dele era completamente diferente do rosto do homem da noite anterior. "Talvez eu estivesse muito nervosa", disse ela, e atribuiu esse nervosismo ao momento de transe.

Mas, no meu caso, eu não estava tensa, e estava na minha casa. Não haveria motivos para alguém querer me afugentar. Por que, justo naquele momento, eu havia passado por aquilo?

Balancei a cabeça. De nada adiantaria remoer os pensamentos. Aquilo fora apenas um sonho real. Meu corpo poderia estar cansado. Talvez porque eu houvesse jogado tênis no dia anterior. Após nadar, uma amiga, que por acaso encontrei no clube, me convidou para uma partida e acabei me excedendo. Lembro que meus braços e pernas ficaram fracos depois do jogo.

Ao terminar os morangos, deitei-me no sofá. Fechei os olhos.

Eu estava sem um pingo de sono.

Mas que coisa, pensei, *não tenho sono*.

Resolvi ler um livro até pegar no sono. Fui para o quarto escolher um na estante. Apesar de eu acender as luzes para isso, meu marido nem sequer se mexeu. Escolhi *Anna Kariênina*. Minha intenção era ler um romance longo de um escritor russo. Fazia muito tempo que eu tinha lido aquele livro. Se não me engano, eu estava no ensino médio. Não me lembro exatamente do enredo. Os únicos trechos dos quais me lembro são o início e o fim, quando a protagonista se suicida na linha de trem. O romance se inicia com a frase "Todas as famílias felizes se parecem, cada família infeliz é infeliz à sua maneira". Se não me engano, era assim que começava. E, logo no começo, havia uma cena que sugeria o posterior suicídio da protagonista, a heroína do romance. Ou será que isso era de um outro livro?

Seja como for, voltei para o sofá e comecei a lê-lo. Há quanto tempo eu não me sentava no sofá para ler tranquilamente um livro? É claro que durante a tarde, quando sobrava tempo, eu lia por meia ou uma hora. Mas não era exatamente uma leitura séria. Eu sempre me distraía pensando em várias coisas: sobre o meu filho ou as compras, a geladeira que não estava funcionando bem, que roupa usar no casamento de um parente, meu pai que havia operado o estômago um mês antes; enfim, coisas desse tipo começavam a ocupar a minha mente e se desdobravam em infinitos assuntos, tomando diversos rumos. Quando eu me dava conta, o tempo havia fluído sem eu avançar a leitura.

Foi assim que, de uma hora para outra, habituei-me a uma vida sem leitura. Pensando bem, isso era muito estranho, pois, desde criança, minha vida gravitava em torno dos livros. No primário, eu lia os livros da biblioteca e gastava praticamente toda a minha mesada em livros. Economizava até o dinheiro do lanche para comprá-los. No fundamental e no ensino médio, não havia ninguém que lesse mais do que eu. Eu era a filha do meio dentre cinco irmãos, e meus pais estavam sempre ocupados com o trabalho. Ninguém da família se importava comigo. Por isso, eu podia ler à vontade, do jeito que eu bem entendesse. Eu sempre participava de concursos de ensaios literários. O que me interessava era o prêmio em cupons de livros, e não foram poucas as vezes em que ganhei. Na faculdade, cursei letras, inglês, e sempre tirei boas notas. A monografia de conclusão de curso foi sobre Katherine Mansfield, e fui aprovada com nota máxima. Os professores me perguntaram se eu não queria continuar na faculdade e seguir carreira na pós-graduação. Mas, naquela época, eu queria conhecer o mundo. Sinceramente, eu não fazia o tipo intelectual, e estava ciente disso. Eu simplesmente gostava de ler livros. E, mesmo que eu optasse por continuar os estudos, minha família não teria condições financeiras para arcar com as despesas de uma pós-graduação. Não que fôssemos pobres, mas eu tinha ainda duas irmãs mais novas. Por isso, assim que me formei, tratei logo de sair de casa e conquistar minha independência. Literalmente, eu precisava sobreviver com as próprias mãos.

Quando foi a última vez em que li um livro inteiro, com atenção? Qual era o título do livro? Por mais que eu tente, não consigo me lembrar. Por que será que a vida da gente muda de modo tão radical? Para onde foi aquela eu de antigamente, apaixonada por livros? O que significaram para mim todos aqueles anos de intensa — e até anormal — paixão por livros?

Mas, naquela noite, consegui me concentrar na leitura de *Anna Kariênina*. Consegui avançar as páginas totalmente absorta na leitura, sem me distrair. Após ler de um só fôlego até o trecho em que Anna conhece Vronski na estação de trem em Moscou, coloquei o marcador e fui pegar novamente a garrafa de conhaque. Servi um copo e bebi.

Na primeira vez em que li esse livro, não me ocorreu que ele tinha algo de muito estranho. A heroína da história, Anna, só aparece no capítulo dezoito. Será que o leitor daquela época não achava isso estranho? Refleti durante um tempo. Será que os leitores conseguiam aguardar pacientemente as infindáveis descrições de um personagem tão sem graça como o Oblonski até a entrada da linda heroína? Acho que sim. Possivelmente, os leitores daquela época tinham muito tempo. Ao menos os da camada social que lia romances.

De repente, olhei o relógio, que indicava três horas. Três horas! E eu continuava sem sono.

E agora, o que vou fazer?, pensei.

Não estou com o menor sono. Posso continuar a ler o romance. Tenho muita vontade de prosseguir na leitura. Mas preciso dormir.

Me lembrei daquela vez em que tive insônia e que vivia o dia inteiro como que envolta em uma nuvem. Não queria passar por aquilo de novo. Naquela época eu ainda era uma estudante. Podia-se dar um jeito. Mas agora a situação era outra. Eu era esposa e mãe. Tinha responsabilidades. Precisava preparar a almoço do meu marido e cuidar do meu filho.

No entanto, do jeito que estou, acho que não vou conseguir dormir, mesmo que eu fique deitada na cama. Eu sabia disso. Balancei a cabeça. Não havia o que fazer. Independentemente do que eu fizesse, não conseguiria dormir e, por mim, eu bem que gostaria de continuar lendo. Suspirei e olhei o livro sobre a mesa.

Por fim, resolvi ler *Anna Kariênina* até o amanhecer. Anna e Vronski se reencontraram num baile, trocaram olhares e se apaixonaram perdidamente. No hipódromo (realmente havia uma cena no hipódromo), Anna fica desesperada ao ver o cavalo de Vronski cair e decide revelar ao marido a sua infidelidade. Eu estava montada no cavalo com Vronski, e saltava com ele os obstáculos e escutava o aclamar de inúmeras vozes. E acompanhei da plateia o momento em que Vronski foi ao chão. Ao amanhecer, coloquei o livro sobre a mesa, fui para a cozinha e fiz um café. As cenas do romance, vívidas em minha mente, e a intensa fome que repentinamente comecei a sentir fizeram com que eu não conseguisse pensar em mais nada. Minha consciência e meu corpo pareciam estar desalinhados. Cortei o pão, passei manteiga, mostarda, e fiz um sanduíche de queijo. Comi em pé, de frente para a pia. Raramente eu me sentia tão esfomeada. Mas, dessa vez, a fome era tanta e tão intensa que parecia me sufocar. Mesmo depois de comer o sanduíche, continuei sentindo fome e, por isso, preparei outro. Tomei mais uma xícara de café.

3

Não contei para o meu marido sobre o estado de transe nem que passei a noite sem dormir. Minha intenção não era esconder os fatos. Apenas achei desnecessário lhe contar. De nada adiantaria falar sobre isso; não era grave ficar uma noite sem dormir. Todo mundo já deve ter passado por isso.

Como de costume, servi o café para ele e leite quente para o meu filho. Meu marido comeu uma torrada; meu filho, *cornflakes*. Meu marido ficou passando os olhos no jornal e meu filho cantarolava bem baixinho uma canção nova que aprendera na escola. Os dois entraram no Bluebird e foram embora. Eu disse "tomem cuidado".

"Não se preocupe", respondeu meu marido. Os dois acenaram para mim. Era sempre a mesma coisa.

Após eles saírem, sentei no sofá e pensei no que fazer. *O que devo fazer? O que realmente preciso fazer?* Fui à cozinha, abri a geladeira e verifiquei o que havia ali. Constatei que, mesmo que eu não fizesse compras naquele dia, não haveria problema. Havia pão. Havia leite. Ovos. Havia carne congelada. Verduras. Era comida suficiente para fazer até o almoço do dia seguinte.

Eu precisava passar no banco, mas não necessariamente naquele dia. Poderia deixar para o dia seguinte.

Me sentei no sofá e continuei a ler *Anna Kariênina*. Ao reler esse romance percebi que praticamente não me lembrava mais do enredo. Poderia dizer o mesmo em relação aos protagonistas e às cenas. A impressão era de ler outro romance. *Que sensação estranha*, pensei. Quando o li pela primeira vez, me lembro de ter ficado muito emocionada, mas, no final das contas, nada me restara da experiência. Em algum momento, as lembranças de um sentimento intenso desapareceram sorrateiramente, sem deixar vestígios.

Sendo assim, qual teria sido o mérito de eu ter gasto uma infinidade de horas no passado lendo todos aqueles livros?

Interrompi a leitura e parei para refletir sobre o assunto. Mas não consegui descobrir a razão de ter feito aquilo e, um tempo depois, já não sabia mais o que estava pensando. Quando dei por mim, eu observava uma árvore através da janela. Balancei a cabeça e voltei ao livro.

Após ler mais da metade do primeiro volume, encontrei um pedacinho de chocolate grudado em uma das páginas. Ele estava seco e todo fragmentado. Quando estava no ensino médio, eu devia ter lido aquele livro comendo chocolate. Eu adorava ler comendo alguma coisa. Por falar nisso, depois que me casei praticamente deixei de comer chocolate. Talvez pelo fato de meu marido não gostar de doces. Dificilmente oferecemos doces para o nosso filho. Por isso, não temos nenhum tipo de doce em casa.

Ao observar os fragmentos esbranquiçados do chocolate com mais de dez anos, senti uma imensa vontade de comer chocolate. Assim como fazia antigamente, queria ler *Anna Kariênina* comendo chocolate. Todas as células do meu corpo desejavam ardentemente comer esse doce, a ponto de eu sentir a respiração curta e os músculos retesados.

Vesti um cardigã, peguei o elevador e desci. Fui até a doceria perto de casa e comprei dois tabletes de chocolate ao leite, daqueles que parecem bem doces. Assim que saí da loja, abri um deles e comi um pedaço da barra no trajeto de volta para casa. O gosto do chocolate se espalhou pela boca. No mesmo instante, senti que todo o meu corpo, dos pés à cabeça, sugava diretamente aquela doçura. Ao entrar no elevador comi o segundo pedaço. O aroma do chocolate se espalhou no elevador.

Me sentei no sofá e continuei a leitura de *Anna Kariênina*. Continuava sem um pingo de sono. Também não estava cansada. Eu poderia continuar a leitura para sempre. Depois de comer todo o chocolate, rasguei a embalagem do segundo tablete e o comi até a metade. Após ler dois terços do primeiro volume, olhei para o relógio. Eram onze e quarenta da manhã.

Onze e quarenta?

Daqui a pouco o meu marido volta para casa. Fechei rapidamente o livro e fui para a cozinha. Coloquei água na panela e acendi o fogão. Cortei a cebolinha bem fininha e, enquanto a água para o macarrão aquecia, aproveitei para reidratar a alga *wakame* e preparar alguns legumes temperados à base de vinagre. Tirei o queijo de soja da geladeira e fiz um *hiyayakko*, queijo de soja temperado com cebolinha picada e gengibre ralado. Em seguida, fui ao banheiro escovar os dentes para tirar o cheiro de chocolate.

Meu marido chegou praticamente na mesma hora em que a água ferveu. Ele disse que havia terminado o serviço mais cedo.

Durante a refeição, ele falou sobre um novo equipamento que estava pensando em comprar. Era um equipamento capaz de remover tártaro dos dentes, bem melhor e mais eficiente do que o que ele tinha. O preço, como era de esperar, era alto, mas, segundo ele, o investimento poderia ser recuperado em pouco tempo. "É que ultimamente muitos pacientes me procuram somente para remover tártaro", ele justificou. "O que você acha?", perguntou em seguida. Eu não estava nem um pouco interessada no assunto. Não queria conversar sobre isso durante o almoço e, tampouco, pensar seriamente nisso. Eu pensava nas corridas de cavalos com obstáculos. Não queria pensar em tártaro. No entanto, não podia dizer isso, pois eu sabia que, para ele, o assunto era sério. Perguntei quanto custava o equipamento e fingi pensar seriamente no tema. "Se o equipamento é importante", respondi, "acho que você deve comprá-lo." E o tranquilizei dizendo que, "quanto ao dinheiro, sempre se pode dar um jeito. Afinal, você não está gastando só por diversão".

"É mesmo", ele concordou. "Não estou gastando só por diversão", disse ele, repetindo minhas palavras. Depois dessa conversa, ele terminou a refeição em silêncio.

Um pássaro grande no galho de uma árvore gorjeava através da janela. Eu observava o pássaro sem de fato prestar atenção nele. Não estava com sono. Estava acordada havia muito tempo, mas não sentia sono. Por quê?

Enquanto eu lavava a louça, meu marido sentou-se no sofá e começou a ler o jornal. O romance *Anna Kariênina* estava ao lado do jornal, mas ele não deu a mínima para o livro. Para ele, não fazia diferença se eu estava lendo aquilo ou não.

Quando terminei de lavar a louça, meu marido disse que tinha uma boa notícia e pediu para que eu adivinhasse o que era.

"Não sei", respondi.

"O primeiro paciente da tarde cancelou a consulta e estou livre até a uma e meia", disse, sorrindo.

Parei para pensar a respeito, mas não entendi por que aquilo era uma notícia boa. Por que seria?

Só entendi sua insinuação para fazermos sexo quando ele me convidou para ir à cama. Mas eu não estava nem um pouco a fim. Não entendia por que eu tinha de me sujeitar a fazer sexo. Eu queria voltar a ler o livro quanto antes. Queria ficar sozinha e, deitada no sofá, ler *Anna Kariênina* comendo chocolate. Enquanto eu lavava a louça, fiquei pensando o tempo todo naquele homem chamado Vronski. Como Tolstói consegue tornar os seus personagens tão envolventes? É incrível como ele consegue controlá-los e descrevê-los com tamanha precisão. Mas essa mesma precisão de alguma forma negava a eles qualquer tipo de redenção. Em outras palavras, aquilo colocava em questão a capacidade de haver uma salvação, que seria...

Fechei os olhos e apertei as têmporas com os dedos. Comentei com o meu marido que estava sentindo dor de cabeça desde a manhã. "Me desculpe, estou com dor de cabeça", respondi. De vez em quando, eu tinha fortes dores de cabeça, e, por isso, meu marido aceitou minha queixa sem contestá-la. "É melhor você se deitar e descansar um pouco, e evite se sobrecarregar", disse ele. "A dor não está tão forte assim", respondi. Ele ficou sentado no sofá até pouco depois da uma, lendo jornal tranquilamente e ouvindo música. Um tempo depois, retomou a conversa sobre o equipamento e disse que, mesmo comprando um aparelho novo e caro, em dois ou três anos ele se tornaria obsoleto e seria necessário trocá-lo; e, nessa história, os únicos que sairiam lucrando seriam os fabricantes. Enquanto ele falava, eu concordava de maneira monossilábica, mas, na verdade, não prestava atenção na conversa.

Depois que ele saiu para o consultório, dobrei o jornal e dei algumas batidas na almofada do sofá para ajeitá-la. Me encostei no caixilho da janela para observar a sala. Eu não conseguia entender o que se passava. Por que será que eu não tinha sono? Eu já havia passado noites em claro antes. Mas nunca aconteceu de ficar tanto tempo sem dormir. O normal seria eu já ter dormido e, mesmo que não tivesse, deveria estar com tanto sono, mas tanto sono, que mal conseguiria ficar em pé. O fato é que agora eu não estava com sono, e minha consciência estava lúcida.

Fui para a cozinha e requentei o café. Depois, pensei no que deveria fazer. Eu queria continuar a ler *Anna Kariênina*, mas, ao mesmo tempo, queria ir para o clube nadar. Após um bom tempo indecisa, resolvi que seria melhor nadar. Não sei explicar direito, mas senti um profundo desejo de afugentar algo que havia dentro de mim. Afugentar. Mas, afinal, o que eu queria espantar? Pensei um tempo a respeito. O que eu quero afugentar?

Não sei.

De qualquer modo, essa *coisa* estava dentro de mim e parecia ser um tipo de possibilidade que pairava, ainda que de modo vago. Eu queria dar um nome a isso, mas a palavra não me vinha à mente.

Encontrar a palavra certa não era minha especialidade. Tolstói, certamente, encontraria a palavra exata.

De qualquer modo, como de costume, coloquei o maiô na bolsa e fui para o clube dirigindo o meu City. Na piscina, não encontrei nenhum conhecido. Havia somente um rapaz jovem e uma mulher de meia-idade. O salva-vidas observava a piscina entediado.

Vesti o maiô e, como sempre, nadei trinta minutos. Mas, desta vez, trinta minutos pareceu pouco. Resolvi nadar mais quinze. Para finalizar, canalizei todas as minhas forças e fiz ida e volta a toda velocidade em estilo crawl. Fiquei ofegante, mas, mesmo assim, sentia que meu corpo transbordava energia. Quando saí da piscina, as pessoas que estavam ao redor me fitaram desconfiadas.

Como ainda eram três da tarde e eu estava com tempo, peguei o carro e fui até o banco resolver um assunto. Pensei em passar no supermercado, mas, após relutar durante um tempo, resolvi voltar para casa. Continuei a leitura de *Anna Kariênina* e comi o resto do chocolate. Quando meu filho chegou, às quatro, dei-lhe suco e uma gelatina de frutas que eu havia preparado. Depois, comecei a fazer o jantar. Para começar, tirei a carne do congelador e cortei verduras para refogar. Preparei uma sopa de missô e coloquei o arroz para cozinhar. Fiz tudo rapidamente e de modo mecânico.

Continuei a leitura de *Anna Kariênina*.

Não estava com sono.

4

Às dez da noite, eu e meu marido fomos nos deitar. Fingi que ia dormir. Ele adormeceu em questão de segundos, assim que apaguei a luz da cabeceira. Era como se a consciência dele e o interruptor da lâmpada estivessem conectados.

Que maravilha, pensei. Pessoas assim são raras. A quantidade de gente que sofre por não conseguir dormir é bem maior. Meu pai era um. Ele sempre reclamava da dificuldade de pegar no sono. Além da dificuldade para dormir, ele acordava com qualquer barulhinho ou com a presença de alguém.

Mas meu marido não, ele era totalmente diferente. Uma vez que dormia, independentemente do que acontecesse, ele só acordava no dia seguinte. Assim que nos casamos, eu achava tão estranho que cheguei a testar várias maneiras de acordá-lo. Pinguei água em seu rosto com um conta-gotas e cheguei a passar um pincel na ponta do nariz dele. Nada disso adiantou. Se eu persistia, a única reação dele era soltar um som de desagrado. Ele nem sequer sonhava. Ou, quando muito, não conseguia se lembrar do que sonhara. Obviamente, ele nunca teve um transe. Ele apenas dormia profundamente, como uma tartaruga enterrada na lama.

Que maravilha.

Após ficar dez minutos deitada, me levantei sem fazer barulho. Fui para a sala, acendi a luz e me servi de conhaque. Me sentei no sofá e prossegui a leitura, bebendo aos golinhos. Me lembrei do chocolate guardado no armário e fui pegá-lo. Amanheceu. Com o raiar do dia, fechei o livro, preparei o café e fiz um sanduíche.

Todos os dias era a mesma coisa.

Eu terminava rapidamente as tarefas domésticas e, no período da manhã, ficava lendo o livro. Na hora do almoço, parava a leitura e preparava a refeição. Depois que meu marido saía de casa, um pouco antes da uma, eu pegava o carro e ia nadar na piscina. Desde o dia em que eu não conseguia mais dormir, diariamente passei a nadar durante uma hora. Trinta minutos era pouco. Enquanto nadava, eu me concentrava somente no ato de nadar. Não pensava em mais nada. Minha única preocupação era movimentar o corpo com eficiência e manter a respiração correta e em ritmo regular. Ao encontrar alguns conhecidos, me limitava a cumprimentá-los, sem me envolver nas conversas. Quando me convidavam para fazer algo, eu sempre dava a desculpa de que precisava voltar logo para casa a fim de resolver algum assunto. Não tinha tempo para jogar conversa fora. Após nadar o que podia, a única coisa que eu queria era voltar o mais rápido possível para casa e continuar a leitura.

Como parte das minhas obrigações eu fazia as compras, preparava as refeições e dava atenção ao meu filho. Por obrigação eu fazia sexo com meu marido. O hábito torna as tarefas simples de ser realizadas. Pode-se dizer que elas se tornam fáceis. Basta desconectar a mente do corpo. Enquanto meu corpo se movimentava à vontade, minha mente pairava em seu próprio espaço exclusivo. Eu arrumava a casa, dava o lanche para meu filho e conversava banalidades com meu marido, sem pensar em nada.

Depois que deixei de dormir, passei a considerar fácil administrar a realidade. De fato, cuidar da realidade é uma atividade muito simples. Era tão somente a realidade. Consistia apenas em tarefas domésticas. Era como operar uma máquina simples, ou seja, uma vez aprendido o processo, o resto era apenas repetição: apertar um botão aqui e puxar uma alavanca ali; acionar uma engrenagem, fechar a tampa e ajustar o cronômetro. Uma mera repetição.

Obviamente, de vez em quando ocorriam mudanças: minha sogra vinha jantar conosco ou, num domingo, íamos com nosso filho ao zoológico. Às vezes meu filho tinha diarreia.

Mas isso não me afetava. Eram coisas que passavam por mim como uma brisa silenciosa. Eu falava de amenidades com minha sogra, preparava refeições para quatro, tirava fotos na frente da jaula do urso, esquentava a barriga do meu filho e lhe dava um remédio.

Ninguém percebeu que mudei. Ninguém percebeu que eu não dormia, que eu estava lendo um livro extenso e que minha mente estava a centenas de anos, a milhares de quilômetros de distância da realidade. Meu marido, meu filho e minha sogra continuavam, como sempre, falando comigo, sem perceberem que eu realizava mecanicamente as tarefas da realidade, desprovida de sentimentos e emoções. Parecia até que estavam mais à vontade comigo do que de costume.

E assim se passou uma semana.

Quando entrei na segunda semana ininterrupta sem dormir, comecei a ficar preocupada. Queira ou não, era algo anormal. As pessoas dormem, e não existem pessoas que não dormem. Me lembro de ter lido em algum lugar que havia um tipo de tortura que consistia em não deixar a pessoa dormir. Se não me engano, isso foi praticado pelos nazistas. Eles trancavam a pessoa num quarto pequeno e, para evitar que ela dormisse, eles a mantinham com os olhos abertos. Além de lançarem luzes nos olhos, faziam com que escutasse sons barulhentos. A pessoa enlouquecia e acabava morrendo.

Não lembro quanto tempo levava para a pessoa ficar louca. Mas, se não me engano, era em torno de três a quatro dias. No meu caso, já estava havia uma semana sem dormir. Era tempo demais. Mesmo assim, não sentia o corpo debilitado. Muito pelo contrário; me sentia mais saudável do que nunca.

Certo dia, depois do banho, fiquei nua diante do espelho de corpo inteiro. E me surpreendi ao notar que meu corpo irradiava vitalidade. Do pescoço até o tornozelo, não havia excesso de gordura e nem uma ruga sequer. É claro que meu corpo não era mais o mesmo que o da época da adolescência. Mas a pele estava muito mais sedosa e *firme* do que naquela época. Apertei a pele da barriga. Ela estava firme e com excelente elasticidade.

Constatei que eu estava muito mais bonita do que pensava. Até me achei jovem. Podia passar por uma moça de vinte e quatro anos. Tinha a pele lisa e os olhos brilhantes. Os lábios viçosos e as bochechas, (esta era a parte que eu mais detestava no meu rosto), que até então eram salientes, já não chamavam mais atenção. Sentei-me diante do espelho e contemplei meu rosto em silêncio por cerca de trinta minutos. Observei-o de vários ângulos e com um olhar objetivo. Não havia me enganado. Eu realmente estava bonita.

O que havia acontecido comigo?

Pensei em procurar um médico. Um de confiança e de boa índole, que eu conhecia desde pequena. Mas fiquei deprimida só de pensar na reação dele quando eu contasse o que se passava comigo. Será que acreditaria na minha história? Se eu lhe contar que não durmo há uma semana, ele vai achar que estou com algum distúrbio mental, ou vai dizer que estou com neurose decorrente da insônia. Ou então ele vai acreditar em mim e me encaminhar para algum hospital para fazer exames.

O que acontecerá depois?

Possivelmente, ficarei presa nesse lugar e serei submetida a inúmeros exames: eletroencefalograma, eletrocardiograma, exames de urina, de sangue, testes psicológicos e mais isso e aquilo.

Eu perderia a paciência. O que eu quero é apenas ficar sozinha e ler tranquilamente um livro. Quero também nadar durante uma hora. Quero sobretudo ser livre. É isso. Não quero ser internada num hospital. Mesmo que me internem, o que irão descobrir? Possívelmente, vão realizar inúmeros exames para poder levantar inúmeras hipóteses. Eu não quero ficar presa num lugar assim.

Em uma tarde, fui à biblioteca procurar algum livro sobre sono. Não havia tantos quanto eu imaginava, e nenhum deles era grande coisa. Em resumo, todos diziam o mesmo: o sono era um período de descanso. Apenas isso. Era como desligar o motor do carro. Se o motor permanece ligado ininterruptamente, cedo ou tarde ele falha. O motor em contínuo funcionamento acaba se aquecendo, e o calor acumulado provoca seu desgaste. Por isso, era necessário desligar o motor para dissipar o calor. Em outras palavras, era preciso esfriá-lo. Ou seja, desligar o motor era o equivalente ao ato de dormir. Nos seres humanos, o ato de dormir significa descansar o corpo e a mente. Assim como o homem se deita para relaxar os músculos, os olhos se fecham para interromper o fluxo de pensamento. Os pensamentos excedentes são descarregados na forma de sonho.

Em um dos livros estava escrito uma coisa interessante. Segundo o autor, o ser humano está inevitavelmente propenso a criar um modo pessoal de pensar e se comportar. Inconscientemente, as pessoas constroem uma tendência própria, que irá afetá-las porque, uma vez que ela se estabelece, dificilmente a pessoa irá agir e pensar fora desse padrão, a não ser em casos extremos. Isso significa que as pessoas vivem presas a suas próprias tendências de ação e de pensamento. A função do sono é justamente modular essas tendências — e mantê-las sob controle — para que o organismo não se desgaste como a sola de um sapato, num ângulo específico, diz o autor. O sono, portanto, corrige e equilibra essas tendências. Durante o sono, as pessoas relaxam os músculos e os circuitos de pensamento que utilizam de modo tendencioso; o sono oferece uma descarga para esses circuitos, que normalmente são usados em uma só direção. Essa seria a maneira de as pessoas "esfriarem" o motor. O sono é uma atividade programada como parte do ser humano. Ninguém estaria imune a esse programa. Se, por acaso, isso acontecesse — continua o autor —, a própria existência perderia a razão de ser.

Tendência?, pensei.

A única coisa que me veio à mente em relação às tendências foram as "tarefas domésticas". Aquelas tarefas que eu realizava mecanicamente, desprovidas de emoção: cozinhar, fazer compras, lavar as roupas, cuidar do filho. Isso tudo não passava de uma tendência; mesmo de olhos fechados, eu seria capaz de fazê-las normalmente. São atividades como apertar um botão e puxar uma alavanca. Bastava fazer esses movimentos para que a realidade seguisse normalmente seu curso. O modo como nos habituamos a movimentar o corpo também não deixava de ser o padrão de uma tendência. Assim como a sola do meu sapato costumava se desgastar no calcanhar, eu também estava sendo desgastada pela minha tendência, e o sono diário seria necessário para eu poder ajustar e esfriar meu motor.

Era isso?

Li novamente o texto com redobrada atenção. E concordei. Devia ser isso.

Sendo assim, o que é a minha vida? Estou sendo consumida por uma tendência e, para me recuperar, preciso dormir. Minha vida seria tão somente uma mera repetição dessa tendência? Minha vida se resumiria em envelhecer enquanto eu dava voltas e mais voltas em torno de um mesmo lugar?

Balancei a cabeça olhando para a mesa da biblioteca.

Não preciso dormir, pensei. Não me importo de ficar louca ou de perder o cerne da minha existência. Por mim, tudo bem. A única coisa que sei é que não quero ser consumida por uma tendência. Se para me curar desse desgaste provocado por essa tendência é necessário dormir periodicamente, não vou fazer isso. Não preciso dormir. Se por um lado o meu corpo vai ser consumido pela tendência, por outro sei que minha mente será somente minha. Sou capaz de mantê-la firmemente comigo. Não vou entregá-la a ninguém. Não quero ser curada. Não vou dormir.

Após tomar essa decisão, deixei a biblioteca.

5

Após tomar essa decisão, deixei de temer o fato de não dormir. Não havia o que temer. O importante era manter uma atitude positiva. *Estou expandindo minha vida*, pensei. Eu tinha o período das dez da noite às seis da manhã só para mim. Até então, eu consumia um terço do dia em uma atividade denominada dormir; o que eles chamam de "tratamento para esfriar o motor". Mas, agora, um terço da minha vida passou a me pertencer. Não é mais de ninguém. É somente meu. Posso usá-lo do jeito que eu bem entender. Nesse período, ninguém vai me incomodar nem me requerer. Isso sim significa expandir a vida. Eu havia ampliado a minha vida em um terço.

Os especialistas dirão que isso não é biologicamente normal. Eles até podem estar com a razão. A decisão de assumir algo que não é considerado normal faz com que eu contraia uma dívida que, posteriormente, terei de pagar. A vida poderá me cobrar a parte que me foi dada, uma vez que eu a recebi adiantada. Sei que é uma hipótese sem fundamento, mas nem por isso é de todo absurda. Em princípio, sinto que ela possui uma certa lógica. Em suma, o balanço dos créditos e dos débitos está fadado a fechar de modo coerente com o passar do tempo.

Mas, para ser honesta, eu não me importava nem um pouco com isso. Eu não me importava de ter de morrer mais cedo por conta de algum ajuste a ser realizado. As possibilidades devem seguir sua própria lógica, e do jeito que elas bem entenderem. Pelo menos agora posso dizer que estou com a vida ampliada. Isso é maravilhoso. Eu estava reagindo nessa vida expandida. Nesse período que me foi estendido, eu sentia que estava viva. Eu não estava sendo consumida. Ou, ao menos, a parte não consumida podia viver e me fazia sentir viva. Por mais que uma vida seja longa, não vejo sentido em experimentá-la sem a sensação de estar viva. Agora eu via isso com total clareza.

Após verificar que meu marido dormia, fui me sentar no sofá da sala e, sozinha, tomei o meu conhaque e abri o livro. Durante a primeira semana reli três vezes *Anna Kariênina*. Quanto mais eu lia, mais eu descobria coisas novas. Esse longo romance possuía muitos segredos e estava repleto de respostas. E nas respostas descortinava-se um novo segredo. Era como uma caixa artesanal, em que dentro de um mundo havia outro mundo pequenino e, no interior deste, outro mundo ainda menor. Todos esses mundos formavam um universo complexo. Um universo que sempre existiu e que aguardava ser descoberto pelo leitor. O meu eu de antigamente só conseguia desvendar uma pequena fração desse universo. Mas o meu eu atual era capaz de enxergar um mundo imensamente maior. Conseguia entender o que o grande Tolstói quis dizer, ler nas entrelinhas, entender como essas mensagens estavam organicamente cristalizadas em forma de romance, e o que nele de fato superava o próprio autor. Eu conseguia enxergar isso tudo como se estivesse em pé no topo de uma colina e contemplasse a paisagem.

Por mais que eu me concentrasse, não ficava cansada. Após ler exaustivamente *Anna Kariênina*, comecei a ler as obras de Dostoiévski. Eu conseguia ler à vontade. Por mais que me concentrasse, não me sentia nem um pouco exausta. Eu conseguia entender até mesmo os trechos mais complexos. E sentia uma profunda emoção.

Essa é a minha essência, pensei. Ao deixar de dormir, ampliei meu ser. O importante é o poder de concentração. Viver e não conseguir se concentrar é o mesmo que estar de olhos abertos sem poder enxergar.

Finalmente, o conhaque acabou. Bebi praticamente a garrafa inteira. Fui ao supermercado e comprei outra garrafa de Rémy Martin, uma de vinho tinto e aproveitei para comprar uma elegante taça de cristal própria para conhaque. Comprei também chocolates e cookies.

Às vezes, no decorrer da leitura, eu ficava extremamente estimulada. Nessas horas, eu deixava o livro de lado e ia para o quarto me exercitar. Fazia ginástica ou simplesmente caminhava no quarto de um lado para outro. Quando me dava vontade, saía de madrugada. Trocava de roupa, tirava o carro da garagem e vagava sem rumo pelas redondezas. Entrava em uma dessas lanchonetes vinte e quatro horas e tomava um café, mas, como não queria encontrar nenhum conhecido, na maior parte das vezes eu ficava dentro do carro. De vez em quando, estacionava em algum local aparentemente seguro e me perdia em pensamentos. Cheguei a ir até o porto, onde contemplei os barcos por horas a fio.

Uma única vez fui abordada por um policial, que fez seu interrogatório de praxe. Eram duas e meia da madrugada e eu ouvia música no rádio enquanto observava as luzes dos navios. Eu havia estacionado o carro sob um poste de luz na beira do cais. O policial deu duas batidas leves na janela. Baixei o vidro. Ele era jovem, bonito, e o seu jeito de falar era educado. Expliquei-lhe que não conseguia dormir. Ele pediu minha carteira de habilitação e eu a entreguei. Ele ficou um bom tempo verificando o documento. Em seguida, contou que houvera um homicídio no mês anterior naquela área. Um casal de namorados foi surpreendido e atacado por três rapazes; o homem foi assassinado e a mulher, estuprada. Me lembrava de ter visto algo sobre esse incidente. Concordei com a cabeça. O policial comentou que já era tarde e aconselhou que eu evitasse aquela área de madrugada, principalmente se não tivesse nada a fazer por lá. Agradeci e disse que já ia embora. Ele me devolveu a carteira de habilitação. Eu dei a partida no carro.

Foi a única vez em que alguém falou comigo. Normalmente, eu dirigia pela cidade noturna, sem ter para onde ir, durante uma ou duas horas, sem que ninguém me importunasse. Depois, estacionava na garagem ao lado do Bluebird branco do meu marido, que dormia em silêncio. Após estacionar, eu escutava atentamente o som do motor esfriar, emitindo breves estalidos. Quando o motor se calava, eu descia do carro e pegava o elevador.

Ao voltar ao apartamento, a primeira coisa que eu fazia era ir até o quarto ver se meu marido dormia. Não importava o que acontecesse, seu sono era inabalavelmente profundo. Em seguida, ia até o quarto do meu filho. O sono dele também era pesado. Eles não sabiam de nada. Para eles, o mundo continuava a girar do mesmo modo, sem quaisquer mudanças. Mas não era isso o que estava acontecendo. Em algum lugar que eles desconheciam, o mundo mudava com extrema rapidez. E de modo incontornável.

Certa noite, permaneci fitando o rosto do meu marido adormecido. Eu havia escutado um barulho alto e seco vindo do quarto e fui correndo até lá. Vi que o despertador estava caído no chão. Provavelmente, ele esticara o braço enquanto dormia e esbarrara no relógio, derrubando-o. Mesmo assim, continuava a dormir como se nada tivesse acontecido. O que faria esse homem acordar? Peguei o relógio e o coloquei de volta na mesa da cabeceira. Cruzando os braços, observei atentamente o rosto dele. Fazia muito tempo que não o examinava assim.

Quanto tempo?

Logo que nos casamos, eu sempre fazia isso. Observá-lo dormindo me fazia sentir tranquila e segura. A sensação que eu tinha era a de que, enquanto ele estivesse dormindo tranquilo, eu estaria protegida. Por isso, nunca me cansava de observá-lo.

Não sei em que momento deixei de fazer isso. Quando foi? Tentei me lembrar. Creio que foi quando eu e a mãe dele discutimos sobre o nome que daríamos à criança. A mãe dele estava envolvida com uma religião ou coisa parecida, e queria impor de qualquer maneira um nome que a religião oferecera como um "presente". Não me lembro mais qual era esse nome, mas, de qualquer modo, eu não queria receber aquele "presente". Isso provocou uma tremenda discussão entre mim e minha sogra. Meu marido simplesmente se calou diante da discussão, limitando-se a tentar apaziguar os ânimos.

Acho que foi naquela ocasião que perdi a sensação de que o meu marido me protegia. Isso mesmo. Meu marido não me protegeu, e fiquei muito irritada. Sei que é coisa do passado, e inclusive minha sogra e eu já fizemos as pazes. O nome do meu filho fui eu que escolhi. E não demorou muito para que eu e meu marido também fizéssemos as pazes.

Mas creio que foi a partir daí que parei de contemplá-lo enquanto dormia.

Fiquei em pé, parada, observando seu rosto. Como sempre, o sono dele era inabalável. Seus pés descalços escapavam do cobertor e formavam um ângulo estranho. Do jeito que estavam, davam a impressão de que eram de outra pessoa. Eles eram grandes e maciços. A boca larga estava entreaberta e o lábio inferior caído e, de vez em quando, as narinas se mexiam rapidamente, como se lembrassem que deveriam fazer assim. A pinta logo abaixo do olho parecia enorme e grosseira. O jeito de fechar os olhos também lhe dava um aspecto vulgar. As pálpebras flácidas e o excesso de pele sob os olhos pareciam um cobertor de carne desbotada. *Dorme como um idiota*, pensei. *Sem se importar com nada*. Como um homem pode ter um rosto tão desagradável ao dormir? Acho que antes o rosto dele não era assim. Na época em que nos casamos, tinha muito mais vitalidade. Mesmo dormindo, sua aparência não era tão indecente como a de hoje.

Tentei me lembrar de como era o rosto dele naquela época. Mas não consegui de jeito nenhum. A única coisa que eu me lembrava era de que não era tão feio como o de agora. Mas podia ser uma ideia falsa que criei. Minha mãe certamente diria isso. Esse era o tipo de argumento típico dela.

Sua fala predileta era "Saiba que, com o casamento, a paixão avassaladora só vai durar dois ou três anos". E ela também me diria "Você achava bonito o rosto do seu marido dormindo porque você o via com os olhos da paixão".

Mas eu sabia que não era isso. Para mim, não havia dúvida de que meu marido havia ficado feio. Os músculos de seu rosto estavam perdendo a firmeza. Era um sinal de velhice. Meu marido estava velho e cansado. Estava desgastado. De agora em diante, não havia dúvida de que ele iria ficar cada vez mais feio. E eu teria de suportar isso.

Dei um suspiro. Um suspiro bem alto, mas, como não podia deixar de ser, ele não se mexeu. Um suspiro não é suficiente para fazê-lo acordar.

Saí do quarto e voltei para a sala. Bebi o conhaque e li um livro. Mas alguma coisa me incomodava. Fechei o livro e fui para o quarto do meu filho. Abri a porta e observei o rosto dele com a ajuda da luz acesa do corredor. Tal como o pai, ele dormia profundamente. Fiquei um tempo fitando seu rosto enquanto dormia. Ele tinha a pele macia e sedosa. Obviamente, seu rosto era bem diferente do de seu pai. Ele ainda era criança. A pele era lustrosa e nada grosseira.

Mas alguma coisa me deixou com os nervos abalados. Era a primeira vez que eu sentia isso em relação ao meu filho. Afinal, o que ele tinha que me abalava tanto? Permaneci em pé e cruzei os braços. É claro que amo o meu filho. E muito. Mas, alguma coisa, de fato, me deixava irritada.

Meneei a cabeça.

Permaneci de olhos fechados durante um tempo e, ao abri-los, fitei novamente o rosto de meu filho dormindo. Foi então que descobri o que me irritava. O rosto dele, ao dormir, era idêntico ao do pai. E idêntico ao da minha sogra. Havia uma obstinação e uma autossuficiência hereditárias. Eu detestava esse tipo de arrogância típica da família do meu marido. Sei que ele cuida bem de mim. É gentil e atencioso comigo. Nunca me traiu e é um homem trabalhador. É responsável e é simpático com todo mundo. Todas as minhas amigas dizem que não existe homem tão bom quanto ele. *Não tenho do que reclamar*, penso eu. Mas, às vezes, é justamente o fato de eu não poder reclamar que me deixa irritada. "Não ter do que reclamar"; isso criava uma estranha rigidez, que bloqueava o poder da imaginação. Era o que me deixava irritada.

E agora o meu filho tinha essa mesma expressão no rosto.

Balancei novamente a cabeça. *No final das contas, ele não passa de um estranho*, pensei. Quando essa criança se tornar adulta, com certeza jamais entenderá meus sentimentos. Assim como hoje meu marido não entende quase nada do que eu sinto.

Não há dúvida de que eu amo o meu filho. Mas minha intuição diz que no futuro não vou mais conseguir amá-lo de verdade. Sei que esse tipo de pensamento não é apropriado para uma mãe. As mães em geral jamais pensariam uma coisa dessas. Mas eu sei. Sei que um dia vou desprezar esse meu filho. Foi o que pensei. Enquanto eu o observava dormindo, foi essa a sensação que tive.

Ao pensar nisso, fiquei triste. Fechei a porta do quarto e apaguei a luz do corredor. Voltei a me sentar no sofá e continuei a leitura. Depois de algumas páginas, fechei o livro. Olhei o relógio. Eram quase três da manhã.

Comecei a pensar em quanto tempo estava sem dormir. A primeira noite em claro foi na terça-feira da semana retrasada. Isso quer dizer que hoje é o décimo sétimo dia. Estou há dezessete dias sem dormir. Foram dezessete dias e dezessete noites. Um período muito longo. Hoje já não consigo mais me lembrar direito de como era a sensação de ter sono e dormir.

Fechei os olhos para me lembrar de como era a sensação de dormir. Mas a única coisa que existia para mim era uma vigília na escuridão. Uma vigília na escuridão... que se associava à morte.

Será que vou morrer?

Se eu morrer agora, o que posso dizer que fiz da minha vida?

Eu não sabia responder.

O que será a morte?, pensei.

Até então, eu achava que o sono era um tipo de morte. Ou seja, a morte seria uma extensão do sono. Em outras palavras, a morte era como dormir. Comparada ao sono, a morte era um sono bem mais profundo, sem consciência. Um descanso eterno, um blecaute. Era isso o que eu pensava.

Mas pode ser que eu esteja errada, pensei. Será que a morte pode ser um tipo de situação totalmente diferente do sono? Será que a morte não seria uma escuridão profundamente consciente e infinita, como a que estou presenciando agora? A morte pode ser uma eterna vigília na escuridão.

Se a morte é isso, é muito cruel. Se a morte não significa o descanso eterno, qual seria a salvação para a nossa vida tão imperfeita, tão cheia de incertezas? Ninguém sabe o que é a morte. Quem de fato a presenciou? Ninguém. A não ser quem já morreu. Entre os vivos, ninguém pode dizer o que é a morte. Aos vivos só resta fazer suposições. E a melhor suposição é apenas isso, uma suposição. Dizer que a morte é o descanso não faz sentido. A verdade só é revelada quando a pessoa morre. Nesse sentido, *a morte pode ser qualquer coisa*.

Ao pensar sobre isso, de repente, senti um medo profundo. Senti minha espinha congelar e petrificar-se de medo. Mantive os olhos fechados, incapaz de abri-los. Observei em silêncio a densa escuridão que se postava diante dos meus olhos. A escuridão era profunda como o universo, e não havia salvação. Eu me sentia só. Minha mente estava muito concentrada, e se expandia. Tive a sensação de que, se eu assim desejasse, poderia ver as profundezas desse universo mental. Mas decidi não fazê-lo. *É muito cedo*, pensei.

Se a morte é isso, o que devo fazer? O que fazer se a morte é um eterno estado de consciência, restrito a observar em silêncio essa escuridão?

Finalmente, consegui abrir os olhos e tomei de um só gole o conhaque que restava na taça.

6

Tiro o pijama, visto um jeans e uma jaqueta sobre uma camiseta. Prendo os cabelos para trás, enfio-os embaixo da jaqueta e coloco o boné de beisebol do meu marido. Ao me olhar no espelho, eu pareço um homem. Assim está ótimo. Calço os tênis e desço até a garagem no subsolo.

Entro no City, viro a chave e deixo o motor ligado até meus ouvidos se acostumarem ao barulho. O barulho é o mesmo de sempre. Com as mãos no volante respiro fundo, várias vezes. Engato a primeira e saio do prédio. O carro parece bem mais leve, como se os pneus deslizassem sobre o gelo. Mudo as marchas com redobrada atenção, saio da cidade e pego a estrada em direção a Yokohama.

Já passa das três da manhã, mas a quantidade de veículos na estrada ainda é grande. Os caminhões pesados, que vêm de oeste para leste, fazem o asfalto trepidar. Os caminhoneiros não dormem. Para aumentar o rendimento das entregas, eles dormem de dia e trabalham à noite.

Eu poderia trabalhar de dia e de noite, penso. *Afinal, não preciso dormir.*

Sob o ponto de vista biológico, sei que isso não é normal. Mas quem seria capaz de dizer o que é normal? O que se considera biologicamente normal nada mais é do que o resultado de um raciocínio pautado em experiências. E estou num ponto que ultrapassa esse tipo de raciocínio. Será que eu poderia me considerar um exemplar único, uma precursora da espécie humana, que deu um salto na cadeia evolutiva? Uma mulher que não dorme. Uma consciência expandida.

Eu abro um sorriso.

Um salto na cadeia evolutiva.

Sigo até o porto ouvindo música no rádio. Eu quero escutar música clássica, mas não encontro nenhuma estação que toque clássicos na madrugada. Todas as estações tocam apenas rock japonês enfadonho. Músicas românticas ensebadas que dão nojo. São músicas que me fazem sentir que estou num local muito distante. Eu estou bem longe de Mozart e de Haydn.

Paro o carro num parque, no estacionamento amplo demarcado com linhas brancas, e desligo o motor. Escolho um lugar bem iluminado, debaixo de um poste. No parque há um único carro estacionado. Um carro que os jovens costumam apreciar: um esportivo branco de duas portas. O modelo é antigo. Provavelmente é de um casal de namorados. Sem dinheiro para ir a um motel, eles devem estar transando no carro. Para não ser incomodada, afundo o boné tentando não parecer uma mulher. Verifico novamente se a porta está trancada.

Ao contemplar a paisagem ao redor, de repente me lembro do primeiro ano da faculdade, e do dia em que eu e meu namorado saímos de carro e ficamos trocando carícias. Ele não estava aguentando, e pediu para me penetrar. Respondi que não. Eu não queria transar ali. Coloco as mãos no volante e, enquanto escuto música, tento me lembrar daquele dia. Não consigo me lembrar do rosto dele. É como se tivesse acontecido milhares de anos atrás. É como um fato histórico.

As lembranças do que tinha acontecido antes de eu não poder dormir parecem se distanciar rapidamente. É uma sensação muito estranha. É como se aquele eu que dormia diariamente não fosse eu, e que as lembranças daquela época não fossem minhas. *É assim que as pessoas mudam*, penso. Mas as pessoas não percebem essa mudança. Ninguém as percebe. A não ser eu. Mesmo que eu tente explicar, creio que elas não vão entender, e tampouco farão esforço para tanto. Mesmo que acreditem, não entenderão como me sinto, que é o mais importante. Para elas, sou uma pessoa que aterroriza o mundo racional.

Mas eu *realmente* mudei.

Não saberia dizer quanto tempo fiquei estacionada naquele lugar. Eu estava com as mãos no volante e, com os olhos fechados, observava a escuridão sem sono.

De repente, sinto a presença de alguém e volto à consciência. Alguém está por perto. Abro os olhos e olho ao redor. Alguém está do lado de fora do veículo e tenta abrir a porta. Mas, claro, elas estão trancadas. Há duas sombras negras, uma de cada lado do carro. Uma do lado direito e outra do esquerdo. Eu não consigo ver seus rostos. Nem as roupas que vestem. São sombras negras em pé ao lado de ambas as portas.

Entre as sombras, meu City parece extremamente pequeno. É como uma caixinha de doces. Eles balançam o carro. Alguém bate insistentemente no vidro da direita com a mão em punho. Mas eu sei que não é um policial. Os policiais não batem no vidro desse jeito. Nem sacodem o carro como estão fazendo. Boquiaberta, não sei o que fazer. Estou confusa. O suor brota nas minhas axilas. Preciso tirar o carro dali. A chave. Preciso girar a chave. Estico o braço, pego a chave e a giro. Escuto o som do motor de partida.

Mas o motor não pega.

Meus dedos tremem. Fecho os olhos e, tentando manter a calma, giro novamente a chave. Não adianta. O único som que se ouve é um rangido, como unhas arranhando uma parede gigante. O motor gira sem pegar. Gira sem pegar. Os homens ou as sombras continuam a balançar o carro. Eles balançam cada vez mais forte. Devem estar tentando virar o carro.

Alguma coisa está errada. Se eu pensar com calma vai dar tudo certo. Preciso pensar. Pensar com calma, sem afobação. Alguma coisa está errada.

Alguma coisa está errada.

Alguma coisa está errada. Mas não sei o que é. Minha mente está repleta de uma densa escuridão. Uma escuridão que não vai me levar a lugar algum. Minhas mãos tremem. Tirei a chave da ignição para tentar colocá-la novamente. Os dedos tremem e eu não consigo colocá-la de volta na fenda. Ao tentar novamente, a chave cai no chão. Curvo o corpo para tentar pegá-la, mas não consigo, porque estão balançando o carro com muita força. Ao me curvar, bato a testa com força no volante.

Desisto de pegar a chave, encosto no banco e cubro o rosto com as mãos. E choro. A única coisa que resta a fazer é chorar. As lágrimas não param de cair. Estou presa nesta caixinha e não tenho para onde ir. É a hora mais escura da noite e os homens continuam a sacudir o carro. O que eles querem é virar o meu carro.

A queda do Império Romano
Rebelião indígena de 1881
Hitler invade a Polônia
E o mundo dos vendavais

I. A QUEDA DO IMPÉRIO ROMANO

No domingo à tarde, percebi que começava a ventar. Para ser mais específico, foi às duas e sete.

Nessa hora, como sempre — isto é, sempre faço isso nas tardes de domingo —, eu estava sentado à mesa da cozinha ouvindo música enquanto colocava no diário os acontecimentos da semana. Costumo fazer breves anotações do que se passa no dia a dia e, no domingo, organizo e escrevo textos a partir desses apontamentos.

Quando terminei de redigir o resumo da terça-feira — ou seja, o equivalente a três dias —, notei que ventos fortes uivavam do lado de fora da janela. Fiz uma pausa na redação, tampei a caneta e fui até a varanda recolher as roupas. Elas dançavam ao sabor dos ventos, emitindo um farfalhar seco, como o rastro de um cometa no espaço.

A intensidade do vento devia ter aumentado sem que eu percebesse. Quando estendi as roupas no varal pela manhã — para ser mais exato, às dez e quarenta e oito —, não havia ventania nenhuma. E posso assegurar isso, pois minha memória é boa e confiável como a tampa de um forno de fundição. Lembro que cheguei a pensar: "Num dia calmo como o de hoje, prendedores de roupas são desnecessários".

De fato, não havia vento nenhum.

Depois de recolher e empilhar cuidadosamente as roupas, fechei as janelas do apartamento. Assim, já não escutava mais o barulho dos ventos. Do lado de fora, as árvores — cedro e castanheira — envergavam em silêncio, parecendo cachorros com coceira, e algumas nuvens singravam ligeiras o céu e desapareciam a seguir, como agentes secretos mal-encarados. Na varanda da casa da frente, camisas se enroscavam no varal, parecendo órfãos abandonados.

Deve ser uma tempestade.

Olhei o boletim meteorológico do jornal e não encontrei nada sobre a possibilidade de um tufão. A probabilidade de chover era nula, e a previsão era de um domingo sem sobressaltos, como nos áureos tempos do Império Romano.

Suspirei de leve, não mais do que trinta por cento do ar que tinha nos pulmões, fechei o jornal e guardei as roupas nas gavetas; ainda com aquela música de fundo, preparei um café e voltei ao diário com uma xícara nas mãos.

Quinta-feira, dormi com a minha namorada. Ela adora fazer sexo de olhos vendados, então sempre carrega uma máscara de dormir, daquelas que são distribuídas nos kits de pernoite em viagens de avião.

Não sou grande apreciador desse tipo de fetiche, mas, como ela fica muito bonitinha de máscara, acabo não fazendo objeção. Todos temos nossas idiossincrasias.

Foi isso que registrei no diário em relação à quinta-feira. Eu dedicava oitenta por cento para fatos, vinte por cento para reflexões.

Na sexta encontrei um velho amigo em uma livraria em Ginza. Ele estava com uma gravata esquisitíssima, estampada com números de telefone, e o fundo listrado.

Nesse momento, o telefone tocou.

2. REBELIÃO INDÍGENA DE 1881

Quando o telefone tocou, o relógio marcava duas e trinta e seis. Devia ser a minha namorada, aquela que gostava de usar máscara. Tínhamos combinado de ela vir passar o domingo aqui em casa e, toda vez que ela vinha, costumava ligar antes. Ela se encarregara de comprar o necessário para preparar um *kakinabe* de ostras cozidas com legumes para o jantar.

Seja como for, o telefone tocou às duas e trinta e seis. Disso tenho absoluta certeza, porque o despertador ficava ao lado do telefone e, sempre que tocava, eu conferia as horas.

Mas, ao atender, a única coisa que pude ouvir foi o barulho de ventos fortes. Um uivo enfurecido — *vuuuu-vuuuu* —, que remontava à rebelião dos índios de 1881, quando incendiaram as cabanas dos colonizadores, cortaram as linhas de comunicação e estupraram Candice Bergen.

— Alô? — eu disse, mas a minha voz foi imediatamente tragada pelos ecos esmagadores da história.

— Alô? — repeti em voz alta, de novo em vão.

Em silêncio, voltei a me concentrar no uivar dos ventos, e por um breve momento até pensei ter notado o que parecia ser uma voz de mulher, mas eu podia estar enganado. De todo modo, os ventos eram muito fortes. E a quantidade de búfalos devia ter diminuído.

Permaneci na ligação, sem dizer nada. A orelha tão colada ao aparelho que parecia que nunca mais se desgrudaria dele. Mas, depois de quinze ou vinte segundos, a ligação caiu, como se tivesse sofrido um ataque fulminante do coração. Um silêncio gélido, tão frio quanto peças íntimas desbotadas, foi tudo o que restou.

3. HITLER INVADE A POLÔNIA

Não é possível!, pensei, deixando escapar outro suspiro, e voltei para o diário. Era melhor terminar de escrever quanto antes.

No sábado, o Exército de Hitler invadiu a Polônia e bombardeou a cidade de Varsóvia...

Não. Não foi isso. A invasão de Hitler à Polônia ocorrera em 1º de setembro de 1939. Não ontem. Ontem, depois do jantar, fui ao cinema e vi Meryl Streep em *A escolha de Sofia*. Hitler invadindo a Polônia era a trama do filme.

Na história, Meryl Streep se divorcia de Dustin Hoffman, mas se casa novamente com um engenheiro civil de meia-idade interpretado por Robert De Niro. Filme interessante.

Ao meu lado, um casal de estudantes do segundo grau ficava o tempo todo acariciando a barriga um do outro. Não eram de todo ruins, aquelas barrigas colegiais. Em outros tempos, eu também já tivera uma.

4. E O MUNDO DOS VENDAVAIS

Depois de redigir o diário, sentei de frente à estante de discos para escolher músicas propícias para uma tarde de domingo de ventos fortes. Selecionei um concerto de violoncelo de Shostakovich e um álbum de Sly and the Family Stone. Ouvi os dois em sequência.

Às vezes, objetos passavam voando do lado de fora da janela. Um lençol branco, que parecia um feiticeiro preparando uma poção de raízes e ervas, voou da direção leste para oeste. Uma placa fina e comprida se dobrava em noventa graus, como um entusiasta do sexo anal.

Com o concerto de violoncelo de Shostakovich ao fundo, eu observava o agitado cenário exterior quando o telefone voltou a tocar. O relógio indicava três e quarenta e oito.

Atendi esperando ouvir aquele barulho de motor a jato de Boeing 747, mas não aconteceu.

— Alô? — disse ela.

— Oi — respondi.

— Posso ir? Vou levar as coisas para o jantar — disse a minha namorada. Significava que vinha com as compras e a máscara para vendar os olhos.

— Pode. Mas...

— Você tem panela de barro?

— Tenho, sim — respondi. — O que aconteceu? Não está mais ventando aí?

— Não. Aqui em Nakano parou de ventar às três e vinte cinco, por isso acho que logo mais deve parar aí também.

— Pode ser — eu disse e, depois de desligar o telefone, tirei a panela do alto do armário e a lavei na pia da cozinha.

Como ela havia previsto, o vento cessou precisamente às quatro e cinco. Abri a janela e contemplei a paisagem. Embaixo da janela, um enorme cachorro preto farejava extasiado o terreno. Ficou de quinze a vinte minutos cheirando de um lado a outro, sem parecer entediado. Sinceramente, não consigo entender por que os cães fazem isso.

Mas, ainda assim, tanto a aparência quanto os mecanismos de funcionamento do mundo permaneciam iguais a antes da ventania. O cedro e a castanheira se mantinham empertigados no terreno baldio, presunçosos e indiferentes ao ocorrido. As roupas continuavam penduradas no varal e os corvos, com seus bicos reluzentes, batiam as asas lisas no topo dos postes telefônicos.

Um tempo depois, minha namorada chegou e começou a preparar a refeição. Na cozinha, ela lavou as ostras, cortou com destreza a acelga, o tofu e preparou o caldo.

Perguntei se ela havia me ligado às duas e trinta e seis.

— Liguei, sim — confirmou, lavando o arroz na peneira de bambu.

— Não consegui ouvir nada — comentei.

— Ah, deve ter sido por causa da ventania — ela respondeu, sem dar muita importância.

Tirei uma cerveja da geladeira e bebi sentado à borda da mesa.

— Por que será que uma ventania como aquela começa e para de uma hora pra outra assim, tão de repente? — perguntei.

— Não faço ideia — respondeu ela de costas, enquanto tirava as cascas do camarão com a ponta da unha. — Desconhecemos muitas coisas sobre o vento. É o mesmo com a história do período clássico, o câncer, as profundezas do oceano, o universo e o sexo.

— Hum — suspirei. Aquilo estava longe de ser uma resposta satisfatória, mas a conversa não progrediria muito nesse assunto, então me conformei e fiquei observando em silêncio enquanto ela preparava o jantar.

— Posso tocar um pouquinho a sua barriga?

— Depois.

Enquanto ela terminava de cozinhar, anotei sucintamente os acontecimentos do dia para que, na semana seguinte, eu pudesse registrar no diário:

1. A queda do Império Romano.
2. Rebelião indígena de 1881.
3. Hitler invade a Polônia.

Na próxima semana, essas anotações vão me ajudar a lembrar o que aconteceu hoje. Esse sistema meticuloso permite que eu mantenha esse diário há vinte e dois anos, sem jamais ter falhado um único dia. Toda ação significativa possui um sistema próprio. Com ou sem vento, essa é a minha maneira de viver.

Lederhosen

Outro dia, uma amiga da minha esposa contava:

— Minha mãe abandonou o meu pai. Tudo por causa de uma bermuda.

Não pude deixar de perguntar:

— Uma bermuda?

— Sei que soa estranho — ela admitiu. — Não é para menos. A história toda é bem esquisita.

Essa amiga da minha esposa era uma mulher de compleição grande. Tinha a altura e o porte físico parecidos com os meus. Dava aulas de órgão eletrônico e ocupava a maior parte das horas livres praticando natação, esqui e tênis. Por isso, o corpo dela era esbelto, sem gorduras excedentes, e sempre tinha a pele bronzeada. Não seria exagero dizer que era uma típica viciada em esportes. Nos dias de folga, corria pela manhã, fazia natação e, lá pelas duas da tarde, jogava tênis e ainda engatava uma sessão de ginástica aeróbica. Eu também gosto de esportes, mas não a esse ponto.

Não estou sugerindo que ela fosse agressiva ou obsessiva com as coisas. Na verdade, tendia a ser mais sossegada do que autoritária. A questão era que seu corpo — e desconfio que isso também devia afetar seu espírito — ansiava estar sempre em movimento, sem pausa para descanso, como um cometa.

Talvez por isso ela não tenha casado. Claro que já tivera namorados, vários até, com seu porte físico generoso, era uma mulher muito bonita. Mas, sempre que esteve perto de casar, acontecia algum imprevisto e tudo acabava cancelado.

— Falta de sorte — especulava minha esposa.

— Acho que sim — eu desconversava.

Na verdade, eu não concordava totalmente com essa opinião. A sorte, ou a falta dela, pode iluminar momentos de nossa vida, bem como lançar sombras sobre o nosso destino. Penso que uma pessoa perseverante como ela, que conseguia nadar trinta voltas em uma piscina e correr vinte quilômetros, fosse perfeitamente capaz de superar muitas vicissitudes que a vida lhe impunha. Por isso, eu acreditava que ela não se casara porque, no fundo, não desejava. Era possível que o matrimônio se tornasse um corpo estranho dentro de seu campo gravitacional.

A vida dela, portanto, se resumia a lecionar órgão eletrônico, gastar quase todo o tempo livre com atividades físicas e, de vez em quando, se apaixonar, ou não, por alguém que nem sempre a fazia feliz.

Era uma tarde chuvosa de domingo. Ela apareceu em casa duas horas antes do previsto. Minha esposa havia saído para fazer compras.

— Desculpe chegar tão cedo — ela disse. — Eu ia jogar tênis, mas com essa chuva a partida foi cancelada e me sobraram duas horas. É chato ficar em casa sozinha, então acabei vindo para cá. Estou atrapalhando?

Respondi que de jeito nenhum. Para falar a verdade, eu não estava nem um pouco a fim de trabalhar e, quando ela chegou, estava sossegado assistindo a um filme com o gato no colo. Convidei-a a entrar e fui para a cozinha preparar um café, que bebemos durante os últimos vinte minutos de *Tubarão*. É claro que ambos já tínhamos visto o filme. Talvez mais de uma vez. Ninguém, portanto, ficou especialmente concentrado naquilo. Assistimos porque era o que passava na tela.

O filme acabou, os créditos começaram a subir, e nem sinal de a minha esposa voltar. Comecei a puxar conversa. Falamos sobre tubarão, praia, natação, e nada da minha esposa. A conversa foi se estendendo. Acho que eu até simpatizava com essa mulher. Mas, depois de uma hora de conversa, tive a certeza de que não tínhamos mais nenhum assunto em comum. Afinal, era amiga da minha esposa e não minha.

Sem ideia do que fazer, pensei em pôr outro filme. Foi então que ela começou a falar sobre o divórcio de seus pais. Não sei de onde surgiu o assunto. O que estou querendo dizer é que eu não conseguia ver — pelo meu jeito sistemático de pensar — a relação entre natação e o divórcio de seus pais. Mas, para ela, devia haver.

— Na verdade, aquilo não era bermuda — explicou. — Era *Lederhosen*.

— Por acaso é aquele traje alemão feito de couro, típico dos Alpes? Que se usa com suspensórios?

— Esse mesmo. Meu pai queria de presente. Ele é bem alto para sua geração, por isso deve ter pensado que essa roupa lhe cairia bem. Mas, cá entre nós, você consegue imaginar um japonês usando *Lederhosen*? Sei que gosto não se discute, mas, mesmo assim...

Eu não conseguia encontrar o fio da conversa, por isso fui obrigado a perguntar em que circunstância, e para quem, o pai dela havia pedido as *Lederhosen*.

— Ah! Desculpe. Sempre conto essa história de um jeito caótico, então, se ficar confuso pode me interromper e perguntar, está bem?

Respondi que faria isso.

— Uma das irmãs mais novas da minha mãe mora na Alemanha e sempre a convidava para uma visita. Minha mãe obviamente não fala alemão e nunca tinha viajado para o exterior. Mas, como ela lecionou inglês durante muito tempo, era de imaginar que um dia quisesse fazer uma viagem dessas. Fazia anos que ela não via essa minha tia. Por isso, minha mãe queria que o meu pai fosse com ela passar dez dias na Alemanha. Mas, como ele não podia faltar no trabalho, ela acabou viajando sozinha.

— Foi aí que seu pai pediu as *Lederhosen* para a sua mãe?

— Isso mesmo. Minha mãe perguntou o que ele queria de presente, e ele disse "*Lederhosen*".

— Até aqui estou acompanhando.

Os pais dela aparentemente se davam bem. Não eram de ficar discutindo madrugada adentro, e o pai nunca saiu de casa furioso a ponto de ficar dias sem voltar. No passado, as traições dele vieram à tona e abalaram o ambiente familiar, mas depois isso parou de acontecer.

— Ele não era má pessoa. Era trabalhador, mas sempre se engraçava com algum rabo de saia — ela disse sem rodeios, como se falasse de um estranho. Confesso que, por instantes, a maneira como se referia a ele me fez pensar que já fosse falecido, mas não. Contou que estava bem e esbanjava saúde.

— Naquela época, meu pai havia sossegado e não aprontava mais. Por isso, para mim, o casal parecia bem — continuou ela.

Mas a história não era tão simples assim. A mãe pretendia ficar dez dias na Alemanha, e acabou ficando um mês e meio. Nem sequer deu satisfação sobre essa mudança de planos. Quando voltou para o Japão, em vez de ir para sua casa em Tóquio, resolveu passar primeiro na casa da outra irmã mais nova, em Osaka.

Nem a filha nem o pai tinham ideia do que se passava com ela. Antes de isso acontecer, toda vez que ocorria algum problema conjugal, a mãe costumava se calar e sofrer resignada. Nessas situações, a filha se perguntava se ela realmente entendia o que estava acontecendo. A mãe sempre optava por preservar a família e, independentemente do que acontecesse, fazia de tudo para proteger a filha. Por isso, o fato de a mãe não voltar para casa e não telefonar para dar notícias era como o ribombar de um trovão num dia de céu azul. Ela e o pai telefonaram várias vezes para a tia em Osaka, mas a mãe se recusava a atender.

Certo dia, inesperadamente, a mãe telefonou e avisou ao marido: "Estou enviando os papéis do divórcio para que você assine e me devolva". Ele pediu explicações: "Afinal de contas, o que houve?". A mãe respondeu: "Não o amo mais, de forma nenhuma". O homem ainda perguntou se poderiam conversar e ela foi categórica: "Não. Sinto muito. Acabou".

As conversas por telefone continuaram por dois, três meses, sempre improdutivas, e a mãe não cedeu. Por fim, o pai desistiu e concordou em assinar os papéis do divórcio. Ele tinha a consciência pesada, em vista do que já tinha feito, e de todo modo nunca fora mesmo uma pessoa muito perseverante.

— Foi um grande choque para mim — contou a amiga da minha esposa. — Não o divórcio em si, pois no fundo eu sabia que podia acontecer. Psicologicamente falando, estava preparada para isso. Se os dois tivessem realmente planejado o divórcio, sem aquele emaranhado de circunstâncias inexplicáveis, eu não teria ficado tão incomodada. O problema não foi a minha mãe abandonar o meu pai. Mas ela também *me* abandonar. Foi isso que doeu.

Concordei balançando a cabeça.

— Até então, eu sempre estivera ao lado dela. E ela do meu. Mesmo assim, ela nos descartou, meu pai e eu, como se fôssemos lixo, não deu sequer uma explicação. Isso me deixou bem confusa e, durante muito tempo, não consegui perdoá-la. Escrevi várias cartas pedindo que me contasse os motivos. Mas ela nunca se deu ao trabalho de responder. Nunca quis se encontrar comigo.

Elas só se reencontraram depois de três anos, no funeral de um parente. Nessa época, nossa amiga já era independente e morava sozinha. Ela saíra de casa no segundo ano da faculdade, quando os pais se divorciaram. Depois de formada, começou a dar aulas de órgão eletrônico. Já a mãe lecionava inglês num curso pré-vestibular.

A mãe explicou que não tinha entrado em contato antes porque não sabia o que falar nem como se explicar:

— Tive dificuldades para assimilar as coisas — justificou a mãe. — Mas acho que tudo começou com a bermuda.

— Bermuda? — a filha reagiu surpresa, da mesma forma como eu no princípio da conversa. Apesar de decidida a cortar relações com a mãe, a curiosidade falou mais alto. Ainda em trajes de luto, elas se dirigiram a um café das redondezas e pediram chá gelado. A filha precisava ouvir a história que a mãe tinha para contar.

A loja especializada em *Lederhosen* ficava em uma pequena cidade a cerca de uma hora de Hamburgo. Foi a irmã da mãe quem verificou o endereço.

— Perguntei para vários conhecidos alemães e todos concordaram que, se for para comprar *Lederhosen*, o melhor lugar é esse. A técnica de fiação é boa e o preço também — dissera a irmã.

Foi então que a mãe da nossa amiga tomou o trem e se dirigiu até essa cidade para providenciar as *Lederhosen* do marido. Viajou no mesmo vagão de um casal de alemães de meia-idade. Eles puxaram assunto com a estrangeira num inglês sofrível.

— Quero comprar *Lederhosen* de presente — contou a mãe.
— Em qual loja a senhora pretende ir? — perguntou o casal.
A mãe disse o nome da loja, e o casal de alemães deu uma resposta entusiasmada que deixou a mulher satisfeita:
— Ótimo! É a mais indicada.
Era uma tarde agradável de início de verão. A pequena cidade preservava os ares de uma vila medieval. Um rio caudaloso atravessava o centro, suas margens eram repletas de vegetação. As ruas de paralelepípedos se estendiam em várias direções, com gatos espalhados por todos os lados. A mulher parou para descansar em uma cafeteria, pedindo um café e um cheesecake. Tomava o último gole da bebida, brincando com o gato do estabelecimento, quando o proprietário se aproximou e perguntou o motivo de ela estar na cidade. Ao responder que viera comprar *Lederhosen*, ele pegou uma folha de papel e desenhou um mapa do local da loja.
— Agradeço a gentileza.
Como é bom viajar sozinha, ela pensou, em meio às vias de paralelepípedos. Aos cinquenta e cinco anos de idade, se deu conta de que nunca viajara assim. Em nenhum momento durante a viagem sentiu solidão, medo ou tédio. As paisagens que enchiam seus olhos eram vívidas, com frescor de novidade. As pessoas que ela conheceu pelo caminho se mostraram todas muito simpáticas. A alegria de viver que estava soterrada dentro dela era reacendida com cada experiência. Tudo o que até ali sempre representara seus valores fundamentais — o marido, a casa e a filha — estava do outro lado do planeta. E ela nem sequer pensou neles.

Não demorou para encontrar a casa especializada em *Lederhosen*. Uma loja antiga, pequena, com ares de oficina de artesão. Não ostentava aqueles letreiros luminosos próprios para atrair turistas, mas em seu interior havia vários modelos de *Lederhosen* expostos. Ela abriu a porta e entrou.

Havia dois idosos trabalhando. Falavam praticamente aos sussurros, tiravam medidas e anotavam em uma caderneta. Atrás da cortina divisória havia uma ampla oficina.

— *Darf ich Ihnen helfen*, madame? Deseja alguma coisa, madame? — perguntou o idoso que, dentre os dois, tinha o porte físico maior.

— Quero comprar *Lederhosen* — respondeu a mãe em inglês.

— Então temos um pequeno problema — disse o idoso, com muita dificuldade para selecionar as palavras. — Não costuramos para clientes que não existem.

— Meu marido existe — refutou minha mãe, de modo categórico.

— *Ja, ja*, seu marido existe. Claro, claro — o idoso se apressou a corrigir. — Meu inglês é ruim, sinto muito. Quero dizer que não vendemos *Lederhosen* sem o cliente estar aqui.

— Por quê? — minha mãe perguntou, surpresa.

— Política da casa. *Ist unser Prinzip*. Cliente veste nossas *Lederhosen* para vermos com os nossos olhos. Depois, fazemos os ajustes para que fiquem perfeitas nele. Só depois é que vendemos. É assim há mais de cem anos e foi assim que construímos a nossa reputação.

— Mas eu saí de Hamburgo e levei metade do dia para chegar aqui. Só para comprar com vocês.

— Lamentamos muito — disse o idoso, claramente sentido. — Não podemos abrir exceção. Vivemos num mundo rápido. Confiança demora muito para se construir, mas segundos para ser destruída.

A mulher suspirou, permanecendo em pé na porta. Empenhou-se em pensar em uma solução para o impasse. O idoso maior olhou para o menor e lhe explicou a situação em alemão. Este esboçou uma expressão triste e, se limitando a "*Ja, ja*", concordou balançando a cabeça. A diferença de porte físico entre os dois chamava atenção, mas as feições do rosto eram tão semelhantes que pareciam gêmeos.

— E que tal assim? — sugeriu minha mãe. — Vou procurar uma pessoa com o biotipo semelhante ao do meu marido e a trago aqui. Pedirei que vista as *Lederhosen* e vocês fazem os ajustes necessários. Então, vocês me vendem.

— Madame, isso vai contra a política da casa. Quem vai vestir as *Lederhosen* não é o seu marido. Nós sabemos a verdade. A sua proposta é absurda.

— Basta fingirem que não sabem. Vocês só têm de vender as *Lederhosen* para essa pessoa e, depois, ela me repassa. Isso não vai manchar a reputação da loja. Por favor, eu imploro. Posso nunca mais voltar à Alemanha e, nesse caso, não terei outra chance de comprar *Lederhosen*.

— Hum — suspirou o idoso, com a expressão contrariada. Em seguida, olhou para o outro e começou a falar rápido em alemão. Durante um tempo, pareciam deliberar a respeito. Até que, por fim, o homem maior se dirigiu para a estrangeira e sentenciou:

— Tudo bem, madame. Vamos abrir uma exceção. A primeira e única. Pedimos que entenda isso. Vamos fingir que não sabemos de nada. Reconhecemos que são pouquíssimas as pessoas do Japão que viriam até aqui especialmente para comprar *Lederhosen*. Nós, alemães, não somos tão intransigentes como se diz por aí. Procure alguém com estatura e peso semelhantes aos do seu marido e o traga aqui. Meu irmão concorda.

— Muito obrigada — disse ela e, voltando-se para o outro ancião, completou agradecendo pela gentileza: — *Das ist so nett von Ihnen.*

Ela — isto é, a filha que estava contando a história para mim — entrelaçou as mãos sobre a mesa e suspirou. Bebi o último gole de café, já completamente frio. A chuva não parava. Minha esposa não voltava das compras. Como foi que a conversa tomara aquele rumo?

— E o que aconteceu? — perguntei, curioso para saber o desfecho da história. — Sua mãe conseguiu encontrar alguém com o mesmo porte físico do seu pai?

— Sim — respondeu, com o rosto inexpressivo. — Minha mãe se acomodou num banco do lado de fora da loja e ficou de olho. Então, passou um homem exatamente como ele. Sem dar muitas explicações, em parte porque ele não falava inglês, ela o arrastou até a loja.

— Que pessoa obstinada — comentei, admirado.

— Não consigo entender. Em casa, ela sempre foi calma e introvertida — a amiga da minha esposa respondeu, deixando escapar outro suspiro. — O pessoal da loja explicou do que se tratava e o homem entendeu, aceitando de bom grado substituir a figura do meu pai. Ele vestiu as *Lederhosen* e o casal de idosos fez os ajustes necessários, encurtando e apertando alguns pontos. Durante os ajustes, os três estavam animados conversando em alemão. Isso durou cerca de meia hora. Foi nesse ínterim que a minha mãe tomou a decisão de se divorciar.

— Como é que é? Não consigo entender. Aconteceu alguma coisa durante esses trinta minutos?

— Não aconteceu nada. Apenas três alemães rindo entre eles.

— Então por que sua mãe resolveu se divorciar?

— Naquele momento, nem ela sabia. Estava confusa com a situação. A única coisa que ela soube me explicar foi que, enquanto observava o homem vestindo as *Lederhosen*, de súbito brotou dentro dela uma raiva insuportável do meu pai. Um sentimento que ela não pôde reprimir. O homem que vestia as *Lederhosen*, exceto pela cor da pele, lembrava muito o meu pai. O formato das pernas, a barriga, as falhas do cabelo. E parecia contente em vestir as *Lederhosen* novas. Contente e com ar triunfante. Parecia uma criança. Enquanto ela observava esse homem, algumas coisas que até então não possuíam contornos definidos se tornaram extremamente nítidas. Foi aí que ela teve a percepção: odiava o marido.

Minha esposa enfim retornou das compras e as duas logo entabularam seus próprios assuntos. Mas continuei remoendo o caso das *Lederhosen*. Jantamos cedo e bebemos um pouco. Mesmo assim, não conseguia esquecer aquela história.

— Você não sente mais raiva da sua mãe? — perguntei, num momento em que minha esposa se ausentou da sala.

— Bem, não posso dizer que voltamos a ser próximas como antes, mas, de certo modo, acho que não tenho mais raiva dela.

— Por ela ter lhe contado sobre as *Lederhosen*?

— Acho que sim. Depois que ouvi a história, senti que aquela raiva que eu tinha dela passou. Não saberia explicar as razões disso. Talvez pelo fato de sermos mulheres.

— Mas, se não fosse as *Lederhosen*, ou seja, se a história se restringisse ao fato de sua mãe ter viajado sozinha e descoberto outra parte da própria personalidade, você a teria perdoado?

— Claro que não — ela cravou, sem titubear. — Tudo gira em torno das *Lederhosen*, entende?

Arrisco dizer que aquelas *Lederhosen* nunca chegaram às mãos do pai da amiga da minha esposa.

Queimar celeiros

Eu a conheci no casamento de um colega e nos tornamos amigos. Foi há três anos. Entre nós havia quase uma geração de diferença: ela tinha vinte, e eu, trinta e um. Mas isso não era um problema. Naquela época, eu tinha tantas preocupações que, sinceramente, a questão da idade não entrava na lista. Ela também nunca se importou com isso. Nem com o fato de eu ser casado. Para ela, idade, família e renda não tinham importância. Era algo inato a ela, como o número dos sapatos, o tom de voz e o formato das unhas. Tratava-se de uma classe de coisas que não podiam ser mudadas, por mais que se pensasse a respeito. Nesse sentido, acho que ela tinha razão.

Ela frequentava aulas de pantomima de um professor *qualquer* e se sustentava como modelo em uma agência publicitária. Como não considerava um trabalho estimulante, rejeitava com frequência as propostas da agência e vivia em uma situação financeira sempre difícil. Graças à boa vontade de seus incontáveis affaires, ela complementava a renda. Claro que não podia saber disso com certeza na época, eram peças soltas de um quebra-cabeça que fui juntando ao longo de muitas conversas.

De modo algum estou insinuando que ela dormia com os homens por dinheiro. Talvez a realidade fosse bem diferente, mas isso também não representava um problema para mim. Seu encanto residia em algo bem mais simples: seu temperamento extrovertido e sua espontânea ingenuidade, que atraíam certo tipo de homem. Diante dessa ingenuidade, mesmo homens mais fechados abriam o coração. Não sei se me faço entender, mas esse é um resumo do que acho que acontecia. Em outras palavras, a vida dela se amparava nessa singela ingenuidade.

Só que essa dinâmica não poderia durar para sempre. Caso contrário, o sistema que rege o universo estaria de pernas para o ar.

Essa virtude só podia existir em determinado local e em determinado momento. Era como descascar tangerina.

Vou contar a história do descascar tangerina.

Na primeira vez em que nos encontramos, ela me disse que estudava pantomima.

— É mesmo? — perguntei, apesar de não ter ficado surpreso. Afinal, as garotas hoje em dia estão sempre envolvidas com alguma atividade. Ela só não me parecia o tipo de pessoa que se empenhava em lapidar o próprio talento.

Ela treinava o ato de descascar tangerina. Literalmente. Descascava tangerina. À sua esquerda havia uma travessa de vidro repleta de tangerinas e, à direita, outra travessa para as cascas, embora os dois recipientes estivessem vazios. Ela pegava uma tangerina imaginária, descascava sem pressa, levava um gomo de cada vez à boca, degustava, cuspia o *bagaço* e, depois de chupar todos os gomos, juntava os *restos* e a casca e colocava tudo na vasilha à direita. Repetia diversas vezes esse ritual. Talvez a explicação da cena em palavras passe a impressão de uma banalidade, mas, depois de observar aquilo por uns dez ou vinte minutos — estávamos conversando amenidades em um balcão de bar e, enquanto falava comigo, ela inconscientemente descascava tangerina —, tive a sensação de que o senso de realidade se diluía pouco a pouco, o que provocava um sentimento bem esquisito. Na época em que Eichmann foi julgado no tribunal de Israel, disseram que o castigo mais adequado para ele seria prendê-lo em uma cela, cujo ar seria retirado a conta-gotas. Não sei o que aconteceu com ele no final, mas sem querer me lembrei disso.

— Você parece ter talento — observei.

— Isso não tem nada a ver com talento. Não se trata de pensar que *existe* uma tangerina, e sim de esquecer que *não* existe. Apenas isso.

— Hum... que zen.

Foi então que percebi que gostava dela.

Não costumávamos nos encontrar com frequência. Em média, uma vez por mês ou, no máximo, duas. Eu telefonava e a convidava para sair. Comíamos algo e depois íamos a algum bar. Conversávamos bastante. Eu prestava atenção no que ela me contava, e vice-versa. Não tínhamos muitos assuntos em comum, mas pouco importava.

Éramos amigos. Naturalmente, quem pagava a conta das refeições e das bebidas era eu. Às vezes, ela me telefonava também, mas só quando estava sem dinheiro e com fome. Nessas ocasiões, era assustador testemunhar a voracidade de seu apetite.

Quando estávamos juntos, eu relaxava. Esquecia os problemas do trabalho, as picuinhas sem solução e as incoerências humanas. Ela tinha esse dom. Não dizia nada com um significado especial e, muitas vezes, eu apenas balançava a cabeça para sinalizar que escutava, embora não estivesse prestando atenção. Mas, quando eu prestava atenção, experimentava uma sensação agradável, como se contemplasse nuvens distantes que flutuam no céu.

Contava muitas coisas a ela. De assuntos pessoais a trivialidades. Como eu, ela se limitava a balançar a cabeça em silêncio, talvez também sem prestar atenção ao que eu dizia. Mesmo assim, eu não me importava. O que buscava era uma espécie de conexão. Não esperava compaixão nem entendimento.

Há duas primaveras, seu pai morreu de doença cardíaca e ela herdou uma soma razoável. Pelo menos foi o que contou para mim. Com o dinheiro, resolveu passar um tempo no norte da África. Não entendi direito por que escolheu esse destino. De qualquer maneira, como na época eu conhecia uma garota que trabalhava na Embaixada da Argélia, apresentei as duas. Foi assim que ela partiu para a Argélia. Por ter acompanhado a história, fui até o aeroporto para a despedida. Sua bagagem não passava de uma surrada *boston bag*, abarrotada de roupas. Ao vê-la fazendo check-in, qualquer desavisado acharia que ela estava de regresso, e não de visita à África.

— Você pretende voltar para o Japão, não é? — perguntei em tom de brincadeira.

— Claro que sim — respondeu.

Três meses depois, ela estava de volta, três quilos mais magra, com a pele bronzeada e um namorado. Contou que conhecera o rapaz num restaurante da Argélia. Como existem poucos japoneses por lá, logo se aproximaram e, um tempo depois, começaram a namorar. Pelo que me lembre, aquele era o primeiro namorado oficial dela.

Ele tinha pouco mais de vinte e cinco anos, era alto, se vestia bem e se expressava com formalidade. Embora tivesse o rosto um tanto magro, entrava na categoria dos homens bonitos, causando boa impressão geral. As mãos eram grandes, e os dedos, compridos.

Pude reparar em todos esses detalhes porque fui buscá-la no aeroporto, depois de receber um inesperado telegrama de Beirute, informando apenas a data e o número do voo. Naturalmente supus que devia ir recebê-la. Assim que o avião pousou — pelas más condições climáticas, com quatro horas de atraso, tempo que tirei para ler três revistas na cafeteria enquanto aguardava —, os dois saíram do portão de desembarque de braços dados, como animados pombinhos recém-casados. Ela fez as apresentações, e ele e eu trocamos um aperto de mãos quase mecânico. Um aperto de mãos firme, de gente que vive muito tempo no exterior. Depois, fomos a um restaurante, porque ela queria comer tendon. Ele e eu bebemos cerveja.

Ele se limitou a contar que trabalhava com comércio exterior, sem entrar em detalhes. Não ficou claro se ele não queria conversar sobre trabalho ou se apenas evitou me constranger. De resto, como eu não estava mesmo a fim de falar sobre comércio exterior, evitei perguntas. Por falta de afinidade, conversamos sobre a segurança em Beirute e o sistema de água em Túnis. Ele parecia bem informado sobre a situação dos países do norte da África e do Oriente Médio.

Depois de terminar o tendon, ela abriu um largo bocejo e disse que estava com sono. Parecia que dormiria ali mesmo. Aliás, me esqueci de dizer que ela era capaz de dormir profundamente em qualquer lugar. Ele disse que a levaria para casa de táxi, e comentei que voltaria de trem, por ser mais rápido. Não entendi por que eu tinha ido até o aeroporto.

— Foi um prazer — disse ele, um tanto constrangido com a situação.

— O prazer foi todo meu.

Voltamos a nos encontrar em outras situações. Toda vez que topava com ela, mesmo por acaso, ele estava junto. Quando marcava alguma coisa com ela, era ele quem a levava de carro até o local combinado. Ele tinha um carro esportivo alemão, prata, com a lataria impecável e sem manchas, do tipo que Federico Fellini usaria em seus filmes em preto e branco. Não era um carro que um trabalhador normal conseguiria comprar.

— Ele deve ser rico, não? — perguntei certo dia.

— Acho que sim — respondeu ela, demonstrando indiferença. — Deve ser.

— Comércio exterior dá tanto dinheiro assim?

— Comércio exterior?!

— Ele disse que trabalhava com isso.

— Então deve ser. Não faço ideia. Tenho impressão de que ele trabalha tão pouco. Agora, está sempre marcando reuniões e dando telefonemas.

É como o grande Gatsby, pensei. *Um jovem enigmático, com uma fortuna que ninguém sabe de onde vem.*

Na tarde de um domingo de outubro, ela me telefonou. Minha esposa tinha ido visitar um parente e eu estava sozinho em casa. Era um agradável domingo de sol. Contemplando a canforeira do jardim, eu comia uma maçã. Era a sétima do dia. Às vezes, me acontecia isso. Sentia um incontrolável desejo de comer maçãs. Talvez fosse alguma espécie de pressentimento.

— Estamos bem perto de sua casa. Podemos fazer uma visita? — perguntou ela.

— Podemos?

— Eu e ele — respondeu.

— Sim, claro — disse.

— Ótimo. Chegaremos em trinta minutos — avisou ela, e desligou.

Fiquei um tempo sem reação, sentado no sofá. Depois fui tomar banho e fazer a barba. Enquanto me enxugava com a toalha, cogitei limpar a sala, mas desisti. *Não dá tempo para fazer uma faxina, então melhor não limpar nada*, pensei. Livros, revistas, cartas, discos, lápis, suéteres estavam espalhados por todos os cantos da sala, mas a impressão geral não era de sujeira. Eu tinha acabado um trabalho e não estava com vontade de fazer nada. Sentei no sofá e comi outra maçã, contemplando a canforeira.

Eles chegaram pouco depois das duas. Escutei o barulho do carro e, ao sair para a varanda, reconheci o esportivo prata no outro lado da rua. Ela acenou com a cabeça do lado de fora da janela. Fiz um gesto para que ele estacionasse na garagem que ficava nos fundos.

— Chegamos — disse ela, abrindo um largo sorriso.

Vestia uma minissaia oliva e uma blusa tão fina que era possível ver os mamilos. Já ele estava com uma jaqueta azul-marinho. Tive a impressão de que havia mudado um pouco desde a última vez, talvez por causa da barba por fazer de uns dois dias, o que não o deixava com aspecto de desleixado, mas com a cara de um homem com barba. Ao descer do carro, ele tirou os óculos escuros, que guardou no bolso superior da jaqueta.

— Desculpe aparecer assim de repente, atrapalhando seu dia de descanso — disse ele.

— Não se preocupe. Para mim, quase todos os dias são de descanso. Além do mais, já estava me aborrecendo de ficar sozinho — respondi.

— Trouxemos comida — anunciou ela, tirando uma grande sacola branca do banco de trás.

— Comida?

— Pouca coisa. Mas, como é domingo e não avisamos, achei que seria melhor.

— Ah, que ótimo! Desde que acordei, só comi maçãs.

Depois que entramos, colocamos sobre a mesa a comida, farta e variada: sanduíches de rosbife, salada e salmão defumado. E também sorvete de mirtilo. Enquanto ela servia, fui até a geladeira pegar uma garrafa de vinho branco. O clima era festivo.

— Vamos comer, estou morrendo de fome — sugeriu ela.

Estava morta de fome, como sempre.

Devoramos os sanduíches, a salada e as fatias de salmão defumado. Assim que acabamos com o vinho, fui até a geladeira e peguei as latas de cerveja. Se existe uma coisa que nunca falta na minha geladeira é um bom estoque de cervejas, porque um amigo meu tem uma empresa e me oferece cupons de desconto.

Por mais que o namorado dela bebesse, a expressão de seu rosto não se alterava. Como eu tinha uma boa resistência para cerveja, e ela também bebeu, depois de uma hora só restaram as latas sobre a mesa. Nada mal. Ela escolheu alguns discos da estante e pôs na vitrola automática. Começamos a ouvir *Airegin*, de Miles Davis.

— Uma vitrola automática da Garrard! — exclamou ele. — Hoje em dia é uma raridade.

Contei que era fã de vitrolas automáticas e que tinha sido muito difícil encontrar uma Garrard em bom estado. Ele prestava atenção no que eu dizia e, vez por outra, soltava algumas interjeições, balançando a cabeça.

Depois da longa conversa sobre vitrolas, ele permaneceu em silêncio por um tempo, antes de propor:

— Tenho erva comigo. Quer fumar?

Hesitei um pouco. Fazia um mês que eu não fumava, e passava por um período delicado. Sinceramente, não fazia ideia do efeito que a maconha teria depois dessa abstinência. Mas acabei topando. Ele pegou a erva embrulhada em papel-alumínio e, depois de colocar na seda, enrolou e lambeu uma das bordas para selar. Em seguida, acendeu o baseado com o isqueiro, deu algumas tragadas até a erva queimar e passou para mim. A maconha era de boa qualidade. Permanecemos em silêncio por um longo tempo, tragando e passando o baseado entre nós três. Quando o disco de Miles Davis chegou ao fim, começou a tocar um álbum com valsas de Johann Strauss. A seleção de discos era um pouco estranha, embora não fosse ruim.

Assim que terminamos de fumar o baseado, ela disse que estava com sono. Havia dormido pouco, e as três latas de cerveja e a maconha não ajudavam. Além disso, caía no sono com facilidade. Fui com ela até o andar de cima. Pediu uma camiseta emprestada e, tão logo entreguei, ela se despiu, ficando só de sutiã e calcinha, vestiu a camiseta e se deitou. Quando perguntei se não estava com frio, ela já ressonava na cama. Balancei a cabeça e desci.

Na sala, o namorado dela preparava o segundo baseado. Era duro na queda. Eu teria preferido ir me deitar ao lado dela e dormir. Como não podia fazer isso, fumei o segundo baseado com ele. A vitrola continuava tocando uma das valsas de Johann Strauss. Não sei por que me lembrei de uma peça que apresentei com minha turma no primário. Fiz o papel de um velhinho que fabricava e vendia luvas.

Um filhote de raposa aparecia para comprar um par. Mas o dinheiro que trazia não era suficiente.

"Com esse valor, não dá para compras luvas", eu dizia. Meu papel tinha um quê de vilão. "Mas minha mão está congelando. E com frieira. Por favor…", implorava o filhote da raposa. "Sinto muito, mas não posso fazer nada. Junte o dinheiro e volte…"

— De vez em quando eu queimo celeiros — disse ele.
— Como?

Por estar distraído, imaginei que não tinha entendido direito.

— De vez em quando eu queimo celeiros — repetiu.

Olhei para ele, que contornava o desenho do isqueiro com a unha da mão. Ele deu uma tragada bem funda, prendendo a fumaça nos pulmões por cerca de dez segundos e soltou devagar pela boca. A fumaça saía e se espalhava pelo ar como um ectoplasma. Em seguida, me passou o baseado.

— Da boa, não? — comentou ele.

Concordei.

— Trouxe da Índia. O que tinha de melhor. Quando fumo, por alguma razão começo a me lembrar de várias coisas, de luzes, de cheiros, essas coisas. É como se a qualidade das memórias… — ele se interrompeu e passou a estalar discretamente os dedos, como se procurasse as palavras certas — … mudasse completamente… Não acha?

Respondi que sim. Naquele instante, eu recordava a agitação do palco no dia da peça e conseguia sentir o cheiro das tintas que coloriam as bolas de papel do cenário.

— Conte essa história de queimar celeiros — pedi.

Ele me encarou. Como sempre, não havia expressão em seu rosto.

— Quer mesmo ouvir?
— Quero.
— Bom, é simples. Eu espalho gasolina, risco um palito de fósforo e atiro. Há uma pequena explosão e pronto. Em menos de quinze minutos, tudo está incendiado.

— Sim… — comecei, mas logo fiquei em silêncio, porque também procurava as palavras certas. — Por que faz isso?

— Acha estranho?

— Não sei. Você queima celeiros, eu não. Há uma clara diferença entre nós e, em vez de julgar se é algo estranho ou não, me interessa mais a diferença. Além do mais, foi você quem veio com essa história.

— É um bom argumento — reconheceu. — Você está certo. Por acaso, tem algum disco de Ravi Shankar?

Respondi que não.

Ele ficou um tempo em silêncio, absorto em pensamentos. Sua consciência parecia se contorcer como uma espiral, ou talvez fosse a minha.

— Queimo um celeiro a cada dois meses — disse ele, estalando outra vez os dedos. — Acho que é o ritmo mais adequado. Claro, não passa de um ponto de vista.

Concordei vagamente. Ritmo?

— Você queima seus próprios celeiros?

Ele me fitou com uma expressão de quem não entendesse a pergunta.

— Por que queimaria meu próprio celeiro? O que leva você a pensar que eu teria tantos?

— Quer dizer que você queima o celeiro dos outros?

— Sim, claro. Os celeiros dos outros. Em síntese, é um delito. Um delito consciente, como o que estamos cometendo ao fumar maconha.

Permaneci em silêncio, com os cotovelos apoiados no braço da poltrona.

— Bom, para resumir, ateio fogo em propriedade privada. Por isso, escolho celeiros que estão afastados, para não provocar incêndios de grandes proporções. Quero apenas queimar celeiros. Nada mais.

Concordei balançando a cabeça e apaguei a ponta do baseado.

— Mas, se você for pego, pode se complicar, não? Afinal, são incêndios provocados de modo intencional. Se cometer algum deslize, pode ser preso.

— Ninguém vai me prender — disse ele, com muita naturalidade. — Jogo gasolina, risco o fósforo e desapareço em um piscar de olhos. Depois, de longe, pego meus binóculos e observo a cena. Ninguém vai me prender. Até porque a polícia não perderá tempo investigando o incêndio de um celeiro sem importância.

Talvez tenha razão, pensei. *Afinal, ninguém desconfiaria que alguém de boa aparência, dirigindo um carro importado, circularia por aí queimando celeiros.*

— Ela sabe? — perguntei, apontando o dedo para o andar de cima.

— Não sabe de nada. Para falar a verdade, nunca contei antes a ninguém. Você foi o primeiro. Digamos que não é o tipo de coisa para contar a qualquer um.

— Por que contou para mim?

Com os dedos da mão esquerda, ele coçou a bochecha. A barba fez um som seco, como o de um inseto andando sobre uma fina folha de papel.

— Como você escreve romances, achei que pudesse se interessar por um comportamento como o meu. Sempre imaginei que um escritor, antes de fazer julgamento, sabe apreciar a história. Se *apreciar* não for a palavra certa, talvez aceitar a história como ela é. Por isso resolvi contar. Era um desejo.

Concordei balançando a cabeça, mas sem fazer ideia do que significava aceitar a história como ela é.

— Sei que isso soa estranho — disse ele, abrindo e juntando as mãos diante do rosto, sem pressa. — De qualquer maneira, há muitos celeiros no mundo, e sinto que todos querem ser incendiados. Mesmo aquele celeiro solitário na praia, ou aquele outro perdido no meio da lavoura... Sabe, existe uma série de celeiros. Todos incendeiam em quinze minutos e então desaparecem, como se nunca tivessem existido. Ninguém lamenta. Os celeiros apenas... desaparecem. Em um passe de mágica.

— Então é você quem decide se um celeiro é necessário ou não?

— Eu não decido nada. O celeiro é que *aguarda* o momento de ser queimado. Eu apenas aceito a situação, entende? Apenas aceito o que se apresenta. É como a chuva. Quando chove, o rio transborda. Alguma coisa acaba sendo carregada pela correnteza. Neste caso, você acha que a chuva decidiu isso? Veja, não sou a favor da imoralidade. À minha maneira, acredito na moralidade, uma força importantíssima para a existência da humanidade. O ser humano não vive sem a moral, que tem a função de *equilibrar* a existência simultânea.

— Existência simultânea?

— Sim, estou aqui e ali. Estou em Tóquio e, ao mesmo tempo, em Túnis. Sou quem acusa e também quem perdoa. Algo assim. Estou me referindo a esse tipo de *equilíbrio*. Me atrevo a dizer que não conseguiríamos viver sem esse *equilíbrio*, que é como um cinto. Sem ele, ficamos soltos e perdidos, mas graças a ele podemos existir simultaneamente.

— Está querendo dizer que você queima celeiros como um ato de moralidade?

— Não exatamente. Queimar celeiros é um ato para preservar a moral. Mas acho melhor deixar isso para lá. Não se trata de uma questão essencial no momento. O que estou querendo dizer é que há muitos celeiros no mundo. Eu tenho o meu. Você tem o seu. É verdade. Já estive em quase todos os cantos do planeta. Passei por muitas experiências. Estive prestes a morrer várias vezes. Não estou me gabando. Bom, mas vamos parar de falar sobre isso. Costumo ser caladão, mas quando fumo fico com a língua solta.

Permanecemos calados por um tempo, como se quiséssemos esfriar algum tipo de calor. Eu não sabia o que dizer. Era como se estivesse sentado no vagão de um trem, contemplando estranhas paisagens que passavam depressa pela janela. Senti um relaxamento no corpo e já não conseguia controlar meus reflexos, embora minha consciência permanecesse desperta. Existência simultânea, se é que aquilo existia: havia um eu pensante e outro que me observava a pensar. O tempo corria em diferentes ritmos e com extrema precisão.

— Quer mais cerveja? — perguntei.

— Quero sim, obrigado.

Fui até a geladeira, peguei quatro latas e queijo camembert, para acompanhar.

— Quando foi a última vez que você queimou um celeiro?

— Deixa eu ver... — Ele pensou por alguns instantes, uma lata na mão. — Acho que no final de agosto, no verão.

— E quando pretende queimar o próximo?

— Não sei. Não costumo seguir um cronograma tão rigoroso. Queimo quando sinto vontade.

— Mas quando sente essa vontade já tem um celeiro em mente, não?

— Claro que sim — respondeu ele, impassível. — Seleciono com antecedência os celeiros mais adequados.

— Então você faz uma espécie de lista?

— Isso.

— Posso perguntar mais uma coisa?

— Sim.

— Já decidiu qual será o próximo?

Ele franziu as sobrancelhas e inspirou o ar pelo nariz, fazendo barulho:

— Sim, já decidi.

Permaneci em silêncio e bebi um gole de cerveja.

— É um celeiro muito bom, como não encontrava fazia tempo. Para falar a verdade, vim hoje para essa região para inspecioná-lo.

— Então fica perto daqui?

— Bem perto.

Dito isso, a conversa sobre celeiros se encerrou.

Às cinco da tarde, ele acordou a namorada e voltou a pedir desculpas pela visita repentina. Apesar de ter bebido muita cerveja, continuava completamente sóbrio. Buscou o carro que tinha estacionado nos fundos da casa.

— Quanto ao celeiro, vou estar de olho — eu disse, antes de nos despedirmos.

— Faça isso — respondeu ele. — Como falei, fica aqui perto.

— Que celeiro? — perguntou ela.

— Assunto de homem — ele se limitou a dizer.

— Tsc! — protestou ela.

E os dois foram embora.

Voltei para a sala e me deitei no sofá. Havia muitas coisas espalhadas sobre a mesa. Recolhi um casaco de lã caído no chão, o vesti e dormi profundamente.

Quando despertei, tudo estava escuro. Eram sete da noite.

O cheiro forte de maconha e uma escuridão azulada, uma escuridão estranhamente disforme, impregnavam a sala. Deitado no sofá, tentei recordar a continuação daquela peça de teatro que apresentei com a turma na escola, mas em vão. Será que o filhote da raposa conseguia comprar as luvas?

Levantei do sofá, abri as janelas para arejar o ambiente e preparei um café na cozinha.

No dia seguinte, fui até uma livraria comprar um mapa da cidade. De fundo branco, detalhando as pequenas travessas, tinha escala de 1: 20.000. Com o mapa em mãos, caminhei pela vizinhança, marcando a lápis um X nos locais com celeiros. Por três dias, circulei pelos quatro cantos, em um raio de quatro quilômetros. Por morar no subúrbio, ainda havia nas redondezas muitas casas de campo e, consequentemente, muitos celeiros. Ao todo, contei dezesseis.

O celeiro que ele pretendia queimar só podia ser um desses. Verifiquei com cuidado as condições de cada um dos dezesseis celeiros. Comecei excluindo aqueles localizados próximos a casas habitadas ou a estufas. Em seguida, risquei da lista os utilizados para armazenar agrotóxicos, implementos e ferramentas agrícolas. Supus que ele não se arriscaria a queimar celeiros com esse perfil.

Restaram, por fim, cinco celeiros, cinco candidatos a chamas ou, em outras palavras, cinco celeiros que podiam ser incendiados sem maiores consequências. Celeiros que em quinze minutos se reduziriam a cinzas e que não fariam falta a ninguém. Eu só não sabia qual. Como era uma questão de preferência, eu ardia de curiosidade.

Abri o mapa, mantive o X naqueles cinco e apaguei o resto. Providenciei esquadro, régua e compasso para calcular o percurso mais curto da minha casa até os cinco celeiros. Não foi nada fácil, pois o caminho era sinuoso, com rios e colinas. A distância mais curta passando por todos os celeiros era de 7,2 quilômetros e, como fiz diversas medições, havia pouca margem de erro.

Às seis da manhã do dia seguinte, vesti um agasalho, os tênis e fiz uma corrida por esse percurso. Como eu estava acostumado a correr seis quilômetros por dia, um quilômetro a mais não seria tão sacrificante. A paisagem era interessante e, apesar das duas passagens de nível no trajeto, a frequência dos trens era mínima.

Depois de sair de casa, contornei a quadra de esportes de uma faculdade e segui por uma estrada asfaltada de três quilômetros que beirava o rio. No meio desse percurso ficava o primeiro celeiro. Em seguida, avancei pelo bosque e, ao fim de uma subida suave, avistei o segundo celeiro. Ali perto havia um estábulo, e era possível que os cavalos, se vissem as chamas, se agitassem um pouco. Esse era o único porém. De resto, nada de estragos reais.

Os celeiros três e quatro pareciam irmãos gêmeos velhos, feios e sujos. A distância entre eles não chegava a duzentos metros. Para mim, podiam muito bem ser queimados juntos.

O último celeiro se encontrava ao lado da passagem de nível, no quilômetro seis do meu trajeto. Estava totalmente abandonado. Ficava de frente para a ferrovia e apresentava um letreiro de folha de flandres da Pepsi. A construção — se é que aquilo poderia ser chamado de construção — era quase uma ruína. Com certeza, aguardava o momento de ser queimada, como dissera ele durante nossa conversa.

Parei diante do último celeiro, respirei fundo algumas vezes, cruzei a passagem de nível e voltei para casa. Ao todo, levei trinta e um minutos e trinta segundos. Tomei banho e o café da manhã. Depois, me deitei no sofá e ouvi um disco, antes de começar a trabalhar.

Durante um mês, corri o mesmo trajeto todas as manhãs, mas nenhum celeiro ardia.

Confesso que às vezes desconfiei que o intuito dele era me levar a queimar celeiros, plantando essa ideia para que se enchesse aos poucos na minha mente, como um pneu de bicicleta. E realmente cheguei a cogitar que seria mais fácil e mais rápido se eu riscasse e atirasse um fósforo em vez de esperar. Até porque não passavam de celeiros velhos.

Mas na prática eu sabia que nunca seria capaz de atear fogo em um celeiro. Por mais que pudesse me ocorrer a ideia, não sou o tipo de pessoa que faria uma coisa dessas. Quem queimava celeiros era ele, não eu. Aliás, por onde será que andava? Talvez tivesse mudado de ideia ou atarefado demais. Também não tive mais notícias dela.

Dezembro chegou e, com o fim do outono, o ar das manhãs espetava a pele. Os celeiros continuavam de pé. A geada cobria de branco os telhados. Nos bosques, pássaros de inverno batiam ruidosamente suas grandes asas. O mundo continuava girando, sem mudanças.

Voltei a reencontrá-lo em meados de dezembro do ano passado, pouco antes do Natal, quando em todos os cantos só se ouviam canções natalinas. Eu tinha ido à cidade comprar presentes e, enquanto caminhava pelo bairro de Nogizaka, avistei o carro. Um esportivo prata. Só podia ser o dele. A placa era de Shinagawa, e o farol esquerdo apresentava um pequeno risco no canto. Estava estacionado diante de uma cafeteria e não me pareceu tão reluzente como da última vez. A cor parecia até um pouco desbotada. Talvez fosse apenas impressão, pois costumo recriar memórias de acordo com minhas conveniências. Sem hesitar, entrei na cafeteria.

O interior estava escuro e pairava um forte cheiro de café. Praticamente não se ouviam as vozes dos clientes, e uma música barroca tocava baixinho. Foi fácil localizá-lo. Estava sozinho, sentado perto da janela, tomando um café com leite. Embora ali dentro estivesse quente a ponto de embaçar os óculos, ele vestia um casaco preto de caxemira e mantinha o cachecol no pescoço.

Hesitei um pouco em falar com ele, mas acabei me aproximando. Não comentei que tinha visto o carro lá fora. Fingi que tinha entrado naquela cafeteria por acaso.

— Posso me sentar? — perguntei.

— Claro — respondeu ele.

Falamos sobre amenidades, sem que a conversa fluísse. Não tínhamos nada em comum, e ele parecia distraído, com a cabeça em outro lugar. Apesar disso, não demonstrou incômodo em dividir a mesa comigo. Em certo momento, passou a falar sobre um porto da Tunísia, onde pescava camarões. Aparentemente falava de camarões com interesse sincero, não por obrigação. Mesmo assim, o assunto secou no caminho, como um fio de água absorvido pela areia do deserto.

Ele levantou a mão, chamou o garçom e pediu outra xícara de *café au lait*.

— E então, o que aconteceu com o celeiro? — me atrevi a perguntar.

Ele esboçou um sorriso com o canto dos lábios.

— Você ainda se lembra daquela conversa? — se surpreendeu ele, tirando um lenço do bolso para limpar a boca. — Bem, tratei de queimar, como disse que faria.

— Perto da minha casa?
— Sim. Bem perto.
— Quando?
— Uns dez dias depois daquela visita.

Contei que tinha mapeado os locais com celeiros e que passava por eles todas as manhãs, durante minha corrida.

— Por isso, seria quase impossível eu não ter reparado.
— Que metódico — observou ele, em tom alegre. — Metódico e racional. Mas com certeza deixou alguma coisa escapar. Acontece. Às vezes, quando as coisas estão perto demais, podem passar despercebidas.
— Não entendi.

Ele ajeitou a gravata e olhou para o relógio.

— Perto demais — repetiu. — Bem, preciso ir. Tenho um compromisso. Que tal conversarmos com calma sobre isso outro dia?

Eu não podia impedi-lo. Ele se levantou e guardou o maço e o isqueiro no bolso.

— Por acaso, você se encontrou com ela depois daquele dia? — perguntou ele.
— Não. E você?
— Também não. Nem consigo contatá-la. Nunca está no apartamento, não atende as ligações e faz tempo que não vai às aulas.
— Será que ela viajou? Já aconteceu outras vezes.

Com as mãos no bolso, em pé, ele contemplava a mesa, em silêncio.

— Um mês e meio? Sem um tostão? Acho que ela não teria tanta capacidade de se virar sozinha. — Ele estalou algumas vezes os dedos, sem tirar as mãos do bolso do casaco. — Eu a conheço bem e sei que não tem dinheiro, nem amigos de verdade. Tem uma agenda repleta de nomes, mas é pura aparência. Ela não pode contar com ninguém. Só confiava em você, e não digo isso por delicadeza. Acho mesmo que você sempre foi uma pessoa especial para ela. Cheguei até a sentir um pouco de ciúme. De verdade. E quem está falando é alguém que raramente sente ciúme — revelou ele, soltando um leve suspiro e conferindo mais uma vez o relógio. — Preciso ir. Nos encontramos por aí, certo?

Assenti com a cabeça, sem saber o que dizer. Era sempre assim. Diante dele, eu procurava em vão as palavras certas para me expressar.

Depois desse encontro, telefonei diversas vezes para ela, mas a linha parecia ter sido cortada, talvez por falta de pagamento. Fiquei preocupado e fui até o apartamento. A porta estava fechada, e a caixa de correspondência, abarrotada de folhetos. Como não encontrei o zelador, não pude verificar se ela ainda morava no prédio. Rasguei uma página da minha agenda, escrevi "Por favor, entre em contato", assinei e enfiei na caixa de correspondência. Mas não obtive resposta.

Um tempo depois, quando voltei ao prédio, a plaquinha da porta do apartamento já trazia outro nome. Toquei a campainha, mas ninguém atendeu. Como da outra vez, não encontrei o zelador.

Então, acabei desistindo. Essa história aconteceu há um ano.

Ela tinha desaparecido.

Continuo passando pelos cinco celeiros todas as manhãs, durante minha corrida. Nenhum foi queimado. Também não soube de qualquer celeiro que tenha sido incendiado. O mês de dezembro chegou outra vez, trazendo os pássaros de inverno, que sobrevoam minha cabeça. Sigo envelhecendo.

Na calada da noite, às vezes imagino um celeiro sendo consumido pelas chamas.

O pequeno monstro verde

Assim que o meu marido saía para o trabalho, eu ficava sozinha em casa, sem nada para fazer. Sentava na cadeira ao lado da janela e, pela fresta da cortina, ficava em silêncio observando o jardim. Não havia motivos para me dedicar àquela contemplação, mas não conseguia pensar em nada melhor. E eu acreditava que, cedo ou tarde, aquilo me ajudaria a achar alguma outra coisa para fazer. Mas, entre as coisas do jardim, meus olhos acabavam parando na faia. Sempre foi a minha árvore favorita. Eu a plantara quando pequena e acompanhei seu crescimento. Era como uma amiga e sempre conversava com ela.

Naquele dia também devíamos estar conversando. Não lembro sobre o quê. Também não sei quanto tempo fiquei sentada ali. Ao contemplar o jardim, o tempo fluía suave e ininterrupto. Devo ter permanecido assim um bom tempo, pois nem percebi a chegada do anoitecer. De repente, escutei um estranho barulho ao longe. Um barulho abafado. No começo, pensei que fosse coisa da minha cabeça, algum tipo de delírio. Ou um presságio sombrio. Prendi a respiração, permaneci quieta e concentrei a minha atenção nele. O barulho se aproximava de mim, gradativo e resoluto. Não tinha ideia do que poderia ser. Mas, uma coisa era certa, a vibração desagradável que aquilo emitia me provocava arrepios.

Enquanto isso, a terra ao redor da raiz da árvore se elevou lentamente, como se um líquido denso estivesse prestes a jorrar. Prendi a respiração. A superfície se abriu em sulcos, e da terra surgiu o que parecia ser um par de garras. Fechei as mãos em punho e não tirei os olhos daquilo. Alguma coisa estava para acontecer. As garras cavavam a terra com força e, quando o buraco por fim se abriu, um pequeno monstro verde despontou lentamente de dentro dele.

O monstro possuía escamas esverdeadas e brilhantes. Ao sair do buraco, chacoalhou o corpo para desgrudar a terra de suas escamas. O nariz era bem longo e, quanto mais perto da ponta, a coloração verde se tornava mais intensa. A ponta era estreita e fina como chicote. Seus olhos, no entanto, eram como os de um ser humano, expressavam sentimentos, o que me deixou assustada.

O monstro veio devagar até o terraço e bateu à porta com a ponta do nariz: tum-tum-tum-tum. Os toques reverberaram pela casa. Para que ele não percebesse a minha presença, andei na ponta dos pés até o quarto dos fundos. Não pude soltar sequer um grito. Não havia nenhuma casa na vizinhança e o meu marido só voltava do trabalho tarde da noite. Não tínhamos uma porta dos fundos pela qual eu pudesse fugir. Na minha casa só havia uma porta, aquela na qual a besta batia. Prendi a respiração e permaneci em silêncio, fingindo não estar em casa. A esperança era que ele desistisse e fosse embora. Mas não foi isso o que aconteceu. A ponta do nariz dele ficou ainda mais fina e, ao posicioná-la na fechadura, mexeu de um lado a outro até conseguir destravar a porta, com certa facilidade. Enfiou o nariz pela fresta e, durante um tempo, permaneceu ali à entrada, como a cabeça de uma cobra a espiar a casa. *Se eu soubesse que ele faria isso, teria esperado com uma faca ao lado da porta para cortar a ponta daquele nariz*, pensei. As facas da cozinha eram afiadíssimas. Mas o monstro esboçou um sorriso irônico, como se tivesse lido meus pensamentos. Então se pôs a falar, de um jeito estranho, repetindo certas palavras como se ainda as estivesse aprendendo, embora não gaguejasse.

— Saiba que não-não-não adiantaria fazer isso — disse o monstro verde. — Meu nariz é como rabo de lagarto: pode cortar, ele nasce de novo, de novo, sem parar. Cada vez mais forte e mais comprido. Seria perda de tempo fazer-fazer isso.

E, durante um tempo, seus olhos ficaram revirando de forma muito sinistra, feito piões.

Será que ele lê os pensamentos? Se é capaz de fazer isso, estou muito encrencada. Não gosto da ideia de alguém espionando minha mente. Ainda mais uma criatura bizarra que eu não sei de onde veio, pensei. Sentia o suor frio encharcar o meu corpo. *O que ele quer comigo? Será que pretende me comer? Ou talvez me levar para debaixo da terra? Pelo menos não é um monstro tão asqueroso que eu não consiga encarar. As patas cor-de-rosa que despontam das escamas verdes têm garras longas, e são até bonitinhas. Analisando bem, esse monstro não parece hostil, nem parece querer me fazer mal.*

— É claro-claro que não — ele assegurou, inclinando levemente a cabeça. Ao chacoalharem, suas escamas produziam um tilintar que lembrava alguém balançando levemente uma mesa com xícaras de café. — Não quero comer você, que ideia, nem quero te fazer mal. Não tenho motivos para isso. — Então tive certeza: ele conseguia mesmo ler os meus pensamentos.

— Estou aqui para pedir sua mão em casamento. Está entendendo? Vim de um lugar muito-muito-muito profundo. Não foi nada fácil. Tive de cavar muita terra. Veja o estado das minhas garras, estão praticamente descoladas. Se a minha intenção fosse ruim-ruim-ruim, eu não me daria todo esse trabalho, não acha? Gosto muito-muito-muito de você, e é por isso que estou aqui. Lá nas profundezas eu vivia pensando em você, tanto que não pude mais aguentar e subi até aqui. Todos tentaram me impedir, mas eu não conseguia mais viver assim. Pense na coragem que precisei ter-ter-ter. Achavam que era muita pretensão um monstro como eu vir até aqui para me declarar.

Acho que eles têm razão, pensei. *Vir até aqui me cortejar é, de fato, muita pretensão.*

De imediato as feições do monstro assumiram um ar de tristeza. Como que para refletir aquele estado de ânimo, as escamas mudaram para um tom de lilás e o seu corpo encolheu. Cruzei os braços e fiquei observando as mudanças da criatura. As transformações pareciam atreladas aos seus sentimentos. Aquela aparência asquerosa devia mascarar um coração macio e vulnerável, como um marshmallow recém-saído do forno. Se eu estivesse certa, poderia derrotá-lo. Resolvi fazer um teste. *Você é mesmo um ser nojento*, mentalizei, a voz interior bem resoluta. *Você realmente é um ser nojento.* De pronto, as escamas mudaram para um lilás ainda mais acentuado. Os olhos começaram a inchar, como se absorvessem as minhas palavras maldosas, e, tal como um figo, saltaram da órbita deixando escorrer copiosamente um líquido vermelho semelhante a lágrimas.

Eu não sentia mais medo daquele monstro. Uma série de imagens extremamente cruéis passou a assaltar a minha mente para atingi-lo. Como a de prendê-lo com arame farpado a uma cadeira grande e robusta para, com uma pinça bem pontuda, arrancar, uma a uma, suas escamas verdes; ou a ideia de aquecer em uma chama a ponta de uma faca bem afiada até ela ficar incandescente, fincando-a então várias vezes, bem fundo, nas carnes gordinhas e macias das panturrilhas dele. Ou me imaginava furando com ferro forjado, sem piedade, aqueles olhos que pareciam figos. Toda vez que essas crueldades me ocorriam, o monstro parecia realmente senti-las na pele e gemia, se contorcendo e agonizando. Derramava lágrimas coloridas e espessas em profusão. Das orelhas saía um gás acinzentado com aroma de rosas. Com os olhos inchados, ele me olhava com um olhar acusatório.

— Por favor, sou uma criatura jovem, pare de pensar coisas tão cruéis. Por favor, pare de pensar-pensar-pensar nisso — ele insistia, desolado. — Eu não sou mau. Não quero fazer nenhuma maldade. Tudo o que sinto por você é amor.

Mas eu não prestava atenção no que ele dizia. *Está de brincadeira?*, eu o reprimia em minha mente. *Você apareceu de repente no jardim, destrancou a porta da minha casa e foi entrando sem pedir licença. Não o convidei para vir aqui. Tenho o direito de pensar o que eu quiser.* E segui fazendo exatamente isso, imaginando as piores torturas. Recorri a diversos tipos de ferramentas para cortar e ferir o corpo do monstro. Imaginei tudo o que foi possível imaginar para um ser vivo padecer e se debater de tanta dor. *Monstro, você não conhece as mulheres. Saiba que sou capaz de pensar num leque de maldades contra você muitas e muitas vezes.* Depois de um tempo, os contornos da criatura foram se apagando e seu belo nariz verde foi diminuindo até ficar do tamanho de uma minhoca. A besta se contorcia no chão e, por fim, me olhou, tentando dizer alguma coisa. Parecia ser importante, talvez alguma espécie de mensagem ancestral que ele se esquecera de dizer. Mas a sua boca já sucumbia a uma dor dilacerante, sua silhueta ficou turva e ele desapareceu feito névoa. A figura do monstro se diluíra como uma sombra no anoitecer, e só restaram os olhos salientes pairando no ar, em uma expressão de dor e tristeza. *Não adianta fazer isso*, pensei.

Não adianta ficar me olhando desse jeito. Você já não pode falar. Não pode fazer nada. A sua existência está terminantemente acabada. Um tempo depois, os olhos também se dissolveram no vazio e a escuridão da noite preencheu silenciosamente o quarto.

Caso de família

Talvez seja algo que acontece com todo mundo, mas não gostei do noivo da minha irmã mais nova desde o primeiro momento. Por isso, passei a desconfiar da minha irmã quando ela resolveu se casar com ele. Para ser sincero, fiquei desapontado.

Talvez eu tivesse uma visão muito estreita das coisas.

Ao menos, minha irmã parecia pensar assim. Apesar de nunca conversarmos a respeito, ela sabia que eu não gostava daquele homem e ficava irritada comigo.

— Você tem uma visão muito estreita das coisas — disse ela uma vez.

No momento da acusação, o tema da conversa era espaguete, e ela estava criticando meu ponto de vista extremamente limitado a respeito de espaguete.

Claro que no fundo a discussão não era sobre espaguete. Aquilo era só um pretexto para ela condenar minha visão sobre seu noivo. Protagonizávamos uma guerra de indiretas.

Tudo começou quando ao meio-dia de domingo ela me chamou para comer espaguete.

Respondi que era uma boa ideia, porque também estava com vontade de comer espaguete.

Fomos a um belo e recém-inaugurado restaurante, em frente à estação. Pedi espaguete ao molho de beringela e alho, e ela, espaguete ao molho basílico. Enquanto aguardávamos os pratos, bebi uma cerveja. Até aí tudo bem. Era um domingo ensolarado de maio.

O problema começou quando nos serviram. Os pratos estavam um desastre. A massa tinha um aspecto farinhento e estava dura no centro, mal cozida. A manteiga utilizada não atrairia sequer um cachorro. Com muito custo, comi metade do prato e desisti, pedindo a garçonete que retirasse.

Minha irmã me encarava de vez em quando, sem dizer nada, e continuava comendo com calma seu espaguete, até o último fio. Enquanto isso, eu observava a paisagem pela janela, bebendo a segunda cerveja.

— Não precisava desperdiçar comida dessa maneira — disse ela, assim que a garçonete retirou o prato.

— Estava péssimo — me limitei a explicar.

— Não a ponto de comer metade, não é? Não podia ter se esforçado um pouco mais?

— Se quiser comer, como. Se não quiser, não como. O estômago é meu, não teu.

— Por favor, não fale *teu*. Quando você fala *teu*, parece que somos dinossauros.

— O estômago é meu, não *seu*.

Desde que completara vinte anos, ela passou a me instruir a usar o pronome "seu" em vez de "teu". Para ser sincero, nunca entendi direito que diferença faria.

— Como é um restaurante novo, talvez o chef ainda não esteja familiarizado com a culinária. Você não podia ter sido um pouco mais tolerante? — perguntou minha irmã, bebendo o café aguado que haviam lhe servido.

— Até podia, mas deixar metade da comida no prato é uma boa maneira de expressar uma opinião.

— Desde quando você se considera tão importante?

— Por que você quer começar uma discussão? Por acaso está naqueles dias?

— Cale a boca. Não fale bobagens. Não sou obrigada a tolerar esse tipo de coisa.

— Calma. Somos irmãos. Não esqueça que testemunhei tua primeira menstruação. Demorou tanto que você foi com a mamãe procurar um médico, lembra?

— Se você não parar, vou jogar a bolsa na sua cara — ameaçou.

Resolvi não continuar porque ela estava realmente possessa.

— Quer saber? Você tem uma visão muito estreita para tudo — disse ela, acrescentando um pouco de creme ao café, que devia estar intragável. — Você só consegue enxergar o lado ruim das coisas, para ficar criticando, e não faz nenhum esforço para ver o lado bom. Quando alguma coisa não sai do seu jeito, não faz nada para tentar mudar. Esse tipo de conduta dá nos nervos.

— Pode ser, mas a vida é minha, não tua — respondi.

— Você também não se importa se acaba magoando as pessoas agindo desse jeito. Já era assim quando se masturbava.

— Quando me masturbava?! — perguntei, surpreso. — O que isso tem a ver?

— No segundo grau você vivia se masturbando e sujando os lençóis. Não pense que eu não sei. Lavar aquelas manchas dava bastante trabalho, sabia? Você não podia se masturbar sem sujar os lençóis? O que estou dizendo é que esse tipo de conduta dá nos nervos.

— Terei mais cuidado, mas repito que a vida é minha e que há coisas que me agradam e outras que me desagradam. É inevitável.

— Mas você acaba magoando as pessoas agindo desse jeito — repetiu minha irmã. — Por que não procura mudar? Por que não tenta ver o lado bom das coisas? Será que não pode se esforçar um pouco para ser mais flexível? Por que não amadurece de uma vez?

— Eu amadureço aos poucos — me defendi, um pouco ressentido. — Saiba que sou flexível e sei, sim, ver o lado bom das coisas. Apenas não olhamos para as mesmas coisas.

— Estava me referindo a isso mesmo, a essa sua arrogância. É por isso que está com vinte e sete anos e ainda não tem namorada.

— Eu tenho namorada.

— Aposto que não passa de *uma garota com quem faz sexo*, não é? Você é feliz trocando de parceira todos os anos? Relacionamentos sem compreensão, carinho e amor não fazem sentido. É como se masturbar.

— Não troco de parceira todos os anos — protestei, desanimado.

— Não deve ser muito diferente disso — afirmou ela. — Por que não leva a vida um pouco mais a sério? Não está na hora de crescer e se comportar como adulto?

A essa altura, nossa conversa chegou ao fim. Depois, por mais que eu tentasse falar qualquer coisa, ela não respondia.

Não sei como ela podia pensar todas essas coisas de mim. Há menos de um ano, ela parecia se divertir muito com meu estilo de vida despreocupado. Arrisco dizer que até tinha inveja de mim. Suas críticas começaram quando passou a namorar com seu noivo.

Não é justo, pensei. Convivo com minha irmã há vinte e três anos. Sempre nos demos bem e conversamos sobre tudo. Quase nunca brigamos. Ela sabia das minhas masturbações e eu da primeira menstruação dela. Ela sabia quando comprei meu primeiro preservativo (eu tinha dezessete) e eu sabia quando ela comprou a primeira lingerie de renda (ela tinha dezenove).

Cheguei a sair com algumas de suas amigas (embora não tenha dormido com elas), e ela também saiu com alguns amigos meus (também sem ter dormido com eles, acho). Enfim, fomos criados dessa maneira. Uma relação fantástica que estava mudando completamente em menos de um ano. Quanto mais eu pensava nisso, mais minha raiva aumentava.

Deixei minha irmã no shopping perto da estação, onde ela pretendia comprar sapatos, e voltei sozinho para o apartamento. Telefonei para minha namorada, mas ela não estava. Naturalmente, às duas da tarde de um domingo não é o momento mais apropriado para combinar um programa com uma garota. Percorri a agenda telefônica e liguei para a casa de outra, uma estudante universitária que eu havia conhecido em uma festa. Esta estava em casa.

— Quer sair para tomar alguma coisa?

— Que ideia é essa?! Ainda são duas da tarde! — respondeu ela, num tom irritado.

— Não importa a hora. Enquanto estivermos tomando algo, vai escurecer — respondi. — Conheço um bar com uma vista fantástica para curtir o pôr do sol. Precisamos chegar antes das três para conseguir lugar.

— Por acaso você é um especialista em pôr do sol?

Apesar das reticências, ela concordou em sair. Talvez por delicadeza. Dirigi o carro pela orla da praia e, pouco depois de passar por Yokohama, chegamos ao bar que prometi, à beira-mar. Bebi quatro doses de I.W. Harper com gelo, e ela, dois daiquiris de banana. *Daiquiris de banana!* Curtimos juntos o pôr do sol.

— Vai conseguir dirigir depois de beber tanto? — perguntou ela, preocupada.

— Fique tranquila. Para álcool, sou como um jogador de golfe que emboca a bola com um número de tacadas inferior ao par.

— Inferior ao par?

— Com quatro doses ainda estou sóbrio. Não se preocupe, está tudo bem.

— Se você diz...

Depois, voltamos para Yokohama, jantamos e trocamos uns amassos no carro. Perguntei se queria ir a um motel, mas ela recusou.

— Estou de absorvente interno.

— Por que não tira?

— Nem pensar. É o segundo dia.

"Caramba, que dia!" Se soubesse que tudo seria complicado assim, teria saído com minha namorada. Como tinha planejado almoçar com a minha irmã e passar o dia com ela, não havia marcado mais nada. Que fiasco de domingo!

— Desculpe. Não estou mentindo — disse a garota.

— Tudo bem. Não se preocupe. A culpa é minha, não tua.

— Minha menstruação é culpa sua? — questionou, confusa.

— Não é isso. Só estou dizendo que essas coisas acontecem.

Não era óbvio?! Por que eu seria responsável pela menstruação de uma garota que mal conhecia?

Levei-a até sua casa em Setagaya. Durante o trajeto, a embreagem começou a fazer um *ruído leve*, mas suficiente para incomodar. Suspirei ao pensar que precisaria mandar em breve o carro para a oficina. Era um daqueles típicos dias em que uma coisa saía mal e arrastava todas as outras.

— Posso te convidar para sair de novo? — perguntei.

— Para sair ou para ir a um motel?

— As duas coisas — respondi, com um sorriso. — É a combinação perfeita, não acha? Como escova e pasta de dente.

— Quem sabe, vou pensar.

— Pensar faz bem, mantém a mente jovem.

— E na sua casa? Não posso passar para ver você?

— Sinto muito, mas não. Moro com minha irmã e temos um acordo. Eu não levo mulheres, ela não leva homens.

— Você mora mesmo com a sua irmã?

— É claro. No próximo encontro, mostro uma cópia do contrato.

Ela riu.

Depois de esperá-la entrar em casa, dei a partida no carro e voltei para o apartamento, atento ao barulho da embreagem.

O apartamento estava às escuras. Abri a porta, acendi a luz e chamei minha irmã, mas não tive resposta. *Onde estaria às dez da noite?*, pensei. Pouco depois, procurei o jornal vespertino, mas não encontrei. Esqueci que era domingo.

Peguei um copo, uma cerveja na geladeira e fui para a sala. Liguei o som com toca-discos e coloquei o novo álbum de Herbie Hancock no prato. Com o copo de cerveja na mão, aguardei que o som saísse da caixa. No entanto, por mais que esperasse, não saía nada. Até que me lembrei que o aparelho estava quebrado fazia três dias. Ligava, mas não funcionava.

Eu também não podia ver televisão, porque o monitor sem áudio estava conectado ao som. Só me restou assistir às imagens sem som enquanto bebia a cerveja. Passava um filme antigo de guerra. Era uma cena com a divisão de tanques do general Rommel, comandante do Afrika Korps. Os tanques disparavam canhões mudos, as metralhadoras atiravam balas silenciosas e as pessoas morriam em silêncio.

Que coisa, pensei e, resignado, suspirei pela décima sexta vez naquele dia. (Se não me engano na conta.)

Tinha começado a morar com minha irmã fazia cinco anos, na primavera. Na época, eu estava com vinte e dois anos, e ela, com dezoito. Eu acabava de concluir a faculdade e encontrar trabalho, e ela acabava de concluir o segundo grau e entrar na graduação. Meus pais permitiram que ela viesse estudar em Tóquio, contanto que morasse comigo. Ela aceitou a condição. Eu também. Meus pais alugaram um amplo apartamento de dois quartos, e me comprometi a arcar com metade do aluguel.

Como mencionei antes, me dava muito bem com minha irmã e dividir um apartamento com ela não seria problema. Eu trabalhava no departamento de marketing de uma empresa de eletrônicos, saía tarde de manhã e voltava de noite. Já minha irmã saía cedo para ir à faculdade e voltava de tarde. Por isso, quando eu acordava não a via em casa e, quando retornava, ela já estava dormindo. Como no fim de semana eu costumava sair com garotas, conversava com minha irmã uma ou duas vezes por semana, se tanto. Apesar disso, no final das contas, funcionava bem assim. Graças a essa dinâmica, não tínhamos tempo para brigas e não invadíamos a privacidade do outro.

Acho que muitas coisas aconteciam na vida dela, mas eu nunca quis me meter nesses assuntos. Não era da minha conta saber com quem uma garota com mais de dezoito anos dormia.

Uma única vez fiquei segurando a mão dela por duas horas, entre uma e três da madrugada. Ao chegar do trabalho topei com ela chorando na cozinha. Com todo o meu egoísmo e minha visão estreita das coisas, logo percebi que ela desejava ser consolada. Caso contrário, poderia perfeitamente chorar em seu quarto. Ao menos isso eu era capaz de entender.

Me sentei ao lado dela e segurei sua mão em silêncio. Não fazia isso desde a época do primário, quando íamos caçar libélulas. Acabei me surpreendendo com o tamanho e a firmeza de sua mão.

Minha irmã não disse uma palavra e chorou durante duas horas. Me espantei com aquele estoque de lágrimas. Se eu chorasse por dois minutos, meu corpo ficaria completamente desidratado.

Às três da madrugada, comecei a ficar cansado e achei melhor dar um fim àquela situação. Era o momento de dizer alguma coisa, na condição de irmão mais velho. Nunca fui bom nesse tipo de coisa, mas não havia saída.

— Não quero me intrometer na tua vida — disse eu. — A vida é tua e você pode fazer o que quiser.

Ela concordou.

— Mas quero te dar um conselho: não carregue preservativos na bolsa. Vão te confundir com uma prostituta.

Ao ouvir isso, ela pegou a agenda sobre a mesa e atirou com tudo na minha direção.

— Quem mandou você mexer na minha bolsa?! — gritou.

Sempre que ficava brava, ela costumava atirar coisas. Para não estender aquilo, resolvi não falar nada.

De todo modo, ela parou de chorar e eu pude enfim ir para o quarto.

Mesmo depois que minha irmã se formou e começou a trabalhar em uma agência de viagens, nosso dia a dia não mudou. A agência dela funcionava em horário comercial, das nove da manhã às cinco da tarde. Já o departamento de marketing continuava com um expediente bem mais flexível: eu entrava pouco antes do meio-dia, lia o jornal na minha mesa, almoçava e por volta das duas começava de fato a trabalhar. No final da tarde, me reunia com agências de publicidade, bebia e voltava para casa antes da meia-noite. Essa era a minha rotina.

Nas primeiras férias de verão da minha irmã nessa agência de viagens, ela e mais duas amigas foram para as praias da Costa Leste dos Estados Unidos (aproveitando tarifas promocionais para funcionários). No mesmo grupo, ela conheceu um engenheiro de computação um ano mais velho e ficaram amigos. De volta ao Japão, os dois começaram a sair com frequência e passaram a namorar. Sei que histórias assim são comuns, mas me causam alergia. Para começar, detesto pacotes de viagem, e fico doente só de pensar em conhecer alguém nessas circunstâncias.

De qualquer maneira, admito que minha irmã se tornou uma pessoa muito mais alegre depois que começou a sair com ele. Também passou a cuidar melhor da casa e a se vestir melhor. Antes, saía para qualquer lugar de camisa básica, jeans azul desbotado e tênis. Depois da transformação, a sapateira da entrada vivia abarrotada de sapatos dela, e havia cabides de arame espalhados por toda a casa. Ela lavava e passava as roupas com capricho (antes, as roupas sujas ficavam empilhadas no banheiro como um formigueiro gigante da Amazônia), cozinhava e limpava a casa. Sinais de perigo. Eu sabia por experiência própria. Quando uma mulher começa a fazer essas coisas, o homem só tem duas alternativas: fugir o mais depressa possível ou se casar.

Um tempo depois, ela me mostrou uma foto do tal engenheiro de computação. Era a primeira vez que me mostrava a foto de um homem. Mais um sinal de perigo.

Na verdade, eram duas fotos. Uma havia sido tirada no Fisherman's Wharf de San Francisco. O engenheiro de computação e minha irmã sorriam ao lado de um peixe-espada.

— Que espada incrível — comentei.
— Sem piadas — pediu ela. — É coisa séria.
— O que você quer que eu diga?
— Não precisa dizer nada. É ele.

Peguei a fotografia e olhei o rosto do rapaz. Se havia no mundo um tipo de rosto capaz de me desagradar à primeira vista, era aquele. Para piorar, esse engenheiro de computação me lembrava um colega do segundo grau, um cara que eu odiava. Embora não fosse feio, esse meu colega era cabeça oca e, ainda por cima, pretensioso. Tinha uma memória de elefante e remoía as coisas mais insignificantes. Sua memória compensava sua falta de inteligência.

— Já fizeram quantas vezes?
— Pare de bobagem — disse minha irmã, corando. — Não meça as pessoas por sua régua. Nem todo mundo é como você.

A segunda foto foi tirada quando minha irmã e o engenheiro de computação voltaram para o Japão. Na imagem ele estava sozinho, de jaqueta de couro, ao lado de uma moto grande, o capacete sobre o banco. Estampava o mesmo sorriso nas duas fotos. Acho que não devia ter outra expressão.

— Ele é motociclista — observou ela.
— Ah, é? Pensei que ele tinha vestido a jaqueta de couro apenas para a foto.

Talvez por outro defeito da minha visão estreita das coisas, eu não gostava de motociclistas. Sempre achei que não passavam de sujeitinhos orgulhosos e petulantes. Mas preferi não comentar nada sobre isso.

Devolvi as fotos para ela, sem dizer nada.

— Então? — perguntei.
— Então o *quê?* — ela retrucou.
— Quero saber como vai ser de agora em diante.
— Não faço ideia. Talvez termine em casamento.
— Ele te pediu em casamento?
— De certa forma, sim. Mas ainda não dei a resposta.
— Ah, é?

— Para falar a verdade, não sei se quero me casar agora. Comecei a trabalhar há pouco e gostaria de curtir mais a vida. Não enlouquecidamente como você, é claro.

— Seria uma atitude sensata.

— Mas não sei. Ele é um encanto. Às vezes acho que gostaria de me casar com ele. É um dilema.

Voltei a pegar as fotos que estavam na mesa para dar outra olhada. Suspirei.

Aquela conversa aconteceu às vésperas do Natal.

Pouco depois do Ano-Novo, minha mãe me telefonou às nove da manhã. Eu estava escovando os dentes ouvindo *Born in the U.S.A.*, de Bruce Springstein.

Ela me perguntou se eu conhecia o rapaz com quem minha irmã estava saindo.

Respondi que não.

De acordo com ela, minha irmã escrevera uma carta dizendo que pretendia fazer uma visita para apresentar o rapaz dentro de duas semanas.

— Será que pretendem se casar?

— Por isso que estou perguntando se você conhece esse rapaz — disse minha mãe. — Antes do encontro, gostaria de saber algumas coisas.

— Nunca me encontrei com ele, mas sei que é um ano mais velho do que ela. Parece que trabalha como engenheiro de computação em uma dessas empresas de três letras, IBM, ou NEC, ou TNT. Por foto, tem um rosto comum. Não faz o meu tipo, mas não sou a noiva.

— Ele se formou em que universidade? Como é a família dele?

— Como é que vou saber?

— Por que você não se encontra com ele e descobre?

— Nem pensar. Ando muito ocupado. Por que a senhora não espera para fazer essas perguntas daqui a duas semanas?

No final das contas, acabei me encontrando com o tal engenheiro de computação. No domingo, minha irmã me pediu que a acompanhasse para uma apresentação formal aos pais dele. Tive que vestir uma camisa branca, gravata e meu terno mais discreto para a visita. Eles moravam em uma casa muito bonita em um bairro residencial de Meguro. A Honda 500 cc que eu tinha visto na foto estava estacionada na garagem.

— Que espada incrível — disse eu.

— Pare, por favor. Nada de brincadeiras sem graça por hoje. Só peço que você se controle algumas horas.

— Entendido.

Os pais dele eram pessoas finas e distintas. Distintas demais para o meu gosto. O pai era executivo de uma petrolífera. A combinação era perfeita, já que nosso pai tinha uma rede de postos de gasolina na província de Shizuoka. A mãe dele nos serviu chá preto em uma elegante bandeja.

Cumprimentei todos com a formalidade da ocasião e entreguei meu cartão de visita ao pai dele, que fez o mesmo. Desfiei todas as frases de cortesia para pedir desculpas pela ausência de nossos pais, que infelizmente tiveram compromissos inadiáveis e não puderam comparecer. "Hoje estou representando os dois, mas em uma próxima ocasião eles gostariam de marcar uma visita", afirmei.

O pai do engenheiro de computação revelou que tinha ouvido muitas coisas sobre minha irmã, mas que ao conhecê-la pessoalmente se dava conta de que o filho não merecia tanto. Sabia que nossa família era respeitável e não tinha objeções à união. Eles deviam ter nos investigado a fundo, mas duvido que a ponto de saber que minha irmã teve a primeira menstruação aos dezesseis anos e que sofria de prisão de ventre crônica.

Depois do fim sem contratempos dessa primeira rodada de conversa formal, o pai do engenheiro de computação me serviu um conhaque de primeira. Enquanto bebíamos, conversamos sobre nossos respectivos trabalhos. Minha irmã me dava cutucadas na perna para que eu maneirasse na bebida.

Já o tal engenheiro de computação permaneceu em silêncio, sentado ao lado do pai, com aparente nervosismo. Bastava olhar para ele que logo se percebia que, sob aquele teto, era submisso à autoridade paterna. *Que coisa!*, pensei. Ele vestia uma camisa que não combinava com o suéter, que tinha uma das estampas mais esquisitas que já vi na vida. Será que ela não poderia ter escolhido alguém um pouco mais decente, com tanta gente no mundo?

Por volta das quatro horas, já sem muito assunto, resolvemos ir embora. O tal engenheiro nos acompanhou até a estação.

— Por que não tomamos uma xícara de chá? — propôs ele.

Eu não estava a fim de beber uma xícara de chá, muito menos na companhia de alguém com um suéter daqueles, mas percebi que não convinha recusar o convite. Então concordei e fomos os três para uma cafeteria que ficava nas redondezas.

Minha irmã e ele pediram café. Pedi cerveja, mas não tinha. Então, acabei me contentando também com um café.

— Muito obrigado por ter vindo hoje. Sua presença foi indispensável — disse ele.

— Não precisa agradecer. Só fiz o que deveria ser feito — respondi, com serenidade. Já não tinha mais energia para piadas.

— Ela vive falando de você, cunhado.

Cunhado?

Cocei o lóbulo da orelha com o cabo da colher, que devolvi ao pires. Mais uma vez, minha irmã me deu uma cutucada na perna, mas ele parecia não se dar conta de nada. Talvez só entendesse piadas de escala binária.

— Vocês se dão tão bem que chega a dar inveja — comentou ele.

— Ah, sim, também adoramos nos dar cutucadas na perna — falei.

Pela cara, o engenheiro de computação não entendeu o comentário.

— É uma piada — explicou minha irmã, irritada. — Ele adora bancar o engraçadinho e fazer piadas.

— Sim, ela tem razão. Em casa as tarefas são bem divididas: ela faz a faxina, e eu, as piadas.

O engenheiro de computação — se chamava Noboru Watanabe — riu, aliviado.

— É bom cultivar esse espírito de alegria. Adoraria ter uma família assim. A alegria é uma dádiva.

— Está vendo? — disse eu, encarando minha irmã. — A alegria é uma dádiva. Você leva as coisas muito a sério.

— Não quando a piada é boa — alfinetou ela.

— Estamos pensando em marcar a data do casamento para o outono — revelou Noboru Watanabe.

— Outono é uma boa estação para um casamento — concordei. — Assim teremos tempo de convidar os esquilos e os ursos.

Ele riu. Ela, não. Estava começando a ficar furiosa. Inventei um compromisso e saí.

Ao chegar ao apartamento, telefonei para minha mãe e contei em linhas gerais como tinha sido o encontro.

— Até que ele não é tão ruim — expliquei, coçando o lóbulo da orelha.

— O que está querendo dizer? — perguntou ela.

— Que é um rapaz *decente*. Pelo menos, mais decente do que eu.

— Você não tem nada de decente.

— Ah, que bom ouvir isso. Quanta gentileza — respondi, olhando o teto.

— Que universidade ele frequentou?

— Universidade?

— Sim. Onde ele se formou?

— Pergunte a ele — respondi, antes de desligar o telefone.

Estava cheio daquilo. Peguei uma cerveja na geladeira e bebi.

Na manhã seguinte à discussão do espaguete, acordei às oito e meia. Fazia sol e não havia uma nuvem no céu, como na véspera. *Nem parece um novo dia, mas a continuação do anterior*, pensei. Era como se minha vida continuasse depois de uma breve pausa noturna.

Joguei o pijama suado e a cueca na cesta de roupas, tomei banho e fiz a barba. Enquanto me barbeava, pensei na garota da noite anterior que, por pouco, não tinha levado para a cama. *Acontece*, pensei. Fiz o que estava ao meu alcance, e ela recusou por uma fatalidade. Outras oportunidades apareceriam para mim. Talvez já no domingo seguinte.

Fui para a cozinha, tostei duas fatias de pão e passei um café. Quando pensei em sintonizar alguma estação no rádio, me lembrei de que o aparelho estava quebrado e desisti. Resolvi ler a seção de resenha de livros do jornal enquanto tomava café, mas não encontrei nenhum livro na lista que me desse vontade de ler. Uma das resenhas tratava de um romance sobre a vida sexual de um judeu idoso, que misturava fantasia e realidade. Outra falava sobre um estudo histórico a respeito do tratamento da esquizofrenia. Havia ainda a crítica sobre um tratado da poluição ambiental de 1907 causada pelas minas de cobre de Ashio. Se fosse para ler esse tipo de livro, preferia muito mais dormir com a capitã de um time de softbol. Acho que o editor da seção literária fazia essas recomendações só para dissuadir os leitores.

Depois de terminar a primeira fatia de torrada, coloquei o jornal sobre a mesa e percebi que havia um recado embaixo do vidro de geleia. Era um bilhete da minha irmã, em sua inconfundível letra pequena. Ela me informava que tinha convidado Noboru Watanabe para jantar em casa no domingo seguinte e contava com a minha presença.

Terminei de tomar o café da manhã, limpei as migalhas de pão que caíram sobre a camisa, coloquei a louça na pia e telefonei para a agência de viagens onde minha irmã trabalhava. Ela desligou dizendo que estava muito ocupada e que me retornava em dez minutos.

Vinte minutos depois, o telefone tocou. Nesse meio-tempo, fiz quarenta e três flexões de braço, cortei as unhas dos pés e das mãos e escolhi a camisa, a gravata, o paletó e a calça. Também escovei os dentes, penteei o cabelo e bocejei duas vezes.

— Leu o recado? — perguntou ela.

— Li. Mas infelizmente tenho um compromisso inadiável. Se você tivesse me avisado antes, eu teria dado um jeito. Sinto muito.

— Você está sugerindo que eu acredite nessa história? Sei muito bem qual é o seu compromisso. Vai convidar alguma garota que você nem lembra o nome para sair — disse ela, com frieza. — Você não pode transferir seu compromisso para o sábado?

— Sábado vou passar o dia trabalhando. Temos que gravar um comercial de cobertor elétrico. Ultimamente ando muito ocupado.

— Então cancele seu encontro de domingo.

— Não posso. Se cancelar, ela vai me cobrar depois. Estamos em uma fase delicada.

— E comigo? Você não está em uma fase delicada?

— Não diga isso — respondi, conferindo se a camisa e a gravata sobre a cadeira combinavam. — Se não me engano, nosso trato era que um não se intrometeria na vida do outro. Você janta com seu noivo e eu saio com minha namorada. Não te parece justo?

— Não, não me parece. Faz tempo que vocês dois não se veem. Aliás, só se viram uma vez, há quatro meses. Não está certo. Das outras vezes, você sempre arrumou um jeito de escapar. Não acha que está sendo grosseiro? Ele é o noivo da sua irmã. O que custa jantar com ele pelo menos uma vez?

De certa forma, ela estava certa e tive que me calar. Realmente eu evitava de todas as maneiras a possibilidade de um encontro com Noboru Watanabe. Afinal, não tínhamos assunto e era cansativo ser intérprete simultâneo das minhas próprias piadas.

— Por favor, só desta vez. Depois, juro que não vou mais atrapalhar sua vida sexual até o fim do verão.

— Minha vida sexual é escassa. Não sei se dura até o verão.

— Bom, mas no domingo você vai estar em casa, certo?

— Tem outro jeito? — respondi, resignado.

— Talvez ele conserte nosso som. Ele leva jeito com essas coisas.

— Hum, leva jeito com as mãos.

— Sempre com suas piadinhas — disse ela, antes de desligar.

Dei o nó na gravata e saí para o trabalho.

A semana toda foi ensolarada, e cada dia parecia a continuação do anterior. Na quarta à noite, telefonei para minha namorada e cancelei o encontro no fim de semana, explicando que estaria abarrotado de trabalho. Como fazia três semanas que não saíamos, era natural que reagisse mal. Sem colocar o fone no gancho, resolvi telefonar para a universitária com quem tinha saído no domingo anterior, mas ela não atendeu. Também não atendeu na quinta nem na sexta.

Na manhã de domingo, minha irmã me acordou às oito.

— Levante, preciso lavar a roupa de cama — disse ela, já puxando o lençol e a fronha do travesseiro e me fazendo tirar o pijama.

Sem alternativa, resolvi tomar banho e fazer a barba. *Está cada vez mais parecida com nossa mãe*, pensei. As mulheres são como salmões: no final das contas, sempre voltam para o mesmo lugar.

Ao sair do banho, vesti um calção e uma camiseta desbotada, com a estampa quase ilegível. Bebi um copo de suco de laranja, soltando um longo bocejo. Meu corpo ainda carregava resquícios de álcool da noite anterior. Eu não tinha nem sequer vontade de ler o jornal. Peguei sobre a mesa um pacote de biscoitos de água e sal e comi três ou quatro, como café da manhã.

Minha irmã colocou as roupas de cama na máquina e arrumou o meu quarto e o dela. Quando terminou os quartos, passou um pano com produto no piso e na parede da sala e da cozinha. Fiquei deitado no sofá, vendo mulheres nuas em fotos sem retoques da *Hustler* que um amigo tinha me mandado dos Estados Unidos. Era interessante constatar a infinita variedade de tamanhos e formas dos órgãos genitais femininos. São como as variações de altura e quociente intelectual.

— Em vez de ficar aí de pernas para o ar, trate de ir às compras — ordenou ela, me entregando uma lista bem extensa. — E não se esqueça de esconder essa revista. Ele é um homem decente.

Deixei a *Hustler* sobre a mesa e conferi a lista: alface, tomate, aipo, molho francês, salmão defumado, mostarda, cebola, sopa instantânea, batata, salsinha, três filés...

— Filé? Comi filé ontem. Não quero repetir. Prefiro croquete.

— Você comeu filé ontem, mas nós, não. Pare de criar caso. Não tem cabimento servir croquete para um convidado.

— Se uma garota me convidasse para jantar na casa dela e me servisse croquete feito na hora, eu ficaria impressionado. Ainda mais se viesse acompanhado de uma porção generosa de repolho bem fininho e de sopa de missô com mexilhões... Isso é que é vida!

— Mas hoje será filé, e ponto-final. Se quiser croquete, da próxima vez faço uma tonelada e você come até se fartar. Hoje, faça um esforço com o que tem.

— Está bem — concordei, para acalmar os ânimos.

Costumo reclamar, mas no fundo sou uma pessoa simpática e compreensiva.

Fui ao supermercado mais perto e comprei todos os itens da lista. Ainda passei em uma adega e escolhi uma garrafa de Chablis de quatro mil e quinhentos ienes, meu presente para o jovem casal de noivos. Somente uma pessoa generosa pensaria em uma coisa dessas.

Ao voltar para casa, encontrei sobre minha cama uma camisa polo azul da Ralph Lauren e uma calça de algodão bege, impecavelmente passadas.

— Vista isso — pediu minha irmã.

Deixei escapar um suspiro, mas troquei de roupa sem reclamar. Nada do que eu dissesse traria de volta meu domingo de prazeres.

Noboru Watanabe chegou às três horas, em sua moto, acompanhado de uma rajada de vento. Dava para ouvir o ronco sinistro e seco do escapamento da Honda 500 cc a uma distância de meio quilômetro. Fui até a varanda e olhei para baixo. Ele havia estacionado a moto ao lado da entrada do prédio e estava tirando o capacete. Por sorte, afora o capacete com um adesivo em que se lia STP, ele até tinha o aspecto de uma pessoa normal: camisa xadrez bem engomada, calça branca e mocassins marrons com franja. Apenas as cores dos sapatos e do cinto não combinavam.

— Acho que seu pescador chegou — falei para minha irmã, que descascava batatas na pia da cozinha.

— Então vá lhe fazer companhia, o.k.? Estou terminando de preparar o jantar.

— Não me parece uma boa ideia. Não tenho assunto para falar com ele. Deixa que eu assumo o jantar e você conversa com ele.

— Pare de bobagem. O que ele pensaria de mim se visse que prendo você na cozinha? Vá conversar com ele.

A campainha tocou e, quando eu abri a porta, topei com Noboru Watanabe à espera, de pé. Depois de conduzi-lo até a sala, o convidei a se sentar. Ele trazia uma caixa com trinta e um sabores de sorvetes da Baskin-Robbins, mas, como o congelador era pequeno e estava abarrotado, foi difícil encontrar espaço. Que homem mais inoportuno! De tudo o que poderia trazer, por que diabos foi escolher justamente sorvete?

Perguntei se aceitava uma cerveja, mas ele recusou.

— Não, obrigado. Não bebo. Questão de incompatibilidade — explicou. — Um copo de cerveja já me derruba.

— Na época de estudante, perdi uma aposta com um amigo e tive que beber um barril inteiro.

— E como foi? — quis saber Noboru Watanabe.

— Durante dois dias, meu xixi ficou cheirando a cerveja — respondi. — Sem falar nos arrotos, que...

— Por que você não aproveita esse tempinho livre e pede para ele dar uma olhada no som? — interrompeu minha irmã, que apareceu na sala como se sentisse sinal de perigo.

Ela colocou dois copos de suco de laranja sobre a mesa.

— Boa ideia — disse ele.

— Verdade que você leva jeito com as mãos? — perguntei.

— Ah, sim — respondeu ele, sem malícia. — Sempre gostei de fazer maquetes e montar rádios. Vivo consertando as coisas quebradas lá de casa. Qual é o problema do aparelho?

— Não sai som — comentei, ligando o amplificador e inserindo um disco para mostrar.

Como um mangusto prestes a saltar sobre a presa, ele se sentou de frente para o aparelho e verificou todos os interruptores, um por um.

— É problema no amplificador, não nos circuitos internos.

— Como sabe?

— Método indutivo.

Método indutivo, pensei.

Ele puxou o pré-amplificador e o amplificador, desconectou todos os cabos e examinou um a um. Enquanto isso, peguei uma lata de Budweiser e bebi.

— Deve ser divertido ser bom de copo, não? — perguntou ele, cutucando um plugue com a ponta de uma lapiseira.

— Será? Bebo há tanto tempo que já não sei, porque não tenho como comparar.

— Pretendo praticar um pouco.

— Praticar?

— Isso. Acha estranho?

— Não, não. Mas acho melhor começar com vinho branco. Pegue uma taça grande, ponha vinho branco, gelo, a mesma proporção de Perrier e esprema limão. Costumo beber isso no lugar de suco.

— Vou experimentar. Ah, como imaginei! É este aqui.

— O quê?

— O problema! Está em um dos cabos que conectam os amplificadores. Os plugues das duas extremidades estão soltos. A estrutura dessas conexões é muito sensível, não aguenta trancos. Estes aqui são de má qualidade. Por acaso alguém moveu recentemente o som?

— Sim. Outro dia movi para tirar o pó da parte de trás — contou minha irmã.

— Então está explicado — disse ele.

— É um aparelho da sua empresa, não? — minha irmã me perguntou. — Culpa de vocês por usarem componentes de baixa qualidade.

— Não tenho nada a ver com isso. Só cuido dos anúncios — protestei em voz baixa.

— Vocês têm ferro de solda? — intercedeu Noboru Watanabe. — Se tiverem, posso consertar agora.

Respondi que não tínhamos. Por que teríamos ferro de solda?

— Bom, então vou sair rapidinho para comprar. É útil ter uma solda em casa.

— Imagino que sim — respondi, sem muita convicção. — Mas não faço ideia de onde tenha uma loja de ferramentas.

— Não se preocupe. Passei na frente de uma vindo para cá — disse ele.

Da varanda, observei Noboru Watanabe colocar o capacete, subir na moto e dar a partida.

— Ele não é incrível? — perguntou minha irmã.

— Um anjo — respondi.

Noboru Watanabe terminou de consertar o som antes das cinco da tarde. Pediu para ouvir uma música leve e minha irmã pôs para tocar um disco de Julio Iglesias. *Julio Iglesias!*, pensei. Desde quando tínhamos essa porcaria em casa?

— Que tipo de música você gosta? — quis saber Noboru Watanabe.

— Esse estilo me deixa louco — respondi, em ato de desespero. — Também gosto de Bruce Springsteen, Jeff Beck, The Doors.

— Não conheço nenhum — confessou. — Parecem com o que está tocando?

— Lembram um pouco.

Ele passou a falar sobre o novo sistema que sua equipe de computação estava desenvolvendo. Aparentemente, era um sistema que calculava em fração de segundos o método mais eficiente de retornar trens com defeito para a estação ferroviária. Parecia uma grande ideia, mas o princípio desse planejamento operacional era tão incompreensível para mim quanto as conjugações dos verbos do finlandês. Enquanto ele desatava a falar com entusiasmo, eu fingia prestar atenção, mas estava com a cabeça em outro lugar, pensando em mulheres. Quem convidaria para o próximo fim de semana, onde jantaríamos e qual motel mais apropriado para fechar a noite. Gosto de pensar nessas coisas. Fazem parte da minha natureza. Assim como tem gente que gosta de fazer maquetes e desenvolver diagramas para a melhoria da circulação ferroviária, eu gosto de sair para beber com garotas e dormir com elas. Era questão de destino, algo que extrapola a compreensão humana.

Assim que terminei a quarta lata de cerveja, o jantar ficou pronto. O cardápio trazia salmão defumado, vichyssoise, filés, salada e batata frita. Como sempre, a refeição preparada por minha irmã não estava nada mal. Abri o Chablis e bebi toda a garrafa sozinho.

— Por que você trabalha nessa empresa? — questionou Noboru Watanabe, cortando o filé com a faca. — Você não parece gostar de aparelhos eletrônicos.

— Como ele não gosta de nada que preste, qualquer trabalho servia — observou minha irmã. — Só calhou de conhecer alguém influente nessa empresa. Por isso está lá.

— Eu não saberia explicar melhor — falei.

— Ele só pensa em diversão. Não quer saber de nada e não se preocupa em se tornar uma pessoa melhor.

— A cigarra que ri da formiga — falei.

— Só pensa em se divertir à custa de quem leva a vida a sério.

— Isso não é verdade. O que faço é problema meu. Tenho a minha vida e não cuido da vida de ninguém. E não me divirto à custa dos outros. Posso até ser inútil, mas ao menos não me meto na vida das pessoas.

— Você não é inútil — interrompeu Noboru Watanabe, como se agisse por reflexo. Com certeza, tinha recebido uma boa educação.

— Obrigado — agradeci, erguendo a taça de vinho. — Parabéns pelo noivado. Queiram me desculpar por estar bebendo sozinho.

— Estamos pensando em fazer a cerimônia em outubro — comentou Noboru Watanabe. — Acho que não teremos tempo de convidar os esquilos e os ursos.

— Ah, tudo bem — respondi, surpreso por ver aquela verve de humorista. — Onde pensam em passar a lua de mel? Ao menos vão conseguir tarifas promocionais na agência, certo?

— Havaí — se limitou a dizer minha irmã.

Então passamos a conversar sobre aviões. Como eu tinha acabado de ler sobre um acidente aéreo ocorrido nos Andes, resolvi contar os detalhes.

— Antes de comer carne humana, você tem que assá-la ao sol sobre uma peça de alumínio da fuselagem.

— Por que você precisa falar de um tema tão desagradável durante a refeição? — quis saber minha irmã, incomodada, me encarando. — Quando quer conquistar uma garota, você fala desse tipo de assunto?

— Você não pensa em se casar? — interferiu Noboru Watanabe, que parecia fazer o papel conciliador de alguém convidado para jantar por um casal em crise.

— Ainda não surgiu essa oportunidade — respondi, levando uma batata frita à boca. — Tive que cuidar da minha irmã mais nova e a guerra foi longa...

— Guerra? Que guerra?!

— É só mais uma piada sem graça — disse minha irmã, chacoalhando o molho da salada.

— Sim, só mais uma piada sem graça — concordei. — Mas não menti quando disse que não surgiu uma oportunidade. Como sou intolerante e não costumo lavar minhas meias, não encontrei nenhuma mulher disposta a viver comigo. Não tive tanta sorte quanto você.

— O que tem de errado com suas meias? — perguntou Noboru Watanabe.

— Nada. É só outra piada — explicou ela, com a voz cansada. — Lavo as meias dele todos os dias.

Noboru Watanabe entendeu e deu uma risada de um segundo e meio. Minha próxima meta era fazê-lo dar uma risada de três segundos.

— Vocês sempre moraram juntos?

— O que se pode fazer? Apesar de tudo, é minha irmã — respondi.

— Só durou tanto porque você sempre fez o que quis e eu nunca me intrometi em nada — disse ela para mim. — Mas uma vida de *verdade* não funciona assim. Uma vida de *adulto* é de outro jeito. Na vida real, as pessoas conseguem discutir abertamente. Não digo que não me diverti com você durante estes cinco anos. Eu era livre e podia fazer o que quisesse. Mas, de uns tempos para cá, percebi que isso não era uma vida de verdade. Não sei como explicar, mas eu não sentia a essência das coisas. Você só pensa no próprio umbigo e, quando quero ter uma conversa séria, sempre tenta fazer piada.

— Sou tímido — respondi.

— Não, você é arrogante — retrucou ela.

— Sou tímido e arrogante — eu me justifiquei, olhando para Noboru Watanabe e despejando mais vinho na taça. — Vou e volto de trem da estação da timidez até a da arrogância, e vice-versa.

— Acho que entendo — falou Noboru Watanabe. — Mas depois do meu casamento com sua irmã você não pensa em reconsiderar a ideia?

— Talvez — respondi.

— Ah, é? Se você começar mesmo a pensar em casamento, posso apresentar uma amiga bem interessante — declarou minha irmã.

— Ótimo. Falaremos disso quando chegar o momento. Por enquanto, ainda é arriscado.

Depois do jantar, fomos para a sala tomar café. Minha irmã pôs um disco de Willie Nelson. Graças a Deus, era um pouco melhor do que Julio Iglesias.

— Também imaginava que permaneceria solteiro aos trinta — segredou Noboru Watanabe, enquanto minha irmã lavava a louça na cozinha. — Mas, quando conheci sua irmã, fiquei com muita vontade de casar.

— Ela é uma boa garota. Um pouco teimosa e sofre com prisão de ventre, mas foi uma escolha certa.

— Apesar de tudo, a ideia de casar é bem intimidante, não acha?

— Se você procurar enxergar sempre o lado bom das coisas, não há nada a temer. Se acontecer algo ruim no futuro, basta reconsiderar.

— Acho que você tem razão.

— Sou um bom conselheiro da vida alheia.

Eu me levantei e fui até a cozinha avisar minha irmã que sairia para uma caminhada pela vizinhança.

— Não volto antes das dez, então podem ficar à vontade. Você trocou os lençóis, certo?

— Você só pensa nisso — disse ela.

Sua irritação comigo era evidente. Apesar disso, não fez objeção à minha saída.

Fui até a sala e disse para Noboru Watanabe que precisava resolver um assunto e demoraria a voltar.

— Gostei da nossa conversa. Foi ótima. Depois do casamento, pode vir nos visitar sempre que quiser.

— Obrigado — disse, reprimindo temporariamente minha imaginação.

— Nem pense em sair de carro. Você bebeu muito — advertiu minha irmã na hora em que eu abria a porta.

— Não se preocupe. Vou caminhando.

Entrei num bar perto de casa pouco antes das oito. Sentei ao balcão e pedi uma dose de I.W. Harper com gelo. A TV acima do balcão transmitia o jogo dos Giants contra os Yakult-Swallows. O som da TV estava no mudo e, em vez da partida, tocava Cindy Lauper. Os arremessadores eram Nishimoto e Obana, e o placar indicava 3 a 2 para os Yakult-Swallows. *Até que não é tão ruim assistir à tv sem som*, pensei.

Bebi três doses de uísque enquanto acompanhava o jogo. Estava na sétima entrada e empatado em 3 a 3 quando desligaram a TV, às nove em ponto. Na banqueta ao meu lado estava sentada uma garota, na faixa dos vinte, que eu já tinha visto outras vezes naquele bar. Como ela também estava assistindo à partida, puxei conversa sobre beisebol. Ela disse que era torcedora dos Giants e perguntou para que time eu torcia.

— Para nenhum. Só gosto de assistir aos jogos.

— Ah, e que graça tem? Assistir a um jogo só por assistir não mexe com a emoção.

— Não sinto falta de mexer com a emoção — respondi. — Afinal, quem joga são eles.

Bebi mais duas doses de uísque com gelo e paguei dois daiquiris para ela. A garota havia se especializado em design comercial pela

Faculdade de Belas-Artes de Tóquio e conversamos sobre arte e publicidade. Às dez horas, deixamos o bar e fomos para outro, com poltronas mais confortáveis. Bebi mais uísque e ela pediu um grasshopper. Ela estava muito bêbada, e eu não ficava atrás. Às onze, acompanhei a garota até o apartamento dela e fomos para a cama como se fosse a coisa mais natural do mundo, como se ela me oferecesse uma almofada para sentar e uma xícara de chá.

— Apague a luz — pediu ela.

Obedeci. Da janela se via um arranha-céu com uma propaganda enorme da Nikon. Do apartamento ao lado vinha o som alto de um programa de TV com notícias de beisebol. Imerso na escuridão do quarto e na embriaguez, meus movimentos eram quase automáticos. Não dava para chamar aquilo de sexo. Me limitei a mexer o pênis para gozar.

O ato terminou em um piscar de olhos, e ela adormeceu rapidamente, como se estivesse apenas esperando por isso. Sem nem tomar uma ducha, me vesti e saí. O mais difícil de tudo foi encontrar minha camisa polo, minhas calças e minha cueca em meio àquele caos.

Na rua, a embriaguez avançou sobre mim como um trem de carga. Eu estava me sentindo péssimo. Meu corpo rangia como o do Homem de Lata de *O Mágico de Oz*. Comprei uma lata de suco da máquina automática para me recompor um pouco, mas, assim que terminei de beber, vomitei tudo o que tinha no estômago. Restos de filé, de salmão defumado, de alface e tomate.

Que coisa!, pensei. *Fazia tempo que não vomitava depois de uma bebedeira. Que diabos estou fazendo com minha vida? Sempre os mesmos erros, mas cada erro pior do que o anterior.*

Então, sem nenhum motivo aparente, me lembrei de Noboru Watanabe e da solda. "É útil ter uma solda em casa", havia sugerido.

"É uma ótima sugestão", respondi mentalmente a ele, enquanto limpava a boca com o lenço. "Graças a você, agora temos uma solda em casa. Mas, por causa dessa maldita solda, sinto que aquela casa já não é mais minha."

Eu devia ter mesmo uma visão muito estreita das coisas.

Voltei para o apartamento de madrugada. Como imaginava, a moto não estava mais estacionada ao lado do prédio. Peguei o elevador até o terceiro andar, coloquei a chave na fechadura e abri a porta. As luzes estavam apagadas, com exceção da pequena lâmpada fluorescente sobre a bancada da pia da cozinha. Minha irmã devia ter se recolhido cedo para demonstrar indiferença. Eu não podia culpá-la.

Servi um copo de suco de laranja e bebi em um gole só. Tomei um banho demorado para tirar o cheiro desagradável de suor e escovei os dentes com capricho. O reflexo do meu rosto no espelho me causou calafrios. Eu parecia um daqueles homens de meia-idade que se sentam nas poltronas do último vagão, bêbados e sujos. Tinha a pele áspera, os olhos fundos, e os cabelos, sem brilho.

Balancei a cabeça em sinal de reprovação, apaguei a luz do banheiro e, com uma toalha amarrada na cintura, voltei para a cozinha e bebi um copo de água da torneira. *Amanhã vou estar melhor*, pensei. *Se não estiver, pensarei em alguma coisa. Ob-La-Di, Ob-La-Da*, a vida continua.

— Voltou tarde — ressoou a voz da minha irmã na penumbra.

Ela estava sentada no sofá, tomando cerveja.

— Estive bebendo.

— Você bebe demais.

— Eu sei.

Busquei uma cerveja na geladeira e me sentei de frente para ela. Permanecemos em silêncio durante um bom tempo, apenas levando a lata de vez em quando à boca. O vento balançava as plantas da varanda e, adiante, uma furtiva lua em quarto crescente se descortinava.

— Só para constar, saiba que não fizemos nada — disse ela.

— O quê?

— Nadinha. Fiquei nervosa e não consegui.

— É mesmo? — eu me limitei a dizer.

Não sei por quê, mas costumava ficar lacônico em noites de lua em quarto crescente.

— Não vai perguntar o que me deixou nervosa?

— O que te deixou nervosa?

— Este quarto. Este lugar. Não conseguia fazer aqui.

— Hum.

— O que aconteceu? Está passando mal?

— Estou cansado. Também fico cansado.

Minha irmã permaneceu em silêncio me encarando. Bebi o último gole de cerveja, apoiei a cabeça no encosto do sofá e fechei os olhos.

— A culpa é nossa? Você ficou cansado por culpa nossa?

— Não — respondi, mantendo os olhos fechados.

— Está cansado demais para conversar?

Empertiguei o corpo e olhei para ela. Depois balancei a cabeça de um lado para o outro.

— Estou preocupada. Acha que peguei muito pesado com você hoje? Com seu jeito de levar a vida e...

— Não.

— Jura?

— Juro. Está tudo bem. Você tinha razão. Por que ficou preocupada de uma hora para outra?

— Não sei. Depois que ele foi embora, fiquei aqui esperando você voltar e comecei a pensar que talvez tivesse exagerado.

Peguei duas cervejas na geladeira e entreguei uma para ela. Liguei o som e, com o volume bem baixo, coloquei um álbum do Richie Beirach Trio. Era um disco que eu sempre ouvia quando voltava bêbado para casa.

— Você deve estar confusa com tantas mudanças. É como mudar a pressão atmosférica. Também estou um pouco assim.

Ela concordou com a cabeça.

— Estou descontando em você, não é?

— Todos descontam em alguém. Se você decidiu descontar em mim, fez a escolha certa. Por isso, não se preocupe.

— Às vezes tenho muito medo do que pode acontecer pela frente.

— Se você procurar enxergar sempre o lado bom das coisas, não há nada a temer. Se acontecer algo ruim no futuro, basta reconsiderar — falei, repetindo as palavras ditas a Noboru Watanabe.

— Será que vai dar certo?

— Se não der, basta voltar a ser solteirona.

Ela riu.

— Sempre bancando o engraçadinho.

— Posso te fazer uma pergunta? — disse eu, enquanto abria a lata de cerveja.

— Pode.
— Com quantos homens você dormiu antes dele?
Ela hesitou um pouco e levantou dois dedos:
— Dois.
— Um da mesma idade, e outro mais velho?
— Como você sabe?
— É um padrão — respondi, tomando um gole de cerveja. — Não vivi todos esses anos loucos para nada. Também aprendi algumas coisas.
— Quer dizer que me enquadro em um padrão.
— Digamos que você seja *saudável*.
— Com quantas mulheres você já dormiu?
— Vinte e seis. Outro dia, resolvi fazer as contas. Vinte e seis que eu conseguisse me lembrar. Mas deve ter mais umas dez que ficaram de fora da lista. Não costumo anotar.
— Por que dormiu com tantas?
— Não sei — admiti, com sinceridade. — Suponho que um dia eu vá parar, mas por enquanto não achei o pretexto certo.
Permanecemos em silêncio durante um bom tempo, cada um com seus próprios pensamentos. Ao longe, ecoou o barulho de escapamento de uma moto que não podia ser a de Noboru Watanabe. Não a uma hora da madrugada.
— O que você acha realmente dele? — ela quis saber.
— De Noboru Watanabe?
— Sim.
— Não é um mau sujeito. Só não faz meu tipo. E tem um gosto curioso para roupas — acrescentei, depois de pensar um pouco. — Mas alguém assim pode nascer até nas melhores famílias.
— Também acho. Veja só o seu caso. Você é meu irmão amado, mas, se todos encarassem a vida como você, o mundo estaria perdido!
— Talvez você tenha razão.
Terminamos de beber as cervejas e fomos para nossos respectivos quartos. O lençol da cama estava limpo e sem uma ruga. Deitei e contemplei a lua por entre as cortinas. "Aonde vamos parar?", eu me perguntei. Mas estava cansado demais para pensar na profundidade desse tipo de questão. Ao fechar os olhos, o sono caiu sobre mim sorrateiramente, como uma silenciosa rede escura.

Janela

Prezada,
　O frio abranda a cada dia e, sob os raios de sol, já sentimos um leve aroma de primavera. Espero que tudo esteja bem por aí.
　Gostei da carta que você me enviou outro dia. Em especial a parte em que fala da relação entre o hambúrguer e a noz-moscada, é um trecho muito bem escrito, com frases certeiras e cheias de vida. Senti os aromas quentes de uma cozinha e ouvi o som ritmado da faca cortando cebola. Um único trecho como esse é suficiente para que uma carta seja vívida.
　Durante a leitura, senti um desejo tão grande por hambúrguer que, naquela noite, tive de ir a um restaurante das redondezas comer um. O restaurante oferecia oito tipos, entre os quais Texas, Califórnia, Havaí e Japão. O hambúrguer do tipo Texas era bem grande. E só. Se os texanos souberem disso, certamente ficarão abismados. O tipo havaiano vinha com abacaxi e o Califórnia... já não lembro. O japonês acompanhava nabo ralado. O lugar era elegante e as garçonetes, todas muito bonitinhas, vestiam minissaias.
　Mas não fui até lá para avaliar a decoração do restaurante ou para olhar as pernas das garçonetes. Queria apenas degustar um hambúrguer. Um mero hambúrguer, desses bem comuns.
　Foi precisamente isso o que eu disse para a garçonete. Que queria um hambúrguer simples.
　— Sinto muito, mas aqui só servimos hambúrgueres dos tipos tal e tal — respondeu.
　Obviamente, eu não podia criticar a moça. Ela não era a responsável pelo cardápio, nem escolhera vestir aquele uniforme que deixava suas coxas à mostra toda vez que recolhia os pratos. Sendo assim, abri um sorriso e pedi um hambúrguer do tipo havaiano.

— É só tirar o abacaxi antes de comer — foi a dica dela.

Como o mundo anda esquisito. Eu só queria um hambúrguer simples, mas era preciso pedir um do tipo havaiano e tirar o abacaxi.

O hambúrguer que você fez era bem simples, não? Ao ler a sua carta, fiquei com muita vontade de experimentá-lo.

Por outro lado, achei um tanto superficial o trecho em que você fala sobre a máquina automática de vendas de bilhetes da Ferrovia Nacional. O seu ponto de vista é interessante, mas creio que o leitor não consegue visualizar a cena. Não exija demais de você como observadora perspicaz. No fim das contas, a escrita não passa de uma improvisação.

A nota dessa carta é setenta. O seu poder de escrita está cada vez melhor. Continue se esforçando e não deixe que a impaciência e a ansiedade a atrapalhem. Vou aguardar a sua próxima carta. Tomara que a primavera chegue logo.

12 de março.

P.S. Agradeço a caixa de biscoitos sortidos. São deliciosos. Mas as normas da empresa são rígidas e proíbem quaisquer envolvimentos com os(as) associados(as) que não sejam exclusivamente por meio de cartas. Por isso, de agora em diante, devo lhe pedir para evitar esse tipo de gentileza.

Mas, de todo modo, muito obrigado.

Dediquei-me a esse trabalho temporário durante um ano. Eu tinha vinte e dois anos.

Fui contratado por uma pequena e excêntrica empresa, The Pen Society, que ficava no bairro de Iidabashi. Eles me pagavam dois mil ienes por carta, e eu escrevia mais de trinta por mês.

O lema da empresa era: "Você também pode aprender a escrever cartas que encantarão o seu leitor". Os alunos pagavam uma taxa de inscrição e uma mensalidade para poder enviar quatro cartas por mês para a The Pen Society e nós, os *pen masters*, revisávamos o texto e, como no exemplo anterior, respondíamos com uma carta que tecia impressões e orientações para a pessoa melhorar sua redação. Eu era estudante de letras quando vi o folder de recrutamento dessa empresa no quadro de empregos da seção de alunos e resolvi me candidatar. Na época, depois de inúmeros contratempos, tinha decidido trancar a faculdade por um ano. Os meus pais, ao saberem disso, avisaram que, a partir do ano seguinte, reduziriam a remessa mensal de dinheiro. A notícia obviamente me fez sentir na pele a necessidade de pensar a sério em como ganhar a vida. Fiz a entrevista, redigi algumas redações e, depois de alguns dias, a empresa me chamou. Na primeira semana de treinamento, um instrutor me orientou e ensinou as regras de orientação dos associados. Não era tão difícil.

O associado recebia um *pen master* do sexo oposto, e sob minha orientação ficaram vinte e quatro associadas, cuja faixa etária ia de catorze a cinquenta e três anos; na média, as mulheres tinham de vinte e cinco a trinta e cinco anos. Ou seja, a maioria delas era mais velha do que eu. Isso me preocupou em meu primeiro mês, porque muitas delas escreviam bem e estavam acostumadas a redigir cartas. Eu, por outro lado, nunca havia escrito sequer uma boa carta na vida. Foi suando frio que consegui, a duras penas, passar pela provação daquele primeiro mês. Temia que algumas pessoas pudessem — e isso era um direito do associado previsto em estatuto — entrar em contato com o *pen master* para reclamar.

No entanto, decorrido um mês, nenhuma associada se mostrou insatisfeita com a minha capacidade de escrita. Muito pelo contrário. Fui informado que a minha avaliação era excelente. Passados mais dois meses, as associadas que estavam sob minha tutela começaram a apresentar uma sensível evolução na arte da escrita. Isso era muito estranho. Elas realmente pareciam confiar em mim como professor. Pensando bem, eu também passei a tecer críticas com maior desenvoltura e descontração.

Hoje, quando paro para pensar no assunto, entendo que aquelas mulheres se sentiam solitárias — da mesma forma que os associados homens. Queriam apenas escrever alguma coisa para alguém, mas não tinham a quem endereçar as cartas. Elas não eram do tipo que escreviam para DJs de programas de rádio. Desejavam algo mais pessoal, ainda que essa correspondência trouxesse correções ou críticas.

Foi assim que vivi o começo dos meus vinte anos, como uma foca machucada num cálido harém de cartas.

Eu recebia cartas de diversos tipos. Entediantes, encantadoras, tristes. Como faz muito tempo, infelizmente já não as tenho comigo (via de regra, devolvíamos tudo para a empresa), mas, apesar de não me lembrar dos detalhes, tenho na memória várias cartas que se debruçavam sobre diversas circunstâncias de vida — desde questões profundas e impactantes até as mais triviais. As mensagens que elas transmitiam para um estudante universitário de pouco mais de vinte anos soavam estranhamente fantasiosas, carecendo de senso de realidade, muitas vezes beirando o absurdo. Nem era a minha pouca experiência de vida que me levava a ver as coisas por esse ângulo. Hoje eu entendo que, em muitos casos, não se deve relatar a realidade das coisas. A realidade deve ser *criada*. É a partir dessa criação que as coisas começam a fazer sentido. Mas naquela época, é claro, eu não sabia disso, e creio que elas também não. Isso explica por que eu achava estranhamente entediante ler os assuntos mundanos tratados em algumas das cartas.

Quando resolvi deixar aquele trabalho temporário, todas as associadas que eu orientava lamentaram a minha saída. Apesar de sentir que o ofício de redigir cartas às vezes era maçante, eu fiquei triste em alguma medida. Sabia que não voltaria a ter uma oportunidade de ver tantas pessoas confiando em mim, tão dispostas a compartilhar seus sentimentos.

E, por falar em hambúrguer, tive afinal a oportunidade de saborear aquele preparado por ela — a mulher da carta apresentada no início.

Ela tinha trinta e dois anos, sem filhos, e o marido trabalhava em uma das cinco empresas mais conhecidas do Japão. Quando avisei que aquele seria meu último mês de trabalho, ela me convidou para almoçar. Escreveu dizendo que prepararia um hambúrguer bem simples. Aceitei prontamente o convite, apesar de saber que aquilo ia contra as regras. Nada é mais forte do que a curiosidade de um rapaz de vinte e dois anos.

O apartamento dela ficava perto da linha Odakyû. A decoração era sóbria, propícia para um casal sem filhos. Os móveis, a iluminação e mesmo o suéter que ela vestia não eram chamativos, mas de bom gosto. Eu era bem mais novo do que ela pensava, mas também me surpreendi com sua aparência jovem. A empresa não revelava a idade de seus funcionários.

Mas, depois de nos surpreendermos um com o outro, a tensão do primeiro encontro se desfez. Comemos o hambúrguer e bebemos café como dois passageiros que perderam o trem. Por falar em trem, da janela de seu apartamento, que ficava no segundo andar, era possível ver a linha férrea. Naquele dia, o tempo estava ensolarado e as varandas dos apartamentos ao redor estavam repletas de edredons e lençóis. De vez em quando, ouvia-se o som de alguém batendo os edredons. Ainda hoje eu me lembro desse som. Um som que se tornou estranhamente familiar.

O hambúrguer era delicioso. Muito bem temperado, suculento, grelhado ao ponto, com a superfície levemente tostada e crocante. O molho também era excelente. Para falar a verdade, não posso dizer que aquele foi o melhor hambúrguer que comi na vida, mas fazia muito tempo que eu não experimentava um daquela qualidade. Ela ficou contente de ouvir isso.

Depois do café, conversamos sobre a vida enquanto ouvíamos um disco de Burt Bacharach. Digamos que eu não tinha muito assunto, o que a estimulou a tomar as rédeas da conversa. Contou que quando era estudante queria ser escritora. E se pôs a falar de Françoise Sagan, de quem era fã, e seu livro preferido da autora era *Aimez-vous Brahms?* Eu também não desgostava de Françoise Sagan. Pelo menos, não a achava tão banal como costumam rotulá-la. Ninguém é obrigado a escrever romances como Henry Miller ou Jean Genet.

— Mas eu não sei escrever — disse ela.

— Ainda está em tempo de começar — respondi.

— Não, sei que não sou capaz. E quem me fez perceber isso foi você — ela disse e abriu um sorriso. — Tive essa certeza quando passei a lhe escrever as cartas. Descobri que não tinha talento para isso.

Ruborizei. Hoje eu dificilmente me constranjo a esse ponto, mas, aos vinte e dois anos, qualquer coisa me ruborizava.

— Mas o seu texto tinha passagens muito sinceras — continuei.

Ela permaneceu em silêncio e esboçou um sorriso. Um sorriso tímido.

— E ao menos sua carta me despertou o desejo por hambúrguer.

— É que você devia estar com fome naquele momento — ela respondeu, de modo gentil.

Bem, podia ser que sim.

O trem passou embaixo da janela emitindo um barulho seco.

Quando o relógio marcou cinco horas, disse que precisava ir embora.

— Você precisa preparar o jantar antes que seu marido chegue, não é?

— Ele volta bem tarde — respondeu ela, com o queixo apoiado entre as palmas da mão. — Nunca antes da meia-noite.

— Deve ser muito ocupado.

— Creio que sim — ela disse, e se calou por alguns instantes. — Já devo ter contado isso em uma das cartas, mas há muitas coisas sobre as quais não consigo conversar com ele. Sinto que ele não entende os meus sentimentos. Quando conversamos, a impressão é que falamos línguas diferentes.

Eu não sabia o que dizer. É difícil entender como alguém seja capaz de morar com uma pessoa com quem não consegue se conectar.

— Mas está tudo bem — ela minimizou, com um tom de voz sereno. Parecia mesmo não se importar com aquilo. — Muito obrigada por responder às minhas cartas durante todo esse tempo. Foi muito divertido. Essa nossa correspondência foi muito importante para mim.

— Eu também me diverti muito — respondi. Mas, para falar a verdade, eu não conseguia lembrar o tipo de carta que ela escrevia nem o estilo de sua escrita.

Ela permaneceu em silêncio e ficou olhando para o relógio pendurado na parede por longos instantes. Parecia inspecionar o fluir do tempo.

— Quais são os seus planos para depois da faculdade? — perguntou ela.

— Ainda não me decidi. — Eu não fazia mesmo a menor ideia. Ao responder isso, ela voltou a esboçar um sorriso.

— Acho que você devia trabalhar em alguma coisa relacionada à escrita. As cartas que me enviava com críticas e comentários eram muito boas. Eu as esperava com ansiedade. Estou sendo sincera. Não estou dizendo isso para agradar. Claro que você só estava fazendo seu trabalho, mas acho que você punha naquelas cartas emoções verdadeiras, que o seu coração ditava. Guardei todas e, de vez em quando, ainda as releio.

— Muito obrigado. E agradeço pelo hambúrguer delicioso.

Já se passaram dez anos e, mesmo hoje, toda vez que pego o trem da linha Odakyû e passo perto do apartamento dela eu me lembro daquele suculento hambúrguer com a superfície *levemente tostada* e crocante. Observo atentamente os prédios ao longo da linha férrea e me pergunto qual seria a janela de seu apartamento. Tento, mas sou incapaz de lembrar a paisagem que a janela dela oferecia.

Talvez ela já não more mais naquele lugar. Mas, se ainda estiver lá, posso imaginá-la sozinha, do outro lado da janela, ouvindo aquele mesmo disco de Burt Bacharach.

Será que eu devia ter dormido com ela naquele dia?

Essa é a questão.

Não sei responder. Mesmo agora, não faço ideia. Não importa quanto eu envelheça, quanto eu adquira experiência, há muitas coisas das quais nunca saberei a resposta. Só o que me resta é contemplar do trem, em silêncio, aquela que supostamente é a janela dela. Às vezes, tenho a impressão de que qualquer uma daquelas janelas é a dela. Noutras, nenhuma parece ser. Existem muitas janelas.

Os homens da TV

I

Foi em uma tarde de domingo que os homens da TV apareceram no meu apartamento.

Era primavera. Se não me engano, era primavera. Em todo caso, não fazia nem calor nem frio.

Mas, sinceramente, a estação não importa. O que importa é que foi em uma tarde de domingo.

Detesto as tardes de domingo. Ou melhor, não gosto das particularidades das tardes de domingo. Basta entardecer que começo a sentir dor de cabeça. Dependendo do domingo, a dor pode variar de intensidade, mas sempre vem com pontadas, que provocam estranhas contrações em músculos localizados a cerca de um centímetro ou um centímetro e meio das têmporas, como se alguém puxasse devagar a extremidade de um fio invisível. Não dói muito. Deveria, mas estranhamente não dói muito, como introduzir uma agulha bem comprida e fina em uma área anestesiada.

Além das pontadas, escuto sons. Na verdade, não são bem sons, mas um chiado que o silêncio denso e profundo potencializa na escuridão. KKKKKKXXXXXX, KKKKKKXXXXAA, KKKKKKXXXAAÁ. São os primeiros indícios. Começa com as pontadas nas têmporas, depois uma leve distorção na vista, seguida por ondas de confusão em que memórias e pressentimentos se misturam. Uma lua branca, com formato de navalha cortante, paira no céu, enquanto as raízes dos problemas rastejam na terra escura. As pessoas caminham pelo corredor fazendo muito barulho só para me aborrecer. KKKKKKXXXXXX, KKKKKKXXXXAA, KKKKKKXXXAAÁ.

Foi por isso que os homens da TV apareceram no meu apartamento em uma tarde de domingo. Entraram sorrateiramente, no lusco-fusco do entardecer, como pensamentos melancólicos, como uma chuva fina, quase como um segredo.

2

Vou descrever a aparência dos homens da TV.

São um pouco mais baixos do que você e eu. Não é algo significativo, mas uma leve diferença de tamanho. São apenas *um pouco* mais baixos, algo entre vinte a trinta por cento. Como todas as partes do corpo são uniformemente menores, seria mais adequado dizer que eles são de *escala reduzida*.

Se você por acaso encontrar os homens da TV, talvez não perceba de saída esse detalhe. Mas, ainda que não perceba, é possível que eles não deixem de lhe causar estranhamento. Um mal-estar, por assim dizer, que vai levá-lo a olhar uma segunda vez com redobrada atenção. À primeira vista, nada vai parecer errado com eles, e é justamente isso o que os torna mais estranhos. Não é como uma criança ou um anão. É uma pequenez diferente. Quando olhamos uma criança ou um anão, percebemos que são pequenos, mas essa percepção é motivada pelas desproporções em seus corpos. Claro que são pequenos, mas não de maneira uniforme. Por exemplo, podem ter as mãos pequenas, mas a cabeça, grande. Aliás, é o mais normal. Já a pequenez dos homens da TV é diferente. Parecem cópias reduzidas, como se fossem calibrados de modo mecânico. Se apresentam uma altura setenta por cento reduzida, a largura dos ombros acompanhará essa proporção, assim como pés, cabeça, orelhas e dedos. São como miniaturas de seus equivalentes reais.

Ou como maquetes para se observar de determinada perspectiva. Embora próximos, parecem distantes, como uma ilusão de óptica que faz uma superfície plana parecer distorcida e ondulada. As mãos não alcançam o que parece estar ao alcance.

Assim são os homens da TV.

Assim são os homens da TV.

Assim são os homens da TV.

3

Eram três ao todo.

Não bateram à porta nem tocaram a campainha. Também não deram boa-tarde — simplesmente foram entrando. Nem sequer ouvi seus passos. Um abriu a porta e os outros dois entraram carregando uma TV em cores, modelo convencional da Sony. Eu imaginava que a porta estivesse trancada, mas não tinha certeza. Podia ter me esquecido de trancá-la. Não lembro.

Quando os homens da TV chegaram, eu estava sozinho em casa, deitado no sofá, perdido em pensamentos, olhando o teto. Naquela noite, minha esposa tinha um encontro com as amigas da época da escola, um jantar em algum restaurante para colocar a conversa em dia.

— Prepare o seu jantar, o.k.? — dissera ela, antes de sair. — Na geladeira há verduras e congelados. Se vire. Ah, e antes de anoitecer não se esqueça de recolher as roupas do varal.

— Pode deixar — respondi.

Não era nada de mais. Preparar o jantar e recolher as roupas. Coisas insignificantes. Podia cuidar disso num piscar de olhos, sussurrei, pensando em voz alta.

— O que disse? — perguntou minha esposa.

— Nada.

Foi por isso que eu estava deitado no sofá, perdido em pensamentos. Sem nada para fazer, tentei ler um pouco, ouvir música, beber cerveja. Mas, como não conseguia me concentrar em nada, deitei no sofá e fiquei olhando o teto.

Em minhas tardes de domingo, costumo fazer um pouco de tudo, embora nada direito. Por mais que pense em mil coisas, tudo acaba pela metade e de qualquer jeito. Não consigo me concentrar em nada. Quando acordo de manhã, planejo um dia produtivo: ler um livro, ouvir um disco, escrever a resposta a alguma carta, arrumar as gavetas, comprar o que está faltando, lavar sem falta o carro. Porém, quando o relógio marca as duas, as três, todos os meus planos vão por água abaixo. No fim das contas, acabo não fazendo nada, me deito no sofá e deixo o tempo passar, até que mesmo o tique-taque do relógio termina me incomodando. TRAPP-SHAUS, TRAPP-SHAUS.

Um barulho — como gotas de chuva — começa a desestabilizar tudo ao meu redor. TRAPP-SHAUS, TRAPP-SHAUS. Nas tardes de domingo tudo parece aos poucos desbotar e reduzir de tamanho. Como os homens da TV.

4

Os homens da TV me ignoraram desde o início, agindo como se eu não existisse. Eles abriram a porta e carregaram a TV para a sala. Dois deles posicionaram o aparelho sobre o aparador, e o terceiro ligou o fio na tomada. Sobre o aparador havia um relógio de mesa e uma pilha de revistas. Presente de casamento de um amigo, o relógio era grande e pesado. Assim como o tempo. O tique-taque também era alto e ecoava por toda a sala: TRAPP-SHAUS, TRAPP-SHAUS. Os homens da TV puseram o relógio no chão. *Minha esposa vai ficar muito brava*, pensei. Ela detesta que mudem a posição das coisas sem sua permissão. Fica de péssimo humor quando percebe qualquer coisa fora do lugar. O relógio no chão não me parecia uma boa ideia. Com certeza eu tropeçaria nele de madrugada. Costumo acordar às duas da manhã para ir ao banheiro e sempre acabo tropeçando ou batendo em algo.

Em seguida, os homens da TV colocaram as revistas sobre a mesa da sala. Eram revistas femininas (não leio revistas, só livros. Por mim, *todas* as revistas do mundo poderiam muito bem desaparecer), revistas que minha esposa organizava e empilhava sobre o aparador: *Elle*, *Marie Claire*, *Ideias para seu lar*, essas coisas. Minha esposa não gostava que mexessem nas revistas. Se alguém mudasse a ordem, ficava em maus lençóis. Por isso, nunca cheguei perto da pilha, muito menos folheei uma revista. Mas os homens da TV não pareciam se importar e, sem hesitação, tiraram as revistas do lugar, sem o menor cuidado. Simplesmente pegaram as revistas do aparador e colocaram em outro local. A *Marie Claire* ficou em cima da *Croissant*, e a *Ideias para seu lar*, embaixo da *An-An*. Tudo errado. Para piorar, espalharam pelo chão os marcadores de página inseridos por minha esposa. Se as páginas estavam marcadas, deviam trazer alguma informação importante. Não sei dizer de que tipo, nem de que grau de importância. Talvez algo relacionado ao trabalho ou de interesse pessoal. Seja como for, era importante para ela. "Com certeza, ela vai reclamar." Diria que não costumava sair com as amigas e, justamente no dia em que se permitia, voltava para casa e se deparava com aquela bagunça. Eu já a ouvia esbravejando. *Puxa vida*, pensei e balancei a cabeça.

5

Assim que não havia mais nada sobre o aparador, os homens da TV puseram o aparelho e, em seguida, um deles ligou o fio na tomada. O televisor produziu um ruído de estática, e a tela ficou branca. Esperei. Nada de imagem. Eles pegaram o controle remoto e começaram a mudar de canal, mas a tela permanecia branca. "Acho que a antena não está conectada." Se não me engano, havia um ponto de conexão de antena na sala. Quando nos mudamos, recordo vagamente que o zelador me mostrou o ponto, mas não conseguia me lembrar onde era. Como não tínhamos televisão, eu havia esquecido.

No entanto, os homens da TV não pareciam interessados em sintonizar os canais, nem tampouco em procurar o ponto da antena. Não se importavam com a tela branca, sem imagens. Aparentemente, o único objetivo deles era ligar a TV.

O aparelho era novo. Não vinha dentro da caixa, mas dava para perceber que era novo. O manual de instruções e o certificado de garantia estavam em um saco plástico, e uma fita de celofane cobria as laterais do aparelho. O cabo de alimentação reluzia como um peixe fresco.

Os três homens começaram a examinar a tela branca de diversos ângulos da sala. Um deles veio até o meu lado e conferiu a visão que se tinha da tela. O aparelho estava bem diante de mim, a uma distância adequada. Eles pareciam satisfeitos. Davam a impressão de ter concluído o trabalho. Um deles (o que estava ao meu lado) deixou o controle remoto sobre a mesa.

Durante todo esse tempo, os homens da TV não trocaram uma palavra. Seus movimentos eram sincronizados e exatos. Não pareciam ter nada a dizer. Faziam o que deveria ser feito, com habilidade, agilidade e eficiência. Por fim, um deles pegou o relógio de mesa no chão e procurou um local adequado para deixá-lo. Como não encontrou, limitou-se a colocá-lo outra vez no chão. TRAPP-SHAUS, TRAPP-SHAUS. Os ponteiros continuavam marcando solenemente a passagem do tempo. O apartamento era muito pequeno e mal havia espaço para se locomover, em razão dos meus livros e do material de referência que minha esposa acumulava. Suspirei só de pensar em quantos tropeços daria naquele relógio. Podia apostar que sim.

Os três homens vestiam jaqueta azul-escura, de não sei que tecido liso e escorregadio. Usavam jeans também azul e tênis. As roupas e o tênis eram de escala reduzida. Ao observá-los por um tempo, tive a impressão de que eram as minhas dimensões que estavam erradas, como alguém que pusesse óculos de grau elevado e embarcasse de costas em uma montanha-russa. Minha visão oscilava, distorcida. O equilíbrio do mundo, que ancorava minha existência, já não era mais absoluto. Assim eu me sentia ao olhar para os homens da TV.

Até o último momento, os três não trocaram uma palavra. Se limitaram a inspecionar a tela e, depois que verificaram que não havia problemas, desligaram o aparelho com o controle remoto. A imagem branca e o barulho de estática foram desaparecendo aos poucos, até que a tela voltou a apresentar a inexpressiva cor cinza-escura. Do lado de fora da janela começava a anoitecer. Escutei uma voz chamando alguém e passos, como sempre ruidosos, no corredor. Parecia barulho de sapatos de couro: KRUSSUMPKUMDBU, KRUSSUMPKUMDBI. Era um fim de tarde de domingo.

Os homens da TV fizeram uma última inspeção na sala, abriram a porta e partiram. Assim como fizeram ao entrar, me ignoraram solenemente, agindo como se eu não existisse.

6

Durante todo o tempo em que os homens da TV permaneceram, não me mexi um milímetro, nem perguntei nada. Permaneci deitado no sofá, observando tudo. Talvez possa parecer uma reação estranha e pouco natural: desconhecidos invadem minha casa — três, para ser exato — e instalam sem minha permissão uma TV, enquanto fico apenas acompanhando em silêncio. Estranho, não?

Seja como for, não abri a boca. Permaneci calado enquanto acompanhava tudo. Talvez eu tenha agido assim por ter sido ignorado. Acho que, se você estivesse no meu lugar, teria feito o mesmo. Não estou tentando me justificar, mas, quando desconhecidos o ignoram completamente daquela maneira, você acaba perdendo a certeza da própria existência. Eu olhava para as minhas mãos e tinha a impressão de que estavam transparentes. Me sentia impotente, enfeitiçado. Era como se fosse invisível. Não podia me mover, não podia falar, então só me restava observar os homens colocarem a TV em cima do aparador. O medo de escutar minha própria voz me impedia de falar.

Assim que os homens da TV foram embora, voltei a ficar sozinho e recuperei o senso de realidade. Minhas mãos voltaram a ser minhas mãos. Notei que o fim de tarde fora tragado pela escuridão. Acendi as luzes da sala e fechei os olhos. Sim, havia uma televisão ali. O relógio seguia marcando as horas: TRAPP-SHAUS, TRAPP-SHAUS.

7

Curiosamente, minha esposa não comentou nada a respeito da TV que apareceu na sala. Não esboçou nenhuma reação, nada, como se nem tivesse percebido o aparelho. Era muito estranho. Como eu disse antes, ela era maníaca pela ordem das coisas. Se durante sua ausência algo fosse trocado minimamente de lugar, ela perceberia num piscar de olhos e, franzindo as sobrancelhas, recolocaria tudo como estava.

Para mim, pouco importa se um exemplar de *Ideias para seu lar* está embaixo da *An-An* ou se uma caneta é guardada num porta-lápis. Provavelmente eu nem vá notar esse tipo de coisa. Viver dessa maneira seria muito estressante para mim, mas é a vida dela, não a minha. Por isso, não falo nada e deixo que ela faça como bem entender. É assim que penso. Já ela é o contrário. Às vezes, fica furiosa e diz que não suporta minha falta de delicadeza. Também eu, respondo, às vezes não suporto a falta de delicadeza da lei da gravidade, do π e do $E = mc^2$. A verdade é essa, mas, quando digo essas coisas, ela se cala, talvez por considerar um insulto, embora não seja nada disso. Não é um insulto, apenas minha forma de dizer o que penso.

Ao chegar em casa naquela noite, ela fez uma rápida inspeção na sala. Eu já tinha uma explicação na ponta da língua: os homens da TV apareceram e bagunçaram tudo. Explicar sobre os homens da TV seria difícil e provavelmente ela não acreditaria em mim. De qualquer maneira, eu pretendia contar tudo de maneira honesta.

Só que ela não disse nada e se limitou a uma olhadela um tanto indiferente. Havia uma TV sobre o aparador e revistas fora da ordem sobre a mesa. O relógio estava no chão. Apesar disso, ela não disse nada, e não precisei dar explicações.

— Você já jantou? — perguntou ela, enquanto tirava o vestido.

Respondi que ainda não.

— Por quê?

— Não estava com fome.

Ela ficou pensativa enquanto terminava de tirar o vestido e olhou para mim sem dizer nada, como se hesitasse entre fazer ou não algum comentário. O relógio quebrava o silêncio com suas batidas pesarosas: TRAPP-SHAUS, TRAPP-SHAUS. Tentei ignorar aquele barulho incômodo, mas não consegui. Eram batidas muito pesadas. Até invasivas. Minha esposa também parecia estar atenta ao relógio. Até que, de repente, balançou a cabeça e perguntou:

— Quer que eu prepare alguma coisa?

— Seria bom — respondi.

Eu não estava com fome, mas não recusaria um prato, se minha esposa preparasse.

Ela vestiu algo mais confortável e, enquanto preparava arroz com legumes e omelete na cozinha, me contou como tinha sido o encontro com as amigas. Falou quem fazia o quê, quem falou o quê, quem melhorou com o corte de cabelo, quem se separou. Como eu já conhecia suas amigas, apenas balançava a cabeça ou me limitava a uma ou outra interjeição, enquanto tomava uma cerveja. Na verdade, não prestava atenção no que ela contava. Só conseguia pensar nos homens da TV. Não entendia por que ela não comentava nada sobre a repentina aparição do aparelho na sala. "Será que não percebeu?" Não, não havia como. Seria impossível que não tivesse notado que havia uma televisão nova na sala. Por que que não dizia nada então? Era tudo muito estranho. Alguma coisa não batia, mas eu não sabia como abordar o assunto.

Quando a comida ficou pronta, me sentei à mesa da cozinha e comi o arroz com legumes, a omelete e o *umeboshi*. Assim que terminei, minha esposa lavou e guardou a louça. Abri mais uma lata de cerveja, e ela se serviu um pouco. Olhei para o aparador: a TV continuava ali, desligada. O controle remoto repousava sobre a mesa. Me levantei da cadeira, fui até a sala, peguei o controle e liguei a TV. Logo surgiu uma tela branca, acompanhada de ruídos de estática. Não apareceu nenhuma imagem, apenas uma luz branca no tubo catódico. Pressionei a tecla de + volume no controle, mas a única coisa que aumentou foi o barulho de estática. Observei a tela branca durante vinte ou trinta segundos e desliguei. Som e luz desapareceram num segundo. Sentada no carpete, minha esposa folheava uma *Elle*, sem prestar atenção no que acontecia, embora eu tivesse ligado e desligado a TV.

Pus o controle remoto sobre a mesa e voltei a me sentar no sofá. Pensei em continuar a leitura daquele longo romance de García Márquez. Costumo ler depois do jantar. Às vezes uns trinta minutos, às vezes duas horas. Enfim, costumo ler diariamente. Mas naquele dia não consegui ler nem sequer meia página. Por mais que tentasse me concentrar, minha atenção se desviava para a TV. Sem querer, meus olhos buscavam o aparelho, que permanecia ali, bem diante de mim.

8

Quando me levantei às duas e meia da madrugada, a televisão continuava no mesmo lugar. Eu esperava acordar e ver que o aparelho não estava mais na sala, mas não. Depois de ir ao banheiro, me sentei no sofá e apoiei os pés na mesa. Peguei o controle remoto e, outra vez, liguei a TV. Nada novo. Tudo igual. Tela branca e ruídos. Apenas isso. Desliguei a TV.

Voltei para cama e tentei dormir. Embora estivesse com sono, não conseguia adormecer. Assim que fechava os olhos, eu pensava nos homens carregando a TV, pegando o relógio, deixando as revistas sobre a mesa, ligando o cabo na tomada, conferindo a imagem na tela, abrindo a porta e se retirando em silêncio. Todos estavam na minha mente, andando para lá e para cá. Me levantei da cama, fui até a cozinha, peguei uma xícara de café que estava no escorredor, servi duas doses de brandy dentro e bebi. Depois, me deitei no sofá e abri o livro de García Márquez. Porém, como era de esperar, não me concentrei na leitura. Não conseguia entender o que estava escrito.

Deixei o livro de García Márquez e peguei uma revista. Não me aconteceria nada se lesse uma *Elle* de vez em quando. Mas não encontrei nenhuma reportagem que me chamasse atenção. Só havia matérias sobre novos cortes de cabelo, a elegância de camisas de seda brancas, indicações de restaurantes ou dicas do que vestir em uma ópera. Assuntos que, definitivamente, não eram do meu interesse. Por isso, deixei a *Elle* de lado e, mais uma vez, olhei para a TV sobre o aparador.

No final das contas, fiquei acordado até o dia raiar. Às seis horas, esquentei água, passei café e bebi uma xícara. Como não tinha nada para fazer, preparei sanduíches de presunto antes de minha esposa acordar.

— Madrugou hoje? — perguntou ela, bocejando.

— Pois é.

Tomamos o café da manhã sem falar muito e saímos juntos de casa, cada um para seu lado. Ela trabalhava em uma pequena editora que publicava uma revista especializada em comida saudável e estilo de vida. Uma revista com matérias sobre os benefícios do cogumelo shiitake para quem sofre de gota, o futuro da agricultura orgânica, essas coisas. Embora a tiragem não fosse significativa, o custo da revista era baixo e a publicação contava com leitores fiéis, quase devotos, de modo que não havia o risco de parar de circular. Já eu trabalhava no departamento de marketing de uma empresa de eletrônicos e fazia anúncios de torradeiras, máquinas de lavar roupas e fornos de micro-ondas.

9

Assim que cheguei ao trabalho, topei nas escadas com um dos homens da TV, um dos três que levaram o aparelho ao meu apartamento no dia anterior. Pelo menos fiquei com essa impressão. Talvez fosse o primeiro, o que tinha aberto a porta e não carregava nada nas mãos. Como eles não tinham peculiaridades, ficava difícil diferenciá-los. Não afirmaria com certeza absoluta que era ele, mas havia uma grande probabilidade. Vestia a mesma jaqueta azul. Não carregava nada nas mãos. Apenas descia as escadas. Já eu, subia. Não gosto de elevadores, por isso sempre uso as escadas. A empresa fica no nono andar, então aproveito para fazer um exercício. Quando estou com pressa, acabo chegando empapado de suor, mas prefiro isso a tomar o maldito elevador. Todos os meus colegas zombam de mim. Como não tenho televisão, nem videocassete, nem uso o elevador, eles me tomam por um excêntrico. Alguns imaginam que carrego algum trauma de infância que afetou meu amadurecimento. Mas não me importa que pensem dessa forma. Para mim, os imaturos são eles.

Em todo o caso, sou o único que usa as escadas. Foi entre o quarto e o quinto andar que cruzei com o homem da TV. Aconteceu de maneira tão inusitada que eu não soube como reagir e hesitei.

No fim, acabei não dizendo nada: me faltaram palavras e o ambiente não me pareceu propício para uma conversa. Ele descia a escada de modo mecânico, em ritmo regular, com passos precisos e calculados, e me ignorou completamente, como no dia anterior. Passou por mim como se eu fosse invisível. Não tive tempo de esboçar qualquer reação e, durante um segundo, quando passava a seu lado, senti que a gravidade em volta oscilou um pouco.

No mesmo dia, pela manhã, houve uma importante reunião na empresa, sobre as estratégias de venda para uma nova linha de produtos. Alguns funcionários apresentaram relatórios, listaram números num quadro-negro e mostraram gráficos em uma tela de computador. Teve início uma discussão acalorada. Acabei me posicionando também, mas minha participação não era tão importante, já que eu não trabalhava diretamente nesse projeto. Por isso, durante a reunião, volta e meia me distraía com outros pensamentos, apesar de uma ou outra intervenção. Nada de mais: apenas apontamentos de quem enxergava a questão de fora. Não convém ficar em silêncio durante toda uma reunião. Embora eu não seja uma pessoa ambiciosa em relação ao trabalho, a empresa me paga um salário e preciso demonstrar envolvimento. Organizei brevemente as opiniões dos colegas e, para descontrair o clima de tensão, fiz uma piadinha, como forma de atenuar a culpa que sentia por estar com a cabeça longe, nos homens da TV. Alguns colegas riram. Depois voltei a pensar nos homens da TV, enquanto fingia prestar atenção a documentos. De qualquer maneira, não cabia a mim definir o nome do novo micro-ondas. Meus pensamentos giravam exclusivamente em torno dos homens da TV. Era inevitável. Por que resolveram levar aquela TV para minha casa? Qual era o significado daquilo? Por que minha esposa não tinha feito nenhum comentário? Por que aquele homem da TV estava infiltrado na empresa em que eu trabalhava?

A reunião se estendeu e parecia que nunca mais acabaria. Ao meio-dia, fizemos uma pequena pausa para o almoço. Como não havia tempo para intervalos longos, a empresa ofereceu sanduíches e café para todos. A sala de reuniões estava infestada pelo cheiro de cigarro, então saí para comer à minha mesa. Nesse momento, o chefe da seção veio até mim. Para falar a verdade, eu não gostava do sujeito. Não sei explicar bem por quê. Não havia um motivo especial. Ele parecia ter uma boa formação familiar e não era estúpido. Tinha bom gosto para gravatas e não era arrogante com os subordinados. Até demonstrava ter a mim em alta conta e de vez em quando me convidava para jantar. Mesmo assim, não conseguia simpatizar com ele. Talvez porque costumava tocar nas pessoas enquanto falava, se esforçando para demonstrar uma pretensa familiaridade. Ele sempre fazia isso, seja conversando com homem ou mulher. Nada com segundas intenções, apenas um toque quase instintivo. A maioria do pessoal talvez nem reparasse nisso, porque era um gesto natural. Mas eu me incomodava e, quando o via, ficava com o corpo tenso. Sei que parece algo banal, mas não me sentia nada à vontade com aquilo.

Ele apoiou a mão no meu ombro, curvou ligeiramente o corpo e disse, em tom informal:

— Gostei do que você falou agora há pouco na reunião. Foi um comentário breve, descontraído e preciso. Fiquei admirado. Parabéns! Sua intervenção foi oportuna e deu uma animada no pessoal. Continue assim, por favor.

Depois, ele se afastou para almoçar em outro canto. Agradeci suas palavras, mas na verdade o elogio me desconcertou. Para ser sincero, nem me lembrava mais ao certo do que havia dito na reunião. Como soaria grosseiro não falar nada, me limitei a agradecer. O que levaria o chefe da seção a perder seu tempo e vir me elogiar por um comentário tão insignificante? Com certeza outros tinham feito intervenções melhores e mais articuladas. Era muito estranho. Almocei sem entender o que estava acontecendo. De repente, pensei na minha esposa. O que será que ela estava fazendo? Teria saído para o almoço? Cogitei telefonar para ela, para conversarmos um pouco. Disquei os três primeiros dígitos, mas desisti. Não havia motivo para um telefonema. Tinha a impressão de que o mundo estava desequilibrado e prestes a ruir. Como explicar isso para a minha esposa no horário de almoço? Sem falar que ela detesta receber telefonemas no trabalho. Devolvi o fone ao gancho, suspirei e terminei de beber o último gole de café. Em seguida, joguei o copo descartável na lata de lixo.

10

Na sequência da reunião à tarde, voltei a ver os homens da TV. Dessa vez, havia dois a mais. Como no dia anterior, entraram na sala de reunião carregando um aparelho de televisão colorido da Sony. O tamanho da tela, porém, era um pouco maior. *E agora?*, pensei. A Sony era nossa principal concorrente e aparelhos da concorrência não podiam entrar na empresa. Talvez alegassem que haviam trazido o aparelho para uma comparação, mas mesmo assim o normal seria remover o logotipo do concorrente, para evitar olhares de fora. No entanto, essa não era uma preocupação para os homens da TV, que chegaram com o aparelho com a marca bem escancarada, entraram na sala e deram uma volta, como se avaliassem um local adequado. Quando perceberam que não havia um, abriram a porta dos fundos e saíram. Os presentes na sala não esboçaram reação. Era impossível que ninguém tivesse visto os homens da TV. Impossível. A prova é que abriram passagem para que os homens entrassem com o aparelho. Só que essa foi a única reação de todos, como se um entregador trouxesse pedidos da cafeteria, como se existisse um acordo tácito de não reparar em sua presença. Todos sabiam que os homens da TV estavam ali, embora agissem como se não soubessem.

Eu já não entendia mais nada. "Será que todos já sabiam sobre os homens da TV? Só eu que não? Será que minha esposa também sabia desde o começo?" Provavelmente, sim. Seria uma boa explicação para ela não ter se surpreendido nem comentado sobre a TV em nossa sala. Só podia ser isso. Fiquei confuso. Quem diabos eram eles? Por que sempre carregavam uma televisão?

Quando um dos meus colegas se levantou para ir ao banheiro, aproveitei a brecha e fui atrás. Havíamos começado a trabalhar na empresa na mesma época e nos dávamos bem. Às vezes, saíamos para tomar algo depois do expediente. Não convidava qualquer um para beber. Escolhi o mictório ao lado dele no banheiro.

— Uf! Desse jeito a reunião vai terminar tarde. Reuniões e mais reuniões — se queixou ele.

— Pois é.

Lavamos as mãos. Ele também elogiou minha intervenção pela manhã. Agradeci.

— Ah, a propósito, queria saber sua opinião sobre aqueles homens que acabaram de trazer a TV... — comecei, como quem não quer nada.

Ele não disse uma palavra. Fechou a torneira, pegou duas folhas de papel e enxugou as mãos. Nem sequer olhou para mim. Parecia que nunca mais terminaria de enxugar as mãos, até que fez uma bola com o papel e jogou no lixo. Talvez ele não tivesse me escutado. Ou escutou e fingiu que não. Não sei ao certo. De todo modo, considerando a situação, preferi não perguntar mais nada, permaneci calado e também enxuguei as mãos. Dava para sentir o clima de tensão no ar. Caminhamos em silêncio pelo corredor e voltamos à sala de reunião. Durante o resto da tarde, ele evitou olhar para mim.

11

Quando cheguei em casa depois do trabalho, o apartamento estava às escuras. Do lado de fora, começava a chover. Da janela da varanda, avistei nuvens negras no céu. O cheiro de chuva era marcante. Anoitecia. Não havia nem sinal de minha esposa. Desfiz o nó da gravata, alisei seus vincos e a pendurei no cabide. Tirei a poeira do paletó com a escova e joguei a camisa na cesta de roupas sujas. Estava com o corpo e o cabelo cheirando a cigarro. Tomei um banho demorado. Era sempre assim. Depois de reuniões longas, o fedor de cigarro sempre me empesteava. Minha esposa detestava cheiro de cigarro, e a primeira exigência que fez depois do nosso casamento foi me obrigar a parar de fumar. Isso já tinha quatro anos.

Ao sair do banho, me sentei no sofá e enxuguei o cabelo, bebendo uma cerveja. O aparelho trazido pelos homens da TV permanecia sobre o aparador. Peguei o controle remoto mas, por mais que apertasse o botão, não consegui ligar a TV. Nada. A tela permanecia escura e silenciosa. Verifiquei o fio, que estava conectado na tomada. Retirei e recoloquei o fio. Nada. Apertei várias vezes o botão do controle remoto. Nada. A tela não ficava branca. Por fim, abri a tampa do controle remoto, retirei as pilhas e verifiquei no testador se tinham carga. Sim, tinham. Estavam novas. Desisti, larguei o controle remoto e tomei o resto da cerveja.

Por que aquela situação me incomodava tanto? Se a TV ligasse, o que viria depois? Uma luz branca, acompanhada de ruído de estática. Que diferença faria se o aparelho ligasse ou não? Por que me preocupar?

Mas eu me preocupava. Na noite anterior, o aparelho funcionava. Não voltei a tocar na TV desde então, de modo que não havia motivo para não ligar.

Peguei o controle remoto outra vez. Pressionei o dedo bem devagar, mas nada mudou. A tela continuava morta e fria, como a superfície da Lua.

Fui à geladeira buscar outra lata de cerveja e comi uma salada de batata que estava em uma vasilha de plástico. O relógio marcava seis horas. Me sentei no sofá e dei uma olhada no jornal da edição da tarde. As notícias pareciam ainda mais entediantes que o normal. Não encontrei nenhum artigo que me interessasse de verdade, mas continuei lendo, pois não tinha mais nada para fazer. E depois? Para evitar pensar nisso, passei a ler mais devagar. "Já sei! Preciso escrever uma carta ao meu primo para explicar que não poderemos ir à sua cerimônia de casamento." Bem na data marcada, viajaria para Okinawa com minha esposa, uma viagem programada há muito tempo, que exigiu um planejamento das nossas férias. Não seria possível cancelar a viagem, pois só Deus saberia quando teríamos outra oportunidade de férias prolongadas no mesmo período. Além do mais, esse primo nem era uma pessoa tão próxima, e não nos víamos fazia uns dez anos. Apesar disso, eu precisava avisar logo, para que eles soubessem o número exato de convidados para a festa. Só que eu não conseguia escrever a carta, não naquele momento. Estava com a mente distante.

Voltei a pegar o jornal e li as notícias pela segunda vez. Até pensei em preparar o jantar, mas talvez minha esposa já tivesse comido fora, para resolver assuntos do trabalho. Então, seria um desperdício cozinhar só para mim. Poderia muito bem me virar com o que tinha na geladeira, sem precisar preparar nada. Se ela chegasse em casa sem ter jantado, poderíamos sair para comer fora.

Que coisa estranha, pensei. Quando sabíamos que chegaríamos tarde em casa, costumávamos ligar para avisar. A regra era essa. Deixar pelo menos um recado na secretária eletrônica, para que o outro se programasse. Assim, por exemplo, dava para decidir jantar sozinho, ou cozinhar para os dois, ou dormir cedo. Muitas vezes eu era obrigado a voltar tarde para casa por culpa do trabalho, e ela também, quando tinha reuniões intermináveis ou que revisar textos. Não tínhamos um trabalho pontual que começava às nove da manhã e terminava às cinco da tarde. Quando estávamos sobrecarregados, chegávamos a ficar até três dias sem trocar meia dúzia de palavras. Por isso, sempre que possível, nos esforçávamos para cumprir nossa regra, para facilitar o dia a dia. Se um de nós fosse voltar tarde, bastava deixar um recado para avisar. Às vezes, eu me esquecia, mas ela, nunca.

Porém, não havia mensagem na secretária eletrônica.

Larguei o jornal, deitei no sofá e fechei os olhos.

12

Sonhei com a reunião. Em pé, eu fazia algum comentário, não sei ao certo sobre o quê. Apenas falava. Se parasse, morreria. Por isso, continuava falando, por mais que fosse um discurso incompreensível. Todos ao redor estavam mortos. Mortos e petrificados. Verdadeiras estátuas. Ventava. Os vidros das janelas estavam quebrados e o vento entrava por ali. Os homens da TV também estavam presentes. Três, como da primeira vez. Como sempre, carregavam uma TV em cores da Sony. E também apareciam na tela da TV. De repente, minha voz começou a sumir e senti que a ponta dos meus dedos endurecia. Eu estava virando pedra.

Quando despertei, a sala estava inundada de luz branca, como os corredores de um aquário. A TV estava ligada. Afora o brilho da TV, que emitia um pequeno ruído de estática, tudo permanecia imerso na escuridão. Me sentei no sofá e apertei as têmporas com as pontas do dedos, que agora estavam macias. Sentia na boca o gosto da cerveja que tinha bebido antes de adormecer. Engoli saliva, mas estava com a garganta tão seca que demorou um pouco para descer. Depois de um sonho tão real como aquele, o despertar me parecia muito mais surreal que o sonho. Em todo o caso, aquela era a realidade. Ninguém tinha virado pedra. *Que horas são?*, pensei e olhei para o relógio no chão. TRAPP-SHAUS, TRAPP-SHAUS. Faltava pouco para as oito.

Como no sonho, um dos homens da TV apareceu na tela. Era o mesmo com quem eu tinha cruzado na escadaria da empresa. Sem dúvida. O mesmo que também abrira a porta do meu apartamento e fora o primeiro a entrar. Sem sombra de dúvida. Ele estava em pé e me encarava em silêncio, em um fundo branco fluorescente, como se um resquício do meu sonho se infiltrasse na realidade. Pensei que, se fechasse e abrisse os olhos, ele sumiria. Mas não. Pelo contrário, a imagem do homem da TV ficou maior. Logo seu rosto começou a preencher toda a tela, cada vez mais perto do primeiro plano.

Até que o homem saiu da TV e passou para o lado externo, depois de se apoiar na moldura e colocar o pé para fora, como se pulasse uma janela. Quando saiu, deixou para trás um rastro branco no fundo da tela.

Por um momento, esfregou a palma da mão esquerda com o dedo da direita, como para se acostumar ao ambiente externo. Aquela mão direita de escala reduzida esfregou durante muito tempo a mão esquerda. O homem não tinha pressa. Se comportava com tranquilidade, como se tivesse todo o tempo do mundo. Parecia um apresentador com anos de experiência. Por fim, olhou para mim.

— Estamos construindo um avião — anunciou o homem da TV, com voz monótona, sem profundidade.

Enquanto falava, a tela projetava uma máquina preta. Tudo era muito profissional, como em um noticiário. Surgia a imagem de uma fábrica bem grande, em perspectiva panorâmica, e depois uma oficina no centro dessa fábrica. Outros dois homens da TV apareciam. Mexiam na máquina, apertavam parafusos com chave inglesa e ajustavam os medidores, concentrados em suas tarefas. Era uma máquina estranha, de formato cilíndrico, a parte superior longa e estreita, com protuberâncias de função aerodinâmica. Mais que um avião, parecia um espremedor de laranjas gigante. Não havia asas nem poltronas.

— Não parece um avião — comentei, com uma voz que não parecia minha.

Era um fiapo de voz irreconhecível, frágil, como se tivesse perdido todos os nutrientes ao passar por um filtro. Fiquei com a impressão de ter envelhecido.

— Acho que é porque ainda não está pintado — respondeu o homem da TV. — Faremos isso amanhã. Depois da pintura, vai parecer um avião.

— O problema não é a cor. É o formato. Não lembra um avião.

— Se não é um avião, então o que é? — perguntou o homem da TV.

Eu não sabia o que responder.

— É porque ainda não está pintado — repetiu, em um tom suave. — Depois da pintura, vai parecer um avião.

Achei melhor não estender o assunto. De que adiantaria? "Pouco importa se é um avião capaz de espremer laranjas ou um espremedor de laranjas capaz de voar. Para mim, tanto faz." Por que minha esposa ainda não tinha chegado? Voltei a pressionar as têmporas. As batidas do relógio ressoavam pela sala. TRAPP-SHAUS, TRAPP-SHAUS. O controle remoto estava sobre a mesa, ao lado da pilha de revistas femininas. O telefone continuava em silêncio, e a fraca luz da TV iluminava a sala.

Dois homens trabalhavam com afinco dentro da tela. A imagem estava bem mais nítida agora. Já dava para perceber com clareza os números nos mostradores, assim como o barulho da máquina, embora baixinho. Era uma espécie de zunido. TABZURAZAGGG, TABZURAZA-GGG-ARR-ARRP, TABZURAZAGGG. De vez em quando, ecoava o barulho de um metal batendo em outro: AREEEENBANT, AREEEENBANT. Havia outros barulhos, mas os únicos que consegui distinguir foram esses. De qualquer maneira, os dois homens dentro da tela seguiam trabalhando com dedicação. Tudo indicava que eram as estrelas do programa. Fiquei assistindo em silêncio ao que faziam. O homem da TV do lado de fora também observava com atenção os companheiros dentro da tela. A indecifrável máquina preta — que para mim não parecia um avião — pairava em um espaço inundado de luz branca.

— Sua esposa não vai mais voltar — disse o homem da TV que estava do meu lado.

Olhei para ele, sem conseguir entender o sentido de suas palavras. Encarei seu rosto como se observasse o tubo de raios catódicos.

— Sua esposa não vai mais voltar — insistiu ele, sem mudar de tom.

— Por quê?

— Porque não deu certo — respondeu ele, com voz plana, monótona e penetrante, como um cartão magnético usado como chave nos quartos de hotel. — Sua esposa não vai mais voltar porque não deu certo.

"Porque não deu certo", repeti para mim mesmo. Uma frase penetrante e fora de contexto. A causa tragada pelo efeito. Me levantei e fui até a cozinha. Abri a geladeira, respirei fundo, peguei uma lata de cerveja e voltei para o sofá. O homem da TV continuava em pé diante do aparelho e, em silêncio, me observou abrir o anel da lata. Ele apoiava o cotovelo direito na TV. Eu não estava com vontade de beber cerveja, mas precisava fazer alguma coisa. Tomei um gole, mas não desceu bem. Segurei a lata por tanto tempo na mão que cansei e a repousei sobre a mesa.

Depois, pensei outra vez no que dissera o homem da TV, que minha esposa não voltaria mais, porque nosso relacionamento não tinha dado certo. Esse seria o motivo, mas eu não conseguia acreditar. Claro que não éramos um casal perfeito e, durante esses quatro anos, tivemos muitas discussões. Mas conversávamos sobre nossos problemas e superamos muitas diferenças, embora não todas. Deixávamos os desentendimentos mais complexos para que o tempo se encarregasse de resolver. "Tudo bem, somos um casal com problemas, mas isso não significa que não tenha dado certo." Que casal não tem problemas?

Ainda eram oito e pouco. Deveria existir alguma razão para ela não ter avisado que se atrasaria. Havia mil hipóteses, por exemplo... Não, na verdade não me ocorria nenhuma. Fiquei confuso.

Me afundei no sofá.

"Como será que aquele avião — supondo mesmo que seja um — consegue voar? Onde estão as turbinas, as janelas, o bico, a cauda?"

Eu estava exausto. *Ainda tenho que escrever a carta para meu primo*, pensei. Explicar que infelizmente não poderemos comparecer à cerimônia por questões de trabalho, desejar sucesso no casamento.

Os dois homens dentro da tela continuavam compenetrados na construção do avião e me ignoravam completamente. Não descansavam nem por um minuto. Aparentemente, ainda havia muitas etapas pela frente. Tão logo terminavam uma tarefa, passavam para a seguinte, sem trégua. Não pareciam ter um plano de trabalho, mas sabiam perfeitamente o que fazer a cada momento. A câmera registrava tudo sem perder um detalhe. O operador era experiente e preciso, captando imagens convincentes e persuasivas. Devia haver outros homens da TV (possivelmente o quarto e o quinto) no comando das câmeras e do painel de controle.

Era estranho, mas quanto mais olhava mais me parecia um avião. Já não me surpreenderia se aquilo fosse capaz de levantar voo. Não me importava mais onde seria o bico ou a cauda. Um trabalho tão preciso e admirável podia muito bem resultar em um avião. Ainda que não me parecesse um, para eles, sim, parecia. O homem da TV do lado de fora do aparelho estava certo: "Se não é um avião, então o que é?".

Ele permaneceu imóvel durante todo o tempo, apoiando o cotovelo direito na TV e olhando para mim. Eu estava sendo observado. Os homens de dentro da TV prosseguiam trabalhando, sem descanso. Escutei o som do relógio: TRAPP-SHAUS, TRAPP-SHAUS. A sala estava escura e abafada. Alguém caminhava pelo corredor fazendo barulho com os sapatos.

Talvez seja verdade, pensei. *Talvez minha esposa não volte mais. Deve ter ido para algum lugar distante, tomado não sei que meio de transporte para se afastar de mim. Talvez nosso relacionamento tenha sofrido um dano irreparável, uma perda irreversível e só eu não tenha percebido.* Todo tipo de pensamento martelava em minha cabeça.

— Talvez seja verdade — sussurrei, em um fiapo de voz.

— Amanhã, depois da pintura, vai parecer um avião — disse o homem da TV. — Amanhã você vai conseguir visualizar melhor.

Olhei para as palmas das mãos. Pareciam mais pequenas, como se tivessem encolhido. Um pouco apenas. Quem sabe não passasse de impressão. Ou um efeito óptico. Talvez meu senso de perspectiva estivesse um pouco desequilibrado, mas me pareciam mais pequenas. Um momento! Preciso falar algo. Tenho uma revelação a fazer. Preciso falar. Caso contrário, acabarei virando uma estátua de pedra, como os outros.

— Daqui a pouco o telefone vai tocar — avisou o homem da TV ao meu lado. — Dentro de cinco minutos — acrescentou, depois de um instante de silêncio, como se estivesse calculando.

Olhei para o telefone. Pensei no cabo que conectava os aparelhos ao complexo labirinto de conexões que permitia ligar uma linha a outra. *Em algum ponto daquele labirinto está a minha esposa. Distante, completamente fora do meu alcance. Posso até sentir sua pulsação. Só mais cinco minutos*, pensei. *Onde fica o bico e onde fica a cauda?* Me levantei para dizer algo, mas, assim que fiquei de pé, as palavras desapareceram.

Lento barco para a China

No lento barco para a China
Ah! Quero estar com você
Um barco reservado...
Para você e eu.
Canção antiga

I

Quando conheci um chinês pela primeira vez?

É com essa indagação arqueológica que meu texto começa. Objetos desenterrados serão etiquetados, classificados e analisados.

Voltando à questão, meu primeiro contato com um chinês.

Arrisco dizer que foi em 1959 ou 1960, mas isso é o de menos. Para falar a verdade, não tem nenhuma importância. Para mim, os anos de 1959 e 1960 são como irmãos gêmeos feios e malvestidos. Se eu pudesse voltar ao passado em uma máquina do tempo, confesso que teria muita dificuldade de discernir entre 1959 e 1960.

Mas continuo perseverante na minha tarefa. As escavações na caverna avançam e, gradativamente, surgem novos objetos. Fragmentos de memória.

Sim, agora me lembro de que foi no ano em que Johnson e Patterson disputaram o título mundial dos pesos pesados, pois assisti à luta pela televisão. Sendo assim, basta uma visita à biblioteca para consultar as páginas esportivas dos jornais antigos. E tudo se esclarece.

De manhã, vou para a biblioteca municipal de bicicleta.

Não sei por que cargas-d'água tem um galinheiro ao lado da entrada da biblioteca, com cinco galinhas ciscando e comendo o equivalente delas a um café da manhã tardio, ou um almoço antecipado. O tempo está agradável. Antes de entrar na biblioteca, resolvo fumar um cigarro sentado no paralelepípedo ao lado do galinheiro. Enquanto fumo, observo as galinhas se alimentarem. Agitadas, elas se aglomeram sobre o pote da ração. A cena me fez lembrar dos antigos documentários com poucos quadros por segundo.

Quando termino de fumar o cigarro, sinto que alguma coisa em mim está diferente. Não sei dizer por quê. Mas, mesmo sem saber a resposta, meu novo eu, que surgiu depois de fumar um cigarro e de testemunhar cinco galinhas ciscando, formula duas questões.

A primeira: Há mesmo quem se interesse em saber o dia exato em que conheci meu primeiro chinês?

A outra: O que se ganha ao se desdobrar jornais antigos sobre a mesa da sala de leitura em um dia ensolarado?

Eram questões pertinentes. Depois de fumar mais um cigarro na frente do galinheiro, pego a bicicleta e me despeço das galinhas e da biblioteca. Se os pássaros sobrevoam o céu sem o peso de um nome, também posso libertar minhas lembranças da pesada carga das datas.

De fato, as minhas recordações costumam ser assim. Minha memória é tão imprecisa e pouco confiável que, às vezes, quando falo algo, sinto a necessidade de provar o que digo. Mas, se me perguntarem o que tento provar, não sei a resposta. Convenhamos que é impossível provar com exatidão aquilo que é inexato.

Bem, por essas e outras admito que a minha memória é extremamente vaga. Troco a ordem dos acontecimentos, confundo o real com a fantasia e, às vezes, o que meus olhos veem se mistura com o olhar do outro. Ou seja, isso nem deveria ser chamado de memória. Nesse sentido, tenho apenas duas lembranças da escola primária (aquele período de seis tristes e melancólicos anos testemunhando o pôr do sol do auge da democracia pós-guerra). Uma delas é a história desse chinês; a outra, uma partida de beisebol que aconteceu em uma tarde das minhas férias de verão. Eu atuava pelo meio e, na segunda metade da terceira entrada, levei uma pancada na cabeça. É óbvio que não foi à toa. O jogo acabou transferido para o campo de uma escola secundária vizinha, no qual só podíamos utilizar um dos lados.

Quando saí correndo a partir do centro para agarrar uma bola alta, bati o rosto com toda a força no poste da cesta de basquete.

Acordei quando já anoitecia, deitado em uma cadeira sob a pérgola. A primeira coisa que senti foi o cheiro da água sendo espirrada no gramado seco e da luva de couro nova que me servia de travesseiro. E uma leve dor de cabeça. Parece que cheguei a dizer alguma coisa. Não lembro ao certo. Um amigo que cuidara de mim na ocasião, tempos depois, me contou, constrangido, que eu teria dito: "Tudo bem, é só tirar a poeira que dá pra comer".
Ainda hoje não sei de onde pode ter saído essa frase. Devia estar delirando. Ou sonhei ter derrubado o sanduíche na escada. Não consigo imaginar outra coisa que possa ter me levado a falar isso.
Mesmo hoje, passados vinte anos, a frase ainda permanece em minha cabeça: "Tudo bem, é só tirar a poeira que dá pra comer".
Eu a guardo na memória para refletir sobre o caminho que preciso trilhar e a minha existência como ser humano. Esse pensamento, naturalmente, também me faz refletir sobre a morte. Pensar na morte, pelo menos para mim, é uma tarefa bastante nebulosa. A morte, não sei por quê, me faz lembrar do chinês.

2

Havia uma escola primária voltada aos descendentes de chineses localizada no alto da colina (esqueci o nome, então, por mais que soe estranho, vou chamá-la simplesmente de escola primária chinesa, me desculpem). Foi lá que prestei o exame de aptidão. Havia muitas opções de lugares, e fui o único aluno indicado para aquela escola. Não sei a razão. Talvez por falha administrativa, já que meus colegas de turma foram designados para locais mais próximos.
Escola primária chinesa?
Eu perguntava a todo mundo, sem exceção, se tinham alguma informação sobre essa escola, mas ninguém soube me dizer nada. A única coisa que consegui descobrir é que ficava a trinta minutos de

trem. Naquela época, eu não era o tipo de jovem que pegava o trem sozinho para bater perna por aí, por isso, para mim, era como dizer que a escola ficava no *fim do mundo*.

Uma escola primária chinesa no fim do mundo.

Duas semanas depois, em uma manhã de domingo, tomado por um sentimento sombrio, apontei uma dúzia de lápis novos e, conforme instruções recebidas, além dos lápis, pus na mochila de plástico um lanche e chinelos para usar na escola. Era um domingo ensolarado de outono, um pouco abafado, mas ainda assim a minha mãe me fez vestir um suéter grosso. Peguei o trem sozinho e, com receio de passar do ponto, fiquei o tempo todo em pé na porta olhando atento a paisagem.

Logo encontrei a escola primária chinesa, sem precisar ver o mapa impresso no verso do formulário de inscrição. Era só seguir o grupo de crianças com as suas mochilas recheadas de lanches e chinelos. Uma manada — dezenas, centenas de estudantes — subia uma ladeira íngreme no mesmo sentido. Era uma cena que causava estranhamento. Ninguém brincava de bater bola no chão, nem tirava o boné dos mais novos, apenas andavam em silêncio. A caminhada me fez imaginar um instável movimento perpétuo. Na subida, senti o suor brotar debaixo do suéter grosso.

Contrariando minhas baixas expectativas, a parte externa da escola primária chinesa não era muito diferente da minha escola, era até mais sofisticada. Corredores longos e escuros, cheiro de mofo impregnado no ar... Todas as imagens que eu alimentara por duas semanas eram infundadas. Ao passar pelo suntuoso portão de ferro, havia um comprido caminho de pedra que desenhava um leve arco cercado de arbustos e, defronte à entrada principal, a água límpida do lago refletia a ofuscante luz das nove da manhã. Cada árvore plantada ao longo da fachada do prédio exibia uma placa com explicações em chinês. Alguns ideogramas eu conseguia ler, outros não. Do outro lado da entrada havia uma espécie de pátio, com uma quadra rodeada pelos edifícios da escola e, nos cantos, uma estátua, uma caixa branca para medir as condições atmosféricas e barras de ferro para exercícios.

Conforme a orientação, tirei meus sapatos na entrada e fui para a sala de aula que me indicaram. O local era bem iluminado, com quarenta mesas muito limpas, de tampo dobrável, dispostas em perfeita ordem. Sobre cada uma delas havia uma etiqueta com o número de inscrição. O meu lugar era o primeiro da fila, ao lado da janela, e isso significava que o meu número era o menor dessa sala.

O quadro de um verde profundo era novíssimo e, sobre a mesa do professor, havia uma caixa de giz e um vaso com um crisântemo branco. Tudo era limpo e perfeitamente organizado. No quadro de cortiça com os avisos, não havia nenhum desenho ou redação. Acho que haviam tirado tudo o que estava exposto ali para não desviar ou atrapalhar a atenção dos que prestariam o exame. Sentei na cadeira, coloquei o lápis e a prancheta sobre a mesa, apoiei o queixo na mão e fechei os olhos.

Quinze minutos depois, o fiscal entrou trazendo as provas embaixo do braço. Ele não parecia ter mais de quarenta anos, mancava levemente na perna esquerda e se apoiava em uma bengala de cerejeira, bem rústica, muito parecida com aquelas que encontramos nas lojas de suvenir em locais de alpinismo. O jeito como arrastava a perna parecia tão natural que a bengala simplória era o que de fato chamava atenção. Assim que os quarenta alunos viram o fiscal, ou melhor, as provas, um profundo silêncio reinou na sala.

O fiscal subiu no tablado e a primeira coisa que fez foi depositar as provas sobre a mesa. Com um barulho seco, deitou a bengala ao lado delas. Em seguida, verificou se todos estavam presentes e, depois de tossir para limpar a garganta, olhou para o relógio de pulso. Em seguida, segurou as extremidades da mesa para apoiar o corpo e, nessa posição, levantou o rosto. Durante um tempo, direcionou o olhar para o canto do teto.

Silêncio.

Quinze segundos e nenhum som. Os alunos do primário estavam tensos e não tiravam os olhos das provas sobre a mesa, enquanto o fiscal continuava concentrado no canto do teto. Ele vestia um terno cinza-claro, camisa branca e uma gravata que, de tão comum, era impossível lembrar sua cor e padrão. Tirou os óculos, limpou as lentes dos dois lados e os recolocou.

— Eu sou o fiscal deste exame — disse ele, enfatizando o pronome pessoal "eu". — Vou distribuir as provas, mas deixem todas viradas para baixo. Em hipótese alguma as desvirem. Mãos sobre os joelhos. Só quando eu disser "agora" vocês podem virar e começar. Dez minutos antes de terminar a prova, vou dizer "faltam dez minutos". Aproveitem esse tempo para verificar se não deixaram passar nada. Quando eu disser "encerrado", significa que a prova terminou. Vocês vão virar a folha e colocar as mãos novamente nos joelhos. Entenderam?

Silêncio.

— Não se esqueçam de completar o nome e o número de inscrição antes de começarem a prova.

Silêncio.

Ele olhou outra vez para o relógio de pulso.

— Temos ainda dez minutos. Enquanto esperamos, gostaria de conversar um pouco com vocês. Podem relaxar.

Alguns alunos deixaram escapar um suspiro de alívio.

— Sou chinês e dou aula nesta escola.

Meu primeiro contato com um chinês.

Ele não me pareceu chinês, talvez porque, até aquele dia, eu nunca havia visto um.

— Nesta sala de aula — continuou ele —, os alunos chineses, da idade de vocês, também estudam com afinco. Vocês sabem que China e Japão são países vizinhos. Para que possamos viver em harmonia, é preciso que os dois tenham uma relação amistosa, não é?

Silêncio.

— É claro que existem semelhanças e diferenças entre os países. Coisas que podem ser compreendidas e outras não. O mesmo acontece com vocês e seus amigos. Por mais que vocês tenham uma boa amizade, há coisas que seus amigos não entendem. Concordam? Isso é o que acontece também entre os nossos países. Mas, se houver esforço de ambos os lados, com certeza nos entenderemos. Eu acredito nisso. Devemos, portanto, cultivar o respeito mútuo. Esse é o primeiro passo…

Silêncio.

— Vamos imaginar que a escola de vocês vá receber os alunos chineses para fazer um teste, igual ao que vocês vão fazer hoje. Só que, dessa vez, quem vai sentar na carteira de vocês são as crianças chinesas. Tentem imaginar a cena.

— …

— Segunda-feira de manhã, vocês vão para a escola e sentam em seus lugares. E então, o que vocês encontram? A mesa toda riscada, rabiscada e com chicletes grudados nas cadeiras e, ainda, faltando um lado do par de chinelo que usam na sala. Qual seria a reação de vocês?

Silêncio.

— Por exemplo, você — ele apontou o dedo em minha direção. Acho que é porque o meu número de inscrição era o menor. — Você ficaria contente? — Todos olharam para mim.

Fiquei vermelho como um pimentão e balancei a cabeça, negando de modo categórico.

— Você consegue respeitar um chinês?

De novo, balancei a cabeça, agora de forma afirmativa.

— Por isso — continuou, olhando para a classe, e os alunos voltaram a encarar as provas sobre a mesa —, vocês não podem rabiscar as carteiras, grudar chicletes na cadeira ou estragar as coisas que estão dentro das mesas, entenderam?

Silêncio.

— Os alunos chineses respondem as perguntas em voz alta.

— *Sim* — obedeceram em uníssono os quarenta alunos. Aliás, trinta e nove. Eu não consegui abrir a boca.

— Muito bem, levantem a cabeça e estufem o peito.

Levantamos a cabeça e estufamos o peito.

— E tenham orgulho.

Já esqueci quanto tirei naquela prova de vinte anos atrás. As únicas lembranças que guardo daquele dia são os estudantes subindo a ladeira e esse professor chinês. E levantar a cabeça, e estufar o peito, e ter orgulho.

3

A escola secundária que eu frequentei ficava em uma cidade portuária e, por isso, havia muitos chineses. Mas isso não significava que fôssemos diferentes, nem que tivéssemos muito em comum. Cada um deles era diferente entre si e eram as diversas e infinitas variáveis que nos tornavam semelhantes. Acredito que a singularidade dos indivíduos sempre rompe quaisquer classificações e generalizações.

Na minha classe também havia alguns chineses. Uns tiravam notas boas, outros nem tanto. Alguns eram extrovertidos, outros, bem quietos. Uns moravam em mansões, outros, em quitinetes escuras de quarto e cozinha de seis tatames, ou cerca de dez metros quadrados. Todos os tipos. Mas não mantive uma relação especial com nenhum deles, mesmo eu sendo uma pessoa que faz amigos com facilidade. Não importa a nacionalidade.

Um desses chineses eu reencontrei sem querer dez anos depois, mas prefiro falar sobre ele adiante.

O cenário agora é a cidade de Tóquio.

A segunda pessoa chinesa que conheci — isto é, sem contar aqueles com quem estudei e não cheguei a fazer amizade — foi uma garota introvertida que cursava o segundo ano da faculdade, e que trabalhou comigo num emprego de meio período durante as férias de primavera. Ela tinha a mesma idade que eu, dezenove, era pequena e até podia ser considerada bonita. Trabalhamos juntos por três semanas.

Ela trabalhava com muito afinco. Contagiado por ela, eu também era bem dedicado, mas, ao observá-la em serviço, a impressão era de que o empenho dela era essencialmente diferente do meu. Em outras palavras, enquanto a minha conduta era do tipo "se é para fazer alguma coisa, melhor fazer direito", a dela era motivada por um sentimento muito mais profundo, ligado a sua própria humanidade. Não sei explicar muito bem, mas era um tipo de empenho que denotava uma estranha urgência, como se a vida dela estivesse por um fio. Por isso, a maior parte das pessoas do trabalho não conseguia acompanhar aquele ritmo e acabava ficando com raiva dela. O único que conseguiu ficar junto até o fim, e sem reclamar, fui eu.

No entanto, no começo nós praticamente não conversávamos. Tentava puxar assunto, mas ela não se animava a falar muito, e achei melhor não insistir. A primeira vez que conversamos de fato foi depois de duas semanas. Naquele dia, ela sofreu uma espécie de ataque de pânico um pouco antes da hora do almoço. Foi a primeira vez que ela passou por isso. Ela havia cometido um pequeno deslize na hora de realizar uma tarefa, e isso acabou levando ao ataque. Ela havia cometido um erro, mas, do meu ponto de vista, não passava de um equívoco banal. Uma leve distração e "plic!". Qualquer um estaria sujeito a isso. Mas ela não pensava assim. Um pequeno *trincado* foi tomando sua mente até se transformar num gigantesco abismo. Ela não conseguiu dar um passo adiante. Ficou petrificada, quieta e sem ação. Isso me fez lembrar um navio que afunda lentamente no mar noturno.

Parei o que estava fazendo, fiz ela sentar em uma cadeira e, depois de soltar um dedo de cada vez das mãos fechadas em punho, lhe ofereci uma xícara de café quente. Em seguida, procurei tranquilizá-la dizendo que não precisava se preocupar, que estava tudo bem. Também disse que aquilo não seria suficiente para atrasar a programação e, mesmo que ela recomeçasse do local em que ocorrera o problema, isso não prejudicaria o andamento do trabalho. Ainda que ocorresse um atraso, também não seria o fim do mundo. Ela continuava em silêncio e com os olhos vidrados. Quando terminou de beber o café, parecia um pouco mais calma.

— Me desculpe — disse ela, bem baixinho.

Na hora do almoço, conversamos amenidades. Foi quando me contou que era chinesa.

Trabalhávamos no bairro de Bunkyôku num depósito escuro e apertado de uma pequena editora. Do lado do depósito passava um rio sujo. O trabalho era simples, entediante, mas nos mantinha muito ocupados. Eu recebia os pedidos, separava os livros e levava até a entrada do depósito. Ela os amarrava com cordas e checava o inventário. Em suma, era isso. Como não havia aquecimento central no depósito, precisávamos manter o corpo em movimento, trabalhando bastante para não congelar. O lugar era tão frio que parecia que eu trabalhava como coletor de neve no aeroporto de Anchorage.

Na hora do almoço, saíamos em busca de uma refeição quente e, até terminar o período de uma hora de descanso, tentávamos nos manter aquecidos. O objetivo principal na hora do almoço era esse. Mas, depois da síndrome de pânico, passamos a conversar mais. O jeito como ela contava as coisas era fragmentado, mas, aos poucos, fui entendendo a situação. O pai tinha um pequeno negócio de exportação em Yokohama e grande parte dos produtos que comercializava era de artigos baratos de vestuário popular, vindos de Hong Kong. Apesar de se dizer chinesa, tinha nascido no Japão e nunca pisara na China, em Hong Kong ou em Taiwan. Frequentara a escola primária japonesa, e não chinesa, e quase não falava chinês, mas, em compensação, era exímia em inglês. Estudava em uma faculdade feminina particular aqui de Tóquio e o seu desejo era ser intérprete. Morava com o irmão num apartamento em Komagome. Ou, usando suas próprias palavras, ela "tombara" ali. Pelo que deu a entender, não se dava bem com o pai. Foram algumas das informações que obtive.

Aquelas duas semanas de março transcorreram com alguns dias frios de chuva e neve. Na tarde do último dia de trabalho, depois de receber o salário na seção de contabilidade, hesitei por alguns segundos antes de convidá-la a ir a uma discoteca em Shinjuku que eu já frequentara algumas vezes. A minha intenção não era seduzi-la. Eu já tinha uma namorada desde a época da escola — ainda que a nossa relação não estivesse tão boa quanto antes. Ela morava em Kôbe e eu em Tóquio. Durante o ano, nos encontrávamos por dois ou três meses, se tanto. Éramos muito jovens e ainda não tínhamos uma real cumplicidade capaz de vencer a distância e o vazio das horas. Sinceramente, eu não sabia como a nossa relação se desenvolveria a partir dali. Eu me sentia muito só em Tóquio. Não tinha verdadeiros amigos e as aulas da faculdade eram entediantes. Eu precisava descansar um pouco. E seria bom convidar uma garota para sair, dançar, beber um pouco, conversar com franqueza e se divertir. Era isso. Eu tinha dezenove anos. A melhor idade para curtir a vida.

Ela inclinou a cabeça, pensou por cinco segundos e disse:

— Eu nunca dancei.

— É fácil — respondi. — Não é dança de salão. Basta mexer o corpo conforme a música. Qualquer um consegue.

Para começar, fomos a um restaurante, pedimos cerveja e comemos pizza. Era uma sensação libertadora saber que o trabalho acabara e que nunca mais teríamos que pisar aquele depósito gelado carregando livros de um lado a outro. Falei mais do que de costume, ela riu mais do que de costume. Depois do jantar, fomos a uma discoteca e dançamos por duas horas. A pista estava com uma temperatura agradável e dava para sentir o cheiro de suor e incenso. Um grupo filipino fazia um cover da banda americana Santana. Quando sentia que estava suado, sentava para beber cerveja e, depois de me recompor, voltava para a pista de dança. De vez em quando, nas luzes brilhantes da boate, a imagem dela despontava totalmente diferente de quando a via no depósito. Conforme ela se familiarizava com a dança, passou a gostar e a se divertir.

Dançamos à exaustão e saímos da discoteca. Os ventos das noites de março ainda eram gelados, mas já era possível sentir o prenúncio da primavera. Os nossos corpos ainda estavam quentes e, por isso, perambulamos pela cidade. Demos uma olhada em uma casa de jogos, tomamos um café e voltamos a caminhar. Ainda restava metade das férias de primavera. Tínhamos dezenove anos. Se alguém dissesse para continuarmos andando, teríamos alcançado o rio Tama. Ainda hoje, tenho a impressão de sentir o ar daquela noite.

Quando o relógio marcava dez e vinte, ela disse que tinha de ir.

— Preciso voltar até as onze — anunciou, como quem realmente lamentava aquela restrição de horário.

— Tão cedo?

— Sim, meu irmão é bem chato. Mas é porque ele está no papel de responsável. Não reclamo porque sei que, de certa forma, dou trabalho a ele — explicou ela, e o jeito como falava do irmão demonstrava como ela gostava dele.

— Não esquece o sapato.

— Sapato? — indagou e, depois de cinco ou seis passos, sorriu e disse: — Ah! O sapatinho da Cinderela. Pode deixar, não vou esquecer.

Descemos as escadas da estação Shinjuku e sentamos no banco, lado a lado.

— Será que você pode me passar o seu telefone? — perguntei. — Podemos sair de novo um dia desses.

Ela concordou balançando a cabeça, mordendo levemente os lábios. E me passou o telefone. Anotei na parte detrás de uma caixa de fósforo da discoteca. O trem chegou, fui com ela até o vagão e me despedi com um boa-noite.

— Foi divertido, muito obrigada. Até mais — disse ela.

A porta se fechou e, assim que o trem partiu, fui para a plataforma ao lado e esperei o trem que ia no sentido de Ikebukuro. Encostei num pilar e, fumando um cigarro, recordei cada momento daquela noite. Restaurante, discoteca e caminhada. *Nada mal*, pensei. Fazia tempo que eu não saía com uma garota. Eu tinha me divertido, ela também. Achava que poderíamos ser amigos e, apesar de muito quieta e do temperamento nervoso, eu gostava mesmo dela.

Apaguei o cigarro com a sola do sapato e acendi outro. Os sons da cidade se mesclavam em uníssono na tênue escuridão. Fechei os olhos e respirei fundo. *Não há nada de errado*, pensei, mas, assim que me despedi dela, um estranho incômodo passou a afligir meu peito. Por mais que eu tentasse ignorar ou mesmo engolir esse áspero sentimento, não era capaz. Havia alguma coisa fora do eixo. A impressão era de ter cometido algum erro.

Quando desci na estação Mejiro da linha Yamanote descobri o que era. *Eu a embarcara no trem da linha Yamanote que circulava no sentido anti-horário.*

Se a minha pensão ficava em Mejiro, podíamos ter voltado juntos no mesmo trem. Era tudo muito simples. Por que eu tinha errado? Será que eu havia bebido demais? Ou minha cabeça estava cheia? O relógio da estação indicava dez e quarenta e cinco. Não dava mais tempo de ela chegar até as onze. A não ser que tivesse percebido o meu equívoco a tempo de trocar de trem. Mas não achava que ela faria isso. Ela não era desse tipo. Uma vez dentro do vagão, ela permaneceria nele até o fim, mesmo sabendo não ser o correto. Talvez, no fundo, ela já tivesse percebido desde o começo que estava sendo conduzida para o trem errado.

E agora?, pensei.

Ela chegou à estação Komagome às onze e dez. Ao me ver em pé no canto da escada, estancou e esboçou uma expressão de quem hesitava entre rir ou repreender. Eu peguei o braço dela, fiz com que sentasse no banco e sentei ao seu lado. Ela pôs a bolsa no colo, segurou a alça com as mãos, esticou as pernas e, em silêncio, ficou olhando a ponta do seu sapato branco.

Pedi desculpas. Disse que não sabia explicar como aquilo tinha acontecido. E que eu devia estar com a cabeça nas nuvens.

— Foi *mesmo* um erro? — perguntou.

— É claro que foi. Não era para ter acontecido isso.

— Achei que foi de propósito.

— De propósito?

— Pensei que você estava com raiva.

— Raiva? — eu não entendia o que ela queria dizer.

— Sim.

— Por que eu estaria com raiva?

— Não sei — respondeu, reticente. — Talvez porque não tenha valido a pena sair comigo.

— Não! Eu me diverti muito com você. Não estou mentindo.

— Duvido! Sei que não é nada divertido sair comigo. Está mentindo. Sei muito bem disso. Se *realmente* foi um equívoco, é porque, no fundo, você quis que isso acontecesse.

Suspirei.

— Não se preocupe — disse ela, balançando a cabeça. — Não foi a primeira vez que isso aconteceu, nem será a última.

De seus olhos, duas lágrimas rolaram até sua bolsa, fazendo barulho.

Aquilo me paralisou. Permanecemos em silêncio durante um bom tempo. Os trens paravam na estação e despejavam os passageiros. Quando a silhueta deles sumia no alto da escadaria, o silêncio voltava a reinar na plataforma.

— Por favor, não precisa se importar comigo — disse ela, tirando a franja molhada de lágrimas dos olhos e abrindo um sorriso singelo. — No começo, achei que você poderia ter se enganado, e pensei em continuar na direção oposta mesmo; mas, quando o trem passou na estação de Tóquio, perdi a coragem. Tudo estava errado. E decidi que nunca mais quero estar nessa situação.

Tentei dizer alguma coisa, mas me faltaram palavras. O vento noturno virava as páginas do jornal e as lançavam para a ponta da plataforma.

Ela ajeitou o cabelo da franja e esboçou um sorriso:

— Está tudo bem. Afinal, não era para eu estar aqui. Isso não é um lugar para mim.

Eu não sabia se o lugar a que ela se referia era o Japão ou esse bloco de pedras girando pelas trevas do universo. Sem dizer nada, peguei a mão dela e a juntei com a minha, sobre o meu colo. Sua mão estava quente e a palma, úmida. Tomei coragem e disse:

— Então... Eu não sei explicar direito quem sou. Às vezes, não me reconheço. Não sei o que pensar, nem como pensar. Também não sei o que quero e desconheço a força que tenho e como devo usá-la. Quando fico pensando nessas coisas, sinto medo. Nessas situações, só consigo pensar em mim. Viro uma pessoa muito egoísta. Sem querer, machuco os outros. Por isso, estou longe de ser uma pessoa maravilhosa.

Não consegui continuar a conversa e a encerrei de modo abrupto. A garota permanecia em silêncio, esperando que eu continuasse. Como sempre, ela olhava para a ponta do próprio sapato. Escutei um ruído distante de sirene de ambulância. Um funcionário da estação varria a plataforma. Ele nem se dignou a olhar para nós. Era tarde e o intervalo entre os trens era maior.

— Foi muito bom passar esse tempo com você — continuei. — Não estou mentindo. Mas não é só isso. Não sei como dizer, mas você é uma pessoa que considero *honesta*. Não sei por quê. Acho que o fato de termos conversado sobre várias coisas e passado esse tempo juntos de repente me fez refletir sobre o que é ser *honesto*.

Ela levantou o rosto e manteve o olhar em mim.

— Eu não queria que você entrasse no trem errado — reafirmei.

— Eu devia estar com a cabeça longe.

Ela concordou.

— Ligo para você amanhã — eu disse. — Vamos sair e conversar com calma.

Ela enxugou os resquícios de lágrimas com a ponta dos dedos e botou as mãos nos bolsos do casaco.

— Obrigada... Desculpe a confusão.

— Você não tem que se desculpar. O erro foi meu.

E, naquela noite, nos despedimos. Ali sozinho, sentado no banco, acendi o último cigarro e joguei a caixa de fósforos no cesto de lixo. O relógio indicava faltar pouco para a meia-noite.

Foi o segundo erro que cometi naquela ocasião, e só fui descobrir nove horas mais tarde. Um erro fatal. Como pude ser tão imbecil? Ao descartar a caixa de fósforos, perdi o telefone dela que anotara no verso. Tentei conseguir o número por outras vias, inclusive no local em que trabalhamos juntos, mas não encontrei, nem na lista de funcionários da empresa nem na agenda telefônica. Entrei em contato com a seção de alunos da faculdade e, mesmo lá, ninguém foi capaz de me dar a informação. Desde então, nunca mais a encontrei.

Ela foi a segunda pessoa chinesa que conheci.

4

Agora, a história do terceiro chinês.

Já falei nele, quando contei que o conhecera na escola. Era amigo de um amigo e conversamos algumas vezes.

Eu tinha vinte e oito anos quando o reencontrei, e fazia seis que estava casado. Em seis anos, enterrei três gatos. Queimei umas tantas aspirações, embrulhei algumas tristezas num grosso pulôver e as escondi sob a terra. Tudo nesta gigantesca metrópole absurda.

Era uma fria tarde de dezembro. Não ventava, mas o ar gelado castigava a pele e as raras investidas dos raios de sol por entre as nuvens eram incapazes de dispersar a película acinzentada que cobria a cidade. Na volta do banco, entrei em uma cafeteria de fachada envidraçada defronte à avenida Aoyama. Enquanto tomava um café, comecei a ler o romance que acabara de comprar. Quando cansava, tirava os olhos do livro e observava os carros que passavam na rua, para só então retomar a leitura.

Quando me dei conta, o homem estava em pé diante de mim, me chamando pelo nome.

— É você, não é?

Levei um susto e, ao tirar os olhos do livro, respondi que era eu mesmo. Não me lembrava do rosto dele. Devíamos ter a mesma idade. Ele estava bem-vestido, com um blazer de bom corte azul-marinho e gravata colorida listrada, em uma bela combinação. Mas o conjunto me pareceu um pouco desgastado. Não que a roupa estivesse puída, ou que seu semblante se mostrasse exausto. Nada disso. O semblante era apresentável, mas parecia que todas as expressões haviam sido evocadas simultaneamente para aquele rosto. Era como uma mesa de festa improvisada, com pratos variados e sem harmonia de cardápio.

— Posso sentar?

— Por favor — respondi. Assim que se acomodou diante de mim, pegou o maço de cigarros e um pequeno isqueiro dourado e os depositou sobre a mesa, sem a intenção imediata de fumar.

— Lembra de mim?

— Não — respondi prontamente, sem a preocupação de fazer um esforço de memória. — Me desculpe, mas é sempre assim. Não sou bom em lembrar de fisionomias.

— Ou será que você prefere esquecer o passado? Talvez até de modo inconsciente.

— Pode ser — admiti. Era plausível.

A garçonete trouxe água e ele pediu um café americano, enfatizando que o preparasse bem fraco.

— Tenho problemas de estômago. Eu devia cortar o café e o cigarro — explicou, mexendo o maço e esboçando a típica expressão de quem sofre do estômago. — Pois então, retomando, eu me lembro do passado. É muito estranho, não acha? Também preferiria esquecer muitas coisas, mas, quanto mais tento fazer isso, mais e mais lembranças surgem, uma após a outra. Como quando nos esforçamos para pegar no sono, e nos sentimos ainda mais despertos. É a mesma coisa. Não sei dizer o porquê disso. Às vezes, me lembro de coisas que não devia. A minha memória é tão boa que tenho medo de que as lembranças do passado ocupem todo o espaço do cérebro e não sobre lugar para guardar as futuras lembranças da vida que se descortina. Isso é muito preocupante.

Virei o livro para baixo sobre a mesa e tomei um gole do café. Ele continuou:

— Lembro-me vividamente de tudo. Das condições climáticas, da temperatura e até do aroma. Como se ainda estivesse no local. Às vezes, não sei onde estou. E me pergunto onde o meu eu verdadeiro vive agora. Penso, também, que as coisas que existem aqui são apenas lembranças. Já sentiu isso?

Balancei a cabeça, absorto em pensamentos.

— Eu me lembro muito bem de você. Estava passando pela rua e, assim que olhei pela vidraça, o reconheci. Estou incomodando?

— Não — respondi. — Mas eu não consigo mesmo me lembrar. Sinto muito.

— Não há de que se desculpar. Afinal, eu é que estou aqui invadindo o seu espaço. Portanto, não se preocupe. Se for para lembrar, será espontâneo. É assim que funciona. A memória possui uma dinâmica diferente para cada pessoa. Difere quanto à capacidade e quanto à direção. Há memórias que o ajudam a pensar, outras impedem. Mas não se trata de diferenciá-las entre boas ou ruins. Nem é uma questão tão importante.

— Será que você pode me dizer o seu nome? Não consigo lembrar e isso está me deixando maluco — expliquei.

— Sinceramente, o nome é o que menos importa — replicou. — Tanto faz se você vai lembrar ou não. Tanto faz, tanto fez. Mas, se isso o incomoda, finja que acabou de me conhecer. Isso não precisa ser obstáculo para conversarmos, certo?

O café foi servido. Ele bebeu um gole e fez uma careta, indicando que aquilo não estava nada bom. Eu não conseguia entender o que ele queria me dizer.

— "Água em abundância corre debaixo da ponte" era a frase que havia no livro de inglês da escola, lembra? — perguntou, traduzindo a frase "A lot of water has gone under the bridge".

Época da escola? Então era daquele tempo que eu o conhecia?

— Com certeza era isso. Outro dia, fiquei em pé em cima da ponte olhando para baixo, perdido em pensamentos. Um tempo depois, me lembrei dessa frase em inglês. Entendi por experiência própria o significado. E constatei que realmente o tempo flui como as águas de um rio.

Ele cruzou os braços, afundou o corpo na cadeira e esboçou uma expressão ambígua, cujo significado não fui capaz de decifrar. Era como se os genes responsáveis pelas expressões faciais tivessem algumas falhas.

— Você chegou a se casar? — perguntou ele.

Concordei balançando a cabeça.

— Filhos?

— Não.

— Eu tenho um. Menino. Tem quatro anos. Está no jardim de infância e é um garoto saudável.

O assunto sobre crianças terminou aí e ambos permanecemos em silêncio. Levei um cigarro à boca e ele de imediato pegou o isqueiro e o acendeu. Parecia extremamente habituado a fazer isso. Eu não gosto quando alguém acende o meu cigarro ou enche o meu copo, mas, no caso dele, não me senti incomodado. Para falar a verdade, até demorei um tempo para perceber que ele tomara essa iniciativa.

— Em que está trabalhando?

— No comércio — respondi.

— Comércio? — surpreendeu-se, ficando um tempo boquiaberto.

— Isso mesmo. Nada de mais — completei, de modo vago, como que para encerrar o assunto. Ele balançou a cabeça, concordando, e desistiu de perguntar mais a respeito. Não que eu não quisesse falar de trabalho, mas esse é um assunto que costuma se estender por horas a fio e, naquele momento, eu estava muito cansado para isso. Além do mais, eu não sabia o nome dele.

— Caramba, fiquei surpreso. Quem diria você trabalhando no comércio. Se não me engano, você não tinha perfil para isso.

Esbocei um sorriso.

— Antigamente, você ficava enfurnado nos livros — disse ele, demonstrando estar mesmo surpreso.

— Eu continuo lendo até hoje — respondi, com um sorriso sem graça.

— E enciclopédia?

— Enciclopédia?

— Sim. Você tem uma enciclopédia?

— Não — respondi, sem saber do que se tratava.

— Não lê enciclopédias?

— Se tivesse, acho que leria — respondi. — Mas onde moro não tenho espaço para guardar.

— Para falar a verdade, eu ando por aí vendendo enciclopédias — explicou.

Metade da curiosidade que eu tinha a respeito desse homem subitamente desapareceu. Agora sim, um vendedor de enciclopédias. Tomei um gole do café já frio e devolvi a xícara ao pires, com cuidado para não fazer barulho.

— Eu bem que gostaria de ter uma, mas, infelizmente, no momento estou sem dinheiro. Liso mesmo. Eu tinha uma dívida, e só agora comecei a quitá-la.

— Ei, pare com isso — disse ele, balançando a cabeça. — Não estou aqui para fazer você comprar uma enciclopédia. Sou pobre, mas não preciso apelar desse jeito. Para falar a verdade, tenho um contrato que diz que não preciso vender para os japoneses. Existe um acordo.

— Japoneses?

— Sim. A minha especialidade é vender enciclopédias para os chineses. Faço um levantamento dos que moram na cidade e vou de porta em porta, um a um. Não sei quem inventou isso, mas é uma ideia e tanto. As vendas são boas. Toco a campainha, dou boa-tarde, me apresento e entrego o meu cartão. É isso. De resto, é só fazer amizade com os compatriotas e a conversa flui que é uma beleza.

Alguma coisa, de repente, virou a chave da minha memória.

— Lembrei — eu disse.

Era o chinês que eu conhecera na escola.

— Sei que é estranho. Ainda não entendi como virei vendedor de enciclopédia para chineses — comentou. O tom de sua voz era bem objetivo. — Eu me lembro de todos os detalhes do que aconteceu, mas, quando tento juntar as partes para entender o rumo que as coisas tomaram, perco o fio da meada e não consigo enxergar o todo da situação. Quando me dei conta, já estava envolvido nisso.

Nós nunca estudamos na mesma classe nem conversamos sobre assuntos pessoais. Ele era amigo de um amigo. Mas, se não me falha a memória, ele não era o tipo de pessoa que se tornaria um vendedor de enciclopédias. Vinha de uma boa família e acho que suas notas eram mais altas do que as minhas. Ele fazia sucesso com as garotas.

— Aconteceram muitas coisas, mas a história é longa, sombria e estúpida. Acho que não vale a pena contar — disse ele.

Sem saber o que dizer, permaneci quieto.

— A responsabilidade não é só minha — prosseguiu. — Há muitas coisas complicadas que se sobrepõem, mas, no final das contas, acaba sendo culpa minha.

Eu tentava lembrar como ele era naquela época, mas só conseguia chegar a memórias vagas. Creio que, uma vez, sentamos à mesa da cozinha da casa de alguém e, juntos, bebemos uma cerveja e conversamos sobre música. Deve ter sido em uma tarde de verão. Mas eu não tinha certeza. Era como retomar um sonho outrora esquecido.

— Por que será que eu abordei você? — perguntou ele, como se a questão não fosse dirigida a mim. Depois, ficou um tempo girando o isqueiro sobre a mesa. — Sinto muito se estou incomodando você, mas saiba que fiquei contente em revê-lo. Guardava boas recordações nossas.

— Não foi incômodo — respondi. Era verdade. Eu também, de certo modo, senti uma estranha nostalgia.

Permanecemos em silêncio durante um tempo. Não tínhamos o que conversar. Fumei o resto do cigarro e ele terminou seu café.

— Acho melhor eu ir — anunciou ele, guardando o cigarro e o isqueiro no bolso. Depois, afastou um pouco a cadeira. — Não posso ficar matando o tempo. Tenho muito que vender.

— Você tem panfletos?

— Panfletos?

— Da enciclopédia.

— Ah! — exclamou ele, meio distraído. — Hoje não trouxe. Quer dar uma olhada?

— Quero, sim. Ainda que por pura curiosidade.

— Posso enviar pelo correio. Você me passa o seu endereço?

— Tirei uma folha da minha agenda, anotei e entreguei para ele. Ele deu uma rápida olhada e, dobrando em quatro, guardou no porta-cartões.

— É uma boa enciclopédia. Não digo isso só porque estou vendendo. É de fato muito bem-feita. Tem muitas ilustrações coloridas. Com certeza, pode ser de grande utilidade. Eu mesmo, quando tenho tempo, costumo folheá-la. Não enjoa.

— Pode ser que demore, mas, quando estiver em condições, pretendo comprar.

— Tomara que sim — disse ele, abrindo outro imenso sorriso digno de campanha eleitoral. — Quando isso acontecer, não sei se ainda estarei vendendo enciclopédias. Depois de visitar todas as casas de chineses, não terei mais trabalho. A partir daí, o que será de mim? Quem sabe o próximo passo seja me especializar em vender seguro para os chineses? Ou ainda ser um vendedor de lápides? Mas não importa, sempre haverá coisas para vender.

Senti vontade de dizer alguma coisa a ele. Talvez por pressentir que nunca mais o encontraria de novo. Algum comentário relacionado aos chineses. Mas eu não conseguia verbalizar o que gostaria, por isso acabei não dizendo nada. Só me limitei a uma saudação trivial na hora de nos despedirmos.

Mesmo hoje, acho que ainda não encontraria as palavras.

5

O que será que eu, um homem de trinta e poucos anos, diria se acordasse debaixo de uma pérgola com uma luva de couro servindo de travesseiro, depois de sair correndo do centro do campo para agarrar uma bola alta e bater o rosto com toda a força contra o poste da cesta de basquete? Talvez alguma coisa como: *Isso não é um lugar para mim.*

Lembrei-me disso quando estava no vagão da linha Yamanote, em pé, diante da porta. Eu segurava atento o bilhete para não perdê-lo, e olhava a paisagem através do vidro. Nossa cidade. Um cenário que me deixou profundamente deprimido. Aquela conhecida melancolia — turva como uma gelatina de café —, tão familiar às pessoas da cidade grande, voltava a me pegar. Edifícios sujos, grupo de pessoas anônimas, ruídos entrecruzados, engarrafamentos, o céu acinzentado, a poluição visual dos anúncios publicitários; desejo e resignação, impaciência e entusiasmo. Inúmeras escolhas, inúmeras possibilidades. O infinito e, ao mesmo tempo, o vazio. Tentamos ter tudo nas mãos e o que temos é uma imensa quantidade de nada. A cidade é isso. De repente, me lembrei das palavras daquela chinesa: "Isso não é um lugar para mim".

Vejo a cidade de Tóquio e penso na China.

Foi assim que conheci vários chineses. Também li muito sobre a China. Desde o clássico *Shiki* (História da China) até *Estrela vermelha sobre a China*. Eu queria conhecer mais sobre esse país. Mais da minha China. Uma China que só eu era capaz de compreender. Uma China com a qual eu me conectava de forma particular. Diferente daquele gigante amarelo do globo terrestre. Hipotética, imaginária. De certa forma, uma parte de mim era atravessada pela palavra China.

Vou perambular pela minha China. Mesmo sem embarcar num avião. Posso fazê-lo pelos vagões do metrô de Tóquio, ou acomodado no banco de trás de um táxi. Posso vivenciar essa aventura em uma sala de espera do dentista aqui perto de casa, ou na recepção de um banco. Posso ir a qualquer lugar ou a lugar nenhum.

Tóquio — um dia, quando eu estiver no vagão da linha Yamanote, esta cidade chamada Tóquio de repente se desintegrará; em um estalo, só restarão ruínas do lado de fora da janela. Em silêncio, observarei essa destruição segurando firmemente o meu bilhete de trem. A minha China cairá como cinzas sobre a cidade, contaminando-a sem parcimônia. Gradativamente, ela deixará de existir. Não, isso não é um lugar para mim. As nossas palavras desaparecerão, assim como os nossos sonhos se transformarão em névoa. Será como a adolescência entediante que, apesar de parecer nunca ter fim, de súbito, em algum ponto da vida, apenas deixa de existir.

Engano... engano é o paradoxo do desejo, segundo a garota universitária chinesa. Se isso for verdade, tanto eu quanto você somos o próprio engodo. Sendo assim, haverá saída?

Seja como for, vou me sentar na escadaria de pedra do porto e aguardar aquele lento barco para a China surgir no vazio do horizonte. Guardado no fundo da mala, levo comigo o orgulho de ter sido aquele jogador de beisebol leal, me pondo a imaginar, ali, os telhados reluzentes e os campos verdejantes da China.

Não me importam as perdas e a destruição. Não as temerei, da mesma forma como o batedor não se intimida com a bola que lhe é lançada, ou como o revolucionário encara a forca. Se é que isso é possível.

Amigos! A China é longe demais.

O anão dançarino

Um anão apareceu no meu sonho e perguntou se eu queria dançar.
    Eu sabia que era um sonho. Mas, como eu estava muito cansado tanto no sonho como na realidade, recusei delicadamente o convite, dizendo "desculpe, estou tão cansado que não consigo". Pelo que pareceu, o anão não ficou decepcionado com a minha resposta e, mesmo sozinho, começou a dançar.
    Ele ajeitou a vitrola portátil no chão, posicionou o disco e dançou. Havia muitos discos espalhados ao lado da vitrola. Peguei alguns para dar uma olhada. As músicas eram de vários gêneros, parecia terem sido escolhidas à revelia, de olhos vendados. Além disso, algumas capas estavam com o disco errado. Depois de escutar algum disco, ele colocava do lado da vitrola de qualquer jeito em vez de guardar na capa, e no final juntava tudo e deixava uma bagunça. Por causa disso, um disco dos Rolling Stones estava na capa de uma orquestra de Glenn Miller, enquanto naquela da suíte *Daphnis et Chloé* de Ravel ia um coro de Mitch Miller.
    Mas isso não parecia ser um problema para o anão. A única coisa que parecia importar para ele era dançar conforme a música. Agora ele dançava uma música de Charlie Parker que, por acaso, estava na capa dos *Clássicos da guitarra*. Seu corpo era dominado pelas intensas e ligeiras notas da música, levando-o a movimentar-se em frenesi. Eu assistia a essa performance comendo uvas.
    Enquanto dançava, ele suava muito. Tanto que, quando balançava a cabeça, o suor que escorria do rosto se espalhava para todos os lados e dava para ver gotas pingando das pontas dos dedos. Mesmo assim, ele continuava a dançar. Quando a música terminou, deixei a tigela com uvas no chão e coloquei outro disco na vitrola. O anão voltou a dançar.

— Você dança muito bem — comentei. — Vibra como a música.
— Obrigado — disse o anão, sem esconder a vaidade.
— Sempre dança desse jeito? — perguntei.
— Sim, sempre que posso.

Depois de responder, deu um belo giro na ponta dos pés. Os cabelos cheios e sedosos balançaram ao vento. Comecei a aplaudir. Nunca tinha visto alguém dançar tão bem. Assim que fez uma reverência para agradecer, a música terminou. O anão parou de dançar e limpou o suor com a toalha. A agulha da vitrola girava em vão e emitia um sonoro e monótono *patim-patim-patim-patim*, então levantei o braço da agulha e desliguei o aparelho. Guardei o disco na primeira capa que vi.

— Se eu contar a minha história para você, a conversa vai ser longa — disse o anão, olhando de relance para mim. — E você não tem muito tempo, não é?

Peguei uma uva e hesitei um momento antes de responder. Tempo não era problema, mas ouvir a história dele seria muito tedioso e, para começar, aquilo era um sonho. Sonhos são efêmeros. Podem acabar de uma hora para outra.

— Eu vim de um país do norte — começou ele, sem esperar a minha resposta, e estalou os dedos. — As pessoas do norte não dançam. Ninguém sabe dançar. Desconhecem a existência da dança. Mas eu queria dançar. Mexer as pernas, girar os braços, balançar o pescoço e rodopiar. Assim, desse jeito...

O anão mexeu as pernas, girou os braços, balançou o pescoço e rodopiou. Os movimentos em si eram simples, mas, executados em conjunto, criavam uma performance incrivelmente bonita e faziam seu corpo emanar raios de luz.

— Eu queria dançar, por isso vim para o sul. Aqui me tornei dançarino e dancei em bares. Fiquei tão famoso que dancei para o imperador. Sim. Obviamente, isso foi antes da revolução. Como você deve saber, depois da revolução o imperador morreu, fui banido da cidade e passei a morar na floresta.

O anão voltou para o meio do pátio e recomeçou a dançar. Botei outro disco. Um velho álbum de Frank Sinatra. O anão dançava e cantava *Night and Day* junto com Sinatra. Imaginei-o dançando diante do trono do imperador, em um lugar com lustres elegantes, belas damas da corte, frutas exóticas, a guarda imperial com suas lanças, rotundos eunucos, o jovem imperador paramentado com uma suntuosa capa incrustada de joias, e o anão ali, suado, concentrado em dançar... Ao imaginar essa cena, tive a impressão de que a qualquer momento, de algum lugar distante, escutaríamos a artilharia da revolução.

    O anão seguia dançando, e eu comia uvas. O sol se punha a oeste do horizonte e as sombras da floresta desciam o seu manto sobre a terra. Uma borboleta preta gigante, do tamanho de um pássaro, sobrevoou o pátio e desapareceu nas profundezas da mata. Esfriou. Senti que estava na hora de sumir.

    — Acho que preciso ir — disse para o anão.
Ele parou de dançar e assentiu com a cabeça.
    — Muito obrigado por me mostrar a sua dança. Gostei muito.
    — Foi um prazer — respondeu o anão.
    — Acho que a gente não vai mais se ver, não é? Se cuide — disse.
    — Não se preocupe — ele respondeu. — Nós voltaremos a nos encontrar.
    — Por quê?
    — Porque você voltará. Voltará para morar na floresta e dançar comigo todos os dias. Daqui a um tempo, você também se tornará um ótimo dançarino.
    O anão estalou os dedos.
    — Por que eu moraria e dançaria aqui com você? — perguntei, surpreso.
    — Já está decidido — respondeu. — Ninguém pode mudar isso. Vamos nos reencontrar.
    Depois de dizer isso, o anão me observou em silêncio. A escuridão tingiu a sua silhueta de um tom azulado como o de águas noturnas.
    — Até mais — disse o anão.
Virou as costas para mim e continuou dançando.

    Ao acordar, estava sozinho. Na cama, deitado de bruços, completamente suado. Vi um pássaro pela janela. Não parecia ser o que eu via sempre.

Lavei bem o rosto, fiz a barba, botei um pão na torradeira e fervi água para o café. Dei ração para o gato, troquei a areia da caixa, pus uma gravata e calcei os sapatos. Depois, peguei o ônibus e fui para a fábrica de elefantes.

Convenhamos que fazer elefantes não é nada fácil. Por ser uma *coisa* grande e a montagem, complexa. Diferente de fabricar presilhas para o cabelo ou lápis de cor. A fábrica era um conjunto de pavilhões distribuídos por uma área bem ampla. Eram enormes e as seções eram identificadas por cores. Por exemplo, no meu caso, naquele mês eu trabalhava no setor de orelhas cujos pilares e teto eram amarelos. O capacete e a calça do uniforme tinham essa mesma cor. Eu ficava o dia todo fazendo orelhas de elefante. No mês anterior, eu estava no pavilhão verde, usando capacete e calça verde, encarregado das cabeças de elefante. Todo mês éramos como ciganos, nômades de seção em seção. Assim funcionava a fábrica. O objetivo era proporcionar aos funcionários a oportunidade de conhecer o elefante como um todo. Não era permitido passar a vida toda ali fazendo exclusivamente orelhas ou unhas das patas do elefante. A planilha de rodízio dos funcionários era feita pelos executivos, e nós seguíamos essa programação.

Fazer a cabeça do elefante era uma das tarefas mais desafiadoras. Era um trabalho tão minucioso, tão cheio de detalhes que, no final do dia, o cansaço era tão grande que nem sobrava ânimo para conversar. No mês em que estive encarregado das cabeças, perdi três quilos. Mas, apesar do cansaço, eu sentia que de fato havia sido "produtivo". Em compensação, fazer orelha era muito fácil. Bastava manuseá-la e esticá-la um pouco, inserir algumas pregas e, pronto, tínhamos orelha. Por isso, quando os funcionários eram transferidos para essa seção, o pessoal costumava dizer que íamos "tirar férias na orelha". Fiquei de férias ali por um mês, até ser transferido para as trombas. A tromba exigia atenção redobrada e muita paciência. Por ser flexível, ela precisava estar desobstruída ao longo de toda a sua extensão para não enfurecer o elefante quando ele estivesse pronto. Fazer tromba era muito estressante.

O elefante não era feito do zero. Para falar a verdade, apenas o reconstruíamos, isto é, o elefante era capturado e as orelhas, a tromba, a cabeça, o corpo, as patas e o rabo cortados com serrote, e essas partes se transformavam em outros cinco elefantes. Os elefantes que fazíamos possuíam um quinto de um animal real e quatro quintos de partes falsas. Isso, porém, não era notado de imediato, e o próprio elefante também não percebia. O nosso trabalho era primoroso.

A razão de fabricar artificialmente os elefantes — ou reconstituí--los — se justificava porque somos muito mais impacientes do que eles. Um elefante normalmente leva quatro ou cinco anos para ter filhote. É claro que, por adorarmos os elefantes, ficamos irritados com essa prática ou comportamento biológico deles. Foi por isso que começamos a criar os elefantes com as nossas próprias mãos.

Para evitar o uso impróprio dos elefantes reconstituídos, estes eram adquiridos pela Companhia de Abastecimento de Elefantes, que, durante quinze dias, realizava uma checagem rigorosa de seu funcionamento. Se estivesse tudo certo, a base das patas era carimbada com o logo da empresa e eles acabavam soltos na selva. Costumávamos fazer quinze elefantes por semana, mas, na época que antecedia o Natal, as máquinas trabalhavam em plena capacidade e chegavam a fabricar vinte e cinco, embora quinze fosse a quantidade adequada.

Cheguei a comentar que o setor de orelhas era o mais tranquilo de toda a fábrica. Não exigia força nem preocupação com detalhes, e tampouco utilizava maquinário complexo. O volume de trabalho também não era grande. Podia-se trabalhar com calma ao longo do dia ou realizar todas as tarefas de manhã para ficar livre no período da tarde.

Eu e meu parceiro não gostávamos de enrolar no trabalho e, por isso, terminávamos as tarefas pela manhã e, à tarde, aproveitávamos para bater papo, ler ou fazer qualquer outra coisa. Naquela tarde, depois de encostarmos na parede as dez orelhas já com as pregas, sentamos no chão sob o sol.

Contei para ele sobre o sonho que tivera com o anão dançarino. Descrevi em detalhes — alguns desnecessários —, mas isso porque eu ainda me lembrava de tudo. Quando não conseguia achar as palavras eu demonstrava balançando o pescoço, girando os braços ou mexendo as pernas. Meu parceiro tomava chá e respondia com alguns "hum, hum". Ele era cinco anos mais velho, tinha o corpo robusto, barba escura e parecia tímido. Tinha o costume de cruzar os braços e ficar pensando por horas. A fisionomia dele também reforçava a imagem de pessoa séria e reflexiva, mas com frequência ele acabava por levantar o corpo pesado, depois de um longo período de silêncio reflexivo, para dizer "É complicado!".

Dessa vez, como era de esperar, ao ouvir a história do meu sonho, ele ficou um bom tempo calado, pensativo. Demorou tanto que nesse meio-tempo resolvi pegar um pano e limpar o painel do fole elétrico. Depois de muito pensar, ele finalmente mandou um "É complicado! Anão, anão dançarino... É complicado!".

A resposta dele não me decepcionou, porque eu não esperava mesmo nada além disso. Eu só queria contar o sonho para alguém. Reajustei o painel de volta no lugar e tomei o chá, que já estava morno.

No entanto, para minha surpresa, ele continuou pensando em silêncio.

— Aconteceu alguma coisa? — perguntei.
— Acho que já ouvi falar desse anão em algum lugar.
— É mesmo? — disse eu, surpreso.
— Só não consigo lembrar quem foi que me contou.
— Faça um esforço, por favor.
— Está bem... — disse e se calou.

Três horas depois, já perto do fim do horário de expediente, quando anoitecia, ele conseguiu se lembrar.

— É isso! Sabe aquele velho que trabalha no setor de transplante de cabelos do Estágio de Produção Seis? Aquele de cabelos brancos compridos e que é quase banguela? Dizem que ele trabalha aqui desde antes da revolução.

— Ah, sim — respondi. Eu o havia visto algumas vezes na taberna.

— Foi ele que, há muito tempo, me contou a história do anão. O anão que dançava muito bem. Naquela época, achei que era papo-furado e não dei muita trela, mas, pelo que você me contou hoje, já não sei mais.

— O que ele contou para você exatamente? — perguntei.

— Bem, isso foi há muito tempo... — ele disse, cruzando os braços e parando para pensar. Mas, pelo visto, não guardava nada além disso na memória. Um tempo depois, ele se levantou com dificuldade e confirmou:

— Não consigo me lembrar, acho melhor você pedir para ele mesmo te contar.

Assim que a sirene de fim de expediente soou, fui correndo até o Estágio de Produção Seis, mas o velho não estava mais lá. Só encontrei duas jovens garotas varrendo o chão. A menina mais magra disse que eu poderia achá-lo "na taberna antiga". De fato, lá estava ele, bebendo no balcão, sentado em um banco com as costas eretas e com sua marmita do lado.

Era uma taberna antiga. Muito, muito antiga. Existia desde antes de eu nascer, desde antes da revolução. Muitas gerações de operários fabricantes de elefantes beberam, jogaram cartas e cantaram ali. Havia várias fotos antigas da fábrica penduradas na parede. Fotos do primeiro presidente examinando uma presa de elefante, da atriz de filmes que visitara a fábrica havia muito tempo, da festa noturna da estação de verão... Mas as fotos do imperador e da família real ou registros de eventos ocorridos durante o regime imperial foram queimados pelo exército revolucionário. No entanto, obviamente ainda havia algumas imagens da revolução: do exército de ocupação invadindo a fábrica de elefantes, do exército de ocupação mostrando o chefe da fábrica pendurado...

O velho estava sentado debaixo de uma velha foto desbotada com a legenda "Três jovens polindo uma presa" e bebia Mecatol. Sentei ao lado dele e o cumprimentei. Ele apontou para a imagem e disse:

— Este sou eu.

Olhei atentamente para a foto e foquei no jovem que, dos três, estava na ponta direita e parecia ser o velho quando mais novo, aos doze ou treze anos. Se ele não tivesse mostrado quem era ele, eu não reconheceria, mas, pensando bem, o nariz grande e os lábios finos eram os mesmos. Eu tinha a impressão de que o velho sempre sentava ali e repetia aquela indicação para os clientes que via pela primeira vez: "Este sou eu".

— Foto bem antiga, não? — puxei conversa.

— É de antes da revolução — respondeu o velho, com naturalidade. — Antes da revolução, eu era uma criança. Todos envelhecem. Você também vai ficar como eu. Aguarde com alegria.

Depois de dizer isso, ele abriu a boca — deixando à mostra uma arcada com a metade dos dentes —, cuspiu e soltou um riso acanhado.

Em seguida, o velho contou a história da revolução. Ele não gostava do imperador, nem do exército revolucionário. Deixei-o se estender à vontade e, no tempo certo, ofereci uma dose de Mecatol e perguntei se ele, por acaso, conhecia o anão dançarino.

— Anão dançarino? — questionou o velho. — Quer ouvir a história do anão dançarino?

— Quero — respondi.

Ele olhou para mim com um olhar inquisitivo e, desconfiado, perguntou:

— Por quê?

— Ouvi boatos e fiquei curioso. Parece interessante — menti.

O velho continuou olhando com desconfiança para mim, mas, um tempo depois, o seu olhar voltou a ficar estático e turvo como o de um bêbado.

— Tudo bem. — disse ele. — Já que você me pagou a bebida, vou contar. Mas... — ele pôs um dedo em riste bem diante da minha cara. — Não conte para ninguém. A revolução aconteceu há muito tempo, mas a história do anão dançarino é a única que deve ficar em sigilo. Por isso, nunca fale disso com ninguém e não diga o meu nome. Entendeu?

— Entendi.

— Peça mais bebida e vamos sentar à mesa.

Pedi duas doses de Mecatol e fomos para uma mesa. Ele não queria que o garçom ouvisse a nossa conversa. Em cima da mesa havia uma luminária verde com formato de elefante.

— Aconteceu antes da revolução — o velho começou. — O anão veio de um lugar do norte e era um exímio dançarino. Não. Mais do que isso: ele era a própria dança. Ninguém era capaz de dançar como ele. O vento, a luz, o cheiro, a sombra, tudo se concentrava nele para emenar como uma irradiação. Ele era capaz de fazer isso. Aquilo era... incrivelmente fantástico!

Os poucos dentes da frente tilintaram no copo.

— Viu o anão dançar? — perguntei.

— Se eu o vi dançar? — o velho me encarou em silêncio e, um tempo depois, abriu os dedos sobre a mesa. — É claro que o vi dançar. Aliás, todos os dias. Todos os dias, bem aqui.

— Aqui?

— Sim — respondeu o velho. — Bem aqui. O anão dançava todos os dias aqui. Antes da revolução.

Segundo o velho, o anão chegara sem nenhum dinheiro e, no começo, trabalhou escondido naquela taberna fazendo serviços gerais, mas, com o tempo, a sua habilidade de dançar foi reconhecida e ele acabou contratado como dançarino. Os funcionários reclamaram porque queriam ver as garotas no palco, mas foi só uma questão de tempo para pararem de reclamar e passarem a prestigiar a dança do anão em silêncio, com seus copos na mão. A performance dele era totalmente diferente da de qualquer outro dançarino. Em poucas palavras, ele conseguia mexer com os sentimentos mais profundos da plateia. Aquelas emoções que normalmente deixamos de lado ou que desconhecemos existirem dentro de nós, ele as trazia à luz tal como quando se extraem as vísceras de um peixe.

O anão dançou na taberna durante seis meses. Sempre mobilizando um público que lotava o lugar. Todos queriam ver o anão dançarino. Sua performance provocava nos espectadores uma imensa felicidade ou uma insuportável amargura. Foi nessa época que ele descobriu que a dança possuía o poder de manipular as emoções e os sentimentos das pessoas.

A história do anão dançarino chegou ao conhecimento do chefe do Conselho dos Nobres, que era proprietário de terras localizadas nas adjacências e tinha ligação com a fábrica de elefantes — esse nobre posteriormente foi capturado pelo exército revolucionário e lançado vivo dentro de um *barril de cola* —, e foi por meio desse nobre que o jovem imperador soube do anão. O imperador, que gostava de música, manifestou o desejo de ver o anão dançar. O suntuoso navio com o brasão imperial e uma escolta oficial foram enviados à taberna e, demonstrando profundo respeito, a guarda imperial conduziu o anão até o palácio. O dono da taberna recebeu uma gratificação em dinheiro exageradamente generosa. Os frequentadores locais chiaram bastante, mas sabiam que não adiantaria fazer uma queixa ao imperador. Tiveram de se conformar e logo voltaram a prestigiar a dança das garotas, com cervejas e Mecatol.

Enquanto isso, o anão ganhou um quarto no palácio e as damas da corte lhe davam banho, vestiam-no com trajes de seda e lhe ensinavam as boas maneiras para se portar diante do imperador. Na noite seguinte, o anão foi conduzido ao salão principal. Lá, a orquestra imperial o aguardava tocando uma polca de autoria do imperador. O anão dançou conforme a música. Começou com passos calculados, para o corpo se adaptar ao ritmo e, aos poucos, aumentou a velocidade até dançar como um redemoinho. As pessoas olhavam para ele estarrecidas. Ninguém conseguia dizer nada. Algumas damas desmaiaram. O imperador, sem querer, deixou cair a taça de cristal decorada com pó de ouro, mas ninguém escutou o estilhaço dela ao se quebrar no chão.

Quando o velho chegou a essa parte, pôs o copo em cima da mesa e limpou a boca com as costas da mão; depois, passou a mão na luminária em forma de elefante. Aguardei ansioso a continuação da história, mas ele permanecia quieto. Chamei o garçom e pedi mais uma rodada de cerveja e Mecatol. A taberna começava a encher e, no palco, uma jovem mulher afinava as cordas de um violão.

— E o que aconteceu? — perguntei.

— Ah... — exclamou o velho, como se fosse difícil lembrar. — A revolução estourou, o imperador foi morto e o anão fugiu.

Olhei para o velho mantendo os cotovelos sobre a mesa e bebendo a caneca de cerveja que eu tinha nas mãos.

— A revolução explodiu logo depois de o anão ir para o palácio?

— Não, ele estava lá havia um ano — respondeu o velho, antes de soltar um arroto estrondoso.

— Não consigo entender — comentei. — Há pouco você me disse que não podia falar do anão em público. Por quê? Existe alguma relação entre o anão e a revolução? É isso?

— Não sei se existe alguma relação, mas uma coisa é certa: por anos, o exército revolucionário caçou o anão com unhas e dentes. E, ainda que a revolução seja coisa do passado, dizem que a busca continua. Mas não sei qual a relação entre o anão e a revolução. Só escutei boatos.

— Boatos?

O velho parecia hesitar em contar.

— Boatos não passam de boatos. Difícil saber a verdade. Mas o que se sabe é que o anão usava de forças do mal no palácio, por isso a revolução estourou. Essa é a única informação que tenho. Nada além disso.

O velho deixou escapar um suspiro pesado e virou a bebida em um só gole. Um fio da bebida cor de pêssego escorreu pelo canto de sua boca e caiu dentro da camisa de colarinho mole.

Não voltei a sonhar com o anão. Eu, como sempre, continuei indo para a fábrica produzir orelhas de elefante. Usava o vapor para amolecê-las, esticava a peça com o martelo de prensa, fazia o corte, acrescentava e misturava ingredientes para aumentar em cinco vezes o volume, deixava secar e finalizava com as pregas. Na hora do almoço, eu e meu parceiro comíamos nossas marmitas e falávamos sobre a garota recém-chegada ao Estágio de Produção Oito.

Havia muitas garotas trabalhando na fábrica de elefantes. A maioria nas tarefas de conexões do sistema nervoso, na costura ou na limpeza. Os homens, quando tinham folga, conversavam sobre as mulheres. E, quando as mulheres tinham folga, conversavam sobre os homens.

— É linda demais — derreteu-se meu parceiro. — Todos estão de olho nela, mas até agora ninguém se deu bem.

— Ela é isso tudo mesmo? — perguntei. Afinal, não foram poucas as vezes em que me decepcionei com boatos de mulheres supostamente estonteantes.

— É verdade! Se não acredita, vai lá ver você mesmo. Se não achá-la bonita, aconselho você a trocar de olhos no Estágio de Produção Seis. Se eu já não fosse casado, faria de tudo para conquistá-la, custasse o que custasse — disse meu parceiro.

A hora do almoço tinha terminado, mas, como disse antes, no meu setor tínhamos tempo livre no período da tarde, por isso inventei uma desculpa para ir até o Estágio de Produção Oito. Para chegar lá, tinha que atravessar um longo túnel subterrâneo. Na entrada havia um segurança, mas, como ele me conhecia de vista, me deixou passar sem fazer perguntas.

Na saída do túnel havia um rio e, seguindo um pouco abaixo, via-se o galpão que abrigava o departamento aonde eu queria chegar. Os telhados e a chaminé eram cor-de-rosa. Ali funcionava o setor das patas de elefante. Quatro meses antes eu trabalhara nesse setor e sabia onde ficava a porta de serviço, mas o segurança que tomava conta da entrada agora era um rapaz jovem que eu nunca havia visto.

— Posso ajudar? — perguntou o novato. Vestia um uniforme novinho em folha e fazia a linha inflexível.

— Precisamos de nervos e vim pegar alguns emprestados — respondi e tossi para limpar a garganta.

— Que estranho! — respondeu, olhando para o meu uniforme. — Você é do setor de orelhas, certo? Pelo que sei, não há compatibilidade entre os nervos das orelhas e os das patas.

— Se eu for explicar, a conversa vai longe — eu disse. — Para falar a verdade, no começo pensei em pegar nervos na seção das trombas, mas lá me disseram que não havia e que estavam com problemas por falta de nervos para as patas. Por isso, se eu conseguisse um carretel desse tipo para eles, disseram que me cederiam em troca o rolo de que preciso, de nervos para orelhas. Liguei para cá e fui informado que aqui há um carretel de nervos para patas sobrando. Por isso, estou aqui.

O segurança analisou as folhas de uma prancheta.

— Mas eu não fui informado. Quando se faz esse tipo de transferência, eles costumam me avisar com antecedência.

— Que estranho. Deve haver algum engano. Da próxima vez, vou pedir para as pessoas fazerem isso.

O guarda ficou resmungando em voz baixa durante um tempo. Avisei-o de que, se eu levasse uma bronca por atrasar o serviço, não hesitaria em dizer que a culpa tinha sido dele. Então, me deixou passar.

O Estágio de Produção Oito — isto é, o setor de fabricação das patas — ficava em um edifício espaçoso, baixo e comprido, construído no subsolo e com o chão revestido de areia. O chão de fora ficava na altura dos olhos e a iluminação entrava por uma janela estreita. Nos trilhos móveis presos ao teto, havia dezenas de patas de elefante penduradas. Olhando direito, parecia uma manada de elefantes caindo do céu.

Eram mais ou menos trinta funcionários — homens e mulheres — trabalhando ali. O lugar era escuro e todos usavam boné, máscara e óculos de segurança, o que tornava difícil saber quem era a nova garota. Lá, encontrei um colega antigo e lhe perguntei sobre ela.

— É a da mesa quinze, encarregada das unhas — disse ele. — Se você está pensando em cair em cima, esqueça. É casca-grossa. Sem chance.

— Vou me lembrar disso.

A garota que inseria as unhas nas patas era esbelta e remetia a uma pintura medieval.

— Com licença — ela dirigiu seu olhar para o meu rosto, meu uniforme e meus pés, e voltou ao meu rosto. Depois, tirou o boné e os óculos. De fato, era muito linda. Os cabelos eram longos e cacheados, e o seu olhar era profundo como o oceano.

— Sim?

— Estava pensando que, se você estiver livre amanhã à noite, sábado, poderíamos sair para dançar — convidei com fé e coragem.

— Amanhã à noite estarei de folga e, sim, vou dançar. Mas não com você — respondeu.

— Já combinou com alguém? — perguntei.

— Não exatamente — ela respondeu e, em seguida, recolocou o boné e os óculos de segurança. Depois, pegou uma unha de elefante, posicionou na ponta da pata e mediu o tamanho. Ao perceber que a largura da unha era um pouco maior, pegou o cinzel e, com agilidade e rapidez, a lixou.

— Se não tem nada marcado, então venha comigo — insisti. — É bem mais divertido sair acompanhada, não acha? Conheço um ótimo restaurante...

— Não quero. Quero sair sozinha. Se você também quer dançar, vá dançar.

— Eu vou — respondi.

— Faça o que quiser — disse ela, retomando o trabalho e me ignorando completamente. Ela pegou a unha que acabara de lixar e a posicionou em uma das cavidades que ficavam na ponta da pata. Dessa vez, o tamanho da unha estava perfeito.

— Para uma novata, você é muito boa — comentei.

Mais uma vez, ela me ignorou.

Na noite desse dia, voltei a sonhar com o anão. Como da outra vez, sabia que era um sonho. Ele estava sentado em um tronco no meio de uma clareira da floresta e fumava. Dessa vez, não tinha vitrola nem discos. Parecia cansado e, por isso, dava a impressão de ter envelhecido, mas não a ponto de se especular que pudesse ter nascido antes da revolução. O anão devia ter uns dois ou três anos a mais do que eu, mas era difícil saber sua idade. Na verdade, é difícil saber a idade de um anão.

Como eu não tinha nada para fazer, andei em volta dele, olhei para o céu e sentei ao seu lado. O céu estava bastante nublado e nuvens escuras se moviam em sentido oeste. Não seria estranho se uma chuva caísse a qualquer momento. Acho que foi por isso que o anão não trouxe a vitrola e os discos. Ele devia ter guardado em algum lugar seguro para que não ficassem molhados se chovesse.

— Oi — cumprimentei-o.

— Oi.

— Não vai dançar hoje?

— Hoje não.

Sem dançar, dava a impressão de estar debilitado, e seu estado era lastimável. Nem parecia que um dia ele pôde se orgulhar do fascínio que exercera no palácio imperial.

— Está passando mal? — perguntei.

— Estou — respondeu. — Não estou me sentindo bem. A floresta é muito fria. Quando se vive sozinho por muito tempo, muitas coisas afetam o corpo.

— Não é fácil — respondi.

— Preciso de energia. Uma nova dose de energia na veia. Que me permita dançar sem parar, que não me faça ficar doente debaixo da chuva, que me permita correr por colinas e vales. É disso que eu preciso.

— Nossa.

Ficamos um bom tempo em silêncio, sentados no tronco. As copas das árvores, bem acima de nossas cabeças, cantavam com o vento. De vez em quando, por entre os troncos uma borboleta gigante aparecia e logo desaparecia.

— Então — disse o anão. — Você não vai me pedir alguma coisa?

— Pedir? — respondi, surpreso. — Pedir o quê?

O anão pegou um graveto do chão e, com a ponta, desenhou uma estrela.

— É sobre a garota. Não quer ficar com ela? — perguntou.

Ele falava da recém-chegada ao Estágio de Produção Oito. Fiquei surpreso em saber que ele tinha acesso a esse tipo de informação. Mas convenhamos que o mundo dos sonhos é um infinito de possibilidades.

— É claro que quero. Mas não posso pedir sua ajuda para isso. É um assunto que só eu posso resolver.

— Sozinho você não vai conseguir.

— Por que você acha isso? — meu tom de voz saiu ligeiramente irritado.

— Porque não vai dar em nada. E não adianta ficar irritado, porque não vai conseguir — decretou o anão.

Acho que ele está certo, pensei. Ele está certo. Eu não passo de um cara comum. Não tenho muitas qualidades das quais me orgulhar. Não tenho dinheiro, não sou bonito e muito menos bom com as palavras. Enfim, não tenho nada de especial. Quanto ao meu caráter, talvez não seja ruim, sou trabalhador e meus amigos parecem me admirar. O meu corpo é saudável. Mas não sou o tipo pelo qual as garotas se apaixonam à primeira vista. No fundo, eu sabia que aquela garota não era para mim.

— Mas, se eu der uma força, você consegue — o anão sussurrou rápido.

— Como assim? — perguntei, curioso.

— A dança. Aquela garota gosta de dançar, por isso, se você dançar bem, ela será sua. É só esperar com calma debaixo da árvore que a fruta cai.

— Você me ensina a dançar?

— Ensino — garantiu o anão. — Mas não adianta treinar só um ou dois dias. Mesmo treinando todo dia, e com dedicação, vai precisar de, no mínimo, seis meses para se tornar um dançarino. É o tempo necessário para que a sua dança conquiste o coração das pessoas.

Eu balancei a cabeça, desanimado:

— Então deixa pra lá. Daqui a seis meses, ela já vai estar com outro homem.

— Quando vai dançar?

— Amanhã — respondi. — Amanhã, sábado, no salão. Ela também vai, e eu vou chamá-la para dançar.

O anão desenhou com o graveto várias linhas retas no chão e, entre elas, traçou linhas horizontais formando uma estranha figura. Fiquei em silêncio observando atento os movimentos de sua mão. Por fim, ele jogou a ponta do cigarro no chão e pisou nela para apagar.

— Existe um jeito de fazer isso. Se é que você quer mesmo essa mulher — disse o anão. — Você quer?

— Claro — respondi.

— Quer saber como?

— Quero.

— Não é um bicho de sete cabeças. Eu entro dentro de você e pego o seu corpo emprestado para dançar. Você tem um corpo saudável, é forte e acho que serve para isso.

— Tenho uma saúde de ferro, pode acreditar — confirmei. — Mas isso realmente é possível? Entrar dentro de mim e dançar?

— Sim, é possível. Se fizermos isso, aquela garota é sua. Pode apostar. Não só ela, *qualquer garota* poderá ser sua.

Passei a ponta da língua pelos lábios. Aquela conversa era muito instigante. Mas talvez houvesse a possibilidade de o anão entrar dentro de mim e nunca mais sair, se apoderando do meu corpo para sempre. Por mais que eu quisesse conquistar uma mulher, jamais correria esse risco.

— Você está preocupado, não é? — antecipou-se o anão, como se adivinhasse o que passava pela minha cabeça. — Você acha que vou roubar o seu corpo.

— É que ouvi muitas coisas sobre você — respondi.

— Coisas não muito boas, não é? — questionou.
— Pois é.
O anão sorriu confiante.
— Não se preocupe. Posso ter esse poder, mas não tenho como me apoderar de um corpo para sempre. Para fazer isso, é preciso que os dois queiram — assegurou. — E você não quer que alguém se apodere de seu corpo para sempre, quer?
— Claro que não — respondi, já todo arrepiado.
— Mas não vou ajudá-lo sem receber nada em troca. Então... — o anão levantou um dedo. — Eu ajudo você com uma condição. Nada complicado, mas não deixa de ser uma condição.
— Qual?
— Entro dentro do seu corpo e vamos ao salão. Então, você a tira para dançar e a seduz com a dança. Mas, durante todo esse processo, você não poderá falar nada. Enquanto não conquistá-la, não vai poder abrir a boca. Essa é a condição.
— Como vou conquistá-la se não vou poder falar nada? — retruquei.
— Porque você não vai precisar — explicou o anão, balançando a cabeça. — Não se preocupe. Com a dança eu conquisto qualquer garota, mesmo sem dizer nada. Por isso, não se preocupe. Você não pode falar nada desde o momento em que entrar no salão até conseguir ficar com ela, entendeu?
— E se escapar? — perguntei.
— Aí eu fico com o seu corpo — respondeu o anão, como se esse fosse um detalhe insignificante.
— Mas e se eu conseguir ficar o tempo todo sem falar?
— Aí ela será sua, eu saio do seu corpo e volto para a floresta.
Suspirei profundamente, sem saber o que responder. Enquanto o anão esperava que eu me decidisse, pegou o graveto e voltou a desenhar outra estranha figura no chão. Uma borboleta se aproximou e pousou bem em cima da figura. Para falar a verdade, eu estava com medo. Não tinha certeza se seria capaz de ficar em silêncio durante tanto tempo. Mas, se eu não fizesse isso, jamais seria capaz de conquistar aquela garota. A imagem dela lixando a unha da pata do elefante no Estágio de Produção Oito me veio à mente. Eu a desejava.

— Tudo bem — respondi. — Vamos em frente.
— Combinado — respondeu o anão.

O salão de dança ficava do lado do portão principal da fábrica de elefantes e, todo sábado à noite, as pessoas que trabalhavam ali lotavam o lugar. Praticamente todos os solteiros da empresa — homens e mulheres — se reuniam no salão para dançar, beber e conversar com os amigos. Os casais sempre davam um jeito de escapar para transar na floresta.

Que saudades, disse o anão dentro do meu corpo, com um tom de voz emocionado. *A dança é isso. Multidão, bebida, luz, suor, perfume de mulher. Ah! Que saudades disso tudo.*

Abri caminho na multidão à procura dela. Alguns colegas me cumprimentavam com um tapa no ombro. Eu retribuía apenas com um sorriso largo, sem dizer nada. Um tempo depois, a orquestra começou a tocar, mas nada de encontrá-la.

Não precisa ficar ansioso. A noite é uma criança. Agora é que a diversão vai começar, disse o anão.

A pista de dança era redonda e girava lentamente, por meio de um equipamento gerador de força motriz. Ao redor da pista havia mesas e cadeiras. Do teto alto pendia um lustre enorme que fazia cintilar o chão impecavelmente lustrado como uma pista de gelo. No lado direito do palco, vista da plateia, havia uma plataforma que remetia a arquibancadas de um estádio. Nessa plataforma ficavam duas orquestras que, a cada trinta minutos, se revezavam para tocar música a noite toda. A banda da direita tinha dois conjuntos de bateria completa e os integrantes traziam um elefante vermelho estampado no peito. A principal atração da banda da esquerda era a série de dez trombones, e seus músicos, também no peito, traziam a marca de um elefante verde.

Sentei a uma das mesas e pedi uma cerveja. Afrouxei a gravata e fumei um cigarro. Uma dançarina sentou ao meu lado e me convidou para dançar. Não dei a mínima para ela. Com o queixo apoiado nas mãos, molhei a garganta com a cerveja e fiquei esperando a minha garota.

Uma hora depois, nenhum sinal dela. Valsas, foxtrote, batalha de bateristas e solos de trompete passaram pela pista. Comecei a achar que ela zombara de mim e que, desde o início, não tinha intenção nenhuma de vir dançar.

Não se preocupe, sussurrou o anão. *Ela vem. Fica tranquilo e vê se relaxa!*

Ela surgiu no salão quando os ponteiros do relógio marcaram nove horas. Vestido justo e cintilante e sapatos pretos de salto alto. O salão todo parecia desaparecer enevoado diante de sua imagem sexy e deslumbrante. Alguns caras capturaram de imediato sua presença e se ofereceram para acompanhá-la, mas ela escorraçou cada um com um único e simples movimento de mão.

Observei seus passos enquanto bebia tranquilo a minha cerveja. Ela sentou em uma mesa defronte à minha, do outro lado da pista, pediu um coquetel vermelho e acendeu um cigarro longo e fino. Praticamente não tocou na bebida e, depois de fumar, amassou a ponta no cinzeiro e se levantou. Caminhou até a pista de dança com a determinação de uma mergulhadora pronta para saltar do trampolim.

Dançou sozinha, sem par. A orquestra tocava tango. Seus movimentos eram graciosos. Era hipnotizante observá-la. Ao se curvar, os cabelos negros e encaracolados esvoaçavam na pista como o vento, e seus dedos finos e brancos dedilhavam no ar as cordas de uma harpa invisível. Sem nenhum constrangimento, ela se dedicava a sua dança particular. Observando-a com atenção, aquilo parecia ser a continuação de um sonho. Isso me deixou um pouco confuso. Se eu estava usando um sonho para criar outro, então onde eu estava de verdade?

A garota dança muito bem!, comentou o anão, animado. *Se é por ela, tudo isso vale mesmo a pena. Então, vamos?*

Levantei da mesa e, meio que inconsciente, caminhei até a pista de dança tirando os homens do caminho. Quando cheguei do lado dela, dei uma sonora batida de calcanhares para anunciar a minha intenção de dançar. Ela continuou na dela e, de vez em quando, olhava para mim de relance. Abri um sorriso. Sem corresponder, ela seguia inabalável em seus próprios passos.

Comecei devagar e, aos poucos, aumentei o ritmo e, por fim, dançava como um furacão. O meu corpo não era mais meu. Minhas mãos, meus pés e o meu pescoço entraram em um frenesi, alheios aos meus pensamentos. Enquanto eu soltava o corpo, conseguia escutar claramente o movimento dos astros, o fluxo das marés e a passagem dos ventos. Percebi que a dança era isso. Eu mexia as pernas, girava os braços, balançava o pescoço e rodopiava. Ao rodopiar, uma esfera de luz branca explodia dentro da minha cabeça.

Ela olhou de soslaio para mim. Para me acompanhar, deu um giro e bateu o pé no chão. Percebi que, dentro dela, também explodia uma esfera de luz branca. Eu estava feliz. Era a primeira vez na vida que me sentia assim.

E então? Não é bem melhor do que trabalhar na fábrica de elefantes?, perguntou o anão.

Não respondi. A minha boca estava tão seca que, mesmo que quisesse, não conseguiria falar.

Dançamos durante horas. Eu conduzia a dança e ela me seguia. Um momento registrado na eternidade. Por fim, ela pareceu exausta e, ao parar de dançar, me segurou pelo braço. Eu — ou, melhor dizendo, o anão — também parei. Em pé, no meio da pista, ficamos um bom tempo olhando um para o outro, perdidos em pensamentos. Ela se agachou, tirou os sapatos pretos de salto alto e, com eles na mão, olhou mais uma vez para mim.

Saímos do salão e fomos andar nas margens do rio. Como eu não tinha carro, o jeito era caminhar e caminhar para onde a estrada nos levasse. Seguindo em frente, depois de subirmos uma pequena encosta, fomos surpreendidos pelo aroma das flores brancas que floresciam durante a noite. Ao olhar para trás, os edifícios da fábrica eram manchas escuras que se estendiam abaixo de nós. O salão do baile emitia luzes amarelas e a música *jump*, que a orquestra tocava, era como uma chuva de pólen sobre nós. O vento soprava leve e o reflexo do luar produzia um brilho molhado sobre os cabelos dela.

Ambos permanecemos em silêncio. Logo depois da dança, não sentimos necessidade de conversar. Durante a caminhada, ela não largou do meu braço.

No final da colina, havia uma enorme pradaria cercada por um bosque de pinheiros e, por um instante, o campo parecia um lago silencioso. A grama que crescia homogênea e alcançava a minha cintura bailava ao sabor dos ventos noturnos. As flores-do-campo, espalhadas aqui e ali, exibiam as suas pétalas, que brilhavam sob o luar, para seduzir os insetos.

Caminhei até o centro do campo abraçado a ela e, sem dizer nada, a levei ao chão.

— Você não é de falar muito, não é? — ela disse e riu. Depois, largou os saltos altos e abraçou o meu pescoço. Beijei a sua boca, afastei o corpo e, mais uma vez, olhei para ela. Linda como um sonho. Eu não conseguia acreditar que a tinha nos braços. Ela, de olhos fechados, parecia aguardar que eu a beijasse de novo.

Foi nesse instante que as feições de seu rosto começaram a mudar. De uma das narinas, surgiu uma coisa rastejante, branca e flácida. Era um verme. Eu nunca tinha visto um tão grande como aquele. Em seguida, mais vermes começaram a sair pelas duas narinas, e o ar foi tomado por um cheiro insuportável, de cadáver em putrefação. Um cheiro que provocava ânsias de vômito. Os vermes da boca penetravam na garganta, enquanto outros passavam pelos olhos para se enfiar nos cabelos. A pele do nariz cedeu, só restando ali dois buracos negros por onde vermes em profusão rastejavam cobertos de carne putrefata.

Dos olhos saíam pus. O pus pressionava os globos oculares que, depois de tremularem duas ou três vezes de um modo estranho, saltaram das órbitas e penderam para os lados do rosto. No interior das cavidades oculares havia vermes endurecidos em forma de um carretel de linha branca. Também havia vermes aos montes no cérebro pútrido. A língua, que parecia uma lesma gigante, pendia da boca, intumescida. As gengivas carcomidas revelavam dentes brancos que caíam com facilidade. Por fim, a própria boca também se dissolveu. Sangue brotava da raiz dos cabelos, que começaram a soltar em mechas. Vermes se saciavam com a pele viscosa da cabeça. Mesmo assim, a garota não soltava os braços que envolviam as minhas costas. Eu não conseguia me desvencilhar de seu abraço, tampouco desviar o rosto e muito menos fechar os olhos. Um bolo de asco que se formara em meu estômago subiu para a garganta, mas eu não conseguia vomitar.

Tive a impressão de que toda a pele do meu corpo tinha sido virada do avesso. Escutei a risada do anão no pé do meu ouvido.

O rosto da garota não parava de se decompor. Os músculos, por alguma razão, ficaram retorcidos e a mandíbula se abriu, espalhando as carnes com textura pastosa, misturadas com pus e vermes, por todos os lados.

Respirei fundo para conseguir fôlego e gritar com todas as minhas forças. Queria que alguém, qualquer um, me salvasse daquele inferno. Mas, por fim, reprimi o grito. Intuitivamente pensei: *Isso não pode ser real*. Foi como um estalo. Era obra do anão. Ele queria que eu soltasse a voz, que eu dissesse qualquer coisa para tomar o meu corpo para sempre. Era isso que ele estava planejando.

Mas eu sabia o que fazer e tratei de fechar os olhos. Dessa vez, sem grande resistência. Ao fechá-los, escutei as rajadas de vento cruzando o campo. Senti os dedos da garota segurando firmemente as minhas costas. Abracei o corpo dela, puxei-a para mais perto de mim e pus os meus lábios naquela carne em decomposição onde ficava a sua boca. Senti meus lábios encostarem naquelas carnes asquerosas e vermes endurecidos, o cheiro insuportável de carniça entrava pelas minhas narinas. Mas isso só durou um segundo. Quando abri os olhos, eu voltava a beijar a linda garota de antes. A luz tênue do luar iluminava as suas bochechas cor de pêssego. Era o sinal de que eu tinha vencido o anão. Conseguira passar pela prova sem proferir uma única palavra.

Você ganhou, ele confirmou, com a voz desanimada. *Ela é sua. Vou sair.*

E o anão abandonou o meu corpo.

— Mas a história não acaba aqui — ele tratou de fazer a ressalva. — Você pode ganhar várias e várias vezes; mas, para perder, basta uma única vez. Se perder uma vez, perde tudo. Um dia você perderá e, então, será o seu fim. Vou esperar por esse dia.

— Por que eu? — gritei. — Por que não outra pessoa?

Ele não respondeu. Apenas riu. Sua risada reverberou durante um tempo até se desfazer no vento.

No final, o anão estava certo. Hoje, venho sendo perseguido pela polícia. Uma pessoa que me vira dançando no salão — desconfio que tenha sido aquele velho — denunciou às autoridades que o anão vivia dentro do meu corpo. A polícia investigou a minha vida e interrogou várias pessoas próximas. O meu parceiro admitiu que eu havia comentado sobre o anão dançarino. Fui condenado à prisão. A polícia cercou a fábrica. A bela garota do Estágio de Produção Oito discretamente me avisou a respeito do cerco. Fugi mergulhando em uma piscina que estocava elefantes e, montado nas costas de um deles, alcancei a floresta. Na fuga, pisoteei alguns policiais.

Desde então, há um mês estou fugindo de floresta em floresta, de montanha em montanha, me alimentando de frutas silvestres e insetos e bebendo água do rio para sobreviver. A quantidade de policiais é grande. Sei que um dia vão me pegar. E, quando isso acontecer, serei posto em um guincho e estraçalhado em mil pedaços. Tudo em nome da revolução. Foi isso que ouvi dizer.

Todas as noites, sonho com o anão implorando que eu permita que ele entre em meu corpo.

— Assim, você não será preso nem irá virar picadinho — disse o anão.

— Mas, em compensação, teria de morar na floresta e dançar por toda a eternidade, não é?

— Isso mesmo. A escolha é sua.

Depois de dizer isso, o anão deixa escapar uma risadinha.

Eu não sei o que quero.

Ouço latidos de cachorros. São muitos. Estão bem perto daqui.

O último gramado do entardecer

Eu devia ter dezoito ou dezenove anos na época em que trabalhava cortando grama, ou seja, cerca de catorze ou quinze anos atrás. Foi há muito tempo.

Mesmo assim, às vezes, tenho a impressão de que catorze ou quinze anos não é muito tempo. Se não me engano, foi bem na época — talvez pouco antes ou pouco depois — em que Jim Morrison cantava *Light my Fire* e Paul MacCartney, *The Long and Winding Road* e, para mim, é difícil conceber esse período como sendo de um passado distante. Chego a pensar que eu mesmo não mudei tanto ao longo desses anos.

Mas posso estar enganado. Devo ter mudado, e muito. Se eu não admitir isso, muitas coisas deixariam de fazer sentido.

Sendo assim, o.k., eu mudei. E todas essas coisas a que me vou referir aconteceram há catorze ou quinze anos.

Perto de casa — eu tinha mudado havia pouco tempo — existia uma escola pública ginasial, e, quando eu saía para caminhar ou fazer compras, passava na frente dela. Com o pensamento distante, eu via os alunos praticando esportes, desenhando e fazendo bagunça. Nada neles chamava minha atenção em especial, mas eles eram tudo o que existia a se olhar por ali. Também existiam algumas cerejeiras plantadas ao longo da calçada à direita, mas as crianças eram mais interessantes.

Então, certo dia, de repente, um pensamento me ocorreu: *Elas têm catorze ou quinze anos.* Aquilo foi sem dúvida uma singela descoberta e uma autêntica surpresa. Pensar que, catorze ou quinze anos atrás, elas nem tinham nascido e, se tivessem, não passavam de rosados pedaços de carne semiconscientes. Agora, usavam batom, fumavam escondidas num canto da quadra, se masturbavam, enviavam cartas ridículas a DJs, pichavam os muros das casas com spray vermelho e, quem sabe, liam *Guerra e paz*.

Uau.

Da minha parte, há catorze ou quinze anos, eu cortava grama.

A memória é como a ficção ou a ficção é como a memória. Desde que comecei a escrever romances, percebo e sinto profundamente essa via de mão dupla. A memória é como um tipo de romance, ou vice-versa. Por mais que você se esforce para conduzir a escrita de forma organizada, o contexto vai para um lado, vem para outro e, de tantas idas e vindas, ele acaba se perdendo. É como amontoar vários gatinhos. Apesar de quentes com o calor da vida, não têm estabilidade para se equilibrar. Vez por outra, quando essa escrita se torna mercadoria — um produto comercial —, isso me constrange. A ponto de o meu rosto ficar vermelho. Se chego a ficar com a expressão alterada assim, é certo que o mundo também ruboriza.

No entanto, se considerarmos que a existência humana é constituída de ações absurdas apoiadas em motivações relativamente genuínas, a questão do certo ou errado deixará de ser crucial. É a partir desse ponto que a memória germina e nasce a ficção. É desse ponto que elas se tornam uma máquina de movimento perpétuo que ninguém conseguirá parar. Emitindo um barulho rígido e seco, a ficção percorrerá toda a superfície da terra, traçando uma linha que tende ao infinito.

"Tomara que dê certo", alguém poderá dizer. Mas não tem como. Não funciona assim.

Então, como proceder?

O melhor é continuar juntando e amontoando os gatinhos. Gatinhos exaustos, dóceis e macios. O que será que eles vão pensar ao despertar e descobrir que estão empilhados como *lenha* para fogueira? Talvez pensem que é estranho, e fique por isso mesmo. E, se isso acontecer — e não mais que isso —, acho que tenho uma pequena chance de salvação. Acho que tenho.

Eu cortava grama quando tinha dezoito ou dezenove anos e, sendo assim, esta é uma história de muito tempo atrás. Naquela época, namorava uma garota da minha idade, mas ela tinha ido morar em uma cidade bem distante. A gente se encontrava, no máximo, duas semanas por ano. Encontros em que fazíamos sexo, íamos ao cinema, frequentávamos bons restaurantes e conversávamos sobre tudo. Dentro dessa rotina, sempre acabávamos brigando feio para depois fazer as pazes e terminar na cama. Ou seja, éramos uma versão resumida de um casal comum.

Ainda hoje não sei dizer se cheguei de fato a amá-la ou não. Apesar de ainda guardá-la na memória, não sei a resposta. A única coisa que sei é que gostava de fazer as refeições com ela, de vê-la tirar cada peça de roupa e penetrar em seu corpo macio. Depois do sexo, eu também gostava de olhar para ela, de conversar, de observar o rosto dela apoiado no meu peito e de vê-la dormir. Mas isso é tudo o que me ficou dela. Fora isso, mais nada.

Exceto nas semanas em que ficávamos juntos, a minha vida era extremamente monótona. Eu assistia às aulas da faculdade e as minhas notas estavam dentro da média. Ia para o cinema sozinho e perambulava à toa pela cidade. Eu tinha uma amiga muito querida. Apesar de ela ter namorado, nós sempre saíamos para passear e conversar sobre vários assuntos. Quando eu estava sozinho, ouvia rock. Eu me sentia feliz e, ao mesmo tempo, triste. Mas convenhamos que, naquela fase, todos nós nos sentíamos assim.

Em uma certa manhã de verão, no começo de julho, recebi uma longa carta da minha namorada dizendo que queria terminar comigo. "Eu sempre gostei de você, ainda gosto e daqui pra frente..." etc. etc. Resumindo, era uma carta me dando o fora. Ela até já estava saindo com outro. Balancei a cabeça para os lados num gesto de indignação, fumei seis cigarros, saí para beber cerveja, voltei e fumei de novo. Depois, quebrei ao meio três lápis que estavam sobre a mesa. Não era exatamente raiva que eu sentia. Só estava atônito. Em seguida, troquei de roupa e fui trabalhar. Por um bom tempo, as pessoas ao meu redor comentavam "Como você anda alegre!". Difícil entender a vida.

Naquele ano, eu tinha um emprego temporário de cortador de grama. A empresa ficava perto da estação Kyôdô da linha Odakyû e ia de vento em popa. Muitas pessoas escolhem amplos gramados quando constroem suas casas. Ou adotam um cachorro. É quase um reflexo condicionado. Alguns até optam pelos dois. Nada contra. A grama verde é bonita e cachorros são carismáticos. Mas, meio ano depois, os aborrecimentos são evidentes. A grama precisa ser cortada e é preciso levar o cão para passear. Nem sempre as coisas saem do jeito que a gente quer.

Era aí que eu entrava: contratado para cuidar do jardim dessa gente. Tudo começou no verão do ano anterior, depois de ver o anúncio dessa empresa no mural da faculdade. Além de mim, havia outros colegas que também trabalhavam lá, mas logo desistiram e, no final, só eu continuei. O serviço era pesado, mas o salário compensava. O melhor era não precisar conversar com as pessoas. Um trabalho perfeito para mim. Depois que comecei nesse emprego, juntei um bom dinheiro. A intenção era poupar para viajar no verão com a minha namorada. Mas, com o término do namoro, não houve viagem. Depois de receber a carta que anunciava o fim do nosso relacionamento, fiquei uma semana pensando em como torrar as economias. Era só nisso que eu pensava. Aquela foi uma típica semana em que nada parecia fazer sentido. O meu corpo parecia ser o de outra pessoa. As minhas mãos, o meu rosto, o meu pênis... nada parecia ser meu. Imaginei outro homem dormindo com ela. Alguém — que eu desconhecia — mordiscando seus delicados mamilos. Era uma sensação estranha. Como se eu deixasse de existir.

No final das contas, não consegui definir o que faria com o dinheiro. Alguém chegou a perguntar se eu não queria comprar um carro — um Subaru 1000 cc — usado. Tinha alta quilometragem, mas estava em boas condições e o preço também era atraente. Mesmo assim, não me senti empolgado para fechar negócio. Outra possibilidade era substituir os alto-falantes do meu aparelho de som por outros mais potentes, mas eu vivia num pequeno e antigo apartamento, daquelas construções de madeira, então, de que me serviriam? Podia me mudar para outra casa, mas não havia motivos para isso. E aí talvez não sobrasse dinheiro para adquirir os alto-falantes.

Não sabia no que gastar. Por fim, comprei uma camisa polo, alguns discos e guardei o que sobrou. Um tempo depois, comprei também um rádio portátil da Sony, bonito e de boa qualidade. Tinha um alto-falante potente e o sinal de FM pegava bem.

Uma semana depois, cheguei a uma conclusão: se não tinha com que gastar, não precisava juntar dinheiro.

Em uma certa manhã, informei ao presidente da empresa que deixaria o emprego. Justifiquei a necessidade de estudar para as provas, e que, antes, ainda pretendia viajar um pouco. Claro que não falei que estava saindo por não precisar mais de dinheiro.

— É mesmo? Que pena! — disse o presidente (que parecia um jardineiro idoso), parecendo lamentar mesmo a minha saída. Ele suspirou, sentou na poltrona e fumou um cigarro. Ao erguer a cabeça, olhou para o teto e as articulações de seu pescoço estalaram. — Você trabalhou muito bem. Dentre os temporários, você era o mais antigo e o que mais recebeu elogios dos clientes. Apesar de jovem, sempre fez um excelente trabalho.

Agradeci as palavras. De fato, minha reputação era boa. Sempre fui bastante dedicado. A maioria dos temporários usava o cortador de grama para realizar o serviço principal, e terminava as tarefas de qualquer jeito. Era um método rápido e não cansava muito. O meu jeito de trabalhar, porém, era outro. Eu quase não usava a máquina e gastava a maior parte do tempo cortando a grama manualmente. Cortava e aparava as áreas das bordas, em especial onde a máquina não alcançava; com isso, o acabamento ficava impecável. O rendimento era baixo porque o salário era calculado pela quantidade de casas e pelo tamanho dos jardins. O fato de trabalhar muito tempo agachado provocava uma tremenda dor nas costas. Só quem já cortou grama sabe o que digo. No começo, enquanto o corpo não se acostuma, até subir e descer escadas é doloroso.

Eu não trabalhava com toda essa dedicação e capricho para conquistar uma boa reputação. Sei que é difícil de acreditar, mas eu me sentia motivado só porque gostava de cortar grama. Todas as manhãs eu afiava a tesoura de poda, ajeitava o cortador na minivan, ia até a casa do cliente e fazia o serviço. Havia muitos tipos de jardim e de donas de casa. Algumas eram simpáticas e discretas, enquanto outras eram ríspidas e mal-educadas. Havia também jovens esposas que ficavam de camiseta larga e sem sutiã e, enquanto eu cortava grama, se aproximavam e, agachadas na minha frente, deixavam à mostra seus mamilos.

Seja como for, assim era a minha rotina. Em geral, a grama dos jardins estava tão alta que eles pareciam matagais. Quanto maior a grama, mais vontade eu tinha de trabalhar nela. Ao terminar o serviço, a impressão do jardim era totalmente distinta. Uma sensação maravilhosa, como se nuvens espessas se dispersassem dando lugar aos raios de sol.

Apenas uma vez dormi com a dona da casa depois de terminar o trabalho. Ela tinha uns trinta e um ou trinta e dois anos. Era do tipo mignon e seus seios eram pequenos e rígidos. Ela fechou as portas e com a luz apagada, no quarto escuro, fizemos sexo. Sem se livrar do vestido, tirou a calcinha e ficou em cima de mim. Não permitiu que eu a tocasse dos seios para baixo. Seu corpo era estranhamente frio e só a vagina era quente. Ela era de poucas palavras, e eu também permaneci quieto. A barra de seu vestido emitia um som como o de um sussurro, alternando movimentos rápidos e lentos. O telefone tocou por um momento, mas parou.

Um tempo depois, pensei que minha namorada e eu poderíamos ter terminado por causa disso. Mas essa ideia não tinha fundamento. Foi só algo que me ocorreu. A sensação de culpa por ter ignorado a chamada. Mas tudo bem. Aquilo já era passado.

— E agora? — disse o presidente. — Com você saindo, não vou conseguir honrar os compromissos. Estamos no período de maior demanda.

A estação das chuvas faz com que a grama cresça mais rápido.

— Será que você pode ficar mais uma semana? Preciso de pelo menos esse tempo para poder achar outra pessoa para a sua vaga e aí eu me ajeito. Se você aceitar, pago um adicional.

Acabei por aceitar a proposta. Por ora, eu não tinha mesmo nenhum plano e o melhor era que eu gostava de trabalhar. *Mas, mesmo assim, é estranho*, pensei. Justamente quando imaginava não precisar mais de dinheiro, ele continuava vindo.

Três dias ensolarados, um chuvoso e, a seguir, mais três dias de muito sol. A semana transcorrera desse jeito. Era verão. Um verão esplêndido e agradável. Nuvens brancas de contornos bem definidos flutuavam no céu. O sol escaldante queimava a pele. Minhas costas tinham descascado três vezes e estavam bronzeadas. Até atrás das orelhas o sol havia castigado.

Na manhã do meu último serviço, vesti uma camiseta, um short e tênis; pus os meus óculos escuros e entrei na minivan rumo ao meu último jardim. O rádio do carro estava quebrado, então levei o meu rádio portátil e dirigi ouvindo rock'n'roll. Creedence, Grand Funk. Tudo girava em torno do sol de verão. Eu alternava entre assobiar ao ritmo de algumas das músicas e fumar um cigarro. O jornalista da rádio FEN emendou uma sequência impronunciável de nomes de localidades vietnamitas.

O meu último jardim ficava perto do parque de diversões Yomiuri Land. Caramba! Por que uma pessoa que morava na província de Kanagawa contratava uma empresa de Setagaya para cortar a grama do seu jardim? Mas eu não tinha direito de reclamar. Afinal, eu escolhera esse trabalho. De manhã, ao chegar à empresa, tínhamos um quadro com toda a programação do dia, e cada um indicava o serviço que queria pegar. A maioria optava por locais próximos para não perder tempo na locomoção e assim conseguir trabalhar e receber mais. Eu, ao contrário, procurava pelas casas mais distantes. Sempre foi assim. Todos estranhavam isso. Como já contei, eu era o mais antigo da casa, então tinha prioridade nas escolhas.

Não havia um motivo em especial. Eu apenas gostava de cortar a grama de lugares distantes. Gostava do tempo na estrada, de contemplar as paisagens enquanto viajava. Mas suponho que isso seja difícil de entender.

Eu dirigia com as janelas abertas. Conforme me distanciava da cidade, o vento ficava mais fresco, o verde, mais vívido, o cheiro enjoativo de mato e da terra seca se intensificava e as nuvens tinham contornos mais nítidos. O tempo estava magnífico. Perfeito para uma curta viagem com uma garota. Imaginei o mar frio e as areias quentes da praia. Depois, pensei num pequeno quarto com ar-condicionado e uma cama com lençóis azuis impecáveis. Apenas isso. Nada mais me ocorria. As imagens da praia e dos lençóis azuis se alternavam em minha mente.

Ao encher o tanque de combustível no posto de gasolina, continuava a pensar nisso. Deitei-me no gramado ao lado do posto e, distraído, fiquei observando o frentista verificar o óleo e limpar os vidros. Ao encostar a orelha no chão, ouvi vários tipos de som. Um deles parecia ser o barulho das ondas do mar. Mas é claro que não se tratava disso. Eram misturas de sons que a terra sugava. Um pequeno inseto andava sobre a folha do capim à minha frente. Um inseto minúsculo, verde e alado. Andou até a extremidade da folha, hesitou durante um tempo e, por fim, deu meia-volta e retornou pelo mesmo caminho. Não parecia nem um pouco atordoado por ter de voltar.

Foram dez minutos para abastecer, verificar o óleo e, assim que o atendente terminou de limpar os vidros, tocou a buzina para me chamar.

A casa a qual me dirigia ficava no meio de uma colina. Na estrada sinuosa que subia a majestosa colina, árvores altas cobriam ambos os lados. Em uma das casas, dois meninos brincavam com a água da mangueira, nus no jardim. Os jatos de água formavam um pequeno arco-íris de uns cinquenta centímetros. Alguém tocava piano com a janela aberta. Seguindo a numeração, foi fácil localizar a casa que eu procurava.

Parei a minivan diante dela e toquei a campainha. Não houve resposta. Ao redor, imperava o silêncio. Não havia sinal de gente. Toquei mais uma vez. Aguardei paciente.

A casa era simples e parecia agradável de morar. Os muros eram pintados com cor de creme e, no meio do telhado, havia uma chaminé quadrangular da mesma cor. As janelas tinham molduras cinza e cortinas brancas, todas desbotadas de tanto sol. Era um imóvel antigo, mas o tempo não havia tirado o seu encanto. Em locais de veraneio é comum encontrarmos casas desse tipo. Metade do ano ocupada, metade do ano vazia. Parecia ser assim. A atmosfera da casa tinha um encanto especial.

O muro de tijolos, construído em estilo francês, batia na altura da cintura e, sobre ele, havia uma cerca de rosas. As rosas tinham caído e as folhas verdes se banhavam com os ofuscantes raios de sol do verão. Não dava para ver o estado do gramado, mas o jardim parecia ser amplo e uma enorme canforeira deitava uma sombra fresca na parede creme.

Quando toquei pela terceira vez a campainha, a porta do terraço se abriu lentamente e uma mulher de meia-idade apareceu. Era bem corpulenta. Eu não era franzino, e ainda assim ela tinha uns três centímetros a mais do que eu. Seus ombros eram largos e parecia estar zangada com alguma coisa. Ela devia estar na faixa dos cinquenta anos. Não era bonita, mas o rosto tinha traços elegantes. Apesar disso, não causava uma boa primeira impressão. As sobrancelhas escuras e o queixo quadrado lhe conferiam uma teimosia de quem jamais cede quando tem uma opinião.

Ela me encarou com olhos sonolentos, aparentemente incomodada com a minha presença. Seus poucos cabelos grisalhos misturados aos fios grossos faziam ondas no alto da cabeça e, das mangas do vestido de algodão, pendiam dois braços vigorosos. E muito brancos.

— Vim cortar a grama — anunciei e, em seguida, tirei os óculos escuros.

— Grama? — ela quis ter certeza, inclinando a cabeça.

— Isso mesmo. Contrataram a nossa empresa.

— Hum. Ah, sim, tem razão. O gramado. Que dia é hoje?

— Dia 14.

Ela bocejou.

— Ah, é? Dia 14? — e bocejou de novo. Parecia ter dormido um mês. — Por acaso, você tem cigarro?

Tirei do bolso um maço pequeno de cigarros Hope, passei um para ela e o acendi com fósforo. Ela ergueu o rosto para o céu e expeliu a fumaça com deleite.

— Vai precisar de quanto? — perguntou.

— Quanto tempo vou precisar para cortar a grama toda?

Ela apontou o queixo para a frente e confirmou.

— Depende do tamanho e do estado do jardim. Posso dar uma olhada?

— Claro. É o único jeito de saber, não é?

Eu a segui até o jardim. Era plano, retangular e tinha cerca de duzentos metros quadrados. Havia arbustos de hortênsias, uma única árvore de cânfora e o restante era gramado. Embaixo da janela se viam duas gaiolas abandonadas. O jardim estava bem cuidado, e a grama, curta, ainda não necessitava de corte. Fiquei um pouco decepcionado.

— Do jeito que está, vocês podem esperar mais duas semanas — disse.

A mulher soltou um pouco de ar pelas narinas, fazendo barulho e demonstrando contrariedade.

— Quero a grama mais curta. É pra isso que estou pagando você. Se digo que é pra cortar, qual é o problema?

Olhei de relance para ela. Ela tinha razão. Concordei balançando a cabeça e calculei mentalmente o tempo que gastaria para fazer o serviço.

— Vou precisar de umas quatro horas.
— Você é bem devagar, hein!
— Se for possível, quero trabalhar sem pressa.
— Faça como quiser.

Fui para o carro pegar o cortador de grama elétrico, o ancinho, os sacos de lixo, a garrafa térmica com café gelado e o rádio portátil, e levei tudo para o jardim. O sol estava quase a pino e a temperatura não parava de aumentar. Enquanto eu levava as tralhas para o jardim, ela trouxe dez pares de sapatos para o terraço e começou a limpá-los com um trapo. Eram todos calçados femininos e de dois tamanhos: um pequeno e outro muito grande.

— Posso pôr música enquanto trabalho? — perguntei.

Ela estava agachada e me olhou para responder:

— Eu gosto de música.

Comecei recolhendo as pedrinhas espalhadas no jardim e depois passei o cortador de grama. Se a máquina sugasse a pedra, estragaria a lâmina. Na parte da frente do cortador havia uma cesta de plástico que armazenava a grama cortada. Quando enchia, eu tirava a cesta e jogava o conteúdo no lixo. Ainda que a grama estivesse curta, tinha bastante coisa a ser coletada por conta do tamanho do jardim. O calor era atroz. Tirei a camiseta suada e fiquei de short. Agora só faltava o churrasco. Nessas horas, por mais que você beba água, ela não vai virar uma gota de urina. Tudo vira suor.

Depois de passar o cortador durante uma hora, sentei à sombra da canforeira e bebi o café gelado. O açúcar penetrou em todos os cantos do meu corpo. Uma cigarra cantava acima da minha cabeça. Liguei o rádio, girei o botão em busca de uma boa programação e, ao ouvir *Mama Told Me Not to Come*, dos Three Dog Night, parei de procurar, deitei de costas e, pelas lentes dos óculos escuros, contemplei os galhos da árvore e os raios de sol que se revelavam por entre as folhas.

Ela se aproximou e ficou em pé ao meu lado. Vendo-a de baixo, ela parecia uma canforeira. Na mão direita, segurava um copo que parecia conter uísque e gelo que cintilava com o reflexo da luz de verão.

— Quente, hein? — disse ela.

— Demais — respondi.

— Como fará com o almoço?

Olhei para o meu relógio de pulso. Eram onze e vinte.

— Quando der meio-dia, saio para comer. Se não me engano, há uma lanchonete aqui perto.

— Não precisa ir até lá. Eu faço um sanduíche para você.

— Não se preocupe. Estou acostumado a sair para comer.

Ela levou o copo até a boca e bebeu metade do uísque em um só gole. Depois, fechou a boca e soltou o ar.

— Vou fazer almoço para mim e não custa fazer alguma coisa para você. Mas, se realmente não quiser, não faço.

— Sendo assim, aceito. Muito obrigado.

Ela permaneceu em silêncio e projetou de leve o queixo para a frente. Em seguida, caminhou sem pressa, balançando os ombros, e entrou na casa.

Cortei a grama com a tesoura até o meio-dia. Comecei por aparar as áreas que estavam irregulares e, mesmo depois de passar a máquina e varrer a grama com o ancinho, continuei cortando onde o cortador não conseguira alcançar. O serviço exigia muita paciência. Podia ser feito de qualquer jeito ou com esmero. Mas zelar por um bom serviço nem sempre significava reconhecimento. Havia o risco de ser julgado como um profissional indolente ou que gostava de enrolar. Mas, como disse antes, eu sempre procurava fazer o melhor. Era próprio da minha natureza. E, possivelmente, era também um pouco de orgulho.

Em algum lugar soou uma sirene indicando meio-dia, então a proprietária me encaminhou à cozinha e ofereceu sanduíches. A cozinha não era muito grande, mas o ambiente era agradável e limpo. Sem excessos na decoração. Era simples e funcional. As louças e talheres eram antigos e ali se tinha a impressão de que o tempo havia parado em alguma época do passado. Com exceção da geladeira gigante que bramia sonoramente, o entorno era muito silencioso. Ela me ofereceu cerveja, mas recusei por estar em horário de trabalho. Então, me serviu suco de laranja e bebeu a cerveja. Sobre a mesa também havia uma garrafa de White Horse pela metade e, no chão embaixo da pia, muitos e variados tipos de garrafas vazias.

O sanduíche de presunto, alface e pepino estava mais gostoso do que aparentava. Disse a ela que estava delicioso. Ela explicou que fazer sanduíches era mesmo o seu forte, até porque não tinha outras habilidades culinárias. Contou que o falecido marido era americano e comia sanduíche todos os dias. Que, para deixá-lo satisfeito, bastava lhe oferecer aquilo.

Ela nem tocou no próprio sanduíche. Limitou-se a comer dois picles e continuou bebendo cerveja. Não parecia beber com prazer — apenas bebia. Sentados de frente um para o outro na mesa da cozinha, eu comia o sanduíche e ela bebia sua cerveja. Não falamos mais nada, nenhum dos dois.

Ao meio-dia e meia, voltei ao batente. Meu último gramado. Depois que terminasse, pensava que não teria mais nenhuma ligação com essa atividade.

Cortei a grama com empenho enquanto ouvia uma seleção de rock da rádio FEN. Varri a grama com o ancinho e, como faria um barbeiro, a examinei atentamente, sob diversos ângulos, para ter certeza de que nada escapara. À uma e meia, dois terços do jardim estavam prontos. O suor caía nos olhos e, toda vez que isso acontecia, eu lavava o rosto com água da torneira. Sem nenhum motivo, meu pênis endureceu várias vezes, para logo amolecer. Bem patético ter ereções cortando grama.

Terminei o trabalho às duas e vinte. Desliguei o rádio e dei uma volta no jardim descalço. Fiquei satisfeito. Não havia grama sobrando nem áreas irregulares. Estava liso como um tapete. Fechei os olhos e respirei fundo. Durante um tempo, saboreei a alegria de sentir o frescor do verde sob os meus pés. Mas, um tempo depois, de súbito senti a energia do meu corpo se esvair.

Ainda gosto muito de você, foi o que ela escrevera na última carta. *É um homem gentil e maravilhoso. Não estou mentindo. Mas, certo dia, senti que isso não me bastava. Não sei dizer a razão. Mas tenho consciência de que esse é um jeito horrível de dizer isso para você. Não existem justificativas. Dezenove é uma idade muito difícil. Daqui a alguns anos, creio que poderei explicar melhor o que aconteceu entre nós. Por outro lado, daqui a alguns anos é provável que já não seja mais necessário explicar coisa nenhuma, não é?*

Lavei o rosto na torneira, guardei os equipamentos na minivan e vesti uma camiseta limpa. Depois, abri a porta da varanda e avisei que tinha terminado.

— Quer uma cerveja? — ofereceu ela.

— Aceito, obrigado — respondi. Com o serviço finalizado, achei que não havia problema.

Fomos até o jardim e, lado a lado, contemplamos o gramado. Eu bebia cerveja e ela, vodca com tônica, sem limão, num copo alto e fino. Era daqueles comuns em bares. As cigarras continuavam a fazer barulho. A mulher não aparentava estar bêbada; só a respiração era um pouco estranha. O ar parecia escapar discretamente por entre os dentes, como num leve sibilo. Tive a impressão de que ela poderia desmaiar a qualquer momento no gramado e vir a falecer. Tentei imaginar a cena. Acho que o corpo despencaria ruidosamente no chão.

— Você fez um bom trabalho — disse ela. — Contratei muitas empresas para fazer o serviço, mas você foi o primeiro que, de fato, fez um bom trabalho.

— Muito obrigado.

— Meu falecido marido era bem exigente e era ele quem cuidava do jardim, com o mesmo capricho e dedicação que você demonstrou.

Peguei um cigarro, ofereci outro a ela e, juntos, voltamos a contemplar o jardim, fumando. As mãos dela eram maiores do que as minhas e pareciam duras como pedras. Tanto o copo, que ela tinha na mão direita, quanto o cigarro, na mão esquerda, passavam a impressão de miniaturas enquanto os segurava. Os dedos eram grossos e ela não usava anéis. As unhas tinham nítidas linhas verticais.

— Meu marido sempre cortava a grama nos dias de folga. Mas não pense que era um cara esquisito.

Tentei imaginar. Em vão. Era tão difícil quanto pensar num casal de canforeiras.

Ela sibilou mais uma vez.

— Desde que o meu marido morreu, contrato o serviço de empresas especializadas. Eu sou sensível ao sol e a minha filha não gosta de se bronzear, mas, mesmo sem contar isso, acho que isso não é tarefa para uma mocinha, não é?

Concordei balançando a cabeça.

— Eu realmente gostei do seu jeito de trabalhar. É assim que se corta a grama. A ação pode ser a mesma para qualquer cortador, mas por trás existe o sentimento. Se você não botar sentimento no que faz, a ação se torna apenas... — ela tentou encontrar a palavra, mas não conseguiu. Em contrapartida, arrotou.

Contemplei outra vez o gramado. O meu último trabalho. Isso me deixou triste. Uma tristeza que encerrava a dor da separação. *Acho que, ao terminar esse gramado, o que eu nutria pela minha namorada também chegará ao fim*, pensei. Seu corpo nu me veio a mente.

A mulher que parecia uma canforeira arrotou de novo. Dessa vez, ela mesma pareceu desaprovar o gesto.

— Volte no mês que vem.

— Mês que vem não posso — respondi.

— Por quê?

— Hoje é o meu último dia de trabalho. Preciso retomar a minha vida universitária e garantir um bom desempenho.

Ela observou meu rosto durante um tempo, desviou o olhar para a ponta dos próprios pés e voltou ao meu rosto.

— Você é estudante?

— Sim.

— Que faculdade?

Ao ouvir a resposta, ela não demonstrou nenhuma reação. Não era uma faculdade que pudesse mesmo deixar alguém impressionado. Com o dedo indicador, coçou a parte detrás da orelha.

— Não vai mais cortar grama?

— Neste verão, não — respondi. Não neste ano. Nem no próximo. Tampouco no outro.

Ela encheu a boca de vodca com tônica como se fosse gargarejar e, a seguir, engoliu em dois grandes goles, como um líquido por demais precioso. Seu rosto estava molhado de suor. Um pequeno inseto parecia estar grudado em sua pele.

— Vamos entrar — disse ela. — Aqui fora está muito quente.

Dei uma olhada no meu relógio de pulso. Duas e trinta e cinco. Não sabia se era cedo ou tarde. Terminei o serviço e no dia seguinte não precisaria cortar nem mais um centímetro de grama. Era uma sensação esquisita.

— Está com pressa? — perguntou ela.

Balancei a cabeça num gesto negativo.

— Então, antes de ir, beba alguma coisa gelada. Não vou tomar muito do seu tempo. Quero lhe mostrar uma coisa.

Mostrar uma coisa?

Não havia por que hesitar. Ela se levantou e, sem olhar para trás, andou rápido em direção à casa. Só me restou acompanhá-la. O calor era tanto que eu estava zonzo.

Dentro da casa, o silêncio reinava absoluto. Depois de ter ficado exposto à luminosidade de uma tarde de verão, sentia pequenas agulhadas atrás das pálpebras. Meus olhos pairavam em uma tênue escuridão que parecia ter sido diluída em água. Uma escuridão que pertencia àquele local havia dezenas de anos. O ar estava fresco. Não um frescor como o de ar-condicionado, mas o de um ar em circulação. O vento entrava de um lugar e saía pelo outro.

— Venha para cá — indicou ela, enquanto seus passos ecoavam no corredor. Havia algumas janelas ao longo desse corredor reto, mas o muro do vizinho e os galhos da canforeira, que cresciam desengonçados, bloqueavam a incidência dos raios de sol. O corredor exalava odores que me eram familiares. Cheiros produzidos pelo tempo, que ele mesmo se encarregava de fazer desaparecer. Remetiam a roupas velhas, móveis velhos, livros velhos — odores de uma vida de outrora. No final do corredor havia uma escada. A mulher olhou para trás para se certificar de que eu a seguia e subiu. Cada degrau que ela pisava emitia um rangido típico de madeira antiga.

Só no alto da escada é que os raios de sol conseguiam penetrar na casa. A janela que ficava ao lado da escada não tinha cortinas e o sol do verão incidia no chão criando uma piscina de luz. Na parte de cima havia apenas dois quartos. Um era o típico quarto de bagunça, o outro, um aposento de verdade. Ele tinha uma porta verde-clara opaca e uma pequena janela de vidro fosco. A pintura verde estava rachada em alguns pontos e a maçaneta de latão estava esbranquiçada.

Com os lábios cerrados, ela forçou a saída do ar pelas narinas e, depois de deixar na beira da janela o copo vazio de vodca com tônica, pegou um molho de chaves do bolso do vestido e, fazendo muito barulho, destrancou a porta.

— Entre — convidou ela.

Entramos no quarto. Estava escuro e abafado. Saturado de ar quente. Por entre os vãos da porta corrediça fechada penetravam filetes dourados de raios de sol. Não dava para ver nada, a não ser pequenas partículas de poeira pairando no ar. Ela sacudiu as cortinas, abriu a janela e fez deslizar a barulhenta porta corrediça. Em segundos, uma luz ofuscante e o vento fresco do sul preencheram o ambiente.

Era um típico quarto de adolescente. Havia uma mesa de estudos perto da janela e, do lado oposto, uma pequena cama de madeira. A cama tinha um lençol azul coral sem nenhuma ruga e travesseiros da mesma cor. No pé da cama havia um cobertor dobrado e, ao lado, um guarda-roupa e uma cômoda. Na cômoda, alguns produtos de beleza: escova de cabelo, uma tesoura pequena, um batom e um estojo de pó de arroz. A jovem não devia ser do tipo que se maquiava com frequência.

Sobre a mesa havia cadernos e dicionários. Dicionários de francês e inglês aparentemente manuseados com cuidado. O porta-lápis contava com um conjunto de canetas e lápis. A borracha tinha um dos lados arredondados. Havia ainda um despertador, uma luminária e um peso para papéis. Tudo muito simples. Pendurados na parede de madeira havia cinco quadros coloridos de pássaros e um calendário, sem figuras. Quando passei o dedo na mesa, ele ficou branco de poeira. Parecia ser resultado de um mês de acúmulo. A folha do calendário ainda indicava junho.

No geral, era um quarto simples e apropriado para uma adolescente. Não se viam bichinhos de pelúcia nem fotos de cantores de rock. Nada de objetos espalhafatosos nem lixeira de florzinha. Na estante de livros embutida na parede havia obras literárias de prosa, antologias de poesia, revistas de cinema e catálogos de exposições de arte. Além de várias brochuras em inglês. Tentei imaginar como seria a dona desse quarto, mas não consegui. A única imagem que me veio à mente foi a da minha ex-namorada.

A mulher de compleição grande e de meia-idade sentou na cama e, em silêncio, me observou. Ela seguia a direção do meu olhar, mas, de repente, parecia pensar em outra coisa. Apesar de seu olhar recair sobre mim, ela não me via. Sentei na cadeira da mesa de estudos e observei a parede atrás dela. Não havia nada pendurado. Uma parede branca. Ao observá-la atentamente, tive a impressão de que a parte de cima pendia para a frente e que, a qualquer momento, podia cair em cima da cabeça dela. Mas, claro, não era nada disso. Não passava de uma ilusão provocada pelo reflexo dos raios de sol.

— Quer uma bebida? — ela perguntou.

Eu recusei.

— Não precisa fazer cerimônia. Eu não mordo.

Sendo assim, disse que aceitaria aquilo que ela tomava, apontando para o seu copo de vodca com tônica, desde que fosse mais fraca.

Cinco minutos depois, ela trouxe dois copos de vodca com tônica e um cinzeiro. Bebi um gole, não estava nem um pouco fraca. Fumei um cigarro enquanto esperava o gelo derreter. Ela sentou na cama e tomava em pequenos goles a bebida que devia estar ainda mais forte que a minha. De vez em quando, ela fazia barulho ao mastigar o gelo.

— Você é saudável — disse ela. — Não vai ficar bêbado.

Concordei um tanto hesitante. Meu pai também era assim. Mas, até hoje, ninguém venceu a guerra contra o álcool. A história sempre se repete com pessoas que não percebem o problema até ver o próprio nariz afundado na terra. Meu pai morreu quando eu tinha dezesseis anos. De uma hora para outra. Morte tão súbita que, sinceramente, não consigo lembrar se ele chegou a estar vivo.

Ela permaneceu calada. Toda vez que mexia o copo, o gelo estalava. Vez por outra, uma brisa entrava pela janela. Os ventos do sul passavam pelas colinas. Era uma tarde de verão tão silenciosa que tive vontade de dormir ali mesmo. De algum lugar distante, era possível ouvir um toque de telefone.

— Abra o guarda-roupa — pediu ela. Fui até ele e, obedientemente, abri as duas portas. Estava abarrotado de roupas penduradas em cabides. Metade era de vestidos, a outra, de saias, blusas e jaquetas. Todas as peças eram de verão. Algumas velhas, outras com pouquíssimo uso. A maior parte das saias era bem curta. Não havia nada ali que enchesse os olhos, mas não eram ruins.

Peças discretas e de bom gosto. Com tantas roupas, dava para sair todos os dias do verão sem nunca precisar repetir uma combinação. Depois de olhá-las por alguns instantes, fechei as portas do guarda-roupa.

— São muito bonitas — eu disse.

— Abra as gavetas da cômoda — indicou ela. Por instantes, hesitei um pouco, mas fiz conforme pediu. Xeretar o quarto de uma garota em sua ausência, por mais que tivesse a permissão de sua mãe, não era uma atitude correta, mas recusar a fazê-lo também parecia errado. Nunca se sabe o que se passa na cabeça de uma pessoa que bebe desde as onze da manhã. Na gaveta de cima, a maior, havia camisetas polo e camisetas comuns. Estavam impecavelmente lavadas, dobradas e bem passadas. Na segunda, bolsas, cintos, lenços, pulseiras e alguns chapéus de tecido. Na terceira, peças íntimas e meias. Tudo limpo e bem organizado. Sem motivo aparente, uma tristeza me abateu. Senti um peso no coração. Fechei a última gaveta.

A mulher permanecia sentada e observava a paisagem exterior. O copo de vodca com tônica que ela segurava na mão direita estava quase vazio.

Voltei a sentar na cadeira e acendi um cigarro. Lá fora, uma colina de contornos suaves se estendia até encontrar com outra colina. O verde era uma amplidão a perder de vista e os bairros residenciais pareciam grudados nele.

— O que achou? — perguntou, sem desviar o olhar da janela.
— Sobre *ela*.
— Não tenho o que dizer; eu não a conheço.
— Você viu as roupas, é capaz de deduzir quem ela é.

Pensei na minha namorada. Tentei lembrar o estilo dela. Não consegui. As lembranças que eu guardava eram muito vagas. Se eu tentasse lembrar de uma saia, a blusa sumia, ou se pensasse sobre um chapéu, o rosto dela virava o de outra garota. Havíamos rompido o namoro fazia seis meses e as minhas lembranças já se esfumaçavam. Será que eu sabia mesmo alguma coisa a seu respeito?

— Não sei — reiterei.

— Que seja uma *impressão*. Qualquer coisa. Me conte, pode ser qualquer coisa.

Para ganhar tempo, bebi um gole da vodca com tônica. Quase todo o gelo já derretera e a bebida parecia uma água adocicada. O sabor forte da vodca passou pela garganta, desceu para o estômago e se transformou em calor. A brisa que entrava pela janela espalhou as cinzas do cigarro sobre a mesa.

— Ela parece ser uma pessoa agradável e metódica — respondi. — Não é muito exigente, mas isso não significa que sua personalidade seja fraca. A faixa de suas notas é de média para alta. Estuda em faculdade feminina ou em uma faculdade técnica. Não tem muitos amigos, mas se dá bem com os poucos que tem. Acertei?

— Continue.

Girei o copo na mão e, depois, o coloquei sobre a mesa.

— Isso é tudo. Para começar, nem sei se o que eu disse está correto ou não.

— Acertou muitas coisas — disse ela, com um tom de voz inexpressivo. — De certa forma, você foi muito bem.

Senti que a presença da menina se manifestava lentamente no quarto. Era como uma tênue sombra branca. Não tinha rosto, mãos ou pernas. Uma aparição sutil e perturbadora num mar de luzes. Bebi mais um gole da vodca com tônica.

— Ela tem um namorado — continuei. — Talvez dois. Não tenho certeza. Não sei o grau de intimidade entre eles. Mas isso é o de menos. A questão é que... ela não consegue se adaptar. Ao próprio corpo, aos seus pensamentos, aos seus desejos, às necessidades dos outros... coisas desse tipo.

— Acho que sim — disse ela, depois de um tempo. — Entendo o que quer dizer.

Mas eu não fazia a mínima ideia do que estava dizendo. Não entendia nada. Não sabia sobre quem e para quem eram aquelas deduções. Estava exausto e queria dormir. Tive a impressão de que, se dormisse, muitas coisas ficariam claras. Ainda que esclarecê-las não significasse chegar a soluções.

Depois disso, a dona da casa ficou calada por um bom tempo. Eu também. Entediado, bebi metade da vodca com tônica. O vento estava um pouco mais forte. Vi que as folhas arredondadas da canforeira balançavam. Estreitei os olhos para observá-las sem dizer nada. O silêncio imperou por um momento, mas isso não chegou a me constranger. Cuidei para não cochilar. Contemplava a árvore e pensava no cansaço acumulado dentro de mim, parecia que o acariciava com uma mão imaginária. Era algo que existia dentro de mim e, ao mesmo tempo, era como se estivesse em algum local bem distante.

— Sinto muito por ter tomado seu tempo — disse a mulher. — Você cortou muito bem a grama. Fiquei bastante satisfeita.

Eu balancei a cabeça em sinal de aprovação.

— Ah! Preciso pagar o serviço — disse a mulher, levando sua enorme mão branca ao bolso do vestido. — Quanto é?

— Depois eu envio a fatura. Por favor, pague pelo banco.

Ela deixou escapar uma vibração no fundo da garganta, parecia contrariada.

Atravessamos novamente o corredor, descemos as escadas e chegamos ao terraço. O corredor e o terraço continuavam com a temperatura fria e envoltos pela penumbra. Aquela sensação me remeteu à infância, quando, nos dias de verão, eu passava debaixo de uma enorme ponte de ferro depois de caminhar por um rio raso. Era escuro e, de repente, a temperatura da água diminuía; o terreno arenoso se tornava estranhamente lodoso. Quando calcei o tênis e abri a porta do terraço, fiquei aliviado. Senti-me acolhido pelos raios de sol e o vento exalava o cheiro da grama verde. Algumas cigarras voavam por sobre a cerca, farfalhando suas asas como se estivessem sonolentas.

— Maravilhoso! — repetiu a mulher, ao contemplar o gramado do jardim.

Também o contemplei. A grama estava mesmo muito bem cortada. Modéstia à parte, eu fizera um trabalho esplêndido.

A mulher levou a mão ao bolso — de onde saíram muitas coisas — e separou uma nota de dez mil ienes. A cédula não era muito velha, mas estava toda amassada. Dez mil ienes catorze ou quinze anos atrás não era pouca coisa. No início, fiquei em dúvida se devia aceitar aquele dinheiro, mas achei melhor não recusar.

— Muito obrigado.

Parecia que ela precisava fazer mais algum comentário. Mas não sabia ao certo o que dizer. Assim, ficou observando o copo que estava na mão direita, já vazio. Depois, olhou para mim.

— Quando você voltar a cortar grama me telefone, sim? Não importa quando.

— Pode deixar — respondi. — Vou ligar. E obrigado pelo sanduíche e pela bebida.

Ela emitiu um som que parecia um "ahã" ou "uhum", que era indecifrável e, dando meia-volta, caminhou até o terraço. Eu dei a partida no carro e liguei o rádio. Já passara muito das três.

No caminho, parei num drive-in para afugentar o sono e pedi uma coca-cola e um prato de espaguete. Estava tão ruim que tive que largar na metade. Na verdade, eu nem estava com fome. Assim que a pálida garçonete retirou o prato, adormeci sentado na cadeira de plástico. O restaurante estava vazio e o ar-condicionado, ajustado em uma temperatura agradável. Foi um sono tão rápido que nem cheguei a sonhar. O próprio ato de dormir era como um sonho. Mesmo assim, ao despertar, a luz do sol estava ligeiramente mais fraca. Bebi mais uma coca e paguei a conta com os dez mil ienes que acabara de receber.

No estacionamento, entrei na minivan e, sem tirar a chave do painel, fumei um cigarro. Inúmeras e pequenas dores atingiram de uma só vez os meus músculos. No fundo, eu estava muito cansado. Desisti de dirigir, afundei na poltrona do carro e fumei mais um cigarro. Todos os acontecimentos pareciam ter ocorrido em algum mundo distante. Era como se todas as coisas estivessem desagradavelmente claras e artificiais, como quando se olha os binóculos pelo lado contrário.

Você espera muito de mim, escrevera a minha namorada. *Mas eu não consigo acreditar que eu realmente tenha qualquer coisa que você possa desejar.*

O que eu quero é cortar bem a grama, pensei. Começando com o cortador elétrico, até juntar a grama com o ancinho e, depois, finalizando com tesoura para deixar tudo bem aparado. Só isso. Era assim que eu sentia que devia ser feito.

— *Não é mesmo?* — falei em voz alta, para que eu mesmo pudesse escutar.

Não houve resposta.

Dez minutos depois, o administrador do drive-in se aproximou do carro, se curvou perto da minha janela e perguntou se eu estava bem.

— Estou um pouco zonzo — respondi.

— Deve ser o calor. Quer que eu traga um copo de água?

— Não, obrigado. Não precisa se incomodar.

Deixei o estacionamento e dirigi rumo à direção leste. Nos dois lados da pista, havia muitas casas, diversos jardins, uma infinidade de pessoas e de tipos de vida. Com as mãos ao volante, dirigi olhando a paisagem que se estendia pelo caminho. Na carroceria, o cortador de grama elétrico chacoalhava com estrondo.

Depois daquele dia, nunca mais cortei grama. Se um dia eu morar em uma casa com gramado, voltarei a fazê-lo. Mas acho que isso só vai acontecer num futuro bem distante. E, quando esse dia chegar, sei que cortarei a grama da melhor maneira.

Silêncio

Olhei para o senhor Ozawa e perguntei se ele já tinha dado um soco em alguém durante uma briga.

Ele estreitou os olhos e, como se alguma coisa lhe ofuscasse a vista, me encarou.

— Por que está me perguntando isso?

A expressão dos olhos dele, brilhantes, não era a de praxe. Mas, em questão de segundos, o fulgor desse olhar se retraiu, retornando ao habitual semblante sereno.

Respondi que não havia um motivo especial. De fato, não havia. Não passava de uma curiosidade, que eu chamaria de inoportuna.

Tentei mudar de assunto, mas Ozawa não colaborou, parecia absorto em pensamentos, como se alguma preocupação o incomodasse. Desisti de conversar e passei a observar pela janela a fileira de aviões prateados.

Ozawa me dissera que frequentava uma academia de boxe desde o ginásio, por isso fiz aquela pergunta. Matávamos o tempo na espera do voo. Ele tinha trinta e um anos e continuava a treinar boxe uma vez por semana. Chegara a participar de vários campeonatos universitários de boxe. Confesso que essa história me pegou de surpresa. Eu havia trabalhado com ele algumas vezes e, sinceramente, ele não parecia ter o perfil de quem treinava boxe havia vinte anos. Era calmo e discreto. Trabalhava com cuidado e não era intransigente com os outros. Por mais que estivesse assoberbado, nunca gritava ou se zangava. Jamais o ouvi falar mal das pessoas ou reclamar de alguma coisa. Era um homem que causava boa impressão. Gentil e tranquilo, de modo que a agressividade era um atributo que passava longe de sua personalidade. Era por isso que eu não conseguia imaginar quando foi que eles — Ozawa e o boxe — se encontraram. Eu queria saber qual teria sido a motivação dele e, sem querer, deixei escapar aquela pergunta.

Estávamos no restaurante do aeroporto tomando café. Ozawa e eu íamos para a província de Niigata a trabalho. Era começo de dezembro e o céu estava nublado, carregado de densas nuvens. Desde cedo, caía uma intensa nevasca em Niigata e a previsão era de que o nosso voo sofreria um grande atraso. O aeroporto estava apinhado de gente. Os alto-falantes não paravam de anunciar os voos atrasados e eram patentes a insatisfação e o aborrecimento das pessoas. A calefação do restaurante estava tão forte que me fazia enxugar o suor constantemente.

— A princípio, não — disse Ozawa, quebrando o silêncio. — Desde que comecei a praticar boxe, nunca soquei ninguém. No início do treinamento, a gente apanha até dizer chega. Um boxeador jamais pode bater em alguém fora do ringue e sem luvas. Se uma pessoa comum der um soco em alguém e acertar em um lugar errado, já pode ser bem ruim. Mas, se o agressor for alguém que pratica boxe, a situação se torna ainda mais grave. Neste caso, o ato de bater será interpretado como um ataque voluntário com arma mortal.

Concordei balançando a cabeça.

— Mas, para falar a verdade, bati em uma pessoa uma vez — continuou Ozawa. — Foi no segundo ano do ginásio. Eu tinha acabado de entrar no boxe. Sei que não é desculpa, mas, naquela época, eu ainda não conhecia bem as técnicas. O que eu fazia na academia era apenas um treinamento básico para fortalecer o corpo, como, por exemplo, pular corda, fazer alongamentos, correr. E o soco não foi para valer. Eu estava com tanta raiva que a mão foi mais rápida que o pensamento. Não consegui me conter. Quando me dei conta, o soco já tinha saído. Mesmo depois, meu corpo continuou tremendo de raiva.

Ozawa começou a praticar boxe porque o tio dele administrava uma academia. Não era qualquer academia de bairro, mas uma de renome, que formou dois atletas que chegaram a ser campeões dos pesos pesados da Ásia Oriental. A sugestão partira de seus pais, que o incentivaram a frequentar a academia para exercitar e fortalecer o corpo. Os pais estavam preocupados com o comportamento do filho, que vivia enfurnado no quarto lendo livros. Ozawa não ficou muito animado com a ideia, mas, como gostava do tio e não tinha motivos para não tentar, acabou cedendo, mesmo sem ter grandes pretensões; se não desse certo, era só desistir.

No entanto, ao frequentar por alguns meses a academia do tio, que ficava a uma hora de distância, ele começou a gostar da atividade, o que nem ele próprio esperava. O que atraiu Ozawa foi a constatação de que o boxe era um esporte basicamente silencioso. E também completamente individual. Um mundo até então desconhecido se descortinava para ele. Um mundo completamente novo, que lhe proporcionava um imenso prazer. O coração dele foi sendo capturado por aquele ambiente viril que exalava o cheiro de suor que espirrava dos corpos dos homens; pelo barulho seco e ritmado das luvas de couro se batendo; pela concentração silenciosa de quem vai desferir um golpe rápido e certeiro. Frequentar a academia nos finais de semana se tornou uma de suas alegrias.

— A profundidade é uma das coisas que me atraem no boxe. Foi isso que me fisgou. Nesse sentido, tanto faz dar um soco ou levar um. Isso é o de menos. Não passa de uma consequência. As pessoas podem vencer ou perder. Mas, se a pessoa entender essa profundidade, mesmo perdendo ela não se machuca. As pessoas nem sempre vencem. A derrota faz parte. Por isso é importante compreender a essência da luta. Para mim, o boxe é isso. Em uma luta, a sensação é de estar no fundo de um buraco profundo. Muitíssimo profundo. A ponto de não conseguir ver ninguém e nem ser visto. Nesse buraco, travo uma luta com a escuridão. Sinto-me só, mas não sinto tristeza. Eu disse solidão, mas sabemos que existem vários tipos dela. Há aquela que, de tão dolorosa e triste, rasga os seus nervos. Ou a que se conquista ao romper o próprio corpo. O esforço compensa. Aprendi isso com o boxe.

Ozawa permaneceu em silêncio durante um tempo.

— Para ser sincero, eu não queria falar sobre isso. Por mim, eu esqueceria essa história, mas, obviamente, não posso. Nunca é assim que funciona — teorizou Ozawa, sorrindo. Depois, olhou para o relógio de pulso. Ainda tínhamos bastante tempo. Aos poucos, ele começou a se abrir.

O garoto que levara o soco de Ozawa estudava na classe dele. Chamava-se Aoki. Desde o primeiro dia, Ozawa não foi com a cara do sujeito. Ele mesmo não sabia explicar o porquê, mas o fato é que, desde a primeira vez que o viu, não conseguiu conter uma repulsa enorme pelo garoto. Foi a primeira vez em toda a sua vida que sentiu isso por alguém.

— Acontece, não é? — disse ele. — Acho que qualquer um está suscetível a passar por isso pelo menos uma vez na vida. Odiar alguém sem nenhum motivo aparente. Não achava que eu fosse capaz de nutrir um sentimento desses, mas o fato é que encontrei esse alguém para odiar. Não era mera implicância. O problema é que, geralmente, a recíproca também é verdadeira e, nesse caso, o outro também me odiava com a mesma intensidade.

"Aoki era um garoto muito inteligente. Em geral, o primeiro da classe. A escola particular que frequentávamos era restrita a meninos e, ali, ele gozava de alta popularidade. Destacava-se entre os colegas e os professores também gostavam muito dele. Mas eu, desde o princípio, não suportava suas múltiplas habilidades e, sobretudo, seu jeito interesseiro. Mas, se alguém me pedisse para explicar o que eu tanto odiava nele, não saberia responder. Eu não teria elementos concretos para citar. A única coisa que posso dizer a meu favor é que *eu sabia*. Instintivamente, não suportava o egoísmo e o orgulho que emanavam de sua aura. Era o mesmo que não suportar o odor do corpo de alguém. Aoki era inteligente e sabia camuflar isso. Por isso, muitos colegas de classe achavam que ele era uma pessoa justa, humilde e gentil. Toda vez que eu escutava comentários sobre essas suas características o meu incômodo se tornava latente, mas é claro que eu não dava com a língua nos dentes.

"Aoki e eu sempre estivemos em posições antagônicas. Eu era do tipo calado e não me destacava muito na sala. Pessoalmente, nunca gostei de chamar atenção e, mesmo estando sozinho, não me sentia triste ou abandonado. Isso não significava que eu não tivesse amigos; tinha alguns, embora não fossem tão próximos. Digamos que eu era uma pessoa precoce em termos de maturidade, por isso, em vez de conviver com os colegas de sala, preferia ler um livro, ouvir o repertório de músicas clássicas do meu pai ou escutar as histórias do pessoal mais velho que frequentava a academia de boxe. Como se pode perceber, eu não tinha muitos atrativos. Em termos de notas, eu não era nem ruim nem muito bom; e meus professores quase sempre esqueciam o meu nome. Eu era assim. Por isso, evitava me expor. Não contei para ninguém, por exemplo, que praticava boxe, tampouco comentei sobre os livros que lia ou as músicas que costumava ouvir.

"Por outro lado, Aoki chamava atenção como um cisne branco no pântano. Era a estrela da turma, um formador de opinião. Até eu reconhecia isso. Ele tinha o raciocínio rápido. Conseguia captar de imediato o que o outro desejava ou pensava. Ciente disso, usava essa sagacidade para se adequar às opiniões alheias. Por isso, todos o admiravam, dizendo que era inteligente e um grande sujeito. Mas comigo era diferente. Eu não o admirava.

"Para mim, Aoki não passava de uma pessoa leviana e superficial. Cheguei a pensar que, se tipos como ele eram considerados inteligentes, eu, de verdade, preferia ser burro. Não havia dúvida de que ele era bastante perspicaz. Mas carecia de opinião própria. Não tinha o que debater com os outros. Ficava satisfeito quando se sentia aceito pelas pessoas. Gabava-se de suas habilidades. Mas, na verdade, era como um cata-vento girando ao sabor das intempéries. Nada era autêntico. Mas ninguém percebia isso. Só eu.

"Aoki, por sua vez, parecia ter uma leve desconfiança sobre o que eu pensava dele. Afinal, tinha boa intuição, e também devia nutrir algum sentimento estranho em relação a mim. Eu não sou bobo. Posso não ter uma mente extraordinária, mas nem por isso sou um idiota. Não quero me gabar, mas, desde aquela época eu já tinha consciência do que seria o meu próprio mundo. Acho que ninguém leu tantos livros quanto eu. Eu era jovem e, mesmo que a minha intenção fosse esconder isso, em algum momento devo ter sido arrogante. Essa minha silenciosa autoconfiança deve ter irritado Aoki.

"Em uma ocasião, tirei a nota mais alta em uma prova final de inglês. Foi a primeira vez que consegui tal feito. E não por acaso. Naquela época, eu queria muito uma coisa, não consigo lembrar o quê, e me garantiram que eu ganharia se tirasse a maior nota. Por isso, me dediquei muito. Repassei a matéria de cabo a rabo. Nas horas de folga, estudava as flexões verbais. Reli várias e várias vezes o livro didático em volume único, a ponto de decorar o conteúdo. Por isso, não fiquei surpreso quando recebi a melhor nota da classe e quase gabaritei a prova. Era de esperar.

"Mas todos se surpreenderam. Até os professores. Aoki pareceu ficar em choque. Ele sempre fora o melhor em inglês. Quando o professor devolveu a prova e caçoou do resultado de Aoki, ele ficou vermelho. Ele se viu como alvo de gozação.

"Dias depois, alguém me contou que Aoki espalhara um boato ruim a meu respeito. Que eu havia colado na prova, era a única explicação para a minha nota. Vários colegas vieram me contar isso. Fiquei muito bravo. O certo teria sido rir e ignorar esse boato. Mas eu ainda era jovem e não consegui manter a cabeça fria.

"Certo dia, no intervalo do almoço, levei Aoki até uma rua deserta e o interpelei a respeito. Ele fingiu total ignorância e disse para eu parar de acusá-lo injustamente. 'Você não tem o direito de me acusar, pare com essa arrogância. É claro que a nota está errada, só assim para você ter sido o primeiro da sala. No fundo, todo mundo sabe disso', foram as palavras dele. Em seguida, me deu um safanão para se desvencilhar. Ele era mais alto, forte e robusto do que eu. Mas nessa hora, quase que instintivamente, revidei com um soco. Quando me dei conta, eu tinha acertado sua bochecha esquerda. Aoki caiu para trás, batendo a cabeça na parede com toda a força. Deu para ouvir a pancada forte da cabeça contra a parede. O nariz sangrou e a camisa branca ficou encharcada de sangue. Ele sentou e olhou para mim com uma expressão atordoada. Estava assustado e, sem saber ao certo o que acontecera ali, ficou parado, sem ação.

"Mas, no instante em que o meu punho acertou o rosto dele, eu já estava arrependido. Eu jamais devia ter feito isso, em hipótese alguma. Me senti muito mal. Logo percebi como aquilo era errado. O meu corpo continuava tremendo de raiva. Eu sabia que havia feito besteira.

"Até cogitei pedir desculpas a ele. Mas, de verdade, não consegui. Se, em vez de Aoki fosse outra pessoa, eu certamente teria me desculpado, mas com ele era impossível. Eu me arrependi do soco, mas não senti nem uma gota de remorso em relação a Aoki. Para mim, ele merecia uma surra. Era como um inseto nocivo que devia ser esmagado. *Mas eu não devia ter batido nele.* Eu sabia disso. Mas agora era tarde. A coisa já estava feita. Resolvi deixá-lo ali e fui embora.

"Na aula da tarde, Aoki não apareceu. Deve ter ido para casa. Pelo restante do dia, um sentimento ruim insistia em me perturbar. Não importava o que eu fizesse, o meu coração não se apaziguava. Nem ouvindo música ou lendo eu conseguia me animar. Parecia que uma bola de lodo se revirava em meu estômago e eu era incapaz de me concentrar em qualquer outra coisa. Era como se tivesse engolido o inseto asqueroso. Deitei na cama e fiquei observando atentamente meu punho. Constatei quanto eu era uma pessoa solitária. Isso só intensificou o meu ódio para com Aoki. Ele que me fizera sentir assim.

"A partir do dia seguinte, Aoki passou a me ignorar. Fingia que eu não existia. E, como sempre, continuou a tirar as maiores notas da classe. Eu nunca mais me empenhei em ser o melhor. Para mim, isso não tinha nenhuma importância. Achava uma tremenda bobagem brigar com alguém por causa disso. Então, me limitava a estudar o suficiente para não deixar as notas caírem muito, e passava o resto do tempo fazendo o que gostava. Continuei a frequentar a academia de boxe do meu tio. Eu me empenhava nos treinos. Graças a esse empenho, os resultados eram visíveis. O meu corpo começou a mudar. Os ombros se tornaram mais largos e o peito, mais volumoso. Os braços ficaram robustos e as bochechas, mais salientes. Eu estava virando adulto e me sentia bem. Todas as noites ficava nu diante do grande espelho do banheiro. Naquela época, eu era feliz só de observar o meu corpo.

"Ao terminar o ano letivo, Aoki e eu passamos a estudar em turmas diferentes. Isso me deixou aliviado. Fiquei contente só pelo fato de não precisar mais vê-lo todos os dias na aula. Ele também devia pensar o mesmo. Com o tempo, passei a achar que aquela sensação ruim também desapareceria por completo. Mas as coisas não foram tão simples assim. Aoki aguardava pacientemente o momento certo para se vingar. Tal como as pessoas orgulhosas costumam ser, Aoki era muito vingativo. Não era capaz de esquecer facilmente uma ofensa. E apenas aguardava em silêncio a chance de puxar o meu tapete.

"Ano a ano, Aoki e eu seguimos avançando as séries. Nossa escola tinha fundamental e ensino médio. Todos os anos, mudávamos de classe e sempre caíamos em turmas diferentes. Porém, no último ano, voltamos a ser da mesma classe. Assim que o vi na sala de aula, um sentimento desagradável me abateu. Não gostei do jeito dele me olhar. Senti aquele mesmo peso indigesto no fundo do estômago. Uma espécie de pressentimento ruim."

Ozawa se calou e olhou para a xícara de café diante dele. Um tempo depois, levantou o rosto, abriu um discreto sorriso e me fitou. Dava para escutar o ruído de motor dos aviões do lado de fora da janela. Um Boeing 737 desenhou uma linha reta e, como uma cunha, penetrou em uma nuvem até sumir por completo.

Ozawa retomou a história.

— O primeiro semestre transcorreu tranquilamente, sem contratempos. Aoki continuava o mesmo. Não mudara nada. Há pessoas que parecem nunca crescer nem regredir. Sempre fazem as mesmas coisas, do mesmo jeito. Aoki continuava sendo o melhor da classe, continuava popular. Podia-se dizer que aprendera com mestria uma forma de existir que, aos meus olhos, fazia dele um ser detestável. Ambos evitávamos trocar olhares. Não é nada agradável ter uma pessoa que a gente detesta compartilhando o mesmo ambiente. Mas não tinha jeito. Parte daquela saia justa também me cabia.

"Então, as férias de verão chegaram. As últimas férias de verão como estudante colegial. As minhas notas não eram ruins e eu sabia que poderia entrar em uma boa faculdade, por isso não estudava com especial afinco para o vestibular. O que eu não deixava de fazer era preparar diariamente todas as lições de casa e repassar as matérias que aprendia em aula. Os meus pais também não eram tão chatos em relação a isso. Aos sábados e domingos eu saía para treinar na academia e, de resto, passava o fim de semana lendo e ouvindo música.

"Mas os alunos estavam muito apreensivos. Minha escola era especialmente voltada para o vestibular. Os professores, via de regra, se preocupavam com a quantidade de alunos que entrariam em determinadas faculdades, na posição deles no ranking de aprovados, esse tipo de coisa. Os estudantes do último ano também ficavam muito ansiosos, com os nervos à flor da pele, e isso deixava o ambiente bem carregado. Era isso o que me desagradava nessa escola. Eu não gostei dela quando entrei e, nos seis anos seguintes, o sentimento não mudou.

Não consegui fazer um único amigo de verdade ali. Os únicos amigos que tive na época eram da academia de boxe. Todos mais velhos do que eu e já empregados, e mesmo assim nosso convívio era muito bom. Depois dos treinos, saíamos para beber cerveja e conversar. Eram totalmente diferentes dos garotos que estudavam comigo, e nossas conversas destoavam das que eu tinha no colégio. Eu ficava à vontade com o pessoal do boxe. Sem contar que aprendi muitas coisas com eles. Se não tivesse praticado boxe e não tivesse frequentado a academia do meu tio, acho que seria uma pessoa extremamente solitária. Mesmo hoje, me arrepia só de imaginar que rumo eu teria tomado.

"No meio das férias de verão aconteceu uma fatalidade. Um aluno da minha classe se suicidou. Chamava-se Matsumoto. Era um garoto que não chamava muita atenção. Para ser sincero, em vez de dizer que ele não chamava atenção, o mais correto seria dizer que ele não suscitava quaisquer sentimentos. Tanto que, quando fui informado sobre sua morte, não consegui lembrar do rosto dele. Mesmo sendo da mesma turma, só devo ter conversado com ele duas ou três vezes. Eu só conseguia lembrar que ele era magro e pálido. Morreu pouco antes do dia 15 de agosto. Eu me lembro disso porque a data do funeral coincidiu com a da comemoração pelo fim da Segunda Guerra. Era um dia muito quente. Telefonaram para minha casa dizendo que ele havia morrido e que todos os alunos deveriam comparecer ao funeral. Todos foram. Ele se suicidou pulando nos trilhos do metrô, mas não soubemos o motivo. Ele deixou uma espécie de bilhete onde dizia não querer mais ir às aulas. Não havia nenhuma explicação mais detalhada. Essa era a história que se contava. Obviamente, a direção da escola ficou em polvorosa. Depois do velório, reuniram os alunos e o diretor lamentou a morte de Matsumoto. Ele começou a falar que precisávamos lidar com o peso de sua morte e criar forças para superar a dor da perda... Enfim, o discurso padrão.

"Depois, uma outra reunião, só com os alunos da minha classe. O subdiretor e o professor encarregado pela turma ficaram diante de nós para perguntar se alguém sabia algo sobre as razões que teriam levado Matsumoto a cometer suicídio. Se alguém tivesse alguma coisa a revelar, eles pediam que o fizesse com sinceridade, que contasse o que sabia. Todos se mantiveram em silêncio.

"Aquela conversa não me abalou. Lamentava a morte de um colega de classe, e achava que ele não precisava ter morrido daquele jeito tão horrível. Ele poderia ter parado de ir à escola. Além do mais, estávamos a apenas um semestre do fim do curso, então, depois disso, não precisaria mais frequentar a escola. Por que ele se matou? Eu não entendia. Talvez ele tivesse alguma neurose. E, num ambiente como esse, em que só se falava de vestibular, não era de estranhar que alguém ficasse louco.

"Quando as férias de verão chegaram ao fim e as aulas recomeçaram, senti que alguma coisa estranha pairava no ar. Todos os alunos passaram a me tratar com extrema indiferença. Quando fazia qualquer pergunta a algum colega que estivesse próximo, a resposta era curta e grossa. No início, achei que era coisa da minha cabeça ou que todos estavam nervosos com a proximidade do vestibular, então não dei muita importância. Mas, cinco dias depois do retorno às aulas, o professor responsável pela classe me chamou para conversar, na sala dos funcionários. Ele perguntou se era verdade que eu frequentava uma academia de boxe. Respondi que sim. Isso não era contra o regulamento da escola, mas eles queriam saber quanto tempo fazia que eu praticava esse esporte. Informei que desde a segunda série do ginásio. O professor quis saber se era verdade que eu dera um soco em Aoki quando estávamos na segunda série do ginásio. Disse que sim. Não havia motivos para mentir. O professor perguntou se isso fora antes ou depois de eu ter entrado no boxe. Respondi que tinha sido no começo mas que, naquela época, eu ainda não sabia lutar. Expliquei ainda que, nos três primeiros meses, eles nem deixavam a gente usar luvas. Mas o professor nem sequer deu ouvidos ao que eu dizia. Ele perguntou se eu tinha batido em Matsumoto. Levei um susto, pois, como contei antes, eu nem conversava direito com ele. 'Nunca bati nele. Por que eu faria isso?', repliquei, surpreso.

"'Parece que Matsumoto vivia apanhando aqui na escola', disse o professor, com ar grave. 'A mãe dele contou que ele costumava voltar para casa com hematomas no rosto e no corpo. Disse também que na escola, *nesta escola*, alguém batia nele para roubar a mesada. Mas Matsumoto não quis revelar o nome do agressor nem para a mãe. Ficou com medo de falar e depois apanhar mais em represália. Ele não suportou isso e, se sentindo encurralado, acabou se matando. Coitado, não tinha com quem se abrir. Ele realmente apanhou muito. Estamos averiguando quem batia nele. Se você sabe de alguma coisa, quero que nos conte toda a verdade. Se nos contar, a conversa será em tom amigável. Caso contrário, vamos passar o caso à polícia, entendeu? Então, o que tem a dizer?', o professor me pressionou.

"Logo percebi que era uma tramoia de Aoki. Ele soube usar muito bem a morte de Matsumoto. Provavelmente não chegou a mentir. Apenas soube que eu frequentava uma academia de boxe. Não sei como conseguiu tal informação, mas, de todo modo, ele sabia. Também deve ter ouvido de alguém que Matsumoto vinha apanhando. O resto é fácil deduzir. É somar um mais um. Aoki procurou o professor e contou para ele que eu frequentava uma academia de boxe e que eu já tinha lhe dado um soco. É claro que deve ter acrescentado detalhes oportunistas. Deve ter dito, por exemplo, que sofria constantes ameaças de minha parte e que, por isso, não dissera nada até hoje, e que quando levou o soco se esvaiu em sangue. Mas, como era de esperar, esperto como era, Aoki não cometeria o erro de mentir descaradamente. Apenas deu um colorido todo especial a cada fato, o suficiente para articular um discurso irrefutável. Eu sabia muito bem quanto ele era ardiloso.

"O professor me encarava como se eu fosse o culpado. Os professores acham que pessoas que frequentam uma academia de boxe são — em maior ou menor grau — delinquentes. Some-se a isso o fato de que, desde o princípio, eu não era o tipo de aluno a quem os professores costumavam se afeiçoar. Três dias depois, fui intimado pela polícia. Desnecessário dizer quanto isso foi um choque para mim.

"Não fazia sentido. Não havia provas. Tudo não passava de rumores. Eu me senti triste e humilhado. Principalmente porque ninguém parecia acreditar na minha palavra. Até o professor, que deveria ser imparcial, se voltou contra mim. O interrogatório na polícia foi bem simples. Expliquei que eu quase não conversava com Matsumoto. Admiti que três anos atrás eu batera em Aoki, mas que aquilo fora um desentendimento e que, depois disso, nunca mais me meti em briga. E aquilo era tudo. O inspetor encarregado mencionou boatos de que eu batia em Matsumoto. Respondi que era mentira. Que alguém espalhara esse boato com más intenções. A polícia não podia fazer mais nada a respeito. Não havia nenhuma prova. Só rumores.

"Mas a notícia de que eu fora chamado para depor na polícia se espalhou rapidamente pela escola. O ambiente hostil na sala de aula ficou ainda pior. O fato de eu ter sido convocado a depor foi determinante para que as pessoas deduzissem que eu devia ter alguma parcela de culpa. Todos pareciam acreditar que era eu quem batia em Matsumoto. Eu não sabia que tipo de história corria na turma nem fazia ideia de como seria a versão contada por Aoki. Nem queria saber. Mas acreditava que a história possuía requintes de crueldade. Afinal, desde então, todo mundo parou de falar comigo. Era como se tivessem combinado — de fato devem ter feito isso —, e ninguém me contava o que falavam a meu respeito. Quando abordava alguém, mesmo que fosse para tratar de alguma questão importante e urgente, era ignorado. Até aqueles colegas que, de vez em quando, conversavam comigo, agora evitavam se aproximar. Todos me tratavam como se eu tivesse uma doença transmissível. Tentavam me ignorar por completo, como se eu não existisse.

"Não foram apenas os alunos que adotaram esse comportamento. Os professores, na medida do possível, também evitavam olhar para mim. Falavam meu nome na hora da chamada, e isso era tudo. Nunca me chamavam em aula para responder o que quer que fosse. O pior era na educação física. Na prática, quando havia alguma competição, ninguém me escolhia para fazer parte do time. Ou para fazer dupla comigo. E o professor jamais tentou me ajudar. Eu frequentava a escola em silêncio, estudava em silêncio e voltava para casa em silêncio. Isso continuou por dias e dias. Um período amargo. Duas ou três semanas depois, comecei a perder o apetite. Emagreci. E não conseguia dormir à noite. Ao me deitar, o coração batia forte e inúmeras imagens começavam a surgir na minha mente, impedindo meu sono. Mesmo quando estava em vigília, sentia a minha mente sempre longe. Às vezes, não sabia se estava acordado ou dormindo.

"Com o tempo, comecei a faltar nos treinos de boxe. Os meus pais ficaram preocupados e perguntavam se havia algum problema. Mas achei melhor não dizer nada. Para tranquilizá-los, dizia que era só cansaço. De que adiantaria contar para eles, se não poderiam fazer nada? Ao voltar da escola, me enfurnava no quarto e ficava deitado olhando o teto. Não conseguia fazer nada. Apenas olhava o teto e me punha a pensar. Imaginava muitas coisas. A imagem mais recorrente era aquela em que eu acertava Aoki. Eu dava um jeito de pegá-lo sozinho e o enchia de porrada. Acertava um belo murro em sua cara, dizendo que ele não passava de lixo humano. Por mais que gritasse, chorasse, implorasse por perdão, eu socava sua cara até desfigurá-lo. No começo, eu me sentia bem com aquilo, pensava que era o nosso acerto de contas. Mas, gradativamente, a sensação passava a ser desagradável. Ainda assim, não conseguia parar de imaginar a cena em que eu o agredia. Quando olhava para o teto, o rosto de Aoki se materializava e, de repente, eu me via outra vez enchendo-o de socos. Uma vez iniciado o espancamento, eu não conseguia parar. Enquanto batia, eu começava a passar muito mal, a ponto de, certa vez, vomitar. Não sabia mais o que fazer.

"Pensei em me postar diante de todo mundo para dizer que eu não fizera nada. Ou pedir que me trouxessem provas. Se não tinham, que parassem de me punir pelo que eu não fizera. Mas a minha intuição me dizia que ninguém acreditaria em mim. E, para ser sincero, eu não queria ter de me submeter àqueles que engoliam tudo o que Aoki dizia. Se eu tentasse me explicar, Aoki saberia que eu estava desnorteado. Eu não queria subir no ringue com um cara como Aoki.

"Isso me deixava com as mãos atadas. Eu não podia bater em Aoki, nem puni-lo, muito menos convencer todo mundo da minha inocência. Tinha de me resignar em silêncio. Faltava apenas um semestre para acabar o ano letivo. Dali a seis meses, nunca mais precisaria ver a cara de ninguém. Cabia a mim suportar esse tempo. Mas eu tinha dúvida se conseguiria. Não tinha sequer confiança de que aguentaria por mais um mês. Todos os dias, ao voltar para casa, eu ticava a data do calendário com uma caneta de ponta de feltro preta. Era um alívio pensar em menos um dia para o fim daquele inferno. Menos um dia. Eu sentia como se estivesse sendo esmagado. E, se não tivesse encontrado Aoki dentro do vagão do trem, acho que eu teria sido mesmo esmagado. Hoje, ao fazer uma retrospectiva da minha vida, consigo entender isso. Os meus nervos estavam tão aflorados que eu corria um grande risco de surtar.

"Só pude sair desse inferno e me recuperar depois de um mês do ocorrido. Isso porque, por acaso, a caminho da escola, peguei o mesmo vagão que Aoki. O vagão, como sempre, estava superlotado e era praticamente impossível se mexer. Foi em meio a esse aperto que vi o rosto dele de relance, pouco à frente. Duas ou três pessoas nos separavam, e seu rosto despontava ali, na altura do ombro de uma delas. Estávamos um defronte ao outro. Ele também me viu. Durante um tempo ficamos nos encarando. Naquela época, eu devia estar com uma cara medonha, pois não conseguia dormir e andava meio paranoico. No começo, Aoki olhou para mim e esboçou um sorriso zombeteiro como quem dissesse 'E aí, satisfeito?'. Ele sabia que eu desconfiava dele. Permanecemos por alguns instantes nos encarando em silêncio hostil. Mas, ao focar nos olhos dele, um estranho sentimento, que até então nunca havia experimentado, me soterrou. É claro que eu o odiava, queria matá-lo. Mas o que senti naquela hora, naquele trem, era mais próximo de tristeza e compaixão do que propriamente de raiva ou ódio. Pensei: *Será que esse sujeito consegue se orgulhar por ter feito o que fez e se sentir triunfante por isso? Isso era suficiente para que ele ficasse feliz e satisfeito?* Pensar nisso me deixou muito triste. Aoki era incapaz de sentir uma felicidade verdadeira, de compreender o real sentimento de orgulho. Algumas pessoas carecem de profundidade. Isso não significa que eu me considere profundo. O que estou querendo dizer é que existem pessoas que são capazes de perceber a existência dessa profundidade. Não era o caso de Aoki; pessoas como ele são vazias e superficiais. Por mais que consigam chamar a atenção dos outros e até obtenham algum triunfo circunstancial, no fundo não têm nada.

"Enquanto pensava nisso, observei serenamente o rosto dele. E não senti mais vontade de socá-lo. Percebi que sua existência já não me importava. Eu mesmo me surpreendi com tal constatação. Foi então que decidi suportar em silêncio os cinco meses que faltavam até o fim das aulas e, dessa vez, senti que seria capaz disso. Eu ainda tinha o meu orgulho e a convicção de que não devia me rebaixar diante de pessoas como Aoki.

"Olhei para ele com esse pensamento em mente. Continuamos nos encarando por um bom tempo. Para ele, desviar o olhar seria o mesmo que assumir a própria derrota. Até chegar à estação seguinte, não desviamos os olhares. Mas, no final, vi que seus olhos começaram a vacilar. Um tremor sutil, mas pude perceber. Para mim, estava muito claro. Eram os olhos de um boxeador que não consegue mover os pés. A pessoa pensa que está movendo, mas, na verdade, não está. Ela mesma não se dá conta disso. Acredita estar em movimento, mas os pés estão imobilizados. Quando isso acontece, os ombros também se engessam e os punhos perdem a força. Era exatamente isso que o seu olhar indicava. A pessoa acha aquilo estranho, mas não sabe o que está acontecendo.

"Desde então, consegui me recuperar. Comecei a dormir profundamente durante a noite, passei a me alimentar bem e voltei aos treinos de boxe. Eu não queria ser derrotado. Mas não se tratava de vencer Aoki. O que eu não queria era perder para a vida. Recusava-me a ser um alvo tão fácil de ser esmagado por alguém que eu desprezava. Eu precisava aguentar cinco meses e aguentei. Não conversei sobre isso com ninguém. Eu repetia para mim: 'Eu não errei, os outros é que erraram'. Todos os dias, estufava o peito para ir à escola, e voltava para casa com a mesma postura. Ao concluir o ensino médio, ingressei em uma faculdade da província de Kyûshû. Pensei em estudar lá também para não topar com ninguém da escola."

Depois de contar a história até aqui, Ozawa soltou um longo suspiro. Perguntou se eu queria mais um café. Recusei. Eu já tinha tomado três.

— Quando você passa por uma experiência tão violenta como essa, a pessoa, queira ou não, não é mais a mesma — ele disse. — Ela pode mudar tanto para o lado bom quanto para o lado ruim. No meu caso, me tornei uma pessoa muito paciente. Comparado ao que passei naquele meio ano, as vicissitudes que surgiram em minha vida nem sequer entram para a categoria dos sofrimentos. Desde então, quando penso no que tive de superar, me sinto capaz de suportar quaisquer intempéries. Desenvolvi uma sensibilidade maior que a da média para identificar a dor e o sofrimento dos que estão ao meu redor. Esse é o lado positivo. Foi isso que me capacitou a conquistar alguns amigos bons e verdadeiros. No entanto, essa experiência também trouxe mudanças negativas. Desde aquela época, deixei de confiar nas pessoas. Não cheguei ao extremo de perder a fé na humanidade, pois tenho esposa e filhos. Construímos um lar e existe um laço de proteção mútua. Que só é possível quando existe confiança. Mas o fato de ter uma vida tranquila e segura junto aos familiares e amigos não garante nada, coisas ruins podem acontecer se algo destruir esses alicerces. Um dia, de repente, as pessoas podem não acreditar mais em você. De uma hora para outra. Pode acontecer a qualquer momento. Sempre penso nisso. Na vez passada, terminou em seis meses, mas, se acontecer de novo, ninguém sabe quanto tempo pode demorar. Se tivesse de passar por isso de novo, não sei de quanto tempo precisaria para me recuperar. Quando penso a respeito, sinto medo. Às vezes, sonho com isso e acordo assustado no meio da noite. É um sonho frequente. Nessas horas, acordo a minha esposa, me agarro a ela e choro. Às vezes, choro durante uma hora. É um medo muito, muito grande.

Ozawa parou de falar e olhou para as nuvens que pairavam do lado de fora da janela. Elas continuavam no mesmo lugar, pesadas como tampas a cobrir o céu. As cores da torre de comando, dos aviões, do comboio para transportar passageiros, das escadas para subir nas aeronaves e dos funcionários uniformizados eram absorvidas pelas sombras das nuvens.

— Não tenho medo de pessoas como Aoki. Elas existem em todo e qualquer lugar. Mas há muito tempo não quero mais saber desse tipo de gente. Quando encontro uma pessoa como ele, procuro evitar qualquer nível de relacionamento. Assim que se aproxima, trato de fugir, porque identifico na hora. Mas devo admitir que esse tipo de gente possui uma característica que eu admiro. A capacidade de aguardar, com paciência, a oportunidade para agir na hora certa, e de provocar e controlar sorrateiramente os sentimentos e emoções dos outros; é uma habilidade que nem todo mundo possui. Abomino essa conduta e, quando percebo que a pessoa é adepta disso, fico com vontade de vomitar; mas temos de reconhecer que se trata de um talento.

"As pessoas que eu de fato não suporto são aquelas que acreditam piamente em sujeitos como Aoki. Pessoas que aceitam passivamente as coisas, sem contestar ou usar o senso crítico. Que só sabem agir em grupo porque não possuem opinião própria e, por isso, aceitam as opiniões alheias e se deixam manipular por uma laia que, só por ter um discurso bem articulado, convence o outro a fazer qualquer coisa. São pessoas que jamais param para refletir se estão agindo de maneira correta. Não possuem consciência de que estão sempre magoando alguém sem motivo. Elas jamais se responsabilizam pelas próprias ações. Dessas, eu realmente tenho medo. É com esse tipo de gente que costumo sonhar à noite. No sonho só existe o silêncio. E pessoas sem rosto. O silêncio entra em todos os lugares como água fria. Tudo derrete na plenitude do silêncio. Quando eu também começo a me desintegrar, grito com todas as minhas forças, mas ninguém me ouve."

Ozawa balançou a cabeça.

Aguardei em vão a continuação da história. Ela terminou ali. Ozawa entrelaçou os dedos, pôs as mãos sobre a mesa e permaneceu em silêncio.

— Temos tempo. Que tal uma cerveja? — ele perguntou, um tempo depois. Respondi que sim. Sem dúvida, eu precisava de uma.

O elefante desaparece

Soube pelo jornal que o elefante da nossa cidade havia desaparecido. Naquele dia, como de costume, eu tinha acordado com o despertador programado para as seis e treze, ido para a cozinha preparar um café, enfiado um pão na torradeira, ligado o rádio em alguma frequência FM e, enquanto comia a torrada, aberto o jornal sobre a mesa. Sou uma pessoa que lê todas as páginas do jornal na sequência, então demorei muito tempo até chegar à notícia sobre o desaparecimento do elefante. Na primeira página havia artigos sobre os conflitos relacionados à balança comercial de exportação e importação e ao programa militar estadunidense de Iniciativa Estratégica de Defesa (SDI), seguidos de notícias sobre política nacional, política externa, economia, de cartas dos leitores, resenhas de livros e crítica literária, páginas de propagandas imobiliárias, seção de esportes e, finalmente, seção de assuntos regionais.

A reportagem sobre o desaparecimento do elefante estava em destaque nesta última. A manchete era A CIDADE DE... NÃO SABE O PARADEIRO DO ELEFANTE, em letras garrafais. Na linha de baixo, em tamanho menor, os dizeres "Aumenta a insegurança dos moradores da cidade. População pede a apuração de responsabilidade na administração pública" chamavam atenção. Havia fotos de policiais inspecionando o local onde o elefante ficava. Sem o animal, parecia haver algo errado com o recinto. Bastante vazio e inexpressivo, remetia a um ser gigante desidratado cujas entranhas haviam sido removidas.

Tirei as migalhas de pão que caíram sobre o jornal e li com atenção cada linha do texto. Segundo a reportagem, as pessoas sentiram a falta do elefante às duas da tarde do dia 18 de maio (isto é, ontem). Quem descobriu que a casa do elefante estava vazia foi o motorista do caminhão da empresa de refeições que transportava a comida do animal (sobras da merenda dos alunos da escola primária municipal). O grilhão de ferro, que prendia a pata do elefante, estava travado e intacto, e tudo levava a crer que o elefante tinha se soltado sem dificuldade. Não foi somente o elefante que havia desaparecido. O cuidador, que o acompanhava havia muito tempo, também.

Os dois tinham sido vistos pela última vez no dia anterior (17 de maio), às cinco da tarde. Alguns alunos do primário visitavam o recinto, e até esse horário estavam ali dedicados a desenhar o elefante com giz de cera. Segundo o artigo do jornal, as últimas testemunhas oculares do elefante foram esses estudantes; depois, ninguém mais o viu. Ao toque da sirene das seis horas, o tratador trancava a porta do pátio, e a partir de então ninguém mais entrava ali.

Os cinco estudantes foram unânimes em afirmar que não viram nada de anormal com o bicho nem com o tratador. O elefante, como sempre, tinha ficado em pé, quieto e estático no meio do pátio e, de vez em quando, mexido a tromba de um lado para outro e estreitado os olhos enrugados. Estava tão velho que só conseguia movimentar o corpo com imensa dificuldade, e, para quem o via pela primeira vez, a impressão era de que, a qualquer momento, poderia cair morto.

Um dos motivos para o elefante ter sido adotado pela nossa cidade foi a sua idade avançada. Quando o pequeno zoológico localizado no subúrbio precisou fechar por motivos financeiros, todos os animais foram remanejados para outros zoológicos do país por intermédio de um grupo de empresários, mas somente o elefante, por ser mais velho, não conseguiu transferência. Os zoológicos já possuíam uma quantidade suficiente de elefantes e nenhum estava em situação confortável a ponto de poder acolher um animal velho que a qualquer momento poderia sucumbir a um ataque do coração. Depois que todos os outros animais foram transferidos, o elefante ficou durante três ou quatro meses à toa — não que antes ele estivesse especialmente atarefado — naquele zoológico decadente.

A situação do elefante era uma grande dor de cabeça para as partes envolvidas, inclusive o município. O terreno do zoológico havia sido vendido para uma incorporadora que pretendia construir prédios residenciais e a cidade concedeu a licença para o empreendimento. Quanto mais se protelava a solução para o caso do elefante, mais aumentavam os encargos sobre o investimento. Mas é claro que isso não justificaria a decisão de sacrificar o animal. Se fosse um macaco--aranha ou um morcego até poderia ser, mas abater um elefante chamaria muito a atenção e, se a verdade viesse à tona, seria motivo de escândalo. Diante disso, as três partes — zoológico, prefeitura e incorporadora — se reuniram para discutir a questão do elefante e firmaram o seguinte acordo:

1) A cidade acolheria o elefante sem ônus, como um patrimônio público;

2) As instalações para acomodar o elefante seriam construídas às custas da incorporadora;

3) O salário do cuidador seria pago pelos antigos proprietários do zoológico.

Foram essas as deliberações firmadas há um ano.

O meu interesse nessa "questão do elefante" não era de hoje e, por isso, eu tinha recortado todos os artigos de jornais que falavam sobre o assunto. Assisti também à plenária da Assembleia Municipal que debateu a questão. É por isso que consigo informar com riqueza de detalhes o andamento do caso. A conversa vai se estender um pouco, mas essa "questão" foi conduzida de uma forma que tem relação intrínseca com o posterior desaparecimento do elefante. Sendo assim, eu gostaria de registrar as minhas observações.

Quando o prefeito fechou o acordo pelo qual finalmente o elefante passaria a ser adotado pela cidade, o partido de oposição na Câmara (cuja existência até então eu desconhecia) deflagrou um movimento contra essa deliberação. "Por que a cidade precisa cuidar do elefante?" A oposição pressionou o prefeito, alegando os seguintes pontos (peço desculpas pela extensão da lista, mas é para facilitar a exposição):

1) A questão do elefante é um problema que deve ser resolvido entre o zoológico e a incorporadora, que são empresas privadas, não cabendo à cidade ter de arcar com despesas originadas desse imbróglio;

2) Há muitos gastos administrativos e para a alimentação do elefante;

3) Quais são as medidas de segurança previstas pela prefeitura?

4) O que a cidade vai ganhar arcando com as despesas de manutenção do elefante?

A principal argumentação da oposição era que, "em vez de gastar com o elefante, o dinheiro deveria ser investido na manutenção do sistema de esgoto, na aquisição de carros de bombeiros etc." e, implicitamente, insinuava a existência de algum acordo secreto entre o prefeito e os empresários do ramo imobiliário.

Em resposta, o prefeito se defendeu expondo os seguintes pontos:

1) A construção de conjuntos de prédios residenciais aumentará exponencialmente a arrecadação de impostos, e, com isso, os gastos com o elefante e de seu tratador serão insignificantes; é natural que a prefeitura participe de projetos de expansão para a cidade;

2) O elefante está velho e não tem mais tanto apetite, de modo que o risco de causar danos às pessoas é praticamente nulo;

3) Quando o elefante morrer, a área do cercado cedida pelos empresários passará a ser patrimônio da cidade;

4) O elefante se tornará um símbolo local.

Depois de longas discussões sobre o assunto, ficou enfim decidido que o cuidado com o elefante ficaria a cargo do município. Era uma cidade de perfil residencial, com cidadãos de alto poder aquisitivo, além do fato de as finanças municipais se mostrarem satisfatórias. A população local aceitava a ideia de adotar o elefante, que não tinha para onde ir. As pessoas são mais propensas a simpatizar com um animal idoso do que com sistemas de esgoto ou carros de bombeiros.

Eu também concordei com a decisão. A construção de prédios residenciais não me agradava, mas, por outro lado, eu apreciava a ideia de existir um elefante adotado pela cidade.

As montanhas e as florestas foram desbravadas, e o antigo ginásio da escola primária foi reformado para ser o habitat do bicho. O antigo cuidador, que o acompanhava havia muito tempo, também se mudou para o novo local e continuaria sendo o seu responsável. A comida do elefante vinha das sobras da merenda dos alunos do primário. O grande bicho foi transportado a reboque de caminhão do zoológico fechado até o seu novo recinto para lá viver o resto de seus dias.

Fiz questão de comparecer à cerimônia de inauguração da nova casa do elefante. Diante do animal anfitrião, o prefeito fez um discurso (sobre o desenvolvimento da cidade e a importância dos espaços para promover a cultura), um representante dos alunos da escola primária leu uma redação ("Senhor Elefante, gostaríamos de lhe desejar uma vida longa e com saúde etc. etc."), realizou-se um concurso de desenhos do elefante (depois desse evento, desenhar o elefante se tornou uma atividade fixa no currículo das aulas de educação artística dos alunos do primário da cidade), e duas jovens trajando vestidos de tecido leve e solto (não exatamente bonitas) deram uma banana para o elefante. Ele praticamente não se mexia e parecia suportar em silêncio essa cerimônia despropositada — despropositada ao menos aos olhos dele — e, com um olhar vago e indiferente, tratou de comer ruidosamente as bananas. Assim que terminou de devorá-las, o público aplaudiu.

O elefante tinha uma espécie de grilhão de ferro, que parecia forte e bem pesado, e que prendia sua pata traseira direita. Havia também uma grossa corrente de cerca de dez metros de comprimento presa ao grilhão, enquanto a outra extremidade ficava bem ancorada em uma base de concreto. A peça de ferro e a corrente eram visivelmente resistentes e, mesmo que o elefante usasse toda a sua força ao longo de um século, seria impossível rompê-las.

Eu não sabia se o elefante estava incomodado com o grilhão. Ele não demonstrava desconforto com esse pedaço de ferro prendendo sua pata. Tinha o olhar vago e seus olhos miravam um ponto qualquer no horizonte. As orelhas e os pelos do corpo balançavam com delicadeza ao sabor dos ventos.

O tratador era um velho franzino de idade indeterminada. Tanto podia ter sessenta e poucos anos quanto mais de setenta e cinco. Existem pessoas que, em determinada altura da vida, não têm a aparência condizente com a idade. Era o caso daquele homem. Tinha a pele sempre bronzeada, não importava se fosse verão ou inverno, os cabelos eram curtos e ressecados e os olhos, estreitos. O rosto não tinha uma característica marcante, mas as orelhas arredondadas e proeminentes se destacavam de modo desproporcional e desagradável em relação ao rosto diminuto.

Apesar dessa aparência, ele não era uma pessoa antipática. Muito pelo contrário. Quando alguém lhe perguntava algo sobre o elefante, respondia de modo claro e preciso, com cordialidade que deixava revelar um quê de contida timidez. Em geral, era um homem quieto e solitário. Parecia gostar de crianças e, quando elas visitavam o elefante, esforçava-se para ser simpático, mas, geralmente, a reação delas era ficar apreensivas diante do velho tratador.

Quem de fato confiava nele era o elefante. O cuidador morava em uma pequena cabana ao lado do cercado do elefante e ficava ali sempre a postos, dia e noite, para qualquer demanda do bicho. Era uma parceria que já durava mais de dez anos, e bastava observar o comportamento e o olhar entre si para logo se perceber quanto eram próximos. Se o cuidador precisasse mover o elefante e este estivesse distraído e parado em determinado lugar, bastava se posicionar ao seu lado, dar-lhe umas batidinhas em sua pata dianteira com uma orientação sussurrada, que o elefante mexia preguiçosamente o corpo pesado e, devagar, caminhava para a direção apontada; ao chegar ao local designado, voltava a parar, procurando mais uma vez com os olhos aquele ponto indeterminado em seu campo de visão.

Nos finais de semana, ao visitar o recinto do elefante, eu costumava observar atentamente esse seu comportamento, mas não conseguia entender como eles estabeleciam aquela comunicação. Talvez o elefante compreendesse algumas palavras-chave (afinal, ele já havia vivido muito) ou se entendiam pelo modo que o tratador tocava em sua pata ou, ainda, o elefante possuísse o dom da telepatia e simplesmente captasse o pensamento do homem. Uma vez, perguntei a ele "Como o senhor consegue fazer com que o elefante lhe obedeça?", e, sorrindo, se limitou a dizer: "São anos de convivência".

Um ano se passou sem nenhuma novidade. Então o elefante desapareceu.

Reli com atenção aquela matéria desde o início, bebendo a minha segunda xícara de café. Sem dúvida, era um artigo muito estranho, digno de fazer com que Sherlock Holmes batesse o cachimbo e comentasse com o seu assistente: "Watson! Veja só que artigo interessante".

O estranhamento decorria da perplexidade e da hesitação do repórter que o redigira. A confusão do texto parecia espelhar o absurdo do próprio caso retratado. Era visível que o autor evitara explorar as incongruências do episódio para o artigo parecer "normal", mas, na prática, o resultado foi um apanhado de informações confusas, e o espanto do repórter ficou evidente.

Por exemplo, o texto falava em "fuga", mas bastava lê-lo na íntegra para constatar que, na verdade, se tratava de um "desaparecimento". O repórter revelava sua hesitação ao empregar termos como "examinar os detalhes" e "pontos obscuros", mas, na minha opinião, "examinar os detalhes" e "pontos obscuros" não davam conta da complexidade daquele fenômeno.

Para começar, havia a questão do grilhão de ferro preso à pata do elefante. O grilhão estava *trancado* e assim foi achado no local. A explicação mais apropriada para isso era dizer que o cuidador abrira o grilhão com a chave, soltara a pata do elefante, voltara a trancar o grilhão e fugira com o bicho (obviamente, o jornal apostaria nessa hipótese), mas a questão era que o cuidador não possuía a chave. Existiam apenas duas chaves, mas, por motivo de segurança, uma ficava guardada no cofre da polícia e a outra, no cofre do Corpo de Bombeiros. Nesse sentido, seria impossível que o cuidador — ou qualquer um — roubasse a chave de um desses cofres. Mesmo que a pessoa conseguisse tal proeza, seria estranho que, depois de usá-la, ela se desse ao trabalho de devolvê-la — na manhã do dia seguinte, as duas chaves permaneciam impassíveis nos respectivos cofres. Sendo assim, uma hipótese para o elefante ter conseguido se desvencilhar do grilhão sem a chave seria a de terem usado um serrote.

O segundo ponto em questão era a rota de fuga. O recinto do elefante e seu entorno estavam protegidos por uma cerca de três metros de altura. A segurança do elefante havia sido objeto de discussão no Conselho, e a cidade adotara medidas de proteção que foram consideradas até exageradas em se tratando de um elefante tão velho. A jaula construída era de concreto e possuía grossas barras de ferro (despesas pagas obviamente pela incorporadora); a entrada era única e trancada por dentro. Seria, portanto, impossível que um elefante escapasse dali com todo aquele aparato, digno de uma fortaleza.

A terceira questão eram as pegadas do grande animal. Na parte de trás do recinto do elefante havia uma colina em aclive que ele jamais conseguiria subir, e, por isso, ainda que conseguisse se desvencilhar do grilhão e pular a cerca, a única opção seria fugir pela rua que ficava de frente para o recinto. Porém, essa rua era revestida de uma camada de areia fina, e nela não foi encontrada nenhuma pegada.

Em suma, aquele texto produzido com a retórica hesitante do atônito repórter apontava para uma única e fatídica conclusão: o elefante não fugira, e sim desaparecera.

Mas, obviamente, é desnecessário dizer que os jornais, a polícia e o prefeito jamais admitiram a público o fato de o elefante ter desaparecido. A polícia prosseguia com a investigação e divulgava o seguinte: "Não está descartada a possibilidade de terem articulado um engenhoso plano para roubar o elefante, ou de que alguém tenha ajudado o animal a fugir". A previsão era bem otimista: "A dificuldade de esconder um elefante nos faz crer que a solução desse caso é apenas questão de tempo". A polícia solicitou a mobilização das associações de caçadores das redondezas e das Forças de Autodefesa para uma busca minuciosa pelas montanhas.

O prefeito concedeu uma coletiva de imprensa (cujas informações seriam publicadas não somente nas páginas de assuntos regionais, mas também nas seções sobre sociedade dos veículos de todo o país) em que se desculpava pela ineficiência do sistema de vigilância da cidade; mas, ao mesmo tempo, fez questão de enfatizar que "o esquema de segurança que protegia o elefante, comparado aos dos demais zoológicos do país, não ficava aquém em nada", e assegurou, inclusive, ser "muito mais seguro e eficiente do que o padrão". Por fim, declarou que "não podemos deixar impune esse tipo de gente mal-intencionada que pratica atos levianos e sem sentido contra a sociedade".

Os membros do partido de oposição, como no ano anterior, disseram que "o prefeito devia assumir a responsabilidade por envolver a população nessas questões sobre o elefante e admitir um conluio com as empresas privadas envolvidas".

Entrevistada pelo jornal, uma mãe de trinta e sete anos, com a expressão preocupada, declarou: "Durante um tempo, não vou conseguir sair sossegada para brincar com a minha filha".

O jornal publicou um artigo em que explicava em detalhes como foi que o elefante havia sido adotado pela cidade, incluindo uma ilustração do recinto do elefante. Havia também um breve histórico do animal e do tratador Noboru Watanabe, sessenta e três anos, que também sumira. O homem era natural da província de Chiba, distrito de Tateyama, e durante muitos anos trabalhara no setor de mamíferos do zoológico. Sobre ele, havia o seguinte comentário: "As autoridades zootécnicas demonstravam profunda confiança nele e o elogiavam dizendo se tratar de uma pessoa honesta e grande expert em animais, além de nutrir imenso respeito por eles". O elefante fora trazido do leste da África havia vinte e dois anos, mas a idade real era uma incógnita, assim como sua *personalidade*. No fim do texto, a polícia revelava estar colhendo várias informações sobre o elefante junto aos moradores locais.

Enquanto bebia minha segunda xícara de café, parei para pensar se era o caso de dar meu depoimento, mas decidi não telefonar para a polícia. Em parte porque não queria me envolver com eles e também porque a polícia poderia não acreditar em mim. Achei que seria perda de tempo revelar o que eu sabia para um bando de gente que nem sequer levava em consideração a possibilidade de o elefante ter simplesmente evaporado.

Peguei na estante o álbum de recortes de jornal e guardei o artigo que recortara sobre o elefante. Depois, lavei a xícara e o prato e fui para o trabalho.

No noticiário das sete da noite da NHK, assisti a uma reportagem sobre a procura pelo elefante nas montanhas. Caçadores com imponentes rifles munidos com anestésico, soldados das Forças de Autodefesa, policiais e o Corpo de Bombeiros faziam uma busca completa enquanto helicópteros sobrevoavam o céu. Apesar de anunciar que era uma busca pelas montanhas, convenhamos que as montanhas situadas nas áreas residenciais dos arredores de Tóquio não eram tão vastas. Com tantas pessoas envolvidas no caso, era de imaginar que bastaria um dia para concluir a busca. Afinal, o que o pessoal estava procurando não era um anão assassino e sanguinário, mas um gigantesco elefante africano. Naturalmente, havia poucos locais em que ele poderia se esconder, mas, mesmo assim, até o fim da tarde ele ainda não havia sido localizado. O chefe da polícia apareceu na TV informando que as buscas continuavam. O apresentador do telejornal concluiu a reportagem deixando no ar algumas indagações e afirmações, tais como "Quem é o autor? Como deixaram o elefante fugir? Onde podem tê-lo escondido? Qual a motivação para isso? O caso continua envolto em um profundo mistério".

A busca prosseguiu por mais alguns dias, mas o elefante não foi encontrado e as autoridades competentes não conseguiram nenhuma pista de seu paradeiro. Diariamente, eu acompanhava atento as notícias veiculadas no jornal e recortava todas as reportagens, para guardá-las num álbum. Guardei até um mangá que repassava a cruzada do elefante sumido. O espaço no álbum terminou e tive que comprar outro. Porém, apesar da grande quantidade de artigos sobre o assunto, não encontrei nenhum tipo de informação que de fato eu quisesse. O que as publicações veiculavam eram coisas sem sentido ou vazias, como "continuamos sem saber o seu paradeiro", "equipe de investigação prossegue com as buscas" ou "organização secreta pode estar envolvida". Uma semana depois do desaparecimento, os artigos a respeito foram rareando e praticamente deixaram de existir. Algumas revistas semanais chegaram a veicular matérias interessantes, como uma entrevista com uma médium, mas, no final das contas, todas as informações não levaram a nada. As pessoas pareciam querer enquadrar o caso na categoria dos "mistérios não esclarecidos". O desaparecimento de um velho elefante e de seu velho cuidador não alterou os rumos da sociedade. A terra se mantinha em sua monótona rotação, os políticos continuavam a proferir seus discursos pouco confiáveis, as pessoas seguiam bocejando a caminho do trabalho e as crianças não paravam de estudar para o vestibular. Em meio às idas e vindas da vida cotidiana, o interesse pelo paradeiro de um elefante não duraria para sempre. E, assim, vários meses se passaram, como um exército de soldados exaustos marchando.

Às vezes, quando tinha algum tempo livre, eu retornava ao antigo habitat do elefante. A entrada junto à cerca de ferro estava fechada com uma corrente grossa e cadeado, de modo que o acesso era vetado. Por entre a cerca era possível ver a porta do recinto igualmente trancada com correntes e cadeado. Malsucedida em descobrir o paradeiro do elefante, a polícia agora exagerava em medidas de segurança junto à antiga morada do animal. Ninguém circulava por ali; o local se tornou tão ermo que o que mais chamava atenção eram pombos descansando no telhado. Ninguém cuidava do pátio, então, por isso, plantas de verão verdejantes cresciam como se tivessem aguardado essa oportunidade para despontarem em profusão. A corrente que fechava a entrada do recinto começava a oxidar em meio ao matagal e parecia uma cobra gigante protegendo um palácio real. Apenas alguns meses sem a presença do elefante e o lugar já estava impregnado por um ar desolador, caracterizando uma atmosfera opressiva e triste como um nimbo.

Eu a conheci no final de setembro. Num dia que não parou de chover desde a manhã até a noite. Uma chuva típica daquela época do ano: fina, leve e monótona, e que lavava as lembranças que o verão escaldante havia deixado pelo solo. Elas passavam pelas calhas, seguiam para o sistema de esgoto, atravessavam o rio até desembocar no mar escuro e profundo.

Foi na festa que a minha empresa promovia para divulgar uma campanha. Eu trabalhava no departamento de publicidade de um grande fabricante de eletrodomésticos e coordenava o pré-lançamento de uma linha para cozinha que estaria à venda estrategicamente durante o mês das noivas, no outono, e no período de bonificações de inverno. A minha função era negociar com as revistas femininas espaços para a divulgação desses produtos. Era um trabalho que não exigia excepcional inteligência, mas, na medida do possível, era necessário dispor de habilidade na hora de elaborar os artigos, para que não *parecessem* propaganda. Quando as revistas divulgavam nossos produtos, nós as recompensávamos comprando anúncios em suas páginas. Na vida, essa é a regra: uma mão lava a outra.

Ela era editora de uma revista feminina voltada para jovens e estava na festa pautada para um daqueles "artigos". Como eu estava desocupado, resolvi cicereoneá-la e falar sobre a nossa linha de eletrodomésticos desenhados exclusivamente por um famoso designer italiano — geladeiras coloridas, cafeteiras, fornos de micro-ondas, espremedores de suco.

— O mais importante é o senso de unicidade — comecei explicando. — O produto pode ter um design primoroso, mas, se destoar do contexto em que está inserido, você o destrói. Uma *kitchen* atual precisa mesmo é de unicidade de cor, design e funcionalidade. Segundo as pesquisas, as donas de casa passam a maior parte do tempo na *kitchen*, que é o local de trabalho, o ambiente de estudo e a sala de estar. Por isso, o nosso objetivo é tentar tornar esse ambiente o mais agradável possível. Isso não tem nada a ver com tamanho. Não importa se o espaço é grande ou pequeno, pois para ser perfeita a *kitchen* só precisa ser simples, funcional e harmônica. Esta nova linha de eletrodomésticos foi planejada e desenhada com base nesse conceito. Por exemplo, veja esta forma de assar, o *cooking plate*, ela é... etc.

Ela concordava balançando a cabeça e anotava as informações num bloquinho. Mas parecia que não estava interessada em fazer esse tipo de reportagem, e eu também não tinha nenhum interesse em falar de assadeiras.

— Você entende muito de cozinha, não é? — perguntou ela assim que terminei as explicações sobre os produtos.

— Minha sobrevivência depende disso — respondi e esbocei um sorriso diplomático. — Mas também gosto de cozinhar. A minha comida é simples, mas faço questão de prepará-la todos os dias.

— Acha mesmo que uma cozinha precisa ter essa unicidade? — indagou a moça.

— *Cozinha*, não: *kitchen* — corrigi. — Sei que no fundo é a mesma coisa, mas a opção pelo termo em inglês, *kitchen*, é institucional.

— Perdão. Mas será que é mesmo necessário que uma *kitchen* tenha unicidade? Gostaria de saber a sua opinião.

— Só dou a minha opinião quando tiro a gravata — respondi, sorrindo. — Mas hoje vou abrir uma exceção. Acho que, antes de se buscar a unicidade, existem outros aspectos mais importantes, mas estes não estão à venda. E, num mundo em que se valoriza a conveniência, o que não está à venda não conta muito.

— Acredita que o mundo se organize em função da conveniência?

Tirei um cigarro do bolso e acendi com o isqueiro.

— Falei por falar — respondi. — É que isso se aplica a muitas situações, e inclusive facilita o meu trabalho. É como um jogo. Pode-se dizer uma coisa de várias maneiras: conveniência essencial ou essência da conveniência. Vendo por esse viés, evita-se uma série de problemas.

— É uma opinião interessante.

— Nem tanto. Todo mundo pensa assim. Ah, temos aqui um champanhe que não é dos piores. Você aceita?

— Sim, obrigada.

Enquanto desfrutávamos de uma taça, enveredamos para assuntos triviais e descobrimos alguns amigos em comum. O meio em que trabalhávamos era restrito, e, se jogássemos uma pedra para o alto, a probabilidade de atingirmos um ou dois conhecidos em comum era grande. Descobri por acaso que a minha irmã caçula estudara na mesma faculdade que ela. A conversa fluiu em parte por causa dessas conexões que fomos descobrindo.

Ambos éramos solteiros. Ela tinha vinte e seis anos e eu, trinta e um. Ela usava lentes de contato, eu, óculos. Ela elogiou a cor da minha gravata e eu, sua blusa. Falamos sobre o valor que pagávamos pelo aluguel do nosso apartamento e reclamamos dos nossos empregos e salários. Pode-se dizer que nos tornamos íntimos. Era uma mulher encantadora e nada impositiva. Ficamos conversando por vinte minutos em pé e não encontrei motivo nenhum para não simpatizar com ela.

Quase no final da festa a convidei para irmos ao bar que ficava no próprio hotel em que o evento estava sendo promovido, para continuarmos a nossa conversa. Da janela panorâmica do salão podíamos contemplar a chuva de início do outono. Uma chuva silenciosa; ao fundo, as luzes da cidade pareciam emitir inúmeras mensagens cifradas. Havia poucas pessoas no bar e um silêncio opressivo dominava o ambiente. Ela pediu um daiquiri e eu, um uísque escocês com gelo.

Enquanto bebíamos, a conversa se tornou um pouco mais íntima e passamos para assuntos que um casal, num primeiro encontro, abordaria num ambiente como esse. Histórias dos tempos de faculdade, gêneros musicais prediletos, esportes, o que o outro costumava fazer no dia a dia, e assim por diante.

Então, lhe contei a história do elefante. Não sei como esse assunto veio à tona, mas possivelmente falávamos de algum bicho, e isso me fez associá-lo ao elefante. Ou, de modo inconsciente, senti a necessidade de contar para alguém — um interlocutor com quem eu conseguisse conversar abertamente — minha opinião sobre o desaparecimento do elefante. Ou foi a bebida que me fez falar nisso.

Mas, assim que mencionei a palavra elefante, percebi que esse não era um tema apropriado para a ocasião. Eu não devia ter falado nisso. Afinal, aquela era uma questão intrincada.

Até tentei desviar o assunto, mas, para o meu azar, ela demonstrou um interesse acima do normal sobre esse episódio do desaparecimento e, quando revelei que vira o elefante várias vezes, ela me bombardeou de perguntas: "Como ele era?", "Como você acha que ele conseguiu fugir?", "O que ele costumava comer?", "Será que ele está correndo perigo?".

Respondi sem entrar em detalhes, recorrendo inclusive às informações divulgadas pelos jornais. Mas ela deve ter percebido alguma alteração em meu tom de voz. Eu nunca soube mentir.

— Você deve ter levado um susto quando o elefante sumiu, não? — questionou, bebendo a segunda dose de daiquiri, um tanto indiferente ao fato. — Quem podia prever que um elefante desapareceria assim, de uma hora para outra?

— Talvez você tenha razão — concordei e, em seguida, para disfarçar o meu constrangimento, peguei um pretzel salgado, quebrei no meio e o levei à boca.

O garçom passou pela mesa e trocou o cinzeiro cheio por um vazio. Olhando para mim, ela continuou demonstrando interesse pelo assunto. Acendi outro cigarro. Eu tinha ficado três anos sem fumar, mas tive uma recaída a partir do desaparecimento do elefante.

— Quando você diz que *talvez* eu tenha razão significa que você podia ter previsto o sumiço dele?

— Não havia como prever esse tipo de coisa — respondi, rindo. — Não há precedentes de um caso assim, nem lógica ou razão para que um dia, de repente, um elefante desaparecesse.

— Mas o jeito como você respondeu soou muito estranho. Veja bem, quando eu disse "Quem podia prever que um elefante desapareceria assim, de uma hora para outra?", você respondeu "Talvez você tenha razão". Ninguém responderia desse jeito. O normal seria dizer algo como "É mesmo!" ou "De fato, não há como saber".

Olhei para ela, concordei hesitante e resolvi levantar o braço para chamar o garçom e pedir mais uma dose de uísque escocês. Enquanto aguardava a bebida, um silêncio circunstancial pairou entre nós.

— Não entendo — disse ela, num tom de voz sereno. — Até agora você estava conversando normalmente. Até chegar ao elefante. Então, de repente, você ficou diferente. O que foi? Vamos, diga, o que aconteceu? Tem alguma coisa de errado com a história do elefante? Ou meus ouvidos estão me traindo?

— Não há nada de errado com os seus ouvidos.

— Então o problema é com você?

Meti o dedo dentro do copo e comecei a girar o gelo. Sempre gostei do barulho das pedras tilintando.

— Não chega a ser um problema. Não é nada de mais. Não é nenhum segredo, só não me sinto capaz de contar isso para alguém. Digamos que é uma história um tanto quanto esquisita.

— Esquisita como?

Tomei um gole de uísque e, resignado, me abri:

— O que me deixa intrigado é que sou a última testemunha ocular desse elefante. Eu o vi às sete e pouco da noite do dia 17 de maio, e só descobriram que ele havia sumido na tarde do dia seguinte. Ninguém mais o viu nesse intervalo. O recinto é fechado às seis da tarde.

— Não estou entendendo — disse ela, me encarando. — Se a porta do recinto fechou às seis, como é que você conseguiu vê-lo depois das sete?

— Atrás do recinto há uma pequena montanha que mais parece um barranco. Essa área é particular, mas o proprietário não construiu nenhuma estrada ou trilha, e ali existe um ponto em que é possível observar o interior do recinto. Talvez eu seja o único que conhece esse lugar.

"Eu o descobri sem querer. Na tarde de um domingo, eu andava pela colina quando me perdi e, ao tentar encontrar o caminho de volta, acabei chegando a esse local, que era plano e possuía espaço suficiente para que uma pessoa se deitasse. Ao olhar para baixo, por entre os arbustos, vi o telhado do recinto do elefante. Abaixo do telhado, havia um tubo de ventilação bem grande por onde se podia ver claramente o interior desse recinto.

"Desde então, virou um hábito meu visitar esporadicamente esse local para observar o elefante lá dentro. Se me perguntarem por que eu fazia isso, não vou saber responder. O que eu queria era apenas ver o elefante em seus momentos de privacidade. Não existe nenhum motivo significativo. Quando o recinto estava escuro, eu não enxergava nada, mas no início da noite o cuidador acendia a luz para tratar do animal e, nessa hora, eu conseguia observar minuciosamente como o cuidador lidava com o elefante.

"A primeira coisa que notei foi que, quando o elefante e o cuidador estavam juntos no recinto, eles pareciam muito mais íntimos do que quando se viam diante do público. Isso era perceptível pela cumplicidade dos gestos. A impressão que se tinha era de que, durante o dia, eles tomavam cuidado para não revelar a real intimidade existente entre ambos e que somente à noite é que podiam ficar à vontade. Mas isso não significa que os dois faziam coisas diferentes quando estavam a sós. Quando o elefante entrava no recinto, sua morosidade era a mesma, com o olhar vago e distraído, e o cuidador se dedicava às tarefas triviais, como lavar o corpo do elefante com escovão, limpar as pilhas de fezes espalhadas por toda parte e cuidar de suas refeições. Mas, mesmo assim, entre os dois havia confiança e cumplicidade ímpares, impossíveis de ignorar. Quando o cuidador varria o chão, o elefante balançava a tromba e dava leves batidinhas nas costas do homem. Eu gostava de ver o elefante fazendo essas coisas."

— Você sempre teve apreço por elefantes? Algum além desse?

— Acho que sim — respondi. — O elefante é um animal que provoca em mim algum tipo de reação. Acho que isso acontece desde sempre. Não sei explicar o motivo.

— Então, naquele dia, ao anoitecer, você foi sozinho até a colina observar o elefante? Isso foi em maio...

— Dia 17 — respondi. — Dia 17 de maio, por volta das sete da noite. Época em que os dias são longos, então no céu ainda havia resquícios do crepúsculo. Mas o recinto estava iluminado.

— Naquela hora, não havia nada de estranho com o elefante nem com o cuidador?

— Sim e não. Na verdade, não tenho como responder com certeza, pois eu não estava perto. Nem sempre se deve confiar em uma testemunha ocular.

— Afinal, o que aconteceu?

Tomei um gole do uísque já aguado. Do lado de fora, a chuva continuava a cair, nem forte nem fraca. Era como uma eterna paisagem estática.

— Não é que tenha acontecido alguma coisa — falei. — O elefante e o cuidador estavam fazendo as mesmas coisas de praxe. Limpeza do recinto, alimentação, as brincadeiras. O que sempre faziam. Mas o que me chamou atenção foi a proporção entre eles.

— Proporção?

— Em relação ao tamanho. Havia um desequilíbrio entre o tamanho dos corpos do elefante e do cuidador. A proporção entre eles estava diferente. Tive a impressão de que o tamanho do elefante estava menor do que o normal.

Ela permaneceu em silêncio, com o olhar sobre a taça de daiquiri que segurava na mão. O gelo havia derretido e a água parecia se infiltrar no coquetel como uma pequena corrente marítima.

— Está dizendo que o corpo do elefante diminuiu?

— Ou o cuidador estava maior, ou os dois mudaram de tamanho ao mesmo tempo.

— Você contou isso para a polícia?

— Claro que não. Ainda que tivesse contado, para começar a polícia não acreditaria em mim, e, se soubessem que eu estava em uma hora dessas espiando eles pelos fundos, eu me tornaria suspeito.

— Mas isso da proporção diferente é verdade, não é?

— Acho que sim. Só posso dizer que *acho*. Não tenho provas e, como falei antes, observei a cena pelo tubo de ventilação. Mas, como eu já havia visto dezenas de vezes o elefante e o cuidador, acho que não me confundiria quanto ao tamanho deles.

"No começo, achei que fosse uma ilusão de óptica e abri e fechei os olhos várias vezes, até balancei a cabeça, mas, mesmo assim, o tamanho do elefante continuava o mesmo. De fato, estava menor. Cheguei a cogitar que a cidade pudesse ter adquirido outro elefantinho. Mas, como não escutei nada a respeito — e eu não teria deixado escapar nenhuma notícia sobre o assunto —, a única explicação era que o velho elefante, por algum motivo, de repente encolhera. E, ao observar esse elefante menor, era fácil perceber que seu comportamento era igual ao do outro. O jeito de bater a pata direita no chão quando tomava banho ou a forma de acariciar as costas do cuidador com a tromba continuavam os mesmos.

"Foi uma cena misteriosa. Observando-os pelo tubo de ventilação, a sensação era de que naquele recinto reinava uma temporalidade diferente que me provocava *arrepios*. Também parecia que o elefante e o cuidador estavam contentes com isso, aceitando se entregar sem resistência — ou já estavam parcialmente entregues — a essa nova ordem.

"O tempo que permaneci olhando para a morada do elefante foi de, no máximo, meia hora. A luz foi apagada às sete e meia, bem antes do horário habitual, e tudo acabou tragado pela escuridão. Aguardei durante um tempo que a luz voltasse, mas isso não aconteceu. Foi a última vez que vi o elefante."

— Então, você acredita que ou o elefante foi diminuindo de tamanho até conseguir fugir por entre as cercas ou que ele simplesmente se dissolveu por completo em meio ao nada, é isso?

— Não sei. Só estou tentando lembrar com o máximo de detalhes o que os meus olhos viram naquele dia. Evito pensar no que terá acontecido depois. A impressão do que eu vi foi tão forte que, sinceramente, não sou capaz de ir além disso.

Isso foi tudo o que contei sobre o desaparecimento do elefante. Como eu havia previsto no início, não era um tema adequado para uma conversa entre um casal jovem que tinha acabado de se conhecer. Era uma história sui generis e excessivamente inconclusiva. Quando terminei o relato, permanecemos em silêncio durante um tempo. Não tivemos ideia de qual assunto engatar após falarmos sobre o elefante que evaporara. Ela deslizou o dedo na borda da taça e eu li, umas vinte e cinco vezes, os ideogramas impressos no descanso de copo. Eu não devia ter falado sobre isso. Não é o tipo de história que a gente deva contar a alguém.

— Quando eu era criança, o gato lá de casa também sumiu — ela tentou retomar a conversa. — Mas existe uma diferença muito grande entre o sumiço de um gato e o de um elefante, não é?

— Acho que sim. A começar pelo tamanho.

Trinta minutos depois nos despedimos na entrada do hotel. Ela se deu conta de que esquecera o guarda-chuva no bar, e eu tomei o elevador para buscá-lo. O guarda-chuva era cor de tijolo, de cabo longo.

— Muito obrigada!

— Boa noite.

Depois disso, não voltei a encontrá-la. Uma única vez, falamos por telefone sobre um detalhe de um artigo publicitário. Enquanto conversávamos, tive uma imensa vontade de convidá-la para sair, mas acabei desistindo. Durante a conversa, senti que isso já não tinha importância.

Desde a experiência do desaparecimento do elefante, isso passou a me acometer com frequência. Tenho vontade de fazer algo, mas não sou capaz de perceber a diferença entre tomar a iniciativa ou deixar estar. Muitas vezes, sinto que as coisas que estão ao meu redor perderam a sua dimensão original. Mas pode ser que tudo não passe de uma ilusão de óptica. Depois do incidente do elefante, passei a sentir um desequilíbrio dentro de mim, e isso explicaria o porquê de eu ter uma impressão nebulosa da realidade externa. Em parte, sei que sou responsável por isso.

Seja como for, continuo vendendo geladeiras, fornos, torradeiras e cafeteiras num mundo de conveniência, escorado em pós-imagens de memórias que ainda preservo daquele mundo. Quanto mais me empenho em ser uma pessoa conveniente, mais as vendas disparam — a nossa campanha superou as nossas expectativas, que já eram otimistas, e foi um sucesso total — e mais pessoas me aceitam. Possivelmente, elas buscam unicidade nesta enorme *kitchen* chamada mundo. Unicidade de cor, design e funcionalidade.

Os jornais deixaram de falar do elefante. Aparentemente, as pessoas esqueceram por completo que, um dia, a cidade adotara um. A vegetação que nasceu no velho recinto do animal murchou e o ambiente está impregnado do ar de inverno.

O elefante e o cuidador desapareceram. E nunca mais vão voltar.

1ª EDIÇÃO [2018] 3 reimpressões

ESTA OBRA FOI COMPOSTA PELA ABREU'S SYSTEM EM ADOBE GARAMOND
E IMPRESSA EM OFSETE PELA LIS GRÁFICA SOBRE PAPEL PÓLEN
DA SUZANO S.A. PARA A EDITORA SCHWARCZ EM JANEIRO DE 2025

A marca FSC® é a garantia de que a madeira utilizada na fabricação do papel deste livro provém de florestas que foram gerenciadas de maneira ambientalmente correta, socialmente justa e economicamente viável, além de outras fontes de origem controlada.